魏策策 著

莎士比亚在近现代中国
—— 一个思想的视角

生活·讀書·新知 三联书店

Copyright © 2022 by SDX Joint Publishing Company.
All Rights Reserved.
本作品版权由生活·读书·新知三联书店所有。
未经许可,不得翻印。

图书在版编目(CIP)数据

莎士比亚在近现代中国:一个思想的视角 / 魏策策 著. —北京:生活·读书·新知三联书店,2022.7
ISBN 978-7-108-07206-1

Ⅰ.①莎… Ⅱ.①魏… Ⅲ.①莎士比亚(Shakespeare,William 1564-1616)—戏剧文学—文学研究 Ⅳ.①I561.073

中国版本图书馆 CIP 数据核字(2021)第 142627 号

责任编辑 成 华
封面设计 黄 越
出版发行 生活·讀書·新知 三联书店
 (北京市东城区美术馆东街 22 号)
邮 编 100010
印 刷 常熟市文化印刷有限公司
排 版 南京前锦排版服务有限公司
版 次 2022 年 7 月第 1 版
 2022 年 7 月第 1 次印刷
开 本 890 毫米×1240 毫米 1/32 印张 10.875
字 数 235 千字
定 价 58.00 元

目 录

1 绪论
百年来莎士比亚在中国的研究回眸

45 第一章
早期莎剧译介与现代中国民族国家的建构

135 第二章
早期莎剧演出与中国现代思想的兴发

215 第三章
早期莎论莎评与现代中国思想界的文化倾向

253 第四章
莎士比亚与现代中国思想转型

287　第五章
　　　莎士比亚与个体艺术创造的思想之缘

335　结语

344　后记

绪论

百年来莎士比亚在中国的研究回眸

绪论　百年来莎士比亚在中国的研究回眸

谈论莎士比亚，只有秉持全球视野和历史的纵深感才能捕获莎士比亚的精神光芒。莎士比亚设立了文学的标准和限度①。作为英国文学经典的"伟大传统"，"永恒的莎士比亚"早已成为大英帝国软实力的核心内容，承担着英国的民族认同、对外交际、文化输出、旅游经济、语言教育等等超越文学和戏剧艺术的社会功能。400多年来，莎士比亚和莎剧漫游到世界各国：以各种面貌风行在不同民族的舞台与荧屏上；进入世界各地的图书馆和课堂；被翻译，被演出，被消费，被研究。莎士比亚在任何一个国家的重生都映射着接受方民族独特的精神文化，这个过程经久不衰而日新其义。如果说有哪一个作家或文学符号经过时空的反复过滤，最大限度地阐释并参与

---

① ［美］哈罗德·布鲁姆：《西方正典》，江宁康译，译林出版社，2005年，第36页。

了"世界文学共同体"①的书写,成为全球性的跨文化之桥,那么,莎士比亚当之无愧。

在问世不到 500 年的时间里,莎士比亚和他的作品得到了评论家最多的赞誉、读者持续的关注、作家趋之若鹜的模仿以及舞台上不断的改编上演。莎士比亚还以不可阻挡的辐射力引发了海涅、歌德、屠格涅夫、黑格尔、梁实秋等的由衷赞佩,也招致伏尔泰、托尔斯泰和钱穆等的贬抑,麦尔维尔、乔伊斯、郭沫若、曹禺等的创作都受到了莎士比亚的影响。可以说,无论赞誉还是攻击,都促使莎学愈加成为一门浩瀚的互文性学科。莎士比亚经常被当作例证来支持说话者的观点,当莎士比亚被评说的时候,说者究竟想说什么?"莱辛用他来打击伏尔泰。②"赫德尔用他来召唤'狂飙',雨果用他来与古典主义决斗,柯尔律治用他来为浪漫主义张目,普希金用他来清算前任导师拜伦,而别林斯基用他来为现实主义提供范例。"③毫无疑问,莎士比亚是一个充满张力的符码和道具,任何人都可以借助这个工具为自己的观点服务。莎士比亚往往被人们当作言说自己意图的工具,莎作自身的丰富性和他从不做裁断官的包容性为后世种种阐释提供了丰富的可能性。将莎士比亚视为一个外来"符码",莎士比亚符号意义的不断展开正是莎士比亚在中国经典化的深化过程。归根结底,莎士比亚是人文主义的伟大代表,莎作的精华就在于

---

① [法]帕斯卡尔·卡萨诺瓦:《文学世界共和国》,罗国祥、陈新丽、赵妮译,北京大学出版社,2015 年。
② 杨周翰:《莎士比亚评论汇编》(上),中国社会科学出版社,1985 年,第 258—259 页。
③ 赵毅衡:《"荒谬"的莎士比亚》,《社会科学辑刊》1980 年第 5 期。

对人的书写,如杨慧林所言,自文艺复兴以来,西方始终在书写一部"人"的历史,历史的底本正是文艺复兴的巅峰代表莎士比亚。莎士比亚以"性格为中心的创作,实质上反映着一种发现人类自身价值的新的社会意识"①。对"人"的体认也伴随着近现代中国的立国之路,是莎士比亚在中国旅行的强音,现代中国的"立国"与"自我"的启蒙也与莎士比亚在中国的沉浮形成互动景观。

100多年来,莎士比亚作为外来文化的头号使者,在中国得到一代代学人不遗余力的推介与传播,莎士比亚在中国的接受,本质上是中国与莎士比亚对话的历史。近现代中国向西方寻找真理,中国传统文化与西方文化互相学习,传统文化自身的独特与落伍在此对话中都被重新发现。莎士比亚作为西方"真理"的化身之一,其戏剧思想既与中国传统戏剧有深刻的差异,又形成了一定的互补,莎剧在现代中国的传播,不仅是中西文化交流史的典型话题,更是现代中国思想史范围内应有的研究议题。莎士比亚的中国化也是莎士比亚全球化和莎士比亚与世界文化融合的宝贵案例。回顾中国特色的莎学历程,重新审视莎士比亚在中国漫游的足迹,总结其中的得失,是一件很有价值的工作。

一、 发现莎士比亚——莎士比亚在现代中国的传播影响线路

莎士比亚在中国接受的起点之高是值得注意的,也就是

---

① 杨慧林:《西方文化心理结构中的莎士比亚》,《文艺研究》1988年第6期。

说,莎士比亚和莎剧是以西方文学的权威符号进入中国的。最早,"沙士比阿"①出现在《四洲志》中《英吉利国》篇,是以英伦代表作家在中国出场的,之后也频频被冠以"诗中之王""一切读者的夫子"②等称号。如果说,莎士比亚在西方经历了从舞台到书本、从流行到权威的经典化历程,那么,莎士比亚在中国的传播与影响则是一个反向迁移的过程,历经了从书面到舞台、从精英到大众的自上而下的渗透与普及过程。可以说,莎士比亚的中国之路反映了西方文学与中国学术思想、文化体系的融汇。莎士比亚在中国早期的传播,经历了由欧美路线、日本路线向苏联路线转移的过程。

莎士比亚进入中国,早期有三条影响线路比较醒目。第一条传播和影响线路来自欧美,这主要体现在三方面,首先,最早传播莎士比亚盛名的是西方的传教士。西学涌入之际,慕维廉、李提摩太、谢卫楼等英美传教士在编译著述时,不断点名、提及莎士比亚,使其进入国人视野。从本质上讲,传教士传播西学带着文化输出与文化殖民的目的,而美国来华传教士、《女铎》报创办人亮乐月女士翻译的莎剧《剜肉记》(即《威尼斯商人》)于1914年9月至1915年11月,刊登在《女铎》上,与国内女性解放的思潮相应和。传教士对莎士比亚的引介带有文化启蒙与扩大基督教文明的政治目的的双重意味,在某种程度上也是中国文化接受西方思想的一个标本,具有开

---

① 原文为"在感弥利赤建书馆一所,有沙士比阿、弥尔顿、士达萨特、弥顿四人工诗文,富著述"。[清]林则徐著、张曼评注:《四洲志》,载罗炳良主编《影响中国近代史的名著》,华夏出版社,2002年,第117页。

② 邱韵铎:《怎样研究西洋文学》,《读书月刊》1930年第1卷第1期。

启意义。其二，留学欧美的知识分子和出使欧美的外交史官等，如严复、郭嵩焘、梁实秋等人也是西学和莎士比亚作品的播撒者。其三，国内学人林纾、朱生豪等对莎作的引进和介绍。其中，翻译、改编、演出、评论、传记、文学史的书写等汇流而成莎士比亚在中国的繁茂景观。

第二条传播和影响线路与日本相关。近代日本成为中国学习的对象与中介。日本对中国由"轻视变为侵略"，① 中国对日本也刮目相看，在文化屈辱中认识到日本可以为师，这个观念转变虽然较为痛苦，但国人也认识到了效法日本的重要性。有文章叹息道："呜呼！今日之中国，衰颓极矣！赔款几何兆！割地几何里！"作者引用"昔孔子曾问礼老聃、问乐苌叔，老聃苌叔不必贤于孔子，孔子不耻下问"② 之典故，号召中国仿效日本，力争上游。来自中国外部的声音多主张中国取道日本是简便之法。英国传教士山雅各（J. Sadler）认为充分发挥日本作为桥梁的作用，借鉴日本维新的做法，派遣国人留洋日本，可以事半功倍，不仅很经济，也是便捷之道。在这种情况下，中国赴日的留学生从1904年的"一千一百九十九人"③，到1906年，就猛增到总数的"一万三千六百二十人"④，大量的留日学生和赴日的中国革命者、日本的莎学研究者都成为中日文化交流的桥梁，他们也是莎士比亚输入、被转译到中国的主力军，李叔同有《沙翁墓志》，梁启超、王国

---

① 程天放讲演、A. A生记：《中国与日本》，《技术军人》1928年第2期。
② 朱飞：《论中国自强当以日本为式》，《益闻录》1898年第1753期。
③ 《中国纪事：中国留学生在日本总数》，《鹭江报》1904年第81期。
④ 《各省新闻：中国留学日本学生之实数》，《山东官报》1906年第120期。

维、鲁迅、小泉八云、青木正儿等都参与过莎剧传播。如果说,欧美线路是主流,是直接途径,那么日本线路则是别流,是间接之途。而日本的莎学成果对中国来说也具有一种竞赛和施压的意味,比如,坪内逍遥译成《莎士比亚全集》的消息对中国具有相当的刺激作用,①促使中国业界开始重视莎剧翻译工作,并将其提上日程,对中国莎剧全集的翻译起了催化作用,鲁迅和胡适等也因此积极地敦促过莎剧的翻译工作。朱生豪有一段说给宋清如的话常被引用,"你崇拜不崇拜民族英雄?舍弟说我将成为一个民族英雄,如果把 Shakespeare 译成功以后"②。但是对于其中何以将译莎当作为民族雪耻的英雄壮举却少有人谈及。莎士比亚虽然只是一个剧作家,但作为头号帝国英国的象征,俨然已经被当作西方文明的标尺了,翻译莎士比亚全集就是国力的体现,没有能力翻译莎翁全集的国家,在文化上也被视为下位,在国际地位上低人一等。尤其是当日本的某些学者嘲讽中国没有莎翁全集时,当时的文人都觉蒙羞,以此为耻辱。关于这一点,后文会详述。而另一些言论认为他国以莎翁全集衡量国家的实力,意指莎翁损害了中国的声誉,使中国只能位居"三四等国家而已"③。一方面,我们看到莎士比亚符号的政治性,另一方面,也了解到了中国在1930年代将译莎作为民族任务的紧迫性。有了这个时代背景,

---

① 《日本出版〈新修莎士比亚全集〉》,《文学》1933年第1卷第3期;《日本最近的文学思潮:莎氏古典剧亦不能上演》,《迅报》1938年12月21日,第2版。
② 宋清如:《朱生豪与莎士比亚戏剧》,《新文学史料》1989年第1期。
③ 徐行:《莎氏比亚害了中国》,《社会日报》1932年8月25日,第2版。

我们就会更加理解朱生豪知耻而后勇的决心和毅力。

第三条传播和影响线路来自苏联。尤其是1930年以后，苏联莎学对中国影响很大，直到20世纪70年代左右，苏俄文学成为影响中国文学的主要因素，莎士比亚的传播途径发生了根本变化，传播路线收缩至苏联一线，以俄为师使中国的莎士比亚研究和马克思主义文论发生了融合，A.A.斯米尔诺夫、莫诺索夫等人的莎学理论和研究不断被介绍到中国来，关于苏联的莎剧表演讯息和动态也被主动译介到国内[①]。

莎士比亚早期传播和影响的三条线路，如三条河流汇聚至中国，丰富着中国莎学，从欧美、日本线路转向苏联线路，并不意味着欧美和日本的莎士比亚讯息及成果输入的中断，而是中国对世界文化和思想选择发生转向的反映。欧美作为莎士比亚研究最活跃的地区，在文化输出上有着天然的优势，日本在近代也是中国学习西方的中介，中国文化在选择和吸取方面自然比较关注欧美和日本。随着俄国十月革命的成功，中国寻求变革的视线也转移到苏联，苏联思想界、文艺界的思潮也大量输入中国，苏联高擎的马克思主义学说也得到了广泛传播，虽然在当时，中国对于马克思主义道路的可行与否有各种声音，但中国学人对马克思主义的吸纳与研究却具有开放的态度，他们不仅积极研究马克思的相关问

---

① 亚力山大·安尼斯脱：《莫斯科舞台转向莎士比亚》，《出版消息》1933年第3期。亚力山大·安尼斯脱国籍未标注。

题①,也主动翻译、介绍西方、日本等关于苏俄十月革命后的文学进展②,达尔文主义与马克思主义、布尔塞维克与马克思主义之关系等,③ 尤其值得注意的是,因为马克思对莎士比亚的标举,马克思谈论莎士比亚也受到了中国思想界的关注,④《马克斯与莎士比亚》这篇文章虽是节录瓦浪斯基的《认识生活的艺术与今代》中的文字,但可以看出,马克思主义美学思想和苏联莎学开启了中国特色的莎士比亚研究,标志着中国莎士比亚研究转向马克思主义莎学研究,莎士比亚被纳入现实主义的"模范"作家,对莎士比亚的研究开始注重其写实性、阶级性,这也促使茅盾在1934年发表了《莎士比亚与现实主义》一文。

二、莎士比亚在当代中国的传播影响

我们可以清楚地看到,从林纾等人对莎剧的译介到文明戏、话剧的演出,上海戏剧协社和中国旅行剧团等对莎剧的改

---

① 张君劢、李守初、陶其情:《马克斯学说之研究及批评》,《大夏周刊》1925年第24期。

② [日]茂森唯士著、秋原译:《革命后十二年来之苏俄文学》,《北新》1930年第4卷第1/2期;[日]昇曙梦著、朱文叔译:《苏俄文化设施之现状》,《中华教育界》1924年第13卷第11期。

③ [荷] Aoton Pannekoek 著、雁汀译:《达尔文主义与马克斯主义》(续)《晨报副刊》1922年1月16日;[日]福田德三著、李荣第译:《马克斯主义的根本思想特别注重其与布尔塞维克之关系》(续),《北京大学日刊》1922年第1097期;[德]加尔·考茨基著、戴传贤译:《马克斯资本论解说》,《建设》1919年第1卷第4期;[美] Morris Hillquit 著、杨湘年译:《进化的马克斯主义》,《青年进步》1928年第117期。

④ 《马克斯与莎士比亚》,《河北民国日报副刊·鸦》1929年第14期。

编与上演，莎剧在中国经历了从书面到舞台、从精英到大众的自上而下的特有接受方式。如果说，1949年之前是中国莎士比亚研究的奠基期和起步期的话，新中国成立后，莎士比亚在中国的传播与研究就进入了新的多元化时代与繁盛期。这首先表现在莎剧全集翻译与出版的持续性和开放性上，莎剧译者前赴后继，莎剧全集的翻译出版也与时俱进、不断出新。茅盾曾说过，凡是享有国际声誉的杰作，中国学界都会不遗余力地译介，"系统地翻译古典作品的呼声不曾歇过，而事实上也已有了若干卓越的成绩了"，茅盾列举了莎剧的不少译本，"莎士比亚的作品则有曹未风译的四五种（皆文通书局出版），以及曹禺译的《罗米欧与朱丽叶》（文化生活版）、柳无忌译的《凯撒大将》（五十年代社）、杨晦译的《雅典人台满》（新地出版社）、邱有真试译的《知法犯法》（生活总经售）"。① 然而，翻译实践多，但翻译质量的问题在当时还未得到解决。顾良评论梁实秋译莎无"诗味"也不能演，他认为，"莎翁诗意洋溢的时候，梁译，在我看来，愈隔膜。词汇生硬，枯涩，不够玲珑，有时候简直有伤风格；这是容我们最可惜的。其次，就是非常缺乏'说话的节奏'"。顾良对优秀莎翁译作的期待很耐人寻味，他说："我们理想是最好能有两个《沙翁戏剧全集》译本：一是以散文为主的，一是以韵文为主的。无论以散文或韵文为主的，都要能读，都要能演：只能读而不能演，只能演而不能读，都是失败；其实，我是这样固执着的：不能读的更不能演，不能演的读起来恐怕也成问题，能读的加上相当的舞

---

① 茅盾：《近年来介绍的外国文学》，《文讯》1946年新2号。

台条件应该能演，能演的一定是能读的。"① 简单说来，顾良期待既要有能读的书面上的莎剧，也要有能演的台本上的莎剧，在当时来说，这是一个未完成的梦，而经过中国莎学译者不到一个世纪的努力，时至今日早已实现。新中国成立前，曹未风的《莎士比亚全集》（第一辑共十册，1946年）就已出版，1947年，朱生豪的《莎士比亚戏剧全集》也由世界书局出版。在1949年之后，共有至少七套莎剧全集，其中两套在台湾出版，分别是1957年虞尔昌在朱生豪底本上补齐的五卷本《莎士比亚（戏剧）全集》、1967年梁实秋的计四十册的全集。另外有代表性的几套分别是以朱生豪译本为主体的全集：由人民文学出版社1978年出版的十一卷本；译林出版社1998年出版的仍以朱生豪翻译为基础的八卷本；2014年，方平主编和主译的《新莎士比亚集》（十二卷）还原莎剧的诗剧本质，昭示着莎剧由书面到舞台的翻译趋向；辜正坤编、王改娣译的汉英双语本皇家版《莎士比亚全集》2016年由外语教学与研究出版社推出；傅光明的《新译莎士比亚全集》第一辑（四本）2018年由天津人民出版社出版。不断挑战莎剧汉译的大工程，一方面是阅读市场的需求，另一方面也反映了中国对莎士比亚理解的不断加深。

其次，中国特色莎评研究体系的实践与发展。1949年到1978年是中国莎评的关键阶段，这一时期中国莎学批评承接苏联莎学与马克思主义文艺观，形成了以现实主义、人民性、"清除莎士比亚介绍中的资产阶级思想"等为核心的研究体

---

① 顾良：《梁实秋译莎翁戏剧印象》，《今日评论》1939年第1卷第19期。

系，而在表演与教学方面则以斯坦尼斯拉夫斯基体系为主。1978年后，中国的莎学研究不再唯苏联马克思主义莎学马首是瞻。"莎士比亚化"的研究成为热点：研究者们着力探讨莎士比亚化与现实主义、与典型人物之间的联系；方平在1986年提出莎士比亚以诗写戏，为他的诗人身份正名，关于莎士比亚戏剧的艺术性研究得到彰显；莎士比亚与汤显祖、关汉卿等的平行研究十分突出。这一时期的莎评研究已经跳出苏联莎学研究的局限，吸纳世界莎学优秀成果，致力于莎学研究的中国化和当代化，形成了有中国特色的莎评研究。

最后，全媒体时代银幕与舞台上的莎士比亚。1986年，上海和北京同时举办了规模盛大的莎士比亚戏剧节，25台包括中国许多地方剧种的莎剧演出争奇斗艳；在1994年上海国际莎士比亚戏剧节上，九台莎剧相继亮相中国舞台。2016年在纪念莎士比亚逝世400周年的"国际莎士比亚戏剧节"（第三届中国莎士比亚戏剧节）演出了近20部中外莎剧。同年，借纪念莎士比亚和汤显祖逝世400周年之机，上海、遂昌、抚州都隆重举行了汤显祖、莎士比亚的学术研讨活动，关汉卿、汤显祖、曹雪芹与莎士比亚的比较研究已经成为莎学研究的常见话题。各种实验戏剧、电影则将莎剧作为挑战新艺术、攀登新高峰的试验场，莎士比亚的超时代与超时空性再次彰显。昆曲《血手记》、黄梅戏《无事生非》、越剧《王子复仇记》、林兆华的《哈姆雷特》、电影《夜宴》等都带有实验精神，表征着莎剧与中国文化的融合和中国化莎剧的表演特色。当代中国对莎剧的多媒体诠释呈现出两种相异的倾向：一种是非商业性的演出或研究与演绎，在斯坦尼斯拉夫斯基表演体系和布莱希特戏剧理论的指导下排演莎剧,将改编莎剧作为最高的艺术表达敬意;另一种是对莎剧碎片化的戏仿或借用等,这类改编包括将莎剧进行后现代解读的种种衍生艺术,比如2011年由当代艺术中心出品、熊梦楚导演的《疯狂莎士比亚》,开心麻花2016年底演出的《莎士比亚别生气》等剧作。尤其是全媒体时代下,许多自媒体也参与到对莎剧的传播与解读中,比如"papi酱"纪念莎士比亚400周年的视频"用最快的方式告诉你,老莎的四大悲剧究竟说了啥。莎士比亚真的遥不可及吗?",以喜剧方式戏谑悲剧,消解了莎剧的经典性。这类娱乐型的莎剧演绎喜欢把莎士比亚拉下神坛,让他更平易可亲,这不仅表现在莎剧的艺术呈现上,也是传统经典作品在新语境下的接受共性。一方面,对莎剧的多元化解读与翻拍为莎作在新媒体时代迎来了新的话语生长点,增加了受众,更加固了其经典性;另一方面,也不排除一些自媒体作品低水准歪曲恶搞莎剧,以无厘头的方式粗暴解读莎翁,使负面的传播效应取代了人们本可以从莎剧中获得的更好的滋养和教训。

三、 莎士比亚在中国接受与研究的特点和意义

莎士比亚在中国接受与研究的独特性,首先体现在接受的高起点与高热情。早期的杂志多配图以强化莎翁在中国人心目中的形象,这幅具有维多利亚时代服饰特点的莎翁肖像最常见。

绪论 百年来莎士比亚在中国的研究回眸

莎士比亚肖像①

莎士比亚肖像②

可以看出，虽然相隔七年左右，这两幅图采用的是一个底版翻印的，其形象也较可亲，易于为中国人接受。莎剧版本、莎剧舞台的布置等都不断以图像的形式进入中国人的视野，引介文字都对莎翁给予很高的赞誉。据现在已有的资料考证，莎士比亚在中国最早出现在林则徐组织辑译的《四洲志》中，翻译《四洲志》的初衷是为了加强国人对世界的了解，莎士比亚作为"看世界"的文化交融活动的一个附带品，也是中国了解英国的一个切入点。早期，传教士在传播西方文化和语言时，有意无意地对莎剧有所介绍，亮乐月翻译的《剜肉记》一定程度上是将莎剧作为先进文化对中国女性进行启蒙的读物。从星星点点的外部输入到主动引进莎剧，中国的翻译家如林纾、朱

---

① 《英国大诗家索士比亚》，《新民丛报》1904年第3卷第11期。
② 《世界名人肖像：一、莎士比亚；二、司各得》，《小说月报》1911年第2卷第8期。

生豪、梁实秋等不遗余力,把莎剧的翻译作为图存救亡、民族独立的头等大事去对待。相较于狄更斯、托尔斯泰、易卜生、巴尔扎克、歌德等作家,国人对莎士比亚的研究热情最高、成果最多、持续性最强。这不仅因为英语在世界范围内官方语言地位的确立使得莎剧成为英语学习者书单中的利器,也因为莎剧体量庞大、可读可演、内涵丰富、便于创造性阐释。国人甚至将莎士比亚诞辰的纪念活动用"祭典"来表示,可见其受重视程度。有一则消息通报,"在英国每年到了四月廿三日,必举行沙士比亚祭典"[1],从其中所用的"祭典"等字眼可以看出,国人认为莎士比亚在西方的地位,已经类似于中国的孔子。这种对莎士比亚的推崇增强了对莎士比亚研究与借鉴的主动性,莎士比亚的本土化过程与中国学者研究的主动性密不可分,也是西学东渐的大潮所驱。

其次是接受的广度与多元性,张沅长对"莎学"的引介与推进,[2] 莎士比亚与中国作家的比较研究,[3] 各国作家论莎士比亚,[4] 海外有关莎士比亚的新动向如新莎士比亚纪念剧院行开工典礼的各种报道等,[5] 都是中国莎学研究关注的范围。随着全球化的深入发展,中国广泛参与到有关莎士比亚的国际事件和活动中,与世界各地的莎学活动有了前所未有的深度互

---

[1] 《沙士比亚祭》,《世界晨报》1935年12月30日,第2版。
[2] 张沅长:《莎学》,《国立武汉大学文哲季刊》1932年第2卷第2期。
[3] 比如,赵景深:《汤显祖与莎士比亚》,《文艺春秋》1946年第2卷第2期。
[4] 比如,愈之:《托尔斯泰的莎士比亚论》,《东方杂志》1920年第17卷第2期。
[5] 修桐:《海外文坛消息:新莎士比亚纪念剧院行开工典礼》,《活泼泼地》1929年第2卷第42期;絜非:《世界图书馆述闻:美国莎士比亚图书馆纪》,《浙江省立图书馆月刊》1932年第1卷第9期。

动。中国对莎士比亚的接受虽然主要有三条路径，但1978年之后，随着文化的开放，莎士比亚的传播更加具有了全球性，中国人接纳关于莎学的一切新成果，这也使中国的莎士比亚研究更加多元。

最后，早期接受的现实性与审美化之变。莎士比亚在中国地位很高，但并不代表中国没有倒莎派，对莎士比亚的欣赏与否定也构成了莎士比亚形象在中国的矛盾统一体。从接受角度看，近现代中国受民族地位与情绪的影响，将莎士比亚视作文化侵略的观点一直是一种潜流，钱穆就是明显的一例。也有借攻击莎士比亚来表达爱国热情的，比如《打倒莎士比亚》这个虚构故事中，爱国志士高喊"打倒莎士比亚！打倒他！哈哈！把红毛鬼仔打个落花流水！"①。在倒莎派看来，莎士比亚并不完美，莎士比亚究竟值不值得人们狂热的称颂呢？王启莹认为莎氏的技巧是不朽的，但是同时赞同托尔斯泰对莎氏的贬损，认为"莎剧的思想除了表现王室贵族的尊荣，并对贵族阶级赞颂外，同时他更对其他的阶级加以轻蔑和唾骂，他对于民众的态度很冷酷"。②"莎氏是一个庸俗而卑鄙的贵族阶级所豢养的戏剧家。"③ 这些评价一方面受托尔斯泰的影响，另一方面是受时代的思潮影响而发的议论。

那么，莎氏在现代中国接受的总体情况如何呢？莎士比亚受到冷落或指责有两个值得注意的时间点，一个是"五四"前后，莎剧受到冷落，集中体现在关于翻译何种作品最经济的问题的探

---

① 郁生：《打倒莎士比亚》，《论语》1933年第17期。
② 王启莹：《评托尔斯泰底莎氏比亚论》，《文学杂志》1931年第1卷第1期。
③ 王启莹：《评托尔斯泰底莎氏比亚论》，《文学杂志》1931年第1卷第1期。

讨上,而译莎被认为是"不经济"的表现,成则人认为,翻译一些时兴的小作品不如翻译西方名著,"现在翻译世界的不朽名作还怕赶不及,哪有空功夫去翻译无名的等闲作品呢！希望介绍西洋文学的人要用最经济的手段,省些时力"①。而郑振铎认为的"经济"却不如此,他认为这时翻译名作,如莎士比亚的"韩美雷特"有些不经济。② 二人的论争焦点为"经济与不经济",经济就是不浪费,在当时的语境下指不浪费时间、人力、物力,不辜负读者和时代的期待,也就是当与不当的问题,时代需要的翻译,就是恰当的合适的,而于社会无助的翻译,就是不当的、不经济的。莎士比亚被划分在古典作家群里,人们认为莎剧不够现代,缺乏解决时代社会问题的济世功能,在急需程度的先后次序上并不占优势。虽然"经济与不经济"的讨论不断,田汉还是尝试翻译了话剧体的《哈孟雷德》,然而批评的声音不断,导致田汉最后放弃了翻译全集的计划。而郑振铎、胡适等较有影响力的学者都不同程度地排斥莎剧。王元化在《思辨录》中说:"从本世纪初以来,莎士比亚在中国并没有获得好运。'五四'新文化阵营中有不少人是以弘扬文艺复兴精神自命的,可是他们对于西方文艺复兴的这位代表人物,却显得十分冷漠,对他尚不及对那些无论在才能或成就方面远为逊色的作家的关注,仅仅因为这些作家属于弱小民族的缘故。我们只知道胡适曾鼓励别人翻译莎剧,但很少人知道他早年是贬责莎士比亚的。……鲁迅虽然没有贬莎论调,但莎士比亚并不是他所喜爱的西方作家。他

---

① 成则人:《对于国内研究文学者的希望》,《民国日报·觉悟》1921年第28期。
② 西谛:《盲目的翻译家》,《文学旬刊》1921年第6期。

没有写过专门谈论莎士比亚的文章,当论战的对手提到莎士比亚的时候,他才涉及他,说《裘力斯·凯撒》并没有正确地反映罗马群众的面貌。'五四'时期的一些代表人物不喜欢莎剧,虽然各有各的理由,但主要原因除了具有功利色彩的艺术观之外,也可能是由于已经习惯了近代的艺术表现方式,而对于四百多年前的古老艺术觉得有些格格不入。"① 事实的确如此,"五四"时期虽然张扬个性,觉悟到"人"的意义,但对人性有睿智理解的莎士比亚却受到冷落。随着现代中国政治意识的展开,莎士比亚既因写"人和人民命运"而伟大,又因脱离人民而被冠以"资产阶级思想家"的名号。如果说莎士比亚在中国不走运,显然是指"五四"时期,急于输入西方思想的学者们更偏爱与中国现实可以对接的易卜生、萧伯纳、托尔斯泰等,易卜生和莎士比亚虽然同为戏剧家,易卜生一度大红大紫却反衬了莎士比亚的黯淡,这也是时势使然。"而文人在市场中的命运,就和其他商品生产者一样,取决于他与文学同行的竞争,取决于他被文学市场认可的程度。"② 在当时的文坛,市场是一个因素,时事环境是另一个因素。莎士比亚又是幸运的,虽然近代中国在困境和泥泞中挣扎,中国人却把莎士比亚的引介和研究工作与民族尊严捆绑在一起,将之视为头等要务。出于对莎作的痴迷和民族耻辱感,朱生豪成为一个译莎英雄。中国人一向给予莎士比亚最高礼遇,在建立独立的民族国家之路上,唯恐中国沦为"没文化"的国家和民族,在舞台上、课堂里、评论

---

① 王元化:《"五四"时期不喜欢莎士比亚》,《思辨录》,上海古籍出版社,2004 年,第 437 页。
② 程巍:《文学与市场,或文人与商人》,《文学评论》2014 年第 6 期。

界，莎士比亚都占据显赫的位置。

莎剧在中国接受的另一次低谷是 1930 年代。莎士比亚被搬上银幕，在世界范围内引起热议，大走红运，华纳公司拍了《仲夏夜之梦》，米高梅公司请莱斯利·霍华德和瑙玛·希拉分别饰演罗密欧与朱丽叶，英国的影片公司也拍了《任君所欲》。① 在中国，莎翁全集的翻译与一等国的荣辱问题关联在一起，莎翁全集的翻译被提上日程。随着莎士比亚在中国的热度增加，莎剧中的一些落后观念也备受指责，尤其是莎士比亚对女性的态度受到批评，有的作者倡导妇女权益，声称自己是"裙带的保护者"，以"助长雌威"为志，将莎士比亚《驯悍记》作为配图，讽刺《驯悍记》中以征服妻子为荣的落后观念。② 郭立华认为："反对莎士比亚唯一的证据，是由于他的作品给予了我们一个方面太多的知识与卓见的证明这个事实。"③ 这句不太通顺的话，其实想努力表达的一个意思是，莎剧对法律知识、人生要义、自然界、医学方面的知识都十分熟谙，因为太完美，莎剧所显示的知识的广博与卓见，不是未受完全学校教育的莎氏所应有的，因此，莎氏的身份招致攻击。郭立华的《关于莎士比亚：他的诽谤和他和天才》是一篇比较详细且系统阐述莎士比亚在 19 世纪中叶以后的"代笔"论与莎剧实为培根所写等反莎士比亚思潮的文章，对当时国人了解西方莎士比亚研究的总体面貌很有帮助。

---

① 胡德：《莎士比亚的作品大走红运》，《世界画报》1936 年第 575 期。
② 《美国的打老婆法庭》，《家庭良友》1937 年第 4 期。
③ 郭立华：《关于莎士比亚：他的诽谤和他和天才》，《中国文艺》1942 年第 6 卷第 4 期。

绪论　百年来莎士比亚在中国的研究回眸

我们可以清楚地看到,早期莎士比亚在中国的传播曲线有两个明显的触底低谷,直至 1978 年后迅速攀升。"五四"后期莎士比亚受冷遇是因为莎士比亚与中国现实关联较弱、文化界选择西方文化的次序而致, 1930 年后中国因为没有全集译本在国际上被奚落,继而全集翻译的问题才被重视。那么,是不是可以判断,早期的中国对莎士比亚接受迟缓呢?这个问题我们要结合中国实际。首先,当时中国约有四亿人口,"有百分之八十的文盲数量"①,战火纷飞的年代,在 3 亿多人无法使用母语识文断字的情况下,尚无完备中文译本的莎剧是不可能在大众层面得到大面积普及的。其实,与其他经典作家相比,我们就会发现,莎士比亚作为经典作家的代表,全集译本的种类之多、排演的剧目之广、诞辰的纪念活动之盛,都要突出得多。对外来事物接受的可能无外乎接受和抵制这两个相辅相成的面向,在中国,也就自然而然形成"尊莎"与"倒莎"等不同观点,也从侧面表明了国人对莎士比亚的关注。

在国人对莎士比亚及其剧作正规地译介"进口"到中国之前,莎士比亚其人其作已经陆陆续续地通过旅行家、留洋学生、中国使节、仕商、西方传教士等撒播到中国,莎士比亚象征着"域外"及国人对西方世界的兴趣。毋庸置疑,莎士比亚是影响力罕有其匹、具有世界美誉度的剧作家,莎剧根植于西方民族与文化,跨越时空而经久不衰,具有极高的权威性和典范性。在莎翁逝世 400 周年的 2016 年,英国首相卡梅伦曾向全

---

① 林汉达:《一等国不应再是文盲国》,《周报》1945 年第 7 期。

世界骄傲地强调莎士比亚的永恒性："他仍然活在我们的语言、文化和社会中，对教育的影响弥久常新。"① 在某种程度上，莎士比亚的凝聚力体现在莎剧是英国文化的活水源头和精神港湾上，其渗透力和吸引力也力证了莎剧不愧为英国的核心竞争力，莎剧和其庞大的演绎文本群②也使其展示出在人类文化向心力方面的潜质。作为重要的精神文化资源，莎剧横扫全球。莎士比亚在中国的传播及莎士比亚与现代中国的关系的研究成果较多，本书的研究主要集中于19世纪末到20世纪上半叶，通过阐述莎士比亚在中国的译介、演出、反响以及对中国作家的影响，揭示莎士比亚作为一种精神资源与现代中国思想发展的内在关联。因此，对莎士比亚作为一个思想符号所指的探索便呈现为不同层次的递进，从最初的抽象模糊、理解泛泛到逐渐明晰生动、惺惺相惜，这是文化交流的必经历程。早期对莎士比亚的接受以林纾和梁启超为代表，对莎士比亚的译介促生了国人的民族意识和情感归属，学习西方文明被列为紧迫的头等大事，其指向性为学习异己，进而超越异己。在20世纪初期，随着莎剧白话译本诞生，莎士比亚的形象在中国变得明朗，但西方个人主义思想在中国的滥觞和民族独立意识的蓬勃，使得倡导个人独立与民族自立的弱小民族文学更受追捧，莎士比亚在中国的影响衰微，这种淡化也彰显了中国"立人"话语的偏颇。随着"五四"退潮，莎士比亚符号"人性"和

---

① 英国首相卡梅伦：《永恒的莎士比亚》，http://www.xinhuanet.com/world/2016-01/18/c_128640001.htm。2018年10月20日访问。
② 这个词在这里意指对全世界对莎剧的翻译、改编、舞台表演、银幕呈现、批评研究等演绎和诠释文本的总称。

"人民性"一面的意义又开始凸显,对莎士比亚多视角的解读成为可能,同时中国文学也进入了马克思主义体系的时代。20世纪70年代后,莎士比亚在中国迎来了多声部合奏的时代,其作为诗人和剧作家的伟大之处逐渐显现。显然,莎剧的传播和影响与中国的国运紧密相关,早期中国改编改译莎剧,学习西方,发奋图强的意味比较突出,莎剧之用得到彰显;而随着中国社会的发展,接受学习莎剧的审美性凸显,对话交流更加深入。

林同济认为,中国的莎士比亚形象经历了"故事大王"(20世纪初)、"剧作家"(1919年至1949年)、"思想家"(1949年至1964年)、"艺术创造者"(1978年之后)四个不同阶段,① 林同济通过描述莎士比亚的形象变迁为世界展示了莎士比亚在中国的经典化历程。莎士比亚的不同面貌呈现了中国对莎士比亚理解的增进,对莎士比亚内涵的理解是随着时间的推移不断加深的,但作为戏剧家、思想家、艺术创造者的莎士比亚互相涵盖,并不局限于某一具体时段。如果参照现代中国对"人"的认识就可以发现,在20世纪上半叶之前,中国对莎士比亚的探索和理解就已经融汇了"思想家""艺术创造者"等不同维度。莎士比亚作为强势符号包含"莎士比亚"的大名,有其作品作为载体的层面,同时也是承载西方文明与历史的万花筒,从故事家到戏剧家、思想家、艺术创造者的莎士比亚,我们远离了莎士比亚还是丰富了莎士比亚?我们认为自己在不断靠近莎士

---

① 林同济:《莎士比亚在中国:魅力与挑战》,丁骏译,载许纪霖、李琼编:《天地之间:林同济文集》,复旦大学出版社,2004年,第241页。

比亚的根本目的是了解西方、参建自我，而对莎士比亚"发现人类自身价值"的思想内核的认识还没有充分展开。显然，对莎士比亚的忽略或重视是一个思想文化现象，为什么作为西方文豪的莎士比亚要被不可置疑地接纳？为何有人认为莎士比亚在现代中国并不走运？这意味着近现代中国思想视域中的莎士比亚观可能折射思想文化层面的内容，中国学人对以莎翁为代表的西方文化的接受心态以及莎士比亚在中国的再生产与现代民族国家建构之间有一定关联。"站起来"是近代中国的首要任务，而民族精神的认同必须强化传统的凝聚力，但历史境遇却驱使中国以西方文明为目标。如何不失民族本位吸收外来文化，使民族文化得以屹立于世界之林，如何在"民族的"和"世界的"之间保持一种和谐与平衡是中国在面对西方文化时的主要问题。

"莎士比亚"对国人来说是西学、新学、先进文明，也是强势文化或侵略性文化，在中西文化的激撞下，新旧文学思想的汇流抗衡中，中国人艰难而理性的文化选择和文化心态都可以从面对莎士比亚时的矛盾说起，不管是被动抑或主动地接纳评价莎氏及莎作，莎士比亚与中国思想的对接与失之交臂都像一面多棱镜，内中有着中西文化思想的激烈交锋。莎士比亚是一面镜子、一个缩影，任何读者都可以从自己的角度对莎剧进行再创造，每一位学人解读莎士比亚的角度迥异，谈论莎士比亚的用意有差，莎士比亚被赋予了远丰富于本体的深意，莎士比亚与现代中国思想的关系可以折射出中国在历经巨大的思想文化变迁之际，中国社会的民族叙述和个人话语。与此同时，莎士比亚作为可借鉴的思想资源，其脸谱多样的中国符码也被想象性地建构起来。

四、思想视域下的莎士比亚

中国的莎学研究已走过了一个世纪的历程,无论译介、评论还是演出都取得了比较丰硕的成果,既不缺乏对莎士比亚经典文本的深度分析,也不缺乏对莎士比亚戏剧的整体研究。1994年,东北师范大学出版社出版了孟宪强教授的《中国莎学简史》,其综述部分将中国莎学的演进划分为六个时期,具体为:发轫期、探索期、苦斗期、繁荣期、崛起期、过渡期。孟宪强教授不但对莎剧有独到的个人理解,还结合时代向世界介绍了中国莎学的历史和成就。谈瀛洲的《莎评简史》[①]梳理了国外莎评的发展史和流派,内容清晰,一目了然,是对纷繁复杂的国外莎评总览式的批评。《中国莎士比亚批评史》[②]探讨了中国莎士比亚批评的发展脉络,问题优先,史论结合,材料丰富。杨周翰的《镜子和七巧板》(中国社会科学出版社,1990年)、陆谷孙编的《莎士比亚专辑》(复旦大学出版社,1984年)、孙家琇主编的《马克思恩格斯和莎士比亚戏剧》(中国戏剧出版社,1981年)、中国社会科学出版社1979和1981年出版的《莎士比亚评论汇编》(上下册)、李伟昉的《说不尽的莎士比亚》[③]等著作,都已经成为中国莎士比亚研究的重要文献。

---

① 谈瀛洲:《莎评简史》,复旦大学出版社,2005年。
② 李伟民:《中国莎士比亚批评史》,中国戏剧出版社,2006年。
③ 李伟昉:《说不尽的莎士比亚》,中国社会科学出版社,2004年。

中国莎士比亚研究会编辑了《莎士比亚在中国》，1987年由上海文艺出版社出版，这本书收集了从事莎研的学者如陆谷孙、胡伟民、黄佐临等的共12篇文章，集中探讨了莎士比亚戏剧在具体演出操作层面的"中国化"之路及导演、改编莎剧的理论。曹树钧、孙福良合著的《莎士比亚在中国的舞台上》（哈尔滨出版社，1989年）是中国第一部正面系统论述莎剧在中国演出史的专著，这本书不仅厘清了莎剧登陆中国舞台的历史，还展示了莎剧中国化的道路和中外戏剧交流的各个侧面。李伟民的《莎士比亚戏剧在中国语境中的接受与流变》（中国社会科学出版社，2019年）通过对话剧、戏曲改编莎剧的研究，彰显了中国莎学的民族特色。吴辉的《影像莎士比亚》（中国传媒大学出版社，2007年）从影视媒体角度对莎作的舞台化做了补足。

黄承元具有开创性地从全球化和本土化视角对莎士比亚在中国的旅迹有深入的描绘，① 其论述也从舞台影视角度涵盖了中国电影对莎士比亚的挪用。李如茹着重从莎剧的舞台表演诠释了莎士比亚的中国特色。② 何其莘也撰写了中国的莎士比亚，③ 向西方展示了中国对莎士比亚的独特理解。张

---

① Alexander C. Y. Huang, *Chinese Shakespeares: Two Centuries of Cultural Exchange*, Paperback, 2009.
② Li Ruru, *Shashibiya: Staging Shakespeare in China*, Hong Kong University Press, 2003.
③ Qi-Xin He, "China's Shakespeare", *Shakespeare Quarterly*, Vol. 37, No. 2, 1986, pp.149–159.

常信对莎士比亚在中国的历程做了概览式的研究，①而孙艳娜也将莎士比亚在中国的研究、表演、接受等做了梳理②。钱理群③从个案入手，将哈姆雷特与堂吉诃德的中国进程进行了互照、互参式的情感化理解，堪称一部作者乃至现代中国知识分子的心灵史。

从根本上说，这些"莎士比亚在中国"的相关研究成果，无论是从翻译、舞台改编、影像传媒的角度，还是课堂教学与个案研究的角度，都是对"莎士比亚在中国"研究空间的拓展。莎士比亚是西方各界学人的宠儿，黑格尔、马克思、歌德、弗洛伊德等都对莎士比亚有精辟的论述，中国的莎学如果只局限在舞台与文学圈，无疑是画地为牢。有趣的是，莎学在中国的种子最初是由思想家播撒引进的，作为具有开明眼光和博大胸襟的思想家、睁眼看世界的时代先锋，不管是老派儒者还是新式海归，无论是赞誉或是贬拒，他们使莎士比亚在中国生根，莎学的接力棒从他们手中传递。如今，中国莎学早已是外国文学研究中的显学，相关著述堪称海量。然而相关研究主要集中于莎剧翻译及研究、莎作评论、舞台表演研究或莎剧教学等领域，思想家和文论家与莎士比亚的亲缘关系这一支脉被忽略了，在莎士比亚与中国现代文艺思想之互动方面，除少量论著和个案研究有所涉及外，整体依然阙如。而研究者出于既

---

① Chen-hsien Chang, "Shakespeare in China", *Shakespeare Survey*, No.6, 1953.
② 孙艳娜：《莎士比亚在中国》，河南大学出版社，2010年。
③ 钱理群：《丰富的痛苦：堂吉诃德与哈姆雷特的东移》，北京大学出版社，2007年。

定思维，眼光多局限于对莎士比亚作品的翻译、内容的读解和戏剧表演等方面，所以少有生发于史料与个案研究基础上的新视野和判断，没有将莎士比亚符码的变迁作为一个思想文化现象进行考察，这不能不说是一个缺憾。之后思想界人士对莎士比亚关注的脉络仍相承袭，只是没有得到重视。主要原因可能源于一种看法：思想类型的学者既然不是专业人士，其论莎士比亚必然不成气候，大多只言片语，零碎杂乱，更不可能自成体系，周密严谨。这个看法不能说是偏见，但往往思想的火花蕴于三言两语中，精要不繁，中国古代文论未必都有宏大的叙述和理论构建，却耐人品读。所以，除了莎剧的舞台演出、课堂教学研究、翻译研究、聚焦于不太引人注目的思想人物和文艺学者的莎学评论，中国现代文艺思想著述中，对莎士比亚有专论或散论的学人数量不可小觑，大凡对外国文学稍有涉猎者都会谈到莎士比亚。如在近代民族危机和世界格局互动中具有代表意义的严复、梁启超、辜鸿铭等，对外国文化与中国文化都有深刻理解的鲁迅、周作人、胡适、陈西滢、邓以蛰、梁实秋、卞之琳、吴宓、林语堂、闻一多、宗白华、冯乃超、叶公超、林同济、钱玄同、徐志摩等，被视为保守派的林纾、钱穆、章士钊等，以及我们熟知的郑振铎、李健吾、梁宗岱、茅盾、郭沫若、吴兴华、杨晦、钱锺书、朱光潜、焦菊隐、张天翼、曹禺、吕荧、废名、老舍、殷海光、周辅成、王元化、钱谷融等文艺论者和美学家。孟宪强的《中国莎学简史》和2001年出版的张泗洋主编的《莎士比亚大辞典》中有关中国莎学学者的条目中（不包括舞台艺术家和戏剧家）有大学教授、学者、翻译家、批评家，但是，笔者所论及的钱穆、胡适①、周作人、邓以蛰、周辅成等都不在列，对莎士比亚有专论的宗白华、王元化也罕有涉及，翻译过莎剧《仲夏夜之梦》的吕荧也未入选，其遴选的标准显然将美学、哲学研究者排除在外。而李伟民的《中国莎士比亚研究：莎学知音思想探析与理论建设》在整理莎学人物时对遗漏掉的王元化和我国台湾地区莎学学者进行补充，甚至把现今活跃的莎学研究者（包括经常参加研讨会的大学教师）都尽收囊中，但是关于周辅成、吕荧等莎学知音还是空白。跳出文学专业人士研究莎学的拘囿，以跨学科的视野关注文艺思想界学者对莎士比亚的评论和研究并不鲜见，关于黑格尔、马克思等与莎士比亚的研究就很值得研究者借鉴，比如孟宪强辑注的《马克思恩格斯与莎士比亚》，朱立元的《黑格尔戏剧美学思想初探》中有《黑格尔论莎士比亚》的附录，这些足以说明莎士比亚作为思想资源研究的可行性。对莎士比亚在中国命运的反思，中国对莎士比亚的再认识再塑造与中国的社会思想政治形态和文化欲望之间的勾连，以往被忽视的文艺学者在阐释莎士比亚中传递的思想价值取向和立场都是本研究关注的重点。

莎士比亚之来中国，离不开先睁眼看世界的思想家们，他们力倡"师夷长技以制夷"，不仅努力在器物、制度层面革新，也着力于文化思想的启蒙，牵领着国人了解西方，认识外

---

① 孟宪强后来在《胡适与莎士比亚——〈中国莎学简史〉自补遗》中对胡适论莎的资料进行了补充，见《四川戏剧》2000年第1期。

界。介绍莎士比亚"第一人"的林则徐①和之后介绍莎士比亚的郭嵩焘（1818—1891）也并非术业文学，郭嵩焘1876年任出使英国大臣，后兼任驻法使臣，为清朝驻使欧洲之第一人。他的日记事无巨细地记录"洋情"，对英国的民主议会制、宗教和教育机构等都有详细考述，开"循西洋政教"之先河。因为他明白像他这样在西洋生活过、了解西方文化的人凤毛麟角，他有责任和使命为中国人打开一扇天窗了解西方。相较魏源和洋务派等学人开出的以"强兵"来强国的药方，郭嵩焘的眼界更深入和全面。在所著日记中，郭嵩焘曾三次提到莎士比亚，第一次为他参加卡克斯顿纪念会（Caxton Celebration）所见。"闻其最著名者，一为舍色斯毕尔（即莎士比亚），为英国两百年前善谱出者，与希腊诗人何满得（荷马）齐名。（何满得所著诗两种，一曰谛雅得，一曰阿锡得。）其时有买田契一纸，舍色斯毕尔签名其上，亦装饰悬挂之。其所谱出一帙，以赶此会刻印五百本。一名毕尔庚（即培根），亦二百年前人，与舍

---

① 1839年底，林则徐（1785—1850）开始组织翻译英国人慕瑞（Hugh Murray）1836年在伦敦出版的《世界地理大全》（*The Encyclopedia of Geography*），译名为《四洲志》，这种通识性的世界地理历史文化知识对当时的中国人来说都是新知，包括其中的"沙士比阿"（莎士比亚）对国人来说也很新鲜，中国人感受到了"天外有天"的震撼。如前文已经提到过的，《四洲志》第30节被译为："渥斯贺建大书馆一所，内贮古书十二万五千卷。在感弥利赤建书馆一所，有沙士比阿、弥尔顿、士达萨特、弥顿四人工诗文，富著述。"李长林、杜平在《中国对莎士比亚的了解与研究——〈中国莎学简史〉补遗》（《中国比较文学》1997年第4期）一文中将莎士比亚被介绍进中国的时间，较以往之定论1856年上海墨海书院刻印的《大英国志》中提到的"舌克斯毕"往前推溯了17年。

绪论 百年来莎士比亚在中国的研究回眸

色斯毕尔同时,英国讲求实学自毕尔庚始。"① 第三次是蒙冤回国前,受邀观看莎士比亚戏剧所记,"观所演舍克斯毕尔戏文,专主装点情节,不尚炫耀"②。郭嵩焘对莎士比亚的记叙仅限于见闻,因莎士比亚在英国的名声才关注了莎士比亚,但他对莎士比亚并无具体的了解,对莎剧浮光掠影的点评也不够客观,莎剧跌宕突转的故事情节显然给他留下了较深的印象,与中国戏剧相比,他认为莎剧并不华丽。初到西国时,郭嵩焘也认为"此间富强之基,与其政教精实严密,斐然可观;而文章礼乐,不逮中华远甚"③。不只郭嵩焘这么认为,中国文化优于西方这个结论,得到普遍认可,而初期学人对于莎士比亚的了解,也可以折射出此时国人对西方文明的认知尚处于皮毛阶段,对于西方文化的评判,往往代表着一个民族对西方文化的态度,受到"集体想象的制约"④,一方面是中国学人为自己保留尊严的托辞,另一方面也证明了文化自大的隐蔽和顽固。

早期莎士比亚符码对中国的意义不可忽视,其与其他西方文明符码共同作用于衰颓的中国,动摇了中国文化弥久的优越感。魏源(1794—1857)在《海国图志》的《原叙》中如是

---

① 郭嵩焘:《伦敦与巴黎日记》,光绪三年七月初三,钟叔河、杨坚整理,岳麓书社,1984年,第275页。第二次提到莎士比亚为1878年9月26日,与德国公使巴兰德闲谈时听闻《亨利四世》上篇第二幕第四场福斯塔夫的话"Sorrow makes fat",郭嵩焘记录为"梭罗麦克斯法尔"。
② 郭嵩焘:《伦敦与巴黎日记》,光绪四年十二月二十六日,第873页。
③ 郭嵩焘:《伦敦与巴黎日记》,光绪三年正月初九,第119页。
④ 孟华的《比较文学形象学》第16页有"游记的作者往往扮演了双重角色:他们既是社会集体想象物的建构者和鼓吹者、始作俑者,又在一定程度上受到集体想象的制约,因而他们笔下的异国形象也就成为了集体想象的投射物"。孟华:《比较文学形象学》,北京大学出版社,2001年。

说，"为以夷攻夷而作，为以夷款夷而作，为师夷之长技以制夷而作"①。众所周知，鸦片战争后中国的政治、经济危机重重，内忧外患，败降于西方始知落后之甚，此时国人急于求教西方的是其战舰、火器、养兵练兵之法等科学技术之长，还没有放下自大的架子，一如既往地将他族视为"蛮夷"，而"师夷"局限于"器用"方面，似乎只是不得已的权宜之计，以此达到与西方列强制衡的目的。面对新的"他者"，中国完全失去了过去的文化与经济优势！②西方作为他者的出现，颠覆了中国长期以来的自我中心意识。这个"他者"，具有极强的侵略性，国人理应同仇敌忾，然而西方又携其发达的文明而来，中国不得不拜其为师。

一直以来，"夷狄进于中国则中国之，中国退为夷狄则夷狄之"③的天下观变为自我中心的幻觉，且"不以平等看待外国"④。 郭嵩焘在观察和思考后，清醒地认识到不能把西方再视为蛮夷，不能再蒙蔽自己，自欺欺人，盲目自大，生活在幻影中，西方是文明和进步的象征，是中国要奋起直追的目标。"天朝"⑤的

---

① 魏源：《海国图志》，中州古籍出版社，1999年，第67页。
② 许倬云：《我者与他者：中国历史上的内外分际》，时报文化出版事业公司，2009年，第182页。
③ 张君劢：《中华民族之立国能力》，《再生》第1卷第4期，1932年8月20日。
④ 殷海光：《中国文化的展望》，上海三联书店，2002年，第5页。
⑤ 中国传统的天下观是将天下作为一个按照道德高低划分的等级秩序，是一个道德共同体，具有普世性，也是以中国为中心所构筑的同心圆政治秩序。金观涛、刘青峰：《从"天下"、"万国"到"世界"》，《观念史研究：中国现代重要政治术语的形成》，法律出版社，2010年，第230—231页。费正清也认为传统的天下观是"同心圆式的等级理论"，见费正清主编《剑桥中国晚清史》（上卷），中国社会科学出版社，1983年，第35页。

幻影已经完全破灭，世界的格局再也不能凭空臆想，此时，中国和夷狄的概念已经颠倒过来，中国人头脑中的"天朝世界"被倒置后，才开始反思自己的地位。郭嵩焘在论及中国历史上的夷狄之祸时，首先否定了中国的自我中心论：

> 匈奴灭而蒙古兴，蒙古衰而欧洲各国日新月盛以昌于中土。秦汉以后之中国，失其道久矣。天固旁皇审顾，求所以奠定之。苟得其道，则固天心之所属也。茫茫四海，含识之人民，此心此理，所以上契于天者，岂有异哉？而猥曰："东方一隅为中国，余皆夷狄也。吾所弗敢知矣。"①

这个看法较"师夷""制夷"已经发生了彻底的心理转变，也意味着中国转型的开始，这个转型有中国人主动师法西方的内因，也有西方侵略中国导致中国学习西方的外因。张灏认为，中国社会的转型期自1895年始。② 前面我们提到的另外一些看法将时间点前推至更早的洋务运动时期或鸦战时期，"当儒臣和士大夫把经世致用的目标从对付内部动乱转向抵抗西方冲击时，立即造成了传统天下观的转化"③。但实际上这

---

① 郭嵩焘：《伦敦与巴黎日记》，光绪五年正月二十六，第961页。
② 张灏：《中国近代思想史的转型时代》，《二十一世纪》总第52期，1999年4月号。
③ 金观涛、刘青峰：《从"天下"、"万国"到"世界"》，《观念史研究：中国现代重要政治术语的形成》，法律出版社，2010年，第232页。

些结论只是一种方便历史总结的概念化理解,传统思维的肌理不会整齐划一地瞬间瓦解,而是渗透式悄然改变。郭嵩焘等也是在肃清自身的价值系统后继而彻底将目盲而致心盲的"天朝世界"颠倒过来:

> 三代以前,独中国有教化耳,故有要服、荒服之名,一皆远之于中国而名曰夷狄。自汉以来,中国教化日益微灭;而政教风俗,欧洲各国乃独擅其胜。其视中国,亦犹三代盛时之视夷狄也。中国士大夫知此义者尚无其人,伤哉![①]

传统中国的天下观念、以中国为中心的万国观念、华夷论开始瓦解。在世界体系中,"天下"原有的秩序解体,中国沦为边缘,"天下者,天下人之天下也。然今日则不啻为白种人所独有之天下,使有白种多数之国,集为一会,即可名为万国公会"[②]。国人有着被"挤出世界人"的灭顶恐慌,文化政教此起彼伏,既然中国已处于夷狄之位,就无理由再"安贫乐道",效法西方获得成功的日本就是自强的榜样。郭嵩焘在日记中一再记叙对日本的感受,看到日本西化的成功,自愧不如。"其户部派官至伦敦考求理财之政,勇于取效如此,吾甚

---

① 郭嵩焘:《伦敦与巴黎日记》,光绪四年二月初一,第491页。
② 《外交报》,第161期,1906年11月20日,引自张元济主编《外交报汇编》第2册,国家图书馆,第149页。

愧之。"① 他又提到日本国的国策之领先。日本在英国有二百余人，"皆精通英国语言，中国不如远矣"②。郭嵩焘强调了日本的"勇敢"，旨在鼓励国人的积极行动，也符合"敏而好学，不耻下问"的中国传统。他还以旁观者的视角对中日与西方的关系发呐喊之音。在和伯克什（土耳其前宰相，郭文全称之为"回人密尔萨毕尔伯克什"）于茶会上聊天时，伯克什说："日本晚出，锐意求进，在亚细亚最有名，甚喜其国日益昌大。中国为天下第一大国，出名最久，诸国皆仰望之，甚喜其有富强之业，能早自奋发为佳也。予闻之甚惭。"伯克什接言："中国宜早醒，莫再酣睡，早醒一日有一日之益。"③

清醒了的中国，从"师夷"到"自视为夷"无异于要克服痛苦的心理障碍，要师法的不但是西方的科技、制度和文明，也要学习日本迅捷的文化态度和深重的危机感。所以，从1896年到1906年，清朝派出留学生的人数从13人上升到上万人④，中国大规模的留学热潮正源于对自我弱小的觉醒，也昭示了中国的中心地位和国人心中的优越意识的衰颓，是中国华夷观念颠倒与解体的现实表现。随着域外交流的拓展，危机意识更显焦灼，一批先进学人开始正视中国，将西方视为中国的未来发展目标，在国人心中，新的世界格局逐渐形成。

随着原有世界由表及里的颠覆，危机感弥漫中国，由政治

---

① 郭嵩焘：《伦敦与巴黎日记》，光绪三年二月十三日，第142页。
② 郭嵩焘：《伦敦与巴黎日记》，光绪三年三月初一，第166页。
③ 郭嵩焘：《伦敦与巴黎日记》，光绪四年正月初九，第461页。
④ 陈平原：《陈平原小说史论集》（中），河北人民出版社，1997年，第612页。

危机波及思想危机,这是整个转型时代①的集体性焦虑。清廷不断遭受打击,甲午战争对中国又是重创,戊戌变法证明了清朝实在没有奋起自新之力,在西方的炮轰下,中国不仅处在生死存亡的边缘,更深层次的文化、思想危机蔓延开来,整个中国社会的转型由此激变。转型时代是一个危机的时代。1895年以后,不仅外患内乱显著增多,威胁国家的存亡,同时,中国社会传统的基本政治结构也开始解体。这方面最显著的危机当然是传统政治秩序在转型时代由动摇而崩溃,这个在中国维持数千年的政治秩序一旦瓦解,使中国人在政治社会上失去重心和方向,自然产生思想上的极大混乱与虚脱。"这里必须指出的是: 我们不能孤立地去看这政治秩序的崩溃,政治层面的危机同时也牵连到更深一层的文化危机。……当时政治秩序的危机正好像是一座大冰山露在水面的尖端,潜在水面下尚有更深更广泛的文化思想危机。这危机就是我所谓的取向危机。"②张灏所言的取向危机意指中国被迫从传统的农业形态社会向现代工业社会形态的转变的历史无奈,当时社会普遍认为,中国面临的是现代性的召唤,西方列强正是经历了工业革命、城市化和近代思想启蒙运动之后迈入了现代社会。在近代世界,现代性是一个全球性共识,是任何一个国家都绕不过的问题,中国必须做出改变,否则会被开除球籍。

由此,中国学人开始重构世界图景,研究西学,重识自

---

① 所谓转型时代,是指1895—1925年初前后大约30年的时间,这是中国思想文化由传统过渡到现代、承先启后的关键时代。张灏:《幽暗意识与民主传统》,新星出版社,2006年,第134页。

② 张灏:《幽暗意识与民主传统》,第140页。

我。学人对新世界的认知地图（cognitive map）①，是以西方为未来发展的模板，是中国学者对"他者"的肯定，希望将"他者"植入中国，代表着学者们对未来中国发展的某种预期和想望。当然，这种否定自身的痛苦，是矛盾而深刻的，中国学人在中西文化与价值方面充满困惑与纠结，西方文明的入侵首先引起的是国人的反抗和仇恨，同时，西学又是中国必须效法的模式，无论情感上留恋坚守中国传统或是理智上的剥离断绝都无法一言以蔽。

中国在很长的时间里，由于"缺乏一个作为对等的'他者'，仿佛缺少了一面镜子，无法真正认清自身，19世纪，中国是在确立了'世界'与'亚洲'等他者的时候，才真正认清了自己"②。近代中国正是在文化震荡中备受煎熬，与文艺复兴的大融合不同，所谓的近代中西文化交流，实则是西方强势文化对中国的刺激、威胁和侵略，是固有传统在外来文化的挑战下被迫变迁的过程。在强者身上照见了自我的弱小，为了认清自我，对本民族的重新定位就成了当务之急。

"民族主义"一词，1901年由《国民报》最早使用，后来开始在众多政论文章中频频出现并得到深入讨论，近代民族主义思想初步形成。③ 而"民族国家"一词随后成为热词，国

---

① 张灏：《幽暗意识与民主传统》，第146页。
② 葛兆光：《中国思想史》（第2卷），复旦大学出版社，2000年，第588页。
③ 金观涛、刘青峰：《从"天下"、"万国"到"世界"》，《观念史研究：中国现代重要政治术语的形成》，第243页。

人意识到只有建立现代的民族国家,才能自立于世界。① 自西方工业革命和殖民扩张后,完成现代民族国家建构的群体变成殖民者,未完成现代民族国家建构的国家沦为被殖民者,世界的格局被划分为"第一世界""第三世界"等,民族主义成为任何一个寻求独立解放之国的核心词,成也"民族主义",败也"民族主义"。尽管对于民族主义的学理内涵与范式并不能言说清楚,但就如同本尼迪克特·安德森所言,与绝大多数被缀以"主义"的意识形态不同,它没有牢固的哲学基础,也没有产生自己的伟大的思想家,它带着某种"空洞性"。② 的确,民族主义不但是一个想象出来的概念,而且没有它的霍布斯、托克维尔、马克思或韦伯。本尼迪克特·安德森认为这种"空洞性"很容易让具有世界主义精神和能够使用多种语言的知识分子对民族主义产生某种轻视的态度。然而,在中国和其他后进国家,由于救亡使命的召唤,急需一个可以凝聚、整合全民族力量的信仰,民族主义被借来担当了整合全民意识的重任。"民族主义在某个层面上表现为政治意识形态,而在另一些层面上,则表现为一种公共文化和一种替代性的政治宗教形式。……无论其推动力是如何的世俗化,民族主义最终更像'政治宗教'而不像政治意识形态。"③ 正因为民族主义对于建立现代民族国家的向心作用,它很快成为近代中国在应对西

---

① 金观涛、刘青峰:《从"天下"、"万国"到"世界"》,《观念史研究:中国现代重要政治术语的形成》,第244页。
② [美]本尼迪克特·安德森:《想象的共同体:民族主义的起源与散布》,吴叡人译,上海人民出版社,2011年,第5页。
③ [美]安东尼·史密斯:《民族主义:理论、意识形态、历史》,叶江译,上海人民出版社,2011年,第38—39页。

方压迫时的自然选择。梁启超认为,中国传统社会是以朝廷、贵族、家族、乡土为主的自然的状态,建构现代国家必然是一种"有意识"建构的工作①。梁启超将西方民族国家的模式作为成功的样板宣传,号召国人必须具有民族意识。在中国,建立现代民族国家成为一个有意识的集体行为,民族主义是中国人在西学之镜中自我意识萌芽的表现,其巨大的号召力可将一盘散沙的个人变为有国家意识的国民,在民族危难时刻,民族主义可以成为一个民族的宗教信仰,中国水深火热的现实促使民族与国家命运成为近代中国叙述的关键词。只有建立独立的现代民族国家,中国才能走上民族复兴的道路。"故今日欲抵挡列强之民族帝国主义,以挽浩劫而拯生灵,惟有我行我民族主义之一策。而欲实行民族主义于中国,舍新民末由。"② 梁启超称西方的民族主义为"民族帝国主义",可以看出,中国学人对西方国家由"民族国家主义"到"民族帝国主义"过程的矛盾心态,"民族帝国主义"的前身"民族国家主义"是中国尚待实现的目标,要对抗帝国主义,中国国民的民族主义情绪必须被点燃,这种民族主义思潮从爱国保种中生发而来,在西方民族主义的刺激下逐渐在中国兴盛。

20世纪的中国历史就是追赶和顺应世界潮流走向现代的历史,而西方自英国工业革命和法国大革命后的领先趋势使西方

---

① 王汎森:《完全的政治概念与"新史学"》,《中国近代思想与学术的系谱》,河北教育出版社,2001年,第175页。
② 梁启超:《新民说》,饮冰室专集之四,《饮冰室合集》(第6册),第4—5页。

成为众多后进国家的目标,中国从传统的农业文明转向工业文明,建立独立的主权民族国家成为中国的历史任务。20世纪的中国文学的发展过程就是汇入世界文学总体格局的进程,是"在东西方文化的大撞击、大交流中从文学方面(与政治、道德等诸多方面一道)形成现代民族意识(包括审美意识)的进程,一个通过语言的艺术来折射并表现古老的中华民族及其灵魂在新旧嬗替的大时代中获得新生并崛起的进程"。所以,中国文学的现代化同时展开为互相联系又互相对立的两个侧面:所谓"欧化"(其实是"世界文学化")和"民族化"。……实际上,存在着一个以"民族-世界"为横坐标,"个人-时代"为纵坐标的坐标系,20世纪中国文学的每一个创造,都必须置于这样的坐标系中加以考察。① 民族国家观念的生成对中国近代社会思想和文学的影响不可小觑,这不仅因为民族主义是现代国家的基本标志之一,更主要的原因还在于民族主义大大拓展了中国旧有文学的生命空间,一大批关心国家前途命运的文学作品和刊物的诞生使民族主义成为一种热潮,传统的"文以载道"的当代之"道"被民族主义取代,这种民族主义的高涨有利有弊,虽然拓宽了中国文学的疆域,但是也削弱了文学的审美价值,夸大了文学的社会功用。同时,对集体意识的强调必然导致对社会与个体的忽视,而强调国民则易于削弱甚至掩盖作为个体的人。但是民族主义对国家和国民的关注超乎以往,这也导致了现代中国思想史的演绎,其

---

① 钱理群、黄子平、陈平原:《二十世纪中国文学三人谈·漫说文化》,北京大学出版社,2004年,第11、15、16页。

逻辑落脚点始终在"立人"与"立国"间驻足,建立现代的民族国家、培养独立的现代国民是贯穿现代中国文艺思想史的两个焦点。

无论是"立人"还是"立国",都离不开文学艺术对社会思想的推动和人的思想的铸造。古今中外的历史都证明,文学艺术往往能发时代之先声,引发社会变革,近现代以来,中国学人也扩大了文学的经世致用之功,新文学不仅是个人的谋生之路,也指向思想的传播、个人的启蒙、民族的救亡。所以,文学的思想性也就更加受到重视,尤其是在民族危亡时刻,文学与时代、与思想的联系会更加紧密。"我们的文学要像时代的警钟,去将大众的热血沸腾,将大众的迷梦唤醒。我们再不要像深秋的黄叶在凄风里哭咒前程,也不要像春天的黄莺在绿叶里歌舞升平;我们要为大众,为国家,为民族而怒吼,而咆哮;直到我们的祖国开起了灿烂的自由之花。"①

张协说:"文学是形体,思想是精神。徒有形体而没有精神的文学,仿佛无脑筋无灵魂的美人,除了肉体以外,有些什么?所以说:思想虽不必单靠文学而传久;而文学却必须依赖思想而不朽。"②张协这句话实际上正是胡适强调的,"思想之在文学,犹脑筋之在人身。人不能思想,则虽面目姣好,虽能笑啼感觉亦何足取哉?文学亦犹是耳"。③有思想的文学才能有益于社会,反过来,文学也助推思想的传播,培育新的思想,《东方杂志》曾录《浙江寅报》的一段话是这样的:"惟有

---

① 曼痕:《文学与思想》,《文艺月刊》1937年第1卷第6期。
② 张协:《文学与思想》,《苏中校刊》1934年第3卷第94期。
③ 杨剑花:《文学与思想》,《中华周报》1943年第28期。

伟大之文学，乃可引起他人伟大之思想。"① 在张协看来，文艺"能见一代民心的趋势，暗示时代的精神"，文学的创作，"是由于一些大思想家的突进不息，闪电似的生命的力装进文学的典型里的制造品"②。莎士比亚的戏剧和《荷马史诗》《史记》等，"现今读起来，仍然感觉意味无穷，百读不厌，这不是由于他们的作品里蕴藏着他们的伟大的思想罢？"③ 中国文学与思想界如何从莎剧中摄取营养，进而推动中国文艺思想的发展，是不可回避的历史问题，对莎剧等经典的积极学习，无疑是中国学习西方思想的一条路径。

中国文学的世界化从听见西方文学的敲门声到发现一个强大的异己，在抵抗与学习的过程中清理、扬弃自我，确立了自我意识与文学自主性，最终参与到世界文学的话语进程中。中国文学与外国文学相遇的复杂与多姿远远超过文学史概念性的归纳，许多有趣的个案挖掘正是探索其丰富性的尝试，了解外国文学的代表性符号莎士比亚与中国文学的交往就格外有意义。林同济认为，对莎作的研究和演出水平，标志着一个国家对世界文化的理解和尊重的高度。④ 莎士比亚作为西方文明他者的典型代表，敲开中国大门，从此展开与中国文明的对话。理解莎士比亚，某种程度上不仅代表了理解西方文明与文化，是中国学人与世界对话的基础，更重要的是在对莎士比亚符号

---

① 《论文学与思想之关系》，《东方杂志》1915年第12卷第1期。
② 张协：《文学与思想》，《苏中校刊》1934年第3卷第94期。
③ 张协：《文学与思想》，《苏中校刊》1934年第3卷第94期。
④ 孙道临：《真情常在——怀念林同济教授》，载许纪霖、李琼编《天地之间：林同济文集》，第327页。

的认识中，中国文学也不断在他者之镜中参建自我，莎士比亚在中国的足迹也是中国文学主体性的建构过程。从莎士比亚符码在中国的变迁和消长能很明显地看出现代中国文学及现代中国"立人""立国"的双重话语。从莎士比亚在中国的接受过程中可以看出中国理解西方文化、民族意识不断萌生的过程，也能感受到中国学人在时代大潮冲击下对"人"的理解。现代中国文学在吸纳西方文学时尤其聚焦在"个人"和"民族国家"的建构上，这也影响到莎士比亚符码在中国的流变。

文学的思想最足以代表时代的精神。① 基于此，捡拾被忽略的莎学家，从微观的个案研究考察中国文艺思想与莎士比亚符码的互动就很有必要。"文学意识和思想潮流的嬗变往往以外来符码作为明确象征……许多作家以对外来符码的憧憬来表达自己的理想诉求，反过来理想的变化也要求在他者身上得到定型，重新定义外来符码……"② 莎士比亚符码凝聚着中国学人对西方文明的认知，中国社会的政治、思想变革无疑牵制着莎士比亚的"变脸"，也即对莎士比亚的不断定义。近代，1840年和1856年的两次鸦片战争中，英国不仅向中国贩卖毒品，又与其他列强发动侵华战争，国事溃败、白银外流、人心动荡，传统的秩序面临解体，建立独立自主的民族国家迫在眉睫。辛亥革命、1915年肇始的新文化运动和1919年5月4日的"五四"爱国运动是中国在社会剧变中寻求生机的爆发。1949年中华人民共和国成立，中国建立了独立自主的民族国

---

① 罗家伦：《近代中国文学思想的变迁》，《新潮》1920年第2卷第5期。
② 范劲：《德语文学符码和现代中国作家的自我问题》，华东师范大学出版社，2008年，第219页。

家，而从清末开始带着屈辱学习西方到左翼文学运动的转向及对苏联的学习，西学与中国国家政治意识形态之间有千丝万缕的联系。中国近现代历史就是中国理解西方、建构现代民族国家的历史，是中华民族回应西方现代性冲击的历史，每一位学者不仅处在民族性和西方现代性的坐标中，还有自己独特的历史境遇，对莎士比亚的阐释也丰富多样。从戊戌变法到辛亥革命和"五四"新文化运动，马克思主义在中国的传播、生根与发展都是20世纪思想文化领域内的重要事件，对莎士比亚的接受和莎士比亚符号在中国的演变都不可能离开社会思想的共构，尤其是20世纪初中国文学对"人"的多样理解。莎士比亚在中国的接受与传播，已有李伟昉、李伟民、罗益民等多位学者的论著以讨论，而从思想文化角度反观莎士比亚在近现代中国的文化互动历程还不多见。我们尝试结合近现代中国思想领域内"立人"与"立国"观念的衍生变化，还原中国莎学在思想维度的内蕴和进展，审视莎士比亚与近现代中国的互动，从思想角度探析在民族主义情绪刺激推动下中国文学的转型及接受以莎士比亚为代表的西学的过程，展示莎士比亚逐渐褪去神秘的经典化历程。

第一章

早期莎剧译介与现代中国民族国家的建构

第一章　早期莎剧译介与现代中国民族国家的建构

"文以载道"是中国学术的显著特征之一。及至梁启超、严复等学人这里,用中国之文载西方之道,大力引介西学,分析中国缘何落伍,探求中国如何自立。西方思想对中国最具冲击力的要数严复所译的《天演论》,其中"物竞天择、弱肉强食"的观念与令中国人承受切肤之痛的"落后就要挨打"的契合使其迅速传播普及。莎士比亚作为舶来品最初由西方的传教士带入中国,但并没有引起国人关注。严复作为西方文化的介绍者也将莎士比亚的信息带给国人,而林纾则在中国开讲莎剧故事,在内外合力的文化交流中,莎士比亚作为西方文明的典范被大力引进。严复与林纾同出吴汝纶门下,是桐城派的传人,最为人熟知的是他们打开了近代西学翻译的大门,严复以翻译思想类知识见长,而林纾以翻译西方文学知名。比"中学为体,西学为用"的认知更进一步,严复越出了只承认西方技术高明的心理误区,他着力于对西方学术思想的择译。因两人皆为福建人，又有康有为"译才并世数严林，百部虞初救世心"（《琴南先生写〈万木草堂图〉题诗见赠赋谢》）的赞誉，梁启超也曾这样评价二人，"时独有侯官严复，先后译赫胥黎《天演论》，斯密亚丹《原富》，穆勒约翰《名学》，《群己权界论》，孟德斯鸠《法意》，斯宾塞《群学肄言》等数种，皆名著也。虽半属旧籍，去时势颇远，然西洋留学生与本国思想界发生关系者，复其首也。亦有林纾者，译小说百数十种，颇风行于时，然所译本率皆欧洲第二三流作者。纾治桐城派古文，每译一书，辄'因文见道'，于新思想无与焉"①。严复认为医治中国的有效办法是"鼓民力、开民智、新民德"，②"新民"确实是当时知识界的热门话题，梁启超则在《论中国国民之品格》《中国积弱溯源论》《新民议》《新民说》《论民族竞争之大势》等文中发出"新民"呐喊。

作为思想启蒙者，严复的译述中屡屡提到莎士比亚，为国人对异域青年的人格认识打开了天窗，他将哈姆雷特的性格以"孝"囊括，富有中国意味，他对莎士比亚评价极高，在《智絯》中说，"盖英吉利立国如何？虽前此一无所考，然相传其中有二人最为灵异，其一为诗人，深识远想，为从古诗人之所

---

① 梁启超：《清代学术概论》（原题为《前清一代思想界之蜕变》），《饮冰室合集》（第8册），饮冰室专集之34，第72页。
② 严复：《严复集》（第1册），载王栻主编《〈原强〉修订稿》，中华书局，1986年，第27页。

无；又其一为学人，造诣深遂，当不待言"①。 莎士比亚等被确认为英国的立国之本的评价未免过度，但是严复的态度无疑和救国心切的启蒙者有着共同之处，对于任何可以取法的西方先进文化，首先要提炼的是其思想性，只有新的思想才能为中国注入力量。鲁迅曾将译者以普罗米修斯作比，认为翻译活动是"窃火给人"，② 翻译活动对文化的传播、交流、更新有千秋之功。德国浪漫主义文学家威廉·席勒格（A. W. Schlegel）对莎士比亚的翻译和评论不仅忠实于原著精神，在诗体形式的推敲上也是字斟句酌，煞费苦心；而且贡献独到："自席勒格的翻译问世，中欧和北欧成千上万不懂英语的读者，才得以发现莎士比亚的才华，从而使这位伟大的英国诗人在自己域外的国度里'复活'了。"③ 林纾的译作也乘着时代气候，使莎士比亚降临中国，林译果真如梁启超所言是夫子自道吗？其中是否存在有利于中国现代民族建构的积极因子呢？林纾的翻译打开了中国了解西方的窗户，是现代中国思想的前奏和奠基。而梁启超则从倡导新小说和大力引进新名词入手，莎士比亚的定名也表征着西学在中国的落户扎根。

---

① 译者原注为，"诗人，为狭斯皮尔，学人，为奈端"。《群学肄言·智絯第六》，见刘梦溪主编《中国现代学术经典·严复卷》，河北教育出版社，1996 年，第 218 页。
② 鲁迅：《"硬译"与"文学的阶级性"》，《萌芽月刊》1930 年 3 月 1 日。
③ ［德］歌德等：《读莎士比亚》，张可、王元化译，上海书店出版社，2008 年，第 298 页。

第一节　林译莎剧与种族的归属情感

阿英这样评价林纾:"他使中国知识阶级,接近了外国文学,从而认识了不少的第一流作家,使他们从外国文学里学习,以促进本国文学的发展。"[①] 从46岁译《巴黎茶花女遗事》开始,到72岁逝世,林纾与他人合译著作184种,其中和莎士比亚相关的译作最有影响的就是1904年与魏易合译的《吟边燕语》。1916年林纾还发表了四卷用文言小说体翻译的莎剧:《雷差得纪》(《利查二世》)载于《小说月报》第7卷第1号;《亨利第四纪》载于《小说月报》第7卷第2到4号(2号在2月出版),同年由上海商务印书馆出版单行本,郭象升将其改编为《红白玫瑰战争纪》;《亨利第六遗事》4月由商务印书馆出版,列做"林译小说第二集第十五编";《凯撒遗事》载于《小说月报》第7卷第5到7号(5号在5月出).以上四种译本由陈家麟口述。后来林纾还译了《亨利第五纪》,刊于《民众文学》第12卷第9到10号(1925年),口述者不详。[②]

毫不夸张地说,在林纾之前,中国人只知莎士比亚其人,不知莎士比亚其作,不通外文和西方文化的一般读者更连莎士比亚是何方神圣也无从知晓,莎士比亚还没有显山露水,而林

[①] 阿英:《晚清小说史》,人民文学出版社,1980年,第182—184页。
[②] 林琴南:《民众文学》1925年第12卷第9期;周兆祥:《汉译〈哈姆雷特〉研究》,香港中文大学出版社,1981年,第6页。

纾让中国人第一次见识到的莎士比亚，是一个穿着中国古装的故事家莎士比亚，即便如此，这也算是国人与莎士比亚的第一次真正邂逅。20世纪初，莎士比亚在中国身份多元，形象模糊，有"英国绝世名优索士比亚"，也被称"诗人索士比亚"，更是与托翁并称的"小说家"，我们现在称莎士比亚为戏剧家、诗人是对他多重身份的认可，在当时，显然每一种身份都是特指，传达的是一个分裂的碎片化的莎士比亚符码，而"诗人"也并不专指写过十四行诗的莎士比亚，"小说家"更是《澥外奇谭》等故事体作品的影响所致。在林纾的介绍下，莎士比亚成了一个讲述异域离奇故事的能手，莎氏作为符号承载了西方文明之新奇，但对林译的褒贬之辞，至今仍争论不休，以下，我们从林译《吟边燕语》微观透视林纾的翻译。

一、"不辨菽麦"的林译？

林纾是20世纪上半叶中国学者群的启蒙者，鲁迅、周作人、郭沫若、茅盾、钱锺书等都从林译小说那里沐得了西方文学的养分，打开了他们的文学阅读之窗。然而林纾其人其文生前就颇有争议，除了晚年受尽新文学运动主将们"保守""顽固"的苛责和攻击，对他的翻译最多的诟病来自他对原作不加选择导致译作良莠不齐及对原作的过度删改。胡适、赵景深等都认为他不识西文限制了对原作的遴选，最具代表性的是郑振铎的评价，他认为林纾的译作三分之二都是"第二三流的作品，可以不必译的。……他的一大半宝贵的劳力是被他们虚耗了。……在林译的小说中，不仅是无价值的作家作品，大批混杂于中，且有儿童用的故事读本"①。郑振铎是在林纾去世后发表的这篇评论，总体上有盖棺定论的意味，他的判断有历史的同情，将林纾翻译的不足都归咎于口译者，包括林纾对莎士比亚历史剧由戏剧到小说体裁的改编。② 现在看来，时人对林纾的曲解不少，说到底是因为对林纾的"翻译"不满意。谁也不会否认取乎上，得乎中，如果取法二三流的西方文学，于中国的益处也会打折，所以翻译应该有"优先级"，大国大家的经典作品自然要先译，如哈葛德（Henry Rider Haggard, 1856—1925）、柯南·道尔（Arthur Ignatius Conan Doyle, 1859—1930）等不应在考虑之内。而林纾既然译出了，就证明了他不仅没眼光，也是徒劳。拟定目录和次序、预定译品的标准本没有错，但需要对外国文学源流有基本的了解和宏阔的视野，这对不通西文的古文家林纾来说，的确苛刻。林译之所以有市场，就是翻译起步期的无序和不规

---

① 郑振铎：《林琴南先生》，载薛绥之、张俊才编《林纾研究资料》，福建人民出版社，1983年，第159页。原载《小说月报》1924年第15卷第11号。

② 濑户宏的论文《林纾的莎士比亚观》引用了樽本照雄（Tarumoto Teruo）的观点，樽本照雄认为林纾翻译的是奎勒-库奇（A. T. Quiller-Couch）《莎士比亚历史剧故事集》（*Historical Tales from Shakespeare*）中的文章，不是林纾故意把剧本改成小说的。原载于熊杰平、任晓晋主编《多重视角下的莎士比亚——2008莎士比亚国际研讨会论文集》（湖北人民出版社，2009年11月），濑户宏认为："林纾不知道翻译兰姆姊弟《莎士比亚故事集》或奎勒-库奇《莎士比亚历史剧故事集》和翻译作为剧本的莎士比亚作品本身是两样的。所以林纾翻译《莎士比亚故事集》、《莎士比亚历史剧故事集》时只写出原著莎士比，没写出兰姆或奎勒-库奇的名字。我们可以说林纾介绍了莎士比亚，但绝对不能说林纾翻译了莎士比亚。"樽本照雄也为林译翻案，笔者赞同此看法。见［日］樽本照雄：《林纾冤案事件簿》，李艳丽译，商务印书馆，2018年。

范的表现，也能看出当时国人对于西学急于求成的心理。然而也正是急功近利的接受心态，才会认为林纾的翻译绕了弯路，林纾没有遵从哪些"应该"哪些"不应该"的思路，似乎舍本逐末，有混乱之嫌。但实际上，林纾丰富了国人对于西方文学的认知，郭沫若、钱锺书等不正是读了哈葛德等人的作品引发对西方文学的想象和兴趣的吗？只知其一、不知其二来介绍西方文学的盲目是发生于接受异文化的初始时期，某种程度上阻碍了对西方文学的全面认知。"若《吟边燕语》本来是部英国的戏考，林先生于'诗''戏'两项，尚未辨明，其知识实比'不辨菽麦'高不了许多。"① 说这话的刘半农其实也没有理清译本。陈源倒是指出，"莎氏的剧本经阑姆姊弟编为故事，已经成了哄小孩子的东西又经了林琴南先生的史汉文笔来七颠八倒的一译"②，林译《吟边燕语》也被认为将莎士比亚的戏剧改译误译为"小说"，且采用了没有价值的原本。正因为林纾传达的莎士比亚不是原汁原味的莎氏，国人希望接近莎氏原作，看到一个真正的、真实的莎士比亚，好像要探究伟大艺术品的真相却得到了一个赝品的敷衍搪塞，改头换面的莎士比亚并不能满足中国人求真求新的欲望，林纾因此背负了无端的怨怼。由于《撒克逊劫后英雄略》的流行，司各特也被中国所熟悉，凌昌言这样说，"中国读者对于这位'惠佛莱说部'的作者的认识和估价，竟超过莎士比亚而上之。我们可以看到挨梵

---

① 刘半农：《复王敬轩书》，原载1918年3月15日《新青年》第4卷第3号，载薛绥之、张俊才编《林纾研究资料》，第147页。
② 陈西滢：《莎士比亚（？）名剧〈汉孟雷特〉》，载陈子善、范玉吉编《西滢文录》，辽宁教育出版社，2000年，第155页。

词和吕珮珈的情史而眉飞色舞,而对于更伟大的莎士比亚的作品,却只能安于《吟边燕语》的转述"①。而对于这种指责,也有为林纾鸣冤者,比如周作人认为,"'文学革命'以后,人人都有了骂林先生的权利,但有没有人像他那样的尽力于介绍外国文学,译过几本世界的名著? 中国现在连人力车夫都说英文,专门的英语家也是车载斗量,在社会上出尽风头,——但是英国文学的杰作呢? 除了林先生的几本古文译本以外可有些什么! 就是那德配天地的莎士比亚,也何尝动手,只有田寿昌先生的一二种新译以及林先生的一本古怪的《亨利第四》。我们回想头脑陈旧、文笔古怪,又是不懂原文的林先生,在过去二十几年中竟译出了好好丑丑这百余种小说,回头一看我们趾高气扬而懒惰的青年,真正惭愧煞人"。② 以上对林纾的种种误读与辩护,与其说这是对林纾的矛盾态度,不如说是对一个时代局限和发展的不满。如果我们从林纾翻译《吟边燕语》的细节入手,可以发现林纾的良苦用心和翻译策略。

二、 林纾的译介策略

其实,林纾对原文的翻译尤显主动,对古文的深情和造诣形成了林译独特的趣味和文风,文本表现为其固有的思维和表达对原文和西方文化的不断干预。

《吟边燕语》基本是加班加点所译,"夜中余闲,魏君偶举莎

---

① 凌昌言:《司各特逝世百年祭》,《现代》第2卷第2期。
② 周作人:《林琴南与罗振玉》,钟叔河编订:《周作人散文全集》(第3卷 1923—1924),广西师范大学出版社,2009年,第525页。

士比笔记一二则,余就灯起草,积二十日书成。其文均莎诗之记事也"。每晚翻译一篇,成书难免粗糙。其中有经济利益的驱动①。钱锺书认为"讹"是翻译难以避免的,但林纾的翻译有意"讹",不但有任意删节的"讹",也有胡乱猜测的"讹"。② 据《吟边燕语》来看,林纾译的是故事大意,但译文本身自洽流丽。比如在《驯悍》中,披屈菊在挫加西林的锐气时,采取的一个措施就是"饿其体肤",端来食物不等她反应过来又撤了下去。

原文:Here, love, you see how diligent I am, I have dressed your meat myself. I am sure this kindness merits thanks. What, not a word? Nay, then you love not the meat, and all pains I have taken is to no purpose.③

林译:"<u>吾庖滋不工,吾恶之,</u>今吾自行庖,治少肉,供吾亲爱之加德。加德须鉴吾诚,<u>恕吾弗洁,</u>馐此肉也。"加西林无语。披屈菊曰"<u>是殆恶吾弗洁,吾徒劳,仍莫得吾贤妻欢。厮来,厮来!将此肉去</u>"④。

从这段翻译大概可以窥见林纾的译风,横线部分皆是林纾所加之语,披屈菊对悍妻的绝妙治理在于他的气势和智慧,他不是等着加西林言谢,而是不给她机会说话就撤下盘子,他一

---

① 开明:《林琴南与罗振玉》,《语丝》1924 年第 3 期。
② 钱锺书:《林纾的翻译》,《七缀集》,生活·读书·新知三联书店,2001 年,第 100—102 页。
③ The Taming of the Shrew, Charles and Mary Lamb: *Tales from Shakespeare*, Penguin Group, 1995, p. 175, 以下引此书只标注页码。
④ [英] 兰姆:《吟边燕语》,林纾、魏易译,商务印书馆,1981 年,第 11 页,以下引此书只标注页码。

气呵成的表演使情节很紧凑。林纾将"怎么，一句话也不说？"译成"加西林无语"，使原本紧张的故事停滞下来，这样披屈菊假装要撤下盘子就显得有些逻辑不通，林纾于是杜撰了一个理由"吾弗洁"，这个理由不合情理也于故事无益，对披屈菊的个性魅力有所削弱。

林译也有漏译之嫌，将 meat 译为"肉（和面包）"，将盛饭的"盘子"这个意象脱落不译，"端饭"译为"手少肉及面包"，对西方的饮食习惯有所掩盖。这样的例子很多，在《孪误》中，仆人请主人回家吃饭言"肴核且冷，请即归"（第16页）。而原文为"The capon burns, and the pig falls from the spit, and the meat will be all cold if you do not come home"。（The Comedy of Errors p. 187）大意是：您要是再不回去，鸡就糊啦，猪肉也要从烤叉上掉下来啦，肉都凉了！林纾的译法很简洁，受语体的限制，仆人说话的语气很生硬，而前文交代此仆德米奥是个活泼的小伙子，林译为"雅谑"，但这段译语抹杀了他性格逗乐的一面，读者也无法得知西方人的主食是什么，进而阻止了对异域文化的精准传达。

林纾的"讹"译不仅体现在语言上，也对西方文化进行了篡改。20 世纪 80 年代，受现代主义、后现代主义思潮的影响，翻译被置于一个宏大的文化语境中，传统的语言学派翻译也转向了文化研究。翻译不再是语言符号的转换，而是一套跨文化交流行为。以巴斯内特、勒菲弗尔、韦努蒂等为代表的学者开始关注政治、历史、意识形态等与译者相关的文化因素对翻译的介入作用，最受关注的是韦努蒂的归化和异化论。翻译的文化转向在林译研究上得到了具体的阐释，用"归化"来分析林纾的翻译策略,从赞助人、出版商的介入看林译,从历史政治看林纾的文化身份等研究层出不穷,为林纾研究带来了新的视角和活力。我们来看《铸情》中林纾的一段译笔:"月光烂如白昼,红窗忽辟,周立叶盈盈已在月中。月光射面,皎白如玉,以手承腮,似有所念。此时,罗密欧自念能幻身为手套者,尚足以亲芗泽。"(第20页)译文对罗密欧的忧伤和把朱丽叶比作朝阳避而不提,"你是我的太阳"的西方文化元素就这样遗漏了,而罗密欧的欣喜之情也就大打折扣。林纾着力表现的朱丽叶形象,采用的是传统才子佳人小说的套语。由于林纾鲜明的译笔特征,林译往往被当作"归化"翻译的典型。而韦努蒂界定的归化策略是"采取民族中心主义的态度,使外语文本符合译入语的文化价值观,把原作者带入译入语文化";异化策略则是"对这些文化价值观的一种民族偏离主义的压力,接受外语文本的语言及文化差异,把读者带入外国情境"①。林纾的"民族中心主义的态度"是他对待西方文化的基点,他对中国传统的深厚感情使他总是讲外国故事却把读者带入中国情境。

1. 固守传统的伦理文化干预

伦理宗法是维系传统中国的纽带,林纾又浸润传统极深,他认为,"五伦者,吾中国独秉之懿好,不与万国共也"②。译文中"季女不越序而嫁"(第9页)、"举吾家世门望沦之泥

---

① Venuti. Lawrence, *The Translator's Invisibility*, London & New York: Routledge, 1995, p.20.
② 林纾:《〈英孝子火山报仇录〉序》,吴俊标注:《林琴南书话》,浙江人民出版社,1999年,第26页。

滓"(第46页)等涉及礼教之处比比皆是。兰姆改编莎士比亚故事时也有道德指向,希望以其中的美德范例提高读者的品质①,对于西方文化与中国传统价值的趋同之处,林纾往往能用生花妙笔点染成趣,与兰姆心有戚戚。《驯悍》将"taming"化作"驯狮之术,必不令作奇吼"(第9页),而淑女"gentle"译作"能文而秀"(第12页)。《婚诡》中译相思之苦为"外默中沸,犹之蠹花小虫,钻蚀花心,心为空矣"(第101页)。而在中西文化相异之处,林纾往往将异文化简单处理为中国化的伦理秩序。比如西方的love没有儒家传统的等差序列,林纾在处理长幼关系之爱时,一概将其纳入儒家伦理中。在《鬼诏》(即《哈姆雷特》)中,将哈姆雷特对生父的爱和崇拜翻译为"孝行称于国人",回避了国王克劳狄斯与王后的乱伦悖德,指其为"上撄天怒"(第53页),将哈姆雷特的内心动荡和崩溃乃至复仇一言以蔽之,全为"孝"因,"太子挚孝之心,实根天性,常年黑衣,用志哀慕"(第50页)。从始到终,没有提到哈姆雷特的名字,一直以太子代称。目的只在于把故事讲完,弱化了人物形象的塑造。

最典型的中西文化冲突在《狱配》中表现得更明朗,雅萨巴(伊莎贝拉)替犯了"色戒"的弟弟向安哲鲁求情时,这样说"Go to your own bosom, my lord; knock there, and ask your heart what it does know that is like my brother's fault; if it confess a natural guiltiness such as his is, let it not sound a

---

① Charles and Mary Lamb: *Tales from Shakespeare*, Penguin Group, 1995, Preface, p.7.

thought against my brother's life"(Measure for Measure p. 202)。这段话可谓石破天惊之语,无异于文艺复兴时期人文主义对人性大胆肯定的口号,且在安哲鲁听来是一种暗示和引诱。林纾将其译为"大公试叩灵府之门,问吾弟以是罪获死,于天理公乎?"(第 45—46 页)这样,人的理性作为最高裁决者被"天理"取代。而安哲鲁被伊莎贝拉的美貌和美德打动,想占有伊莎贝拉,对于自己违背法律的行为,他以"道学自振","是夜,居摄天人交战不已,已而色心战胜道心矣"。伊莎贝拉的坚贞和安哲鲁的内心矛盾都是以其基督教教义作为准则的,林纾没有对此予以交代,以"天帝""天道""天理"等混杂使用代替"heaven",安哲鲁的克制用"道学"来解释,显得牵强。比较来看,朱生豪对《李尔王》中"nature"的翻译,采用"孝""天地""人伦""生命"等来处理,都是有意为之,为了更符合中国读者的阅读期待和接受习惯,这种本土伦理化,能使莎剧更有效地中国化。

2. 取古文义法的叙述干预

林纾称赞《黑奴吁天录》:"是书开场、伏脉、接笋、结穴处处尽得古文家义法。可知中西文法,有不同而同者。译者就其原文,易以华语,所冀有志西学者,勿遽贬西书,谓其文境不如中国也。"①

在《吟边燕语》中,林纾经常会删掉原作的大段议论,使之更符合本土的欣赏口味。如《铸情》中神父劳伦斯在为罗密欧和朱丽叶主持婚礼前,劳伦斯以为两家的联姻可以消除冤

---

① 林纾:《黑奴吁天录》,商务印书馆,1981 年,第 2 页。

仇，这时兰姆插入一段话："Which no one more lamented than this good friar, who was a friend to both the families and had often interposed his mediation to make up the quarrel without effect; partly moved by policy, and partly by his fondness for young Romeo, to whom he could deny nothing, the old man consented to join their hands in marriage"（p. 250）。这是兰姆作为叙述者点评的话语，兰姆认为可怜的神父在这件事情上帮了倒忙，而这个信息恰恰透露了后面的悲剧结局，预示着罗朱的爱情悲剧。林纾漏译了这段话，因为大段的议论削弱了故事性，也与传统的"接笋"不符。这样看来，林纾反"剧透"，更注重文章技法和世道人心，注重故事的连贯性，而兰姆力求像给儿童讲床头故事一样，边讲边解，注重互动性和亲切感。在《泰尔亲王配里克里斯》故事的结尾，兰姆有一段劝诫的话语，引导人们接近神的本性去做好事，林纾将其改为"西史氏曰"（第36页）收尾，卒章显志，不过又将神置换为天道。

兰姆有时会直接整段引用莎剧中的歌谣，对不够古雅的歌谣，林纾常常一句带过，以免歌谣损害了文辞的齐整统一，比如《仲夏夜之梦》（A Midsummer Night's Dream）中，林纾就略掉了大段歌词。而《婚诡》中的一首表现单恋的歌谣：

Come away, come away, death,
And in sad cypress let me be laid;
Fly away, fly away, breath;
I am slain by a fair cruel maid.
My shroud of white, stuck all with yew,
O prepare it!

My part of death, no one so true
Did share it.

...

(p. 221)

林译：死来，死来，其窆我歼我于荒岛之涯，魂去，魂去，吾殆为美人陷而死。嗟夫！吾之亲死兮，亲逾其家人。孰被吾陇以花兮，使之辉丽此春晨。圹兮，窭兮，临而哭者谁吾亲？幽宫永兮，弗令同病者登吾茔。（第 103—104 页）

对于叙述干预，行文中只要一有机会，林纾便大加施展，直接将古文的风格和力量植入故事中，是一种文化的嫁接，从中不仅能看出林纾深厚娴熟的古文修养，更是他钟情古文表达的体现。

3. 与心徘徊的情感干预

林纾有译书和著书之分的自觉意识："译书非著书比也。著作之家，可以抒吾所见，乘虚逐微，靡所不可；若译书，则述其已成之事迹，焉能参以己见？"① 他的译书以对中国社会、文化现状的关注为焦点，个人思想一般体现在序跋、按语、小引、例言、短评、剩语、识语等正文以外的评论文字中。但在翻译中情到浓处他也见缝插针，直抒己见。《仇金》中泰门挥霍无度，林纾自己跳出来点评，"盖天下善拒良言者，无若浪子，浪子狂荡，善言即仇也"（第 26 页）。能不顾文法，掺入个人的见解，一定是对这一点感触极深，无法控制自己。他对于世态炎凉的感慨也不吐不快，"泰门之家，前此喧集如市肆

---

① 林纾：《〈鲁滨孙漂流记〉序》，载吴俊标注《林琴南书话》，第 115 页。

者，今乃冷落无复过问。即以一人一口而论，前称名德，后诋昏悖；前推慷慨，后斥侈恣。瞬息之间，贬褒顿易。而泰门之家，日仍喧豗如前状焉：非食客，均责家矣"（第 27 页）。在此，林纾和原文达到了精神的共鸣：

原文：For the swallow follows not summer more willingly than men of these dispositions follow the good fortunes of the great…such summer birds are men.

林译："呜呼！燕子向暖而飞，人情宁不类燕者？"中国也有"门可罗雀"一说，中西文化何其相似？林纾在这里感受到了同样的心灵震撼，与原作高度契合，产生了"移情感应"①。这样的翻译也为本国读者提供一个和本土文化语境相容的视角去认识西方人和西方世界，加强了文本的接受度。

尤其要注意的是，林纾虽然是译者，同时也是读者和接受者，译者"且泣且译"，读者含泪哽咽，"涕泪汍澜"。②皆因大家从中照见了自己，怜黑奴，悲自身。对西方文化的想象也会因为陌生和距离而产生，林纾也有自己对西方文化的异国想象，有将他国文化纳入中国文化系统中的想象，如将强盗译为"绿林"（第 111—113 页），并且强化"侠"的意象③，将修道院译为尼庵或祠，修道士（friar）或修女/女祭司 (nun/priestess) 译成"道"和"尼"。在《李误》中，对修道院译为尼庵还做

---

① 朱光潜：《文艺心理学》，复旦大学出版社，2005 年，第 31 页。
② 灵石：《读〈黑奴吁天录〉》，载阿英编《晚清文学丛钞·小说戏曲研究卷》，中华书局，1960 年，第 280 页。
③ 林纾：《〈埃司兰情侠传〉序》，载吴俊标注《林琴南书话》，第 130 页。"以其中有男女之事，姑存其真，实则吾意固但取其侠者也"。

了注释,"外国不名尼庵,今借用之"(第 18 页)。《狱配》(第 45 页)中一个修女向伊莎贝拉(雅萨巴)讲述以纱遮面的规定时,林纾加注:"西人入道者一经幂面,则终身不嫁,且不与人接言。"根据这条注释,林纾又推断出,院中其他修女都蒙面,只有伊莎贝拉这个见习期的修女没有蒙面,可以与男人说话,于是当路西奥(罗雪倭)叫门时,林纾增译了一段,"然道院深秘严扃,外人莫敢阑入,罗雪倭大呼于门外。时院中诸道流咸幂面,唯雅萨巴未也,众乃推之出视"。这些自加之词的确使故事更易懂,但与原文不符,原文中只有一个修女与伊莎贝拉对话,但林据想象的逻辑译为"众",这样,破坏了西方文化中修道院的肃穆,造成一种闹哄哄的市井气象。林纾有时也会采取直译的方式,比如将三色堇(love in idleness)译为"爱懒花"(《仙狯》第 83 页),把"狠心的美人"译成"忍美人"(《婚诡》第 103 页)。针对中西文化差异,林纾和他的合译者经过讨论斟酌加上注释,以便读者更好理解和接受。但这种想象有时毫无根据,在《狱配》中,公爵脱下贵族的袍子,换上修道士服装的乔装行为,林纾为了加强可信度,使之更写实,将乔装译成戴面具,并加注释,"西人面具非同中国,中国以纸,西人以皮,戴之如生人,包探多用之"(第 48 页)。这是段画蛇添足的解释,面具已经是他的杜撰,又臆测西方的面具如武侠小说中的易容术一样,带有玄幻味道,这样莎士比亚的故事趣味性增加了,却平添了对西方文化的曲解。

　　林纾的干预策略在故事题目上最能得到体现,他将原来以人名为主的题目都采用"主事"的方式译出,比如 The

Merchant of Venice 译成《肉券》，其中也有精彩的译笔，《铸情》就要比《罗密欧与朱丽叶》更符合中国人的欣赏习惯与审美特点。而这种叙述的惯性在正文中也一直持续，林纾一直以讲述故事大意为旨，忽视人物性格的塑造和前后连贯性，使原本丰满的哈姆雷特、李尔王等形象模糊甚至扭曲。

三、 林纾"著、译"之关怀

莎士比亚在林纾眼里并非大家，译莎也远非他的重头戏，"西国文章大老，在法，吾知仲马父子；在英吾知司各德、哈葛德两先生。而司氏之书，涂术尤别"①。由此可见莎士比亚在林纾眼里微不足道，但即使在这种边角料的翻译中林纾也有自己的抱负。有关林纾的翻译争论最大，他在思想上没有被西方文化归化，造成文化阻断的误译、增译、漏译、删译、跳译等似乎已经成了他的特色。钱锺书提出了文学翻译的标准"化"，即出神入化，不必太拘泥于字面的意思，能使所翻译的两方语言文化水乳交融。这需要译者有极深的造诣和功底，保存一个作家的精神，要能吃透原作与其内含的文化，与原作者有同样心智的人，才能使原作重新活过来。寒光主张直译，认为译书是要给不识外国文的读者读的，无疑应该译成中国式文字来切合读者的习惯。② 陈西滢主张翻译的形似、意似、神似，他在反对直译时说，"我们的林畏庐先生，虽则一个外国

① 林纾：《撒克逊劫后英雄略》卷首，商务印书馆，1905年。
② 寒光：《林琴南》，《林纾研究资料》，第205页。

字也不识,可是他译的司哥德的小说,却居然得到了浪漫派的风味,是许多直译先生所望尘莫及的"①。可见,伴随翻译文学的产生,国人就有了关于翻译理论提炼的自觉和论争。有关林纾翻译的赞成和反对之论,体现了试图规范翻译的努力,从"直译"与"意译"之争,到文化研究转向后的"归化"和"异化",都是翻译理论的不断提升,但是无论名词术语怎么变,关于翻译的核心争论始终在源语言文化与译入语语言文化的关系问题上摇摆,力图达到最佳的平衡。翻译要经过理解与消化的过程,对原文的变形在所难免,从直译到意译,从异化到归化,都揭橥出了翻译者在他我文化语境之间的摇摆和误读。施莱尔马赫认为,"理解者在理解过程中具有自己的能动性和创造性,理解就是一个能动的再创造过程"。②从这个角度反观林纾的翻译,也就理解了林纾为什么招致那么多非难,为顺应译入语特定环境,林纾过度"意译",没有重视异质文化的特殊性,忽视原作,使之变形为他本人的风格,遮蔽外来语言和文化,甚至篡改了某些文化内核,使得本土语言和文化凸显。但我们不能因此就粗暴地将林译纳入"归化"翻译中,因为林译中也有国人对异国的构想,也传达了许多陌生意象。林纾主要采取读者取向的翻译策略,为了避免文化差异带来的阅读障碍,他将异质文化的困扰和侵袭往往用删除和改写进行再造,将他对西方的想象和莎士比亚的了解植入文本中,是一

---

① 陈西滢:《论翻译》,陈子善、范玉吉编《西滢文录》,第63页。原载1929年6月《新月》第2卷第4号。
② 转引自涂纪亮《现代西方语言哲学比较研究》,中国社会科学出版社,1996年,第524页。

种本土化的改造尝试。异质文化翻译成汉语时,如果在传统文化中找不到同样的成分,他也会把源语文化中的词汇及文学表现手法等移植过来,形成两种语言、文学、文化之间的"杂合"。

梁启超曾评价林纾"译小说百数十种,颇风行于时,然所译本率皆欧洲第二三流作者。纾治桐城派古文,每译一书,辄'因文见道',于新思想无与焉"①。在新文化运动期,林纾也被贴上顽固保守的标签,成了螳臂当车的"古董"。评价他的思想,除了要把他还原到当时的历史语境中,也要结合他的译本及译本传播来分析。

林纾受译事的影响,常据外国小说来创作,如创作与狄更斯和大仲马有渊源的《欧阳浩》《庄豫》、塑造中国版的"茶花女"柳亭亭等,《娥绿》就是他以《罗密欧与朱丽叶》为原型创作的小说,是中国版的罗朱恋。林纾在结尾说:

> 雅典(此处为林纾之误,原文为 Verona)之罗密欧与周立叶,亦以积仇而成眷属。顾罗、叶幽期不遂,彼此偕亡。今杨、李之仇,同于罗、叶,幸南斋一觌,冰炭仇融,此中似有天缘,非复人力矣。(第 123 页)

从林纾以女主人公娥绿的名字为作品命名来看,其中确实弱化了男女爱情的描写。男主人公秀才的性格更是与罗密欧迥

---

① 梁启超:《清代学术概论》,《饮冰室合集》(第 8 册),第 72 页。

异，罗密欧得知朱丽叶为仇家之女后"万念冰释，自顾夙仇如是，婚媾何复可图"（第20页），而秀才认为两家的宿仇是"老成人气节之不相下，小子无罪也"，这分明是林纾自己作为旁观者的看法，林纾也把他希望两家修好的意愿和行动赋予秀才，而娥绿是奉守传统礼节的女子，始终矜持而克制，于是林纾又造出一个孀居似母的崔氏，代替红娘角色，撮合好事，最终以大团圆收场。其中的游园、中举都是传统才子佳人小说中的老套情节。林纾自己的点评，恰恰透露了在爱情上主观努力的"人力"之有限性，虽以悲剧告终，但罗朱爱情中主人公飞蛾扑火般的殉情足以让人震撼。而《娥绿》中，"天缘"的造化以媒人（崔氏和南斋，其地位已超越主人公，有人定胜天之嫌）推动，关于爱情的主题随之消弭，人物的塑造也很无力，这恰恰暴露了中国小说在题材上的保守和人物塑造上的缺陷。

严格来说，林纾虽然有感于西方爱情的炽烈，但他只借用了其中仇家之子相爱的题材外衣，的确没有理解西方文化自主、自由之爱的精华，还谈不上是思想的移植。"辟小说未有之蹊径，打破才子佳人团圆式之结局；中国小说界大受其影响。"[①] 然而，这种突破只在林纾的翻译作品中，在他的文学创作中，实在没有打破惯例，就连根据外国故事情节灵感而来的小说创作，林纾也要生生地改掉悲剧结局，还之以才子佳人大团圆才大快人心。但是他翻译的《铸情》中的男女之爱对礼法制度下的中国定有冲击作用，男女自由恋爱的启蒙或许从这

[①] 寒光：《林琴南》，《林纾研究资料》，第216页。

里开始。他的翻译也促使中国人开始努力探知莎剧的本来面目。而林纾通过将叙述性的话语转化为对话,也让我们看到了热恋中的朱丽叶的坚决。比如:

原文:…he asking her if she had resolution to undertake a desperate remedy, and she answering that she would go into the grave alive rather than marry Paris…(pp. 255 – 256)

林译:老伦斯曰:"女能忍须斯之苦,待而夫乎?"周立叶曰:"吾身已属罗密欧,乃令吾更适,死且弗恤,何计之苦!"(第23页)

林纾用直接引语突出了朱丽叶追求爱情的主动性,张扬着"不自由,毋宁死"的思想,对中国传统的爱情观是一种冲击。西方的爱情观对中国文学的影响在徐枕亚的笔下有了新的亮色,《玉梨魂》第18章《对泣》中描写梨娘和梦霞离别时,梨娘就低唱泰西《罗米亚》名剧中"天呀天呀,放亮光进来,放情人出去"①。作者也认为恶魔阻挠爱情,"仅能破坏爱情之外部,不能破坏爱情之内部"②。将莎剧的台词生嵌入虽有些格格不入,③ 但梨娘和朱丽叶的形象有了互衬,她们浓烈的爱情也极能打动读者。不仅如此,徐枕亚还为这种浪漫的爱情悲剧注入了历史使命,梦霞爱情上的失意使其情感转向对民族命运的关怀中。《玉梨魂》中,作者对梦霞写血书发出这样的感慨:"呜呼,男儿流血,自有价值,今梦霞乃用之于儿女之爱

---

① 徐枕亚:《玉梨魂》,江西人民出版社,1986年,第112页。
② 徐枕亚:《玉梨魂》,第113页。
③ 胡缨认为梨娘的外国唱腔极不和谐,胡缨:《翻译的传说:中国新女性的形成(1898—1918)》,龙瑜宬、彭姗姗译,江苏人民出版社,第116页。

第一章　早期莎剧译介与现代中国民族国家的建构

情,毋乃不值欤!"① 正因为如此,当时张恨水的畅销爱情小说才遭到贬低,"莎士比亚比张恨水的力量既深,又广,所以前者比后者伟大"②。最下等的是儿女情长,而至情则是将个体的"情"与国家存亡联系起来的家国情怀,这样跳出来点评故事,将其与时事相联系的情况林纾也有,在《情惑》中,林纾借迫鲁地司之口说:"嗟夫!丈夫志四海耳,若郁郁作乡里伏匿英雄,岁月当因是消衄,何利我者!"(第107页)这样的号召性增译之语对于读者具有启发作用,引发读者的担当感,开阔读者的视野。林纾还借泰门的仆人之口说:"主人知世界之义乎?天下而尚有界也……"也是对国人世界观的修正。林纾在《〈剑底鸳鸯〉序》中说:"恨余无学,不能著书以勉我国人,则但有多译西产英雄之外传,俾吾种亦去其倦敝之习,追蹑于猛敌之后,老怀其以此少慰乎!"③ 这段话表现出明显的工具意识,即把翻译小说当作一种途径,通过具有感染力的英雄形象激励国人,达到追赶西方国家的目的。通过西方之镜改变自我,达到"立人"的目的,而立人尤其要从年轻人、学生抓起,"强国者何恃?曰:恃学、恃学生、恃学生之有志于国,尤恃学生之人人精实业"④。可以说,林译小说已有中国国家民族思想的萌芽,举开启民智之旗,他的小说译介和梁启超的小说界革命可谓顺应时代主流,林译普及小说的努力使梁启超的

---

① 徐枕亚:《玉梨魂》,第147页。
② 凡民:《老生常谈(12)》,《青年中国》1947年第18期。
③ 林薇选注:《林纾选集》(小说卷上),四川人民出版社,1985年,第317页。
④ 林薇选注:《林纾选集》(小说卷上),第318页。

倡议更深入人心。林纾对于民族政治笔端的刻意着力,不应被认为是对"热门商品"的消费。从林纾译作中的例言、序言中我们可以感受到他对民族存亡的忧虑与情急。其中不乏关于家国危亡的情绪传达,1901年,清政府被迫签订《辛丑条约》,林纾也以书生之笔贯注思想之力,"当今变政之始,而吾书适成,人人即蠲弃故纸,勤求新学,则吾书虽俚浅,亦足以振作志气,爱国保种之一助"①。林纾的译述行为践行了梁启超等思想家的启蒙号召,对国人励志和精神食粮的给予都是他参与社会进程的努力,因而,他是个地道的实践者。而他对自己译事的定位为,"畏庐,闽海一老学究也。少贱,不齿于人。今已老,无他长,但随吾友魏生易、曾生宗巩、陈生杜蘅、李生世中之后,听其朗颂西文,译为华语,畏庐则走笔书之。亦冀以诚告海内至宝至贵、亲如骨肉、尊如圣贤之青年学生读之,以振动爱国之志气。人谓此即畏庐实业也。噫!畏庐焉有业?果能如称我之言,使海内挚爱之青年学生人人归本于实业,则畏庐赤心为国之志,微微得伸,此或可谓实业耳"②。林纾对民族魂魄的呼唤与梁启超可谓人同此心,"呜呼!一国之大,有女德而无男德,有病者而无健者,有暮气而无朝气,甚者乃至有鬼道而无人道。恫哉,恫哉,吾不知国之何以立也!"期待国家的新生,必然将目光转到儿童身上,儿童就是国家的希望,也是"新人"的根本。所以林纾在翻译《伊索寓言》时认为此书弥有至理,"欧人启蒙,类多摭拾其说,以益童慧"。他

---

① 林纾:《〈黑奴吁天录〉序》,吴俊标注《林琴南书话》,第5页。
② 陈平原、夏晓虹编:《二十世纪中国小说理论资料》(第1卷1897—1916),北京大学出版社,1997年,第289—290页。

认为这类书也是中国的良药，所以大力引介。可以看出，林纾对国人新精神面貌的宣扬和呼唤，是具有进步意义的。

　　林纾对莎作的介绍，只是莎士比亚相关作品的译介，并非莎士比亚的原作，对于莎氏及其作品的本来面目，林纾也不大明了。所以他做的是初步的译介性工作。遗憾的是，因为文化的隔膜，林纾介绍的莎士比亚形象仍然比较模糊，莎氏是什么身份？所写的是什么体裁？林纾也不去探究。莎士比亚的声名是林译动机之一。因莎氏也有历史题材的著作，故林纾称"直抗吾国杜甫"，林纾把莎氏和诗史杜甫相提。而当时广告宣传《一磅肉》时也以"欧洲游侠列传"为标签，有"引以为我同类"的味道。西学蜂拥竞进，与中国文化相遇时，用传统文化的视角理解西方文化所引发的关注点，求同存异，进行比附可以增加对异文化的亲近感。不可忽视的是，林纾对莎氏的评价影响甚广，可谓深入人心，苏曼殊在《断鸿零雁记》中，以牧师罗弼夫妇的口吻说："余尝谓拜伦犹中土李白，天才也。莎士比尔犹中土杜甫，仙才也。室梨犹中土李贺，鬼才也。"① 郑振铎在所编的《文学大纲》中也延续这个说法，而宗白华在此基础上将莎士比亚与屈原和司马迁作比。② 而不同于杜甫，莎氏"乃立意遣词，往往托象于神怪"，这就与屈原有点相通了，这个印象来自林纾翻译的真实体会，在《飓引》

---

① 苏曼殊：《断鸿零雁记》，载柳亚子编《苏曼殊全集》（第 2 卷），当代中国出版社，2007 年，第 165 页。
② 宗白华：《传叙文学〈绪言〉编辑后语》，《宗白华全集》（第 2 卷），安徽教育出版社，1994 年，第 340 页。

中林纾就把岛上的精灵译为鬼①,将《仙狯》中的伯克译为"仙班之首"②,《鬼诏》中的老王鬼魂显现③,《蛊征》中的女巫都是神鬼意象,这都和中国传统意象有相似之处。在进化论盛行的年代,唯新为好,林纾把莎氏托象神怪与思想之旧画上了等号,并不意味着他真认为莎氏思想落后,而是把莎氏作为"古"的代表,表达"虽哈氏,莎氏,思想之旧,神怪之托,而文明之士,坦然不以为病也"。借西方人对莎氏的重视和喜爱来说明文明国家也"泥古骇今",反击国人的一味求新。不过林纾联系社会现实,唤醒和启蒙民众时也把持着一种精英意识,他所采用的文言始终是少数人的语言,他的启蒙立场决定了他的影响力并没有渗入社会底层。同样痴情于文言的王靖就与林纾惺惺相惜,他说,"林氏不审西文,借门人口译,而能区其流派,评其优劣,无不中肯! 使迭氏九泉知之,当叹为中土之知己矣"④。按王靖的说法,林纾也算是莎翁的知己了,不管怎样,我们不能忽视林纾介绍的西方文学对于中国学者群的启蒙作用,他精湛的古文笔法和丰富的译作是一扇通往异域世界的窗户,在知识分子群体中急速传播。林译小说能很快被接受并流行,与林纾迎合市场和读者有关,也与他应

---

① 《吟边燕语》:"鬼董爱里而。爱里而虽鬼,而性不甘为,独恨昔考勒司之子加立滨,恒指麾所部凌践之。"第113页。

② 《吟边燕语》,第83页。林纾又在《窦绿波》中说:"余作小说时,脑中有时初无稿本,用二百四十钱狼毫之笔,一蘸浓墨,而小说已汩汩而来,或千旋百转,若织女机丝,抽之不穷。逾日仍茫然不记,转乐听他人之道吾小说,津津有味,若非出诸吾笔者,怪哉! 怪哉! 老妾言余笔尖有小鬼,如英人小说中所谓拍克(《仙狯》中的小精灵)者。"见林薇选注《林纾选集》(小说卷上),第210页。

③ 《吟边燕语》,第50、53页。

④ 王靖:《英国文学史》,泰东图书局,1927年,第86页。

和政治有关。他在译作中通过新文化的移植渗入了自己的文化理想和民族与国家认同意识，这种民族主义的意识更多的是救国保种意义上的向现代民族主义的过渡，是对传统文化的浓情和认同，这种心理积淀与他对传统文化的发展、完整性和纯粹性的维护是一致的。而他译作中渴盼国人体魄强壮、精神雄伟的"立人"信念其实也传达了国人对一种新秩序的构想和渴望，但这种构想始终没能跳脱出种族主义的思维预设。在林纾本人的思想深处，依然保有着一个传统宿儒的根，虽然赞成维新，誓做"共和国老民"，却成为清朝遗老，并以年近七旬的高龄，11次去光绪皇帝陵上祭谒，难怪他会成为新文化运动时的众矢之的。从他对《吟边燕语》的译法可以看出，林纾的生命、思想生长在中国传统中，消灭传统就等于毁灭他本身。他的悲剧也在于未能跳出忠诚的"士大夫"思维，将朝廷和民族等同，所以，他的"民族话语"是一种深沉的种族归属情感的表达，在中西文化的碰撞中，面对国家与种族危机的反应，还没有"立人""立国"的自觉建构意识。

第二节　莎士比亚与梁启超的民族归属意识

如果说林纾的思想还停留在爱国保种意义上的种族主义情感纠结中，梁启超等知识分子已经将种族的危机感转换成建立民族国家的努力。这种行为不仅源于国人内心深处一种将被毁灭的恐惧感，也由于"梁启超们"在与西方文化和西方民族国家的接触中照见了自己的落伍。

"故吾民苟立国则已,再不立国,则今日之惨,犹不为甚。他日者,四万万民,必将散之于西比利亚,散之于阿非利加,散之于澳大利亚,且所至之地,土人得而窘逐之,白人得而践踏之。而所谓中国者,永无中国人之足迹,而所谓中国人者,地球上永无容身之地,是虽历千万年、亿兆年,而终无立国之一日也。顾问四万万同胞,将何以处此?"[1] 丧家离散的图景不堪想象,要逃脱这种命运,唯有自我强大。梁启超说,"国也者,积民而成。国家之主人为谁?即一国之民是也"[2]。他对朝廷和国家做了区分,殷商、周秦、汉唐宋、元明清,都是一族一姓的朝廷和私业,而不是国家,国家被认为是一个权力的集合,是国民的集合。梁启超等知识分子有了清醒的民族国家意识,认为只有走民族国家的道路,汇入世界大潮中,才能"立国"。国家由国民组成,离开一个个具体的个人,国家也就没有实质意义。所以,"立国"须从"立民"开始,"立民"必须以青年为核心。陈独秀说:"青年之于社会,犹新鲜活泼细胞之在人身。新陈代谢,陈腐朽败者无时不在天然淘汰之途,与新鲜活泼者以空间之位置及时间之生命。"[3] 中国国民性中的保守苟安、意志薄弱已经危害到自身的生存,新民的迫切性自然不言而喻,但也非一日之功,取道文艺改变青年的

---

[1] 《原国》,《国民报》1905年5月第1期,载张枬、王忍之编:《辛亥革命前十年间时论选集》(第1册)上卷,生活·读书·新知三联书店,1960年,第65页。

[2] 梁启超:《中积弱溯源论》(1900),饮冰室文集之五,《饮冰室合集》(第2册),第15—16页。

[3] 陈独秀:《敬告青年》,《青年杂志》1915年9月15日,第1卷第1号。

精神面貌是知识分子们共同的选择。

1902年梁启超发表《新民说》，这种新民话语表达了对理想国民性的期待，从严复、林纾到陈独秀，都以西方的国民优点作为中国国民性的借鉴资源，但往往将其和中国的传统加以整合，最显著的就是对西方"尚力勇武"的赞美通常和中国的"侠气"结合在一起，济世救弊。这种新民话语是对中国国民的启蒙，是通过文学"立人"的手段。不过，梁启超强调民族国家的整体性和国民的归属性，他强调的理想国民更接近于以集体主义取向为核心的古希腊的国民，而不接近于以个人主义作为一个重要因素的近代国家的国民。我们注意到，梁启超的"立人"实际上更准确地说是"立民"，他将个体视作国民，所谓"新民"是对理想国民的期待，他的"立人"观念受他所倡导的民族国家理念的引导。梁启超对莎士比亚的认识也在其民族国家理念框架之内，他介绍莎士比亚也是为了使国人觉悟到中国文学的不足，莎士比亚作为西方文明的符号，对强国新民的"立国""立人"有正面积极作用。

一、莎士比亚与诗界革命

梁启超对莎士比亚的身份界定与林纾有相似之处，他们都将莎士比亚作为"诗家"代表。1902年，梁启超有这样的言论，"希腊诗人荷马（旧译作"和美耳"），古代第一文豪也。其诗篇为今日考据希腊史者独一无二之秘本，每篇率万数千言。近世诗家，如莎士比亚、弥儿敦、田尼逊等，其诗动亦数万言。伟哉！勿论文藻，即其气魄固已夺人"，中国"长篇之诗,最传诵者,唯杜之《北征》、韩之《南山》","然其精深盘郁雄伟博丽之气,尚未足也"。① 梁启超对西方文学鸿篇巨制的推崇出于"学习"的心态,莎作作为西方文化的高峰,其气魄在梁启超眼里显然高于中国文学作品,对中国的短小文体有刺激作用,是中国诗界革命的西方榜样。但这并不能说明梁启超对莎士比亚的真正评价。梁启超对莎士比亚所知寥寥,其议论也多来自道听途说,然而梁启超却希望从莎士比亚等西方文豪的诗文中挖掘出欧洲精神以改良社会,多少有点牵强。但无论如何,莎士比亚这个符码屡次出现在他著述中。

1899年到1902年,梁启超倡导"诗界革命""文界革命""史界革命"和"小说界革命","革命"就是以文学为手段开启民智,呼吁建立现代民族国家、培育现代国民的行为。其中最主要的就是吸收西方文明,梁启超说,"吾虽不能诗,惟将竭力输入欧洲之精神思想,以供来者之料可乎?"② 莎士比亚就是作为"欧洲之精神思想"之一进入梁启超视野的,这不仅出于莎士比亚的声名,还与莎士比亚在日本的接受和梁启超对莎士比亚的理解有关。

1898年的戊戌变法后,梁启超在逃往日本的途中偶然读到日本著名政治小说《佳人奇遇》,作者柴四郎将自己的人生经历和政治主张融合进小说叙述中,给梁启超极大的启示,他不但翻译了《佳人奇遇》,而且认为日本明治维新的成就与日本

---

① 张灏:《梁启超与中国思想的过渡(1890—1907)烈士精神与批判意识》,新星出版社,2006年。
② 梁启超:《夏威夷游记》,《饮冰室合集》专集之二十二,中华书局,1989年,第189—191页。

政治小说的繁荣相关。政治小说源于英国，由 18 世纪的意图小说（the novel of purpose）而来，盛行于 19 世纪，以迪斯累里（Disraeli）的《政党余谈》和布韦尔-李顿（Bulwer-Lytton）的《欧洲奇事》为代表。明治时期，政治小说在日本很有市场，政治意味很强的作品受到重视，夏晓虹认为，由李顿、迪斯累里以公卿身份创作小说所引起的第一次推动，在日本产生了连锁反应。他们的译作被统称为"政治小说"①，激发起人们通过政治小说改良社会的热情。尽管政治小说 19 世纪末在日本走向式微，1885 年坪内逍遥的《小说神髓》就主张小说的世俗化，反对将小说视为政治宣传工具。但中国的留日学生却对政治小说表现出超乎寻常的热情，因为他们看到了政治小说对日本社会改革的推进作用。莎剧在日本的政治意味也很受重视，"莎士比亚表现古罗马历史的戏剧《裘力斯·凯撒》中，日本的翻译家也读出了其中的政治意味，于是该剧获得了《（该撒奇谈）自由太刀余波锐锋》（坪内逍遥译）的译名，带上了其时正在日本流行的自由思想的色彩"②。《裘力斯·凯撒》在当时日本的政治小说热潮中很受青睐，其中狂风暴雨般推翻君主的政变对处于求变的日本社会是一面镜子，凯歇斯鼓动勃鲁托斯等密谋刺杀有意做罗马君主的凯撒，凯撒的追随者安东尼在控制民意后和凯撒的继承人屋大维发兵击败勃鲁托斯，戏剧情节不断突转，很煽动民心，这种暴力政变的描写与国家民族危机

---

① 夏晓虹：《梁启超与日本明治小说》，《北京大学学报（哲学社会科学版）》1987 年第 5 期。
② 夏晓虹：《梁启超与日本明治小说》，《北京大学学报（哲学社会科学版）》1987 年第 5 期。

对照，具有强烈的现实表征意义。莎士比亚的历史剧中充满了宫廷的斗争和政治的险恶，要从其中提炼出政治意味是十分容易的，这也是西方莎学研究的重要方面。阿兰·布鲁姆和哈瑞·雅法写于20世纪60年代的《莎士比亚的政治》① 和《莎士比亚的政治盛典：文学与政治论文集》② 是在西方层出不穷的研究基础上的开拓，《李尔王》《裘力斯·凯撒》等悲剧作品就无处不浸染着政治意味。最突出的是，莎士比亚的历史剧都以王权政治为核心，拥戴开明君主，谴责暴君及宫廷内斗，对伊丽莎白时代天主教会等势力和王权斗争与谋杀的悲剧有深刻反映，1601年发生的埃塞克斯伯爵叛乱的混乱与骚动在《哈姆雷特》和《裘力斯·凯撒》中就能隐约看到。莎剧与现实政治的关系，与中国传统的"载道"思想应和，催生了政治小说，通过政治小说影射现实政治，小说就被赋予了强烈的功利性。"梁启超把日本的政治小说选作中国'小说界革命'的范本，期望从政治小说入手，改变小说家的创作意识和小说的创作内容。"③ 他不仅大力引进政治小说，而且身体力行，创作出中国第一部标注为"政治小说"的《新中国未来记》，发动中国的"小说界革命"。

在《新中国未来记》中，梁启超借《总批》表达了他对诗界革命的热切愿望：一方面要学习西方的文学风格，化为己

---

① ［美］阿兰·布鲁姆、［美］哈瑞·雅法：《莎士比亚的政治》，潘望译，江苏人民出版社，2009年。
② ［美］阿鲁里斯、苏利文编：《莎士比亚的政治盛典：文学与政治论文集》，赵蓉译，华夏出版社，2011年。
③ 夏晓虹：《梁启超与日本明治小说》，《北京大学学报（哲学社会科学版）》1987年第5期。

用；一方面要将西方文化的精华翻译为中国文字。他说："著者不以诗名，顾常好言诗界革命，谓必取泰西文豪之意境之风格，熔铸之以入我诗，然后可为此道开一新天地。谓取莎士比亚、弥儿顿、摆伦诸杰构，以曲本体裁译之，非难也。呼！此愿伟矣！"①梁启超将欧洲文学的艺术风格或动人气魄作为目标，目的是将其熔铸到中国文学中，直取其思想核心，改变中国文学的风格和气魄，莎士比亚不但作为文豪可以师法，其作品的政治性也可被中国借鉴。梁启超强调了两点，一是学习西方文学迥异的风格，二是翻译西方经典。对梁启超来说，地域国别和文化造成的文风与气质差别，是浸润在其中的任何人都无法消除的印记。"风格"也因所属国家的文化差异，有了优劣之分，中国改变自身的途径首先就是翻译西方经典，然后学习西方文艺的风格和气魄。

限于对莎士比亚了解有限，梁启超并未展开对莎士比亚政治性的论述，只是在他的政治小说中泛泛提到。梁启超"诗界革命"的倡议带有强烈的功利色彩，文学作为输入思想的工具而被重视，在于小说的"熏浸刺提"可以革除积弊，开民智、鼓民力、新民德而"新民""济国"。启蒙的最佳工具就是小说，梁启超将小说的地位予以强调，"欲新一国之民，不可不先新一国之小说，故欲新道德，必新小说，欲新政治，必新小说，乃至欲新人心，欲新人格，必新小说。何以故？小说有不可思议之力支配人道故"②。难怪周作人评价梁启超是想"借文学的感化力

---

① 梁启超：《新中国未来记》，《饮冰室合集》专集之89，第56页。
② 梁启超：《论小说与群治之关系》，《新小说》1902年第1号。

做手段，而达到其改良中国政治和中国社会的目的"①。增强民族意识和民族凝聚力是梁启超"新民"的主要目标，他倡导的文学革新是"五四"文学革命的先声，但梁启超政治小说的创作实践太形式化，过度看重小说的社会担当，有说教意味。

梁启超的文界革命最终要通过借鉴优秀的外国文学译本和西方经典后的本土创作来实现。莎剧在当时根本没有译本，何谈借鉴？所以，精通外语的学者就有理解原作的优势，但莎士比亚与中国社会的对接，并不那么容易。王国维曾称赞莎作"一面与世相接，一面超然世外"②，王国维对莎士比亚的称许着眼于艺术性，"与世相接"是指他的作品对世间万象、悲欢离合的囊括性而言，与水深火热的中国社会现实，似乎并不对路。周作人曾谈到莎剧的难以消化，他说："前月里有个朋友同我谈起莎士比亚的戏剧，他说莎士比亚虽有世界的声名，但读了他重要的作品，终于未能知道他的好处。这句话我很有同感，因为我也是不懂莎士比亚的。太阳的光热虽然不以无人领受而失其价值，但在不曾领受的人不能不说为无效用。学校里的体操既经教育家承认加入，大约同莎士比亚的戏剧一样，自有其重大的价值，但实际上怎样才能使他被领受有效用，这实在是一个重要的问题。"③莎士比亚的地位无可否认，但作品却没有引发周作人的共鸣，一方面出于周作人个人审美取向

---

① 周作人：《中国新文学的源流》，华东师范大学出版社，1995年，第40页。
② 王国维：《莎士比传》，《王国维文集》（第3卷），中国文史出版社，1997年，第392—397页。
③ 钟叔河编订：《周作人散文全集》（第2卷 1918—1922），《体操》，第478页。

的选择，另一方面也说明了莎士比亚作品与近现代中国社会的距离感。狄葆贤在《新小说》中有这样一段文字，他说：

> 美妙之小说，必非妇女粗人所喜读，观《水浒》之与《三国》，《红楼》之与《封神》，其孰受欢迎孰否，可以见矣。故今日欲以佳小说饷士夫以外之社会，实难之又难者也。且小说之效力，必不仅及于妇女与粗人，若英之索士比亚，法之福禄特尔，以及俄罗斯虚无党诸前辈，其小说所收之结果，仍以上流社会为多。西人谓文学、美术两者，能导国民之品格、之理想，使日迁于高尚。穗卿所谓看画、看小说最乐，正含此理，此当指一般社会而言者也。夫欲导国民于高尚，则其小说不可以不高尚。必限于士夫以外之社会，则求高尚之小说亦难矣。①

狄葆贤的这段话不但表达了对小说新民作用的怀疑，也道出了莎士比亚与中国普通民众的隔膜，莎士比亚戏剧中的双关隐语极多，一些人物形象也难以被民众接受。他认为西方经典文学的受众往往是精英知识分子，若想以西方优秀作品达到"新民"的启蒙作用，难上加难，因为佳作虽能达到启蒙的最佳效果，但难以为大众接受。这一方面是因为教育普及得不够，另一方面是因为文学作品本有雅俗之分，受众也相应分

---

① 横滨：《新小说》，《小说丛话》1903年9月6日第7号。

层。莎士比亚是中国寻求文化革新的资源,但是,连周作人这样的文人也否认莎士比亚的实效性。在梁启超的时代,因为没有正式的莎剧译本,莎士比亚只是作为一个空洞的名词慢慢为人所知,莎士比亚的大名是西方文明符号性的所指,中国学人对其剧作精神并无深入领会,此时西方经典的了解和引介还处在极不成熟的萌芽阶段。

二、Shakespeare 译名与异域想象

众所周知,梁启超的"文界革命"一个重要举措就是提倡大量引进"新名词",虽然梁启超与莎士比亚并无更多交集,但有一点是不可否认的,我们今天所称呼的"莎士比亚"沿袭了梁启超的译法。起名在中国是极具审美意味的行为,名字不但寄托着美好的愿望和情思,还需谨遵辈分,避长者讳。中国人在人名的用字选择上有明显的倾向性,在文从字顺的基础上尽可能做到音、形、意皆美,不但要富于音韵美,还要内蕴深刻。

William Shakespeare 的英文名敲定也曾有过波折,最终,本·琼生在 1623 年出版的莎剧全集中以 Shakespeare 称之,后世渐渐定型。Shakespeare 的含义为"挥矛或挥鱼叉"[①]。从文化旅行的角度来看,Shakespeare 的汉语译名演变过程也是一个文化的跨越和旅行过程。与"起名"相比,在"译名"的定型过程中,主体的能动性明显受限,难度系数也有所减弱。

---

① 黄龙:《莎名考证及翻译》,《中国翻译》1999 年第 5 期。

第一章 早期莎剧译介与现代中国民族国家的建构

关于莎氏译名之所以多种多样的原因，有论者认为主要是由"译者对汉字的发音及翻译人名的技巧的掌握不同所致"①。翻译人名常规的操作一般都是采用音译，在汉语里选择相似发音的音素进行组合，不但有译者的翻译技巧在其中，同时也会考虑到其所属的种族和文化习惯。论者的分析只停留在翻译技巧层面，恰恰忽视了翻译主体的能动性和翻译活动的文化语境，尤其是在中西文化交流初期充满了文化的杂糅现象，中国作为文化接受主体对西方文化的他者想象与选择在Shakespeare的译名上也不例外。初期译莎的有传教士、驻外使节、文人学者等，因为Shakespeare为多音节，音译过来名称比较长，加上初期的翻译不够规范，译者根据个人喜好随意选择对应的汉字，所以五花八门的译名应运而生，仅举代表性的译名如下：

1839年——沙士比阿，林则徐组织翻译的《四洲志》。

1856年——舌克斯毕，英国传教士慕维廉所译《大英国志》。

1877年——舍色斯毕尔，1877年8月11日郭嵩焘应邀参观英国印刷机器展览会，看到了莎士比亚的作品印本，译为舍色斯毕尔，1879年1月18日，观莎剧时译为"舍克斯毕尔"。

1882年——沙斯皮耳，美国牧师谢卫楼《万国通鉴》。

1886年——筛斯比尔，1886年由总税务司署出版的传教

---

① 徐颖果：《文化研究视野中的英美文学》，人民文学出版社，2008年，第92页。

士赫德艾约瑟编译的《西学启蒙十六种》,① 在《西学略述》一书的《近世词曲考》中介绍莎士比亚:"英国一最著声称之词人,名曰筛斯比尔。凡所作词曲,于其人之喜怒哀乐,无一不口吻逼肖。加以阅历功深,遇分谱诸善恶尊卑,尤能各尽其态,辞不费而情形毕露。"

1894年——狭斯丕尔,严复(1854—1921)翻译的赫胥黎《天演论·导言十六　进微》中,提到了"词人狭斯丕尔",还加了小注:"狭万历年间英国词曲家,其传作大为各国所传译宝贵也。"② 严复在《名学浅说》(耶方斯著)第11章第93节说,"又有例案并举,而判所含蓄,令人百思,尤有余味。……索思比亚作凯撒被刺一曲……"③。

1896年——显根思皮儿,李鸿章于光绪二十二年出访英国,对英国友人说道:"中国士兵专讲书礼,英人恒惜其过蹈虚机,不若贵国之力崇实事。然英人之文章理学,亦复代有名流。以余所知,若培根(英前相也)之善格物理,若显根思皮儿(莎士比亚)之善为诗文,若施本思(斯宾塞)、若达文(达尔文)、若赫胥黎,则又皆文学、性理、格致选也。"④

1902年——莎士比亚,梁启超《饮冰室诗话》。

1903年——沙基斯庇尔、索士比尔, 1903年上海广学会

---

① 邹振环:《西方传教士与晚清西史东渐》,上海古籍出版社,2007年,第260页。
② 刘梦溪主编:《中国现代学术经典·严复卷》,河北教育出版社,1996年,第46页。
③ 张泗洋主编:《莎士比亚大辞典》,第1402页。
④ 蔡尔康、林乐知编译:《李鸿章历聘欧美记》,湖南人民出版社,1982年,第102页。

刊印了英国传教士李提摩太主编的《广学类编》(Handy Cyclopedia),在第一卷《泰西历代名人传》内也介绍过莎士比亚:"沙基斯庇尔……世称为诗中之王,亦为戏文中之大名家。"同年上海又出了两种石印本的《东西洋尚友录》及《历代海国尚友录》,前一书中称"索士比尔,英国第一诗人",后一书中称,索士比尔,英吉利国优人。尝作诗以讽君相,固海外之优孟也。

1904年——夏克思芘尔、希哀苦皮阿,1904年上海广学会出版了英国传教士李思·伦白·约翰辑译的《万国通史》,在《英吉利志》卷中也提到伊丽莎白时代的作家,并举出莎士比亚的名字:"其最著名之诗人,如夏克思芘尔,瑰词异藻,声振金石,其集传诵至今,英人中鲜能出其右者。"1904年10月出版的《大陆》杂志中印有《希哀苦皮阿传》。

1906年——索士比亚。

1907年——叶斯壁,1907年世界社出版的《近世界六十名人画传》中有《叶斯壁传》;昔士比亚。

1908年——沙克皮尔,1908年山西大学堂译书院出版的《世界名人传略》中也有《沙克皮尔传》。

Shakespeare 的译名多达十几种,是译名翻译研究的极佳个案。其中可以发现饶有兴味的几点。首先是郭嵩焘的翻译,因郭嵩焘不通英文,所记人名多是音译,从他所写莎名来看,开始译的"舍色斯毕尔"显然将 [ʃeikspir] 中的 [k] 音误听为 [s] 音,而后来所使用的"舍克斯毕尔"逐渐趋向于正确的发音,现在看来,郭嵩焘的音译相对准确,最契合 Shakespeare 的发音。其次,英美传教士所译的"舌克斯毕"

"筛斯比尔""夏克思芘尔"似乎最不具美感，在汉字的选择上没有顾及中国文化的特点，舌、筛等词都会引起人不悦的联想。再次，梁启超在1902年始用的"莎士比亚"并没有立竿见影地得到广泛应用，经过后来的混杂、沉淀、筛选和比较，最终脱颖而出。那么， Shakespeare的译名为什么没有依照郭嵩焘的"舍克斯毕尔"或者国内译界认为更符合其英文发音的"莎克斯皮尔"，而采用了"莎士比亚"？

客观来说，各种版本的译名在目的语文化语境中的被接受过程要受多种因素制约，是一个选择性适应过程。从以上考察来看，十几种莎名中，最有竞争力的名字为"狭斯丕尔""索士比亚""莎士比亚"，传教士的译书因为发行受众面狭窄，加上译名音意不佳，很快就被淘汰。留下的是当时颇具影响力的严复、梁启超等的译法。当时"索士比亚"译名在各大报纸上盛行，几成定论，也杂有"昔士比亚"之称。各界人士的译名也较混杂，马君武在1903年称"以利沙伯时代之最美产物，即戏曲也，历史小说册多价昂，不如戏曲之小册易购。而当时之最大戏曲家，即索士鄙亚Shakespeare也，即今观之，若索士鄙亚为全时期之唯一代表者然"。 自然，这个略带贬义的译名没有得到认可。而"狭斯丕尔"和"莎士比亚"（沙士比亚）逐渐成为用得最多的两个名字，并且不断被混用，在书面文字或文学作品中逐渐被转述，得到强化。周作人在1908年谈到"Shakespeare"时，用的是严复的译名"狭斯丕尔"。在1916年改用"索士比亚"，在1921年才开始用"莎士比亚"，而之后间或也会用"沙士比亚"。奇妙的是，因为没有规范，周作人信笔写来，无意中自造了一个"狭斯比亚"之名，在《〈桃园〉

跋》中,他写道,"废名君很佩服狭斯比亚,我则对这个大戏曲家纯是外行,正如对于戏曲一样"①。这个名字显然是"狭斯丕尔"和"沙士比亚"的混合体。同样在鲁迅早年的著作中,也习惯"狭斯丕尔"的译名,后期才逐渐改用"莎士比亚"。

日语中莎士比亚的译名为"シェイクスピア",发音与"莎士比亚"很接近,也不排除国人从日语名音译莎翁名字的途径。从形象学角度来看,莎士比亚的符号信息在中国的传播,就是莎士比亚形象和身份确立的过程,对莎士比亚译名的规范和雅化,代表着20世纪初期中国对待异族文化的态度,能反映出中国学人作为接受主体对他国文化的度量标准。本质上也是中国学人对自我文化和地位的一种审视。从"舌克斯毕""筛斯比尔"等到"莎士比亚"是一个众多学人、中西文化共同参与形塑的历史化过程,其中有几个细节很耐人寻味。

首先,国人在接纳Shakespeare时,也曾做过将其纳入中国姓氏的努力,异文化的归化很常见,如"高尔基""罗素"等译名都已成定论。在1907年世界社出版的《近世界六十名人画传》中有《叶斯壁传》,就给Shakespeare冠以"叶"姓。最典型的例子是胡适,1911年胡适在康奈尔大学农学院读莎氏Henry Ⅳ时说,"Shakespeare当译萧思璧",后来,胡适就常用"萧氏"或"肖氏"指代莎士比亚。在归国后,胡适和国内的译名接触摩擦,后称"萧士比亚",还是没有脱掉萧姓。虽然周作人主张音译外国人名,非常反对强拉到中国姓氏中的国

---

① 周作人:《〈桃园〉跋》,《周作人散文全集》,第5卷(1927—1931),第506页。

粹化，他讽刺道，干脆把"爱罗先珂"译为"叶落声，与伊里查白女王时代的大戏剧家'叶斯壁'去排本家罢"①。但译者还是尽可能地对译名进行归化处理，钱锺书似乎就接受了莎名的归化译法，尽管胡适的"萧思璧"很符合中国文化，字面意义也具风雅之美，终因没有被广泛阅读与引用而遭淘汰。

其次，William Shakespeare的姓也有不同译法，在早期的文学史中，出现过"惠廉"，后逐渐改为"威廉"。而"莎士比亚"也逐渐取代了"沙士比亚"。"莎"字具有女性的柔美，似乎不宜用作男性之名，但相较"沙"的"沙土、沙弥"之意，"莎"反倒具有某种华丽的气息，符合莎士比亚戏剧的气质，在中国文化中，如"软草平莎过雨新""莎衫筠笠，正是村村农务急"等句子中"莎"有莎草、蓑衣等意义，也富有生活气息。

最后，中国学者在对莎士比亚的美化上不吝溢美之词还觉不够，鉴于莎士比亚和托尔斯泰等文豪的地位，尊莎士比亚为"莎翁"，但更多的却是出于仰慕之情，是一种文化上的仰视。

虽然未必是最理想的译名，"莎士比亚"却能渐居正统地位，主要是因为"莎士比亚"的顺口和美好意蕴，能塑造一个正面、高大优秀的形象，能为Shakespeare正名；也得益于梁启超的巨大影响力，梁启超认为译名的不一致是特别令读者苦恼的，有必要统一翻译。他说："今日而言译书，当首立三

---

① 周作人：《"愚问"之一》，陈子善、张铁荣编《周作人集外文》（上集 1904—1925），第722页。

义：一曰，择当译之本，二曰，定公译之例，三曰，养能译之才。"① 可能因为他对公译之例的号召，他使用的一些译法也常被采用。早期的翻译机构如江南制造局编译馆也曾制定翻译规则，② 但没有一本专门规范当时西学术语及译名的册子，加上译介莎作多非官方行为，所以莎士比亚的译名统一经历了一个较长的过程，其中中国传统命名文化的审美心理起着一定的筛选作用，也反映了中国在接受外来文化时的复杂心态，传达了接受主体的他者想象。因 Shakespeare 代表着作为先进文明的西学，初入中国时已经具有世界性声誉，所以，必须有相当的"名"与"实"匹配，至于 Shakespeare 其人其作如何，却所知甚少。名不正则言不顺，而莎士比亚的大名趋于稳定后，反过来也促进了他的形象更深入人心，当然这样的例子很多，如"嚣俄"就是"雨果"，培根也曾被称作"比耕"。相反在一些弱国民族人名被译介时，译名往往随心所欲，似乎专挑些不敬、低等、丑陋、难听的汉字来命名，也不利于其传播和普及。薛福成在1890年出使欧洲时，言所见"西贡、新嘉坡、锡

---

① 梁启超：《论译书》，中国翻译工作者协会《翻译通讯》编辑部编《翻译研究论文集（1894—1948）》，外语教学研究出版社，1984年，第11页。
② 傅兰雅认为，译书要注意三点："一、华文已有之名。设拟一名目为华文已有者，而字典内无处可察，则有二法：一可察中国已有之格致或工艺等书，并前在中国之天主老师及近来耶稣老师诸人所著格致、工艺等书，二可访问中国客商或制造或工艺等应知此名目之人。二、设立新名。若华文果无此名、必须另设新者，则有三法：（一）以平常字，外加偏旁而为新名，仍读其本音，如镁、矽等是也。（二）用数字解释其物，即以此解释为新名，而字数以少为妙，如养气、轻气、火轮船、风雨表等是也。（三）用华字写其西名，以官音为主，而西字各音亦代以常用相同之华字。凡前译书人已用惯者则袭之，华人一见而知为西名。"见傅兰雅《江南制造总局翻译西书事略》，罗新璋编《翻译论集》，商务印书馆，1984年，第218页。

兰"的"土民"蠢蠢与鹿豕无异,越南、暹罗、缅甸、印度诸国人则"无不面目黝黑形体短小";不仅如此,他认为这些国家"自古未闻有杰出之人才"。① 这难道不是国人对异国的粗暴判断吗?而在这种普遍观点背后,隐藏的是一种种族观和文化观的高低优劣之准绳,是与落后厘清界限的急切和对"现代性"的追逐与羡慕。在"进化论""进步"观点的支配下,国人首先要学习的就是世界等级秩序中优于自己种族和文明的西方民族。而莎士比亚其人其作作为异质的外来符码引起国人极大的好奇与探索情结,莎士比亚在西方的威名和至尊地位是与西方世界的军事霸权一起袭向中国大地的,对莎士比亚的想象实则是一种抛弃了政治屈辱而在文化层面上对霸权的接受,带有仰视与羡妒的先入之见,这样的译名也是当时中国学人对西方文明的阐释,代表早期中国对西方的"社会集体想象"。可以说,中国作为接受主体对莎士比亚的想象使得莎士比亚成为西方"先进文明"的代表,而这个"他者"符号作为中国的主体之镜照出了中国的文化欲望。

输入新名词或者为西来事物命名就是将"他者"纳入主体的一种努力,王国维说,"新思想之输入,即新语言输入之意味也"②。新词语的输入从最初的生活器具等形而下层面逐渐过渡至哲学、科学、文艺等形而上的术语和专有名词。莎士比亚译名的变化过程与外来词对中国传统语言系统的丰富,也代

---

① 薛福成:《出使英法意比四国日记》,载钱锺书主编《郭嵩焘等使西记六种》,生活·读书·新知三联书店,1998年,第274—275页。
② 王国维:《论新学语之输入》,傅杰编《王国维论学集》,中国社会科学出版社,1997年,第387页。

表着学科明晰的西学对中国知识体系的冲击。这些新名词在中国逐渐融入、生根,对中国的文言有很强的冲击力,也为之后的白话文运动打下了基础,新名词带来了新思想,体现了中国与西方"现代性"融合的艰难与自主。

中国人逐渐领受"民主""科学""自由"等西风欧雨,凡对中国有改良作用、凡能催人奋进的词语、概念都被迎入中国。梁启超认识到,要建立现代中国,就要学习西方的先进文明,这种学习最终还是要落实在每个个体身上,所以培养建立、支撑现代民族国家的现代国民就成了梁启超"新民"的要义。因此他一再强调"个人意识和国家意识(或个人主义与国家主义)的觉醒"[1]。他的呼唤体现了一个时代的焦灼,那个时代对理想的国民性的期待和独立民族国家的渴望,渗透在各种话语中。

国人将西方社会作为发展目标,其中,莎士比亚、歌德、自由、科学、民主都是西方文明的代表符码,对这些符号的关注根源于民族主义的关怀。罗志田认为,"如果将晚清以来各种激进与保守、改良与革命的思潮条分缕析,都可以发现其所包含的民族主义关怀,故都可视为民族主义的不同表现形式"[2]。尽管林纾以保守被讥,梁启超也认为他与新思想绝缘,但是林纾和梁启超在与莎士比亚的交往中,都带有对民族危亡的关注和焦虑情绪。不仅各种社会思潮的焦点聚于现代民族国家的建构,在任何引进西方文化的行为中都暗含"立国"

---

[1] 单正平:《晚清民族主义与文学转型》,人民出版社,2006年,第202页。
[2] 罗志田:《乱世潜流:民族主义与民国政治》,上海古籍出版社,2001年,第1页。

"立人"的焦虑与渴求。"今者欧美各国已由民族主义之熟达，而进于民族帝国主义。我国睡狮不觉，尚未进入民族主义之时代"。① 如果说林纾的译事情感尚带有种族主义的诉求，那么梁启超则已经在为建立民族的归属意识进行呼告，因为国家意识觉醒的民众集体战斗才能建立西方式的民族国家。不过在梁启超时代，"立人"还不是纯粹的个人，是"立民"，是服从于国家利益、民族利益的"众我"。

第三节　"一等国"荣辱与早期莎剧译介

语言是人类社会信息交流的重要工具，不同时代都有新的语词出现，新词无论是外来词还是新造词，都与一定的新事物伴生而来，有的新词被固定下来，成为不断更新并使用的活语言，有的新词则昙花一现，变成历史的遗留物。1930年代，"一等国"成为一个引起公众注意，并被赋予特定含义的词语。1935年的《社会科学术语新诠》这样解释"一等国"："在国际上，因国势强盛，居于最优越地位，可以派全权公使驻扎外国的大国。"② 其实"一等国"这个词在20世纪初就曾出现，但含义并不是1930年代的"全权公使"之意，而是一种怀旧，这个一等国是针对中国作为大国在东方、在世界历史中的影响力而言的，"二十世纪之中国颓然自一等国之地位而坠

---

① 蔡元培、宓清翰、于树声：《创办浙江明强学社第一次广告》，《中外日报》1902年12月23日。
② 《社会科学术语新诠：一等国》，《新民》1935年第1卷第40期。

落于四等国之地位矣……我国河山如是,其富丽而广博;民族如是,其灵秀而繁夥;按之天演之公理,不应居于淘汰之列"①。实际上,1919年的巴黎和会和在上海召开的南北议和会议,都是中国国际地位与内政问题的政治表现,虽然无助于中国跃于"一等国",但从这些叙述可以看出,1930年代"一等国"的意指与"发达国家"或"主权国家"有相当大的区别,虽然一等国表面上与国家主权和国力强盛密切相关,指向国家的自主独立和国际尊严,但却与丘吉尔所言的"一等民主国"类似,一些依附于大国的半殖民地国家,只要被大国认可为"全权公使",也可以算作附庸的一等国了。而在当时,英美日德法等国都是媒体所言的一等国,亚洲只有日本被承认为一等国,当时的中国政府急切渴盼得到大国的认可,盼望"与英、苏、美三国合作,成为世界政府之四大台柱"②。当时,对"一等国"这个词格外敏感。所以,有新闻报道关注这方面的消息,"美国务院承认中国为一等国。并改驻华公使为大使,克立芝拟提出国会定夺"③。可见,一等国这个"封号"只是浮名虚誉,是意识形态依附的时代产物。

"一等国"的词义内涵之萎缩,也从侧面反证了词汇是民族心理的投射与表现,与社会的发展、文化的变迁联系密切。有趣的现象是,"一等国"事关国家颜面,中国没有莎剧全集

---

① 卫石:《发刊辞》,《科学一斑》1907年第1期。
② 《丘吉尔撰文对我国希望成为一等民主国》,《新闻报》1946年12月29日第2版。
③ 《美认中国为一等国》,《兴华》1929年第26卷第1期;《美国政府认我为一等国》,《国货评论刊》1929年第2卷第8期。

译本竟也成了抹黑"一等国"的一个历史事件。当时,德国有 A. W. Schlegel,日本有坪内逍遥,法国有 Jean Francois Dusis,匈牙利有 John Arany,他们都是译莎的使者,"但是中国的莎士比亚在那里呢"?① 中国也在急切地寻找本国莎剧全集翻译的承担者,这不仅事关中国在国际文化交流中的尊严,也是文化界因"一等民主国"一词刺激而产生"去依附"的文化心态之结果。

一、 民族尊严与译莎动机

本书绪论中已谈到,朱生豪的一段话常被用来论证他译莎的决心,"你崇拜不崇拜民族英雄?舍弟说我将成为一个民族英雄,如果把 Shakespeare 译成功以后。因为某国人曾经说中国是无文化的国家,连老莎的译本都没有"②。莎士比亚虽然只是一个剧作家,但作为头号帝国——英国的象征,俨然已经被当作西方文明的标尺,翻译莎士比亚全集的能力就是国力与综合实力的体现,没有能力翻译莎翁全集的国家,在文化上也被视为下位,在国际地位上低人一等。尤其是当日本竹邨觉嘲讽中国没有全集这个缺憾时,当时的文化人都觉蒙羞,以此为辱。竹邨觉是这样说的:"大凡以文化国自命,而列于所谓世界一等国或二等国的国家,几乎没有不曾迻译《莎氏全集》的。据闻《莎氏全集》的译本以及可以认作全集的译本,在德

---

① 鸿行:《论翻译莎士比亚:与梁实秋先生讨论莎士比亚的翻译》,《新诗刊》1939 年第 2 期。
② 宋清如:《朱生豪与莎士比亚戏剧》,《新文学史料》1989 年第 1 期。

国有十余种,在法国有八九种,在俄国有四五种,其他如西班牙、意大利、荷兰、波兰、瑞典、丹麦、匈牙利,也都有一二种或三四种不等。时至今日,没有《莎氏全集》译本的国家,只是中国、土耳其、波斯和此外二三等的国家而已。至于号称一等国,而尚未全译此书的,恐怕就是日本罢。自有坪内逍遥的完全译本,我国(指日本)始脱离和中国、土耳其、波斯各国同等地位的阶级,而有与其他列强为伍之慨了。"① 从这些国家文明等级的区分中可以看出,日本急切地将中国描绘成相对自己落后的他者,急于与欧美发达国家为伍,而坪内逍遥以43年的毅力翻译莎翁全集,给了中国极大的刺激。而日本个别讥讽中国的偏狭论调,如一石激起千层浪。王长公分析了中国面临的人才缺乏、生活不安、没有后援等现实问题,言语间充满了忧患与无奈之感。余上沅就翻译莎作专作一文,做出这样的反思:"中国研究莎士比亚的人并不见得少,而至今还没有一个翻译全集的计划,——这还不应该惭愧吗?"② 而另一些言论更是迁怒于莎士比亚,认为是莎翁害了中国,连累了中国的声誉,同时自恨中国文化落后,是"三四等国家而已"。③ 通过这些论争,一方面我们看到莎士比亚符号化的全球性,另一方面也体会到中国在1930年代被迫将译莎作为民族任务的紧迫性。有了这个时代背景,我们就会理解朱生豪除却时势和兴趣的动因外,还有心系民族、知耻而后勇的决心和使

---

① 王长公:《莎氏全集与一等国》,《中国新书月报》1932年第2卷第6期。
② 余上沅:《翻译莎士比亚》,《新月》1930年第3卷第5—6期。
③ 徐行:《莎氏比亚害了中国》,《社会日报》1932年8月25日。

命感，了解胡适在中华教育文化基金会发起译莎项目背后所系的捍卫国家尊严的动机。

莎士比亚在东方，尤其是中国这样一个文化跨度相当大的国家，能迅速得到接受与认可，莎剧翻译家们的努力译介厥功奇伟，但是由于早期翻译条件和接受条件的限制，莎士比亚与中国文化很难达到充分的理解和融合，大众对译本不满和苛责，对幼稚的翻译界多有批评。一方面是莎剧的早期现代英语（Early Modern English）体式，使之语言障碍大、体量大导致的莎译难。燕京大学女校青年会曾在1921年12月19、20日演《第十二夜》，演出原因是为云南布道筹款。陈大悲观剧后写道："莎士比亚是一位诗的剧作家，他的剧本中的词句富有诗歌的色彩，与寻常人谈话相差太远。这也是托尔斯泰与萧伯纳等反对莎士比亚的论文所以容易引起一般从未读过莎翁剧本的人盲从助战的一种原因。在英国原文中已觉其费解，打了折扣的翻译本当然更觉乏味。"① 可以看出，莎剧不但翻译不易，中国受众的文化根基也很弱，尤其是文盲数量巨大使莎剧难以真正大众化，"最可怜的，就是我国四万万同胞中，识字的寥寥无几"②。四亿人口，有百分之八十的文盲数量。③ 而受教育人口占比过少，决定了翻译莎剧之艰巨，也因为目标受众的基数过低，影响了翻译的市场需求。以上种种决定了在当时的中国，翻译莎翁全集一定是国家利益、市场推动、个人志

---

① 陈大悲：《十二月二十晚的〈第十二夜〉》，《晨报副刊》1921年12月25日。
② 董天禄：《"瞎子"在一等国》，《叔苹月刊》1945年第1卷第9期。
③ 林汉达：《一等国不应再是文盲国》，《周报》1945年第7期。

趣三方面共同合力才能完成的壮举，这也是朱生豪译莎最初由世界书局推动、梁实秋也受中华教育文化基金会的资助而始的原因所在。

"翻译莎士比亚有两层好处，一层因为它是诗，一层因为它是戏剧。因为它是诗，在翻译上就得发生特殊困难；因为它是戏剧，译成以后不但可以读，并且可以到处去演。"① 另一方面，"莎剧是一根营造尺，姑且用它来量中国文学界的长短，看这份材料够不够建筑中国新文坛。中国新诗的成功，新戏剧的成功，新文学的成功，大可拿翻译莎士比亚做一个起点"②。艰难的国际形势与莎剧非译不可的坚决态势使得翻译莎剧成了国家尊严的一部分，是国际文化对话的手段之一，译莎就具有了不可推卸的历史价值与文化意义。正是在这种矛盾形势下，翻译莎剧等同于为中外文学交流填补空白、为国家、为民族争气，莎剧（全集）的翻译才作为头等大事被鲁迅、胡适、余上沅等频频关注。正因为如此高的政治赋值，莎剧翻译才作为一个焦点问题在译介史上留下了宝贵的争论，争论中包含着国人对莎剧翻译不可避免的苛责。

1935年被称作"翻译年"，某种程度上，这种提法反映了翻译界终止了之前无计划无组织散译的翻译局面，达成了自觉有序进行翻译实践的社会共识。"翻译年的翻译工作，第一是要有计划有系统。"③ 这种计划和系统在于首先要对世界文学

---

① 余上沅：《翻译莎士比亚》，《新月》1930年第3卷第5—6期。
② 余上沅：《翻译莎士比亚》，《新月》1930年第3卷第5—6期。
③ 杜若遗：《"翻译年"的翻译工作》，《文化建设》1935年第1卷第6期。

一流作家做出翻译任务列表,否定了林纾时代对翻译译本的不加选择与随意翻译,学界意在表达一种意愿,那就是:"我们对于翻译年的希望是: 不仅求其多还要求其精;不仅求其精,还要求其有系统。"① 在这种大的社会形势下,莎士比亚全集的翻译被列为重要项目,朱生豪与梁实秋分别受詹文浒和胡适的鼓励与支持,成为担负译莎历史使命的译者,完成了鲁迅嘱咐林语堂的"要他于中国有益,要他在中国存留"② 的人生使命。除了朱生豪与梁实秋等译家之外, 1949年前,零星翻译莎剧的学者有林纾、包天笑、田汉、徐志摩、邓以蛰、朱文振、朱维基、张采真、顾仲彝、孙大雨、高昌南、亮乐月、邵挺等,他们的译作或为单行本,或散见于报纸杂志上,有被认可的译本,比如梁实秋认为,徐志摩、孙大雨所译莎士比亚片断,即是以中文写成无韵诗的尝试,"成功虽不敢必,其尝试是可贵的"③。但是,大部分译介尝试并未得到正面的回应,正如余上沅1937年6月14日在电台播讲所言:"中国翻译莎氏剧的事业,十年来虽有人偶做试验,但是决不能称为成功。"④ 这些翻译可以被称作试验性翻译,翻译者常被指责为"幼稚、盲目、肤浅",在毫不留情的点评和交流切磋中,译者和受众达成了更多的共识,译者与读者共同促进了翻译的进步。优秀的译本被筛选出来,而拙劣的翻译也被众人淘汰,朱

---

① 顺:《对于"翻译年"的希望》,《文学》1935年第4卷第2期。
② 鲁迅:《致曹聚仁》1934年8月13日,王世家、止庵编:《鲁迅著译编年全集》(16卷),第358页。
③ 鸿行:《论翻译莎士比亚:与梁实秋先生讨论莎士比亚的翻译》,《新诗刊》1939年第2期。
④ 余上沅:《莎氏剧之演出》,《广播周报》1937年第142期。

维基的《乌赛罗》有些拗口，朱文振、邓以蛰的翻译采用了中国戏曲弹词的方式，顾仲彝、曹禺、李健吾等人的译本为了舞台演出而产生，都无法纳入后出的莎剧全集中，因而渐渐被遗忘。我们对田汉、梁实秋、邓以蛰等人的翻译做一粗浅的梳理，以期窥见彼时中国对外国文学作品译介状况之一斑，理解莎剧翻译与中国社会思想的关联。

二、翻译之"达意""传神"的争论

1896年，严复在《天演论·译例言》中首提"信达雅"以释译事三难，这也成了翻译的隐形标准。因为早期的莎剧翻译实践起点较低，争论的焦点在于"信"，也就是能否忠实达意，以及在此基础上的传神与否，所谓内容和神采两方面的文质兼备，是当时翻译较为关注的两方面。因此，关于"不信"的指责就十分常见。比如，邵挺用古文翻译的《天仇记》，被梁实秋评为"邵君对于莎士比亚的原文十二分的不能了解，所以译文竟是疵谬百出，不胜枚举。原文艰晦处固每译必错"[1]。这种错误在当时的翻译界很常见，田汉的莎剧译本，是从日文转译的，里边的错漏不少，也遭到了严厉的批评，直接挫伤了田汉继续译莎的信心。他曾说，"汉翻译莎翁剧之志，诚为前言消沉已久"[2]。到底是什么样的批评

---

[1] 鸿行：《论翻译莎士比亚：与梁实秋先生讨论莎士比亚的翻译》，《新诗刊》1939年第2期。
[2] 田汉：《关于"哈孟雷特"与"到民间去"》，《幻洲》1927年第2卷第2期。

如此打击田汉？原来，田汉的《哈孟雷特》和《罗蜜欧与朱丽叶》在面世后，都遭到了抨击，而这些批评主要基于其误译、错译、漏译等方面的实证。李慕韩曾在《评田汉译哈孟雷特》一文中以 26 个英文字母为序，列出了田汉译本中的 26 处出入和错误，① 言辞客观温和。而其他批评者就没有这么客气了。在《哈》剧 SCENE II. A room in the castle 中，有一句台词为 "By'r lady, your ladyship is nearer to heaven than when I saw you last, by the altitude of a chopine"。田汉译为："你哈……比我看见你的时候越长越要近天了，简直有卓宾鞋那样高呢……"（山风大郎引原书第 62 页）我们比较一下译林出版社朱生豪的译文："您穿上了一双高底木靴，比我上次看见您的时候更苗条了。"② chopine 是"高底鞋"的意思，也有的译为"厚底鞋"，显然，田汉的翻译"越长越要近天"让人费解，而他音译的"卓宾鞋"毫不留情地被指责为无知："田大教授，让我小学生老实告诉你，这卓宾鞋并不是甚么神妙莫测的东西，却是意大利威尼司城中妇人们着的一种鞋子，那鞋子比普通的要高点（但决不会'近天'）为得是使妇女们的身材更显得高点。"③ 由此，我们可以看出：忠实的翻译首先要做到词句的外在精准，对原文的准确理解需要建立在丰厚的语言积累和深厚的文化积淀之上；其

---

① 李慕韩：《评田汉译哈孟雷特》，《国闻周报》1936 年第 13 卷第 41 期。
② ［英］莎士比亚：《哈姆莱特》，《莎士比亚全集》（第 5 卷），朱生豪译，裘克安、沈林校，译林出版社，2009 年，第 321 页。
③ 山风大郎：《卓宾鞋和田汉的翻译》，《幻洲》1927 年第 1 卷第 12 期。

第一章　早期莎剧译介与现代中国民族国家的建构

次，前后逻辑也需要内在精准，要做到对全文脉络的把握尤其是对草蛇灰线之类伏笔的全局性观照，双关语、俚语等的翻译，则需要根据上下文寻找精准的表达。田汉的《哈孟雷特》翻译的动机在于田汉的舅舅被反动军阀杀害，他"闻变后义愤填膺。稍稍平静，则取莎翁《哈孟雷特》剧评之以寄其情"①。田汉的译本还原莎士比亚作为剧作家的创作，情感充沛，也较注重舞台上的语言和行动表现，今天看来，他的译本具有文学史意义。但在当时，他的《罗蜜欧与朱丽叶》译本也遭到批评，焦尹孚认为田汉的翻译似乎不值一提，他指出田汉的错译和漏译，也指出田汉对原剧押韵的忽略和删译，关于莎剧文体形态的翻译，田汉被诟病多次，将莎剧译为散文体或诗体孰优孰劣的争论，也开始生发。鸿行认为，田汉翻译的弊病在于，"原作无韵诗的地方，都采取散文来译，原作有韵的地方，仅保留原作诗的形式，而并不押韵"②。观此种种反馈和批评，可以说田汉的译作在当时被判了"死刑"，焦尹孚其至说："伟大的作品是不妨重译的……我们也不必去等那配译莎剧的'真命天子'出现……田君的莎译我们就让它做走这条路的一个先驱（pioneer）罢。"③ 在当时看，田汉的翻译注定要被替代，批评者言辞非常犀利："我在此郑正地忠告田君，与其为浮名为稿费起见，糊糊涂涂粗心大胆译上许多错误丛出

---

① 田汉：《白梅之园的内外》，《少年中国》第 2 卷 12 期。
② 鸿行：《论翻译莎士比亚：与梁实秋先生讨论莎士比亚的翻译》，《新诗刊》1939 年第 2 期。
③ 焦尹孚：《评田汉君的莎译：〈罗蜜欧与朱丽叶〉》续前，《洪水》1926 年第 1 卷第 10/11 期。

的东西去遗害青年和不懂原文的人，倒不如留下工夫多请教几个明师，多参考几本书籍，把这个《哈孟雷特》的译本细细地订正一次或多次。"① 田汉很谦虚地承认了自己的不足，但也愤然回应道："余 Self-Tought 的英语学生，贸然握管译莎翁名作而有错误，固属翻译界之耻，吾国多少年间的美国式教育，多少个留欧美留学生而曾不能有多少粗心大胆如汉者为此'费力不好看'的尝试，曾不见于中国文化之进展有多少伟大的贡献，亦国家之耻也。"② 从中可见田汉指责评论者"站着说话不腰疼"的愤慨，虽然田汉的转译最容易失真，这种失真也为当时译界所诟病，但是这种可贵的尝试之功是不可泯灭的。

如果只做到"信"，忠实于原著，"达"意而不传神，不够"雅"，这样的翻译，也有硬译之嫌，在当时也受到责难：莎士比亚的译者总是只在字面和字义上下功夫，而对于原作者的风格反而不曾顾及，这是一种最不可原宥的疏忽。所以，我们看了他们的译作，只觉得不是撒谎是必要，并且不像莎士比亚。③ 这方面最突出的例子就是梁实秋，梁实秋的翻译以"真"见长，在评论者看来，是牺牲了文字的诗意和文气的舒畅。这一点，从朱生豪和梁实秋的译文对比中可以看出。朱生豪翻译莎剧时由于条件限制，参考较少，常以梁译做对比，朱生豪很为自己的一处翻译得意，在给宋清如写的信中提到他翻

---

① 山风大郎：《卓宾鞋和田汉的翻译》，《幻洲》1927 年第 1 卷第 12 期。
② 田汉：《关于"哈孟雷特"与"到民间去"》，《幻洲》1927 年第 2 卷第 2 期。
③ 鸿行：《论翻译莎士比亚：与梁实秋先生讨论莎士比亚的翻译》，《新诗刊》1939 年第 2 期。

译《威尼斯商人》时的处理。小丑 Launcelot 奉主人基督徒 Bassanio 之命去请犹太人 Shylock 吃饭时说道："My young master both expect your reproach"。Launcelot 说话常颠三倒四，错字连连，他把 approach（前往）说作 reproach（谴责），因此 Shylock 回说，So do I his，意思是 So do I expect his reproach。梁实秋这样译这句话："我的年青的主人正盼望着你去呢。——我也怕迟到使他久候呢。"朱生豪认为这是含混将就的翻译，他琢磨了半天，想出"Launcelot 说，我家少爷在盼着你赏光哪"，Shylock 回复："我也在盼他'赏'我个耳'光'。"Shylock 明知 Bassanio 请他不过是一种外交手段，心里原是看不起他的，因此这样的译法正是恰如其分，不单是用"赏光——赏耳光"代替了"approach——reproach"的文字游戏而已，"非绝顶聪明，何能有此译笔？！"[1] 从这个例子中，可以看出，莎剧中的双关语及谐音等的翻译要处理好，是有相当难度的，对此，梁实秋大都并未做艺术性的处理，"梁先生的翻译，不是翻译莎士比亚，而是翻译莎士比亚字面的意义……没有传达出内在的精神。达意而不传神"[2]。除了梁实秋之外，孙大雨的翻译也比较有特色，孙大雨的翻译心得是，"我的方法不是直译，也不像意译，可以说是'气译'：原作的气质要是中国文字里能相当的保持，我总是尽我的心

---

[1] 宋清如：《朱生豪书信选》，《新文学史料》1990 年第 3 期。
[2] 鸿行：《论翻译莎士比亚：与梁实秋先生讨论莎士比亚的翻译》，《新诗刊》1939 年第 2 期。

力为它保持"①。孙大雨的翻译在当时比较独特,因为当时的翻译多为散文,"孙氏以韵文译出"②。可以说,孙大雨对莎剧的研究已经具有了自觉的学术意识与理论深度。这至少体现在两个方面。一是孙大雨带着创新意识翻译研究莎剧,《李尔王》虽然已有译本,但多被翻译成散文体,在孙大雨的译本中,一大挑战就是采用诗歌形式翻译;第二,孙大雨对莎剧故事的版本、来源、写作年代等做的考证是建立在严肃的学术活动上的。孙大雨认为,莎士比亚的《黎琊王》是一部感天地泣鬼神的登峰造极之作,在气势和情致两方面十分杰出,"《黎琊王》这本气冲牛斗的大悲剧,在莎士比亚几部不朽的创制中,是比较上最不通俗的一部。它不大受一般人欢迎,一来因为它那磅礴的浩气,二来因为它那强烈的诗情,使平庸渺小的人格和贫弱的想象力承当不起而殷殷发痛"③。这是莎剧翻译的可贵尝试,也反映了中国文论对翻译的干预,比如,对何为忠实传神这个话题,孙大雨认为中国的文气最重要,将翻译活动与中国文论中的气韵或养气联系起来,以充沛的热情和盛气保证文思顺畅,进而保持莎剧的气质,这就是文质兼具。曹禺的译本《柔蜜欧与幽丽叶》也谈不上是精准的译本,但曹禺的译文,其语言、动作都恰如其分地适合于角色和舞台,这也可以视为另一种忠实和达意,李辰冬在推介此译本的时候说,或许有人要问曹禺的译文对原文是否忠实,"我的回答是,只要他

---

① 鸿行:《论翻译莎士比亚:与梁实秋先生讨论莎士比亚的翻译》,《新诗刊》1939年第2期。
② 真:《莎士比亚的又一种中译》,《大学新闻》1934年第2卷第11期。
③ 孙大雨:《译莎剧"黎琊王"序》,《民族文学》1943年第1卷第1期。

捉到了原著的意象而将这种意象原样的表现出来，那就是忠实"①。所以，关于莎剧"达意""传神"的争论也就是关于理想译本的争论，标准多元，理解多样，需要依读本和台本来分别讨论。

三、 胡译——怪装来华的莎翁

"胡译"就是乱译，包含了错译、删译、改译等各种误译在内的总称，当时译界倡导科学的翻译，十分反对将原作囫囵翻译，尤其是"不顾原作精神而乱刀阔斧的改窜外国作品，而美其名曰'中国化'，这不是'阉割'原作是什么呢？……决不是把外国作品套上一件'中国外衣'或偷取一个故事的不伦不类之谓"②。林纾对莎剧翻译的功绩在白话文运动时代被痛批，反而成了他歪曲莎剧的罪行，可能是由于人们期望看到原汁原味的莎剧，有着亲近原文本的高期待，也因为当时学界对翻译的高标准而致，对各种改译或中国化的翻译很难容忍。鲁迅在致钱君匋的信中说，"翻译似乎不能因为有人粗心或浅学，有了误译，便成冒险事业，于是反过来给误译的人辩护"③。被批评为"胡译"莎剧的邓以蛰，就是以弹词的形式对《罗密欧与朱丽叶》"园会"一段进行改写的，发表之后，

---

① 李辰冬：《书报评介：（二）柔蜜欧与幽丽叶》，《文化先锋》1944年第3卷第24期。
② 李奥：《近时杂感：论翻译与改译：关于外国创作的中国化问题》，《太平洋周报》1943年第1卷第56期。
③ 鲁迅：《关于误译》，《文艺新潮》1939年第2卷第1期。此文系《文艺新潮》编者摘录。

受到《沙士比亚怪装来华：Romeo and Juliet 的胡译》这篇评论的责难，基于对邓以蛰这样的对于中国思想学术有过贡献的学者的"爱护和鞭策"，编者在文后有一段这样的编者按：常有感于中国的翻译之评不胜评，并且我们也颇有意于养成几分正人君子气派，对于这幼稚的翻译界中的朋友们很想"积极地相扶助"，不欲"消极地相摧残"。① 编者似乎出于对批评者苛刻言论的反驳而接着又说："所以求全责备的批评文字我们大都不为发表。无奈学者教授之流总是不吝于丢丑而勇于骗人，这却使我们没有拒绝来稿的理由。"从标题中的"怪装来华"就可以看出，作者认为邓译是"还未了解而受到感动的人意译出吓人的奇文"②，邓以蛰的译文一改莎剧的无韵素体诗句式，又以中国化的弹词呈现。明清以来，随着妇女思想解放意识的觉醒，弹词的女性作家群体也迅速崛起，弹词成为女性写作与女性受众都十分青睐的文体，尤以英雄传奇、爱情题材居多，表达对男女平等的诉求、对人格独立自由发展的向往。邓以蛰改写的弹词属于代言体，朱丽叶的口吻也与弹词的女性视角十分吻合。邓以蛰迅速地将《罗》剧中的"阳台会"和中国文学中才子佳人的"后花园"联系起来，两者都是男女相会的经典情节，恋爱空间有异曲同工之妙，而莎剧中热烈急剧的爱情和中国文学中含蓄深沉的爱情的强烈对比也让邓以蛰不能自已："朗诵数过，兴还不

---

① 亚华：《沙士比亚怪装来华：Romeo and Juliet 的胡译》，《春潮》1929年第1卷第9期。
② 亚华：《沙士比亚怪装来华：Romeo and Juliet 的胡译》，《春潮》1929年第1卷第9期。

止,乃援笔将'园会'一段演绎出来,急缄知心!"① 作者"亚华"对邓以蛰胡译的批驳所举的其中一例正是这段翻译中罗密欧的独白,我们来看邓以蛰的翻译:

> 好太阳!快起来,好打下这多猜忌的月亮!
> 你看他那灰白色的板长的脸,
> 你要做他的丫鬟小使,真叫人气得肠须断!
> 哈!错了!我岂好拿你与他同时讲?
> 他的侍从的,必定病得鬼儿样。
> 呸!他这付板面孔,除非是呆子,谁肯同他深计量。②

批评者认为邓以蛰的译句"你要做他的丫鬟小使,真叫人气得肠须断"是完完全全的错译,这样的奇文妙译,真叫人为邓先生气得肠须断呀!③ 文章也给出了纠错后的翻译:

> 美丽的太阳,出来罢,杀了那嫉妒的月亮,
> 她是已经气得来憔悴而苍白,
> 因为你,她的侍儿,比她美丽得非常。

---

① 邓以蛰:《沙士比亚若邈玖袅新弹词》,《晨报副刊》1924 年 4 月 25 日。
② 邓以蛰:《沙士比亚若邈玖袅新弹词》,《晨报副刊》1924 年 4 月 25 日。
③ 亚华:《沙士比亚怪装来华:Romeo and Juliet 的胡译》,《春潮》1929 年第 1 卷第 9 期。

> 不要做她的侍儿罢,她是好妒的人呀;
>
> 她的贞节的制衣只有惨白和青青的颜色——
>
> 丢了罢!除了王家雇用的戏谑人谁也不穿这样的衣裳。①

这一处,作者指出邓以蛰译文将"你要做他的丫鬟小使,真叫人气得肠须断!"这句话的错译,致使译文逻辑混乱,不忍卒读,但归根结底,还是对邓以蛰译文过于归化的批评,有些批评也有强词夺理的意味。还有一处作者指出邓以蛰译文中,It is my lady, O, it is my love! 这是我的姑娘!这一句,邓译作:"呵!这是吾家的——,这是吾爱!"② 对此,作者的批驳是,"天晓得她几时已经嫁给 Romeo 了,那末 Romeo 来会自己的妻,为什么要偷偷地爬围墙?如果邓先生是有妻的人,应知道会妻子是很可以正大光明的吧?——真是天晓得!"③ 这一处对"吾家的"看法显然有些苛刻了,因为"吾家"在汉语中也有"我"的意思,邓以蛰在后一句也做了补充,这是吾爱!邓以蛰的翻译从整体来说,文化改写和过滤十分突出,不但剧本完全中国化,其中对朱丽叶的内心描摹也很容易为中国文化接受,比如这段翻译:

---

① 亚华:《沙士比亚怪装来华:Romeo and Juliet 的胡译》,《春潮》1929年第1卷第9期。

② 邓以蛰:《沙士比亚若邋玖裒新弹词》,《晨报副刊》1924年4月25日。

③ 亚华:《沙士比亚怪装来华:Romeo and Juliet 的胡译》,《春潮》1929年第1卷第9期。

第一章　早期莎剧译介与现代中国民族国家的建构

> 像我这样易得把情率，
> 正怕你当我太自作贱。
> 倘如此，我何堪？
> 知君不忍我受辱，剖出心肝来相辩论。①

总体看来，邓以蛰是以弹词的形式对《罗密欧与朱丽叶》"园会"一段的改写，并非严格意义上的翻译。批评者的翻译也并不完美，甚至有强词夺理的意味，但怒其不争的心态却其情可恕，因为这篇批评文章写作的 1929 年也是日译莎翁全集的出版年。"日本早稻田大学老教授坪内逍遥博士，系研究莎士比亚专家，去岁以年老辍讲，完成其翻译工作。其所译《莎士比亚全集》已于本年五月出版，凡四十册，不但为日译最完备之书，且译文雅驯直类创作，莎氏风味，传之纤悉不遗，可称翻译文字之极致。"② 与日本相比，中国的莎剧翻译不仅水准不够，还不负责任乱改，使人无法得原作之精髓，怎能不令人斥责其胡译！然而，今天看来，邓以蛰用弹词对莎剧创新性改写，却有令人耳目一新之感。可见，在莎剧翻译活动的最初阶段，由于目力和经济的局限，在版本的选择、译者的风格、翻译的文体等方面都比较随意，主要的风格是"归化为主、异化为辅"式的不规范翻译；而一旦翻译逐渐学科化、职业化、规范化，对译文"案本求信"与"再现神韵"等方面就有了更高的要求；一旦成熟的译本诞生或多种译本已满足受众阅读需

---

① 邓以蛰：《沙士比亚若邈玖袅新弹词》（续），《晨报副刊》1924 年 4 月 26 日。

② 达：《日译莎士比亚全集出版》，《戏剧与文艺》1929 年第 1 卷第 5 期。

求，原本受诟病的过度改写的文本或其他翻译样态反倒由于其独特性受到赞赏。可见，翻译活动一定是受到译者、读者、出版方、社会、文化、历史、市场等内外因素影响的行为，其规范性和创新性也随着受众与时代的要求产生变化。

对翻译的同情的理解与讨论不仅是那个时代，也是今天的翻译研究需要秉持的。回看莎剧翻译与中国对"一等国"的追求，其中的关联还在于对文化强盛的希冀，可贵的是，中国文化界终于不辱使命，诞生了莎剧全集。而中国人也深刻地意识到，"一天有国界，那一等国还是在所必要争的"，"生产一等，学术一等，人种一等"才是飞机、母舰打不倒的一等国。① 也就是说，一等，不仅是经济发达，也应该是学术有力和国民地位等并进，这是以"作思想活动的指针，示青年努力的方向，以求生活的合理化，求国家民族的新生路"为使命的《晦鸣》杂志所发出的声音。外国文学的翻译及介绍，与本国的创造力有密切关系，也是国家实力的文化表征，莎剧的早期译介在某种程度上也是中国文学吸收外来文化的缩影，是中国翻译理论的可贵实践，也是中国逐渐走出"一等国"幻相的心理历程。

第四节　早期英国文学史著作与莎翁传的异域想象

莎士比亚在中国被奉为经典的重要标志便是大学莎剧课程的设立以及英国文学史中有关莎士比亚章节的设置。众多的文

---

① P. Y.：《世界一周：一等国》，《晦鸣》1930年第1卷第9期。

学史和传记，有不少是作为辅助教材流传开来的，方便学生研习莎剧，这对莎士比亚在中国的经典化起了很大作用。比如1930年代的清华大学西洋文学系吸引了很多学子转系，因为西洋文学系不仅有语言优势，便于出国，也因为"清华念十几本沙翁名剧才算修毕这门课（西洋文学）"。①《暨南周刊》中的课程指导为，三年级上学期开设必修课"沙士比亚"课程，全年至少须读6出莎剧。课时每周3小时，一年修完得6学分。可见，莎剧学习成为学子们了解西方、学习西语的捷径，而莎剧在大学西洋文学课程和英文课程设置中的独特性，也使莎士比亚较之其他作家有了得天独厚的传播土壤。清华大学西洋文学系的课程总则中规定，开这门课的目的是："为使学生得能(甲)成为博雅之士，(乙)了解西洋文明之精神，(丙)熟读西方文学之名著，熟悉西方思想之潮流，因而在国内教授英德法各国语言文字及文学，足以胜任愉快，(丁)创造今世之中国文学，(戊)汇通东西之精神思想而互为介绍传布。"② 可以看出，文学的学习不仅是为了写作水准的提高，更重要的是为了熟悉西方思想、汇通东西精神，为个人发展和民族的强盛打基础。20世纪初期，伴随着现代大学制度的建立和出于文学课程设置的需求，撰写文学史日渐成为一门"显学"。而对外国文学、西方名人的了解，除了译介相关作品外，另一个重要的方式就是撰写文学史。译介作品是细部微观、具体深入地引

---

① 猛攻：《清华大学各系概况：转西洋文学系一点小经验》，《清华周刊》1931年第35卷第11/12期。
② 《本校西洋文学系课程总则及说明》，《清华周刊》1926年第25卷第14期。

介，而文学史的描绘则是整体宏观、概览粗略地介绍。英国文学史是中国学人最早撰写的西方国别文学史之一。表面上看，书写文学史是最机械、最缺乏原创性的一种文学活动，尤其是早期外国文学史的书写，只需翻译、复制、拼贴已有的文学事件、潮流和作家，再根据历史脉络串起来就大功告成了。根据莱丝和纽马克对文本的分类，外国文学史基本属于信息功能型文本和描述功能型文本，作者要持有中立、客观的态度，用事实说话，力求明白无误、条理清晰地传递文本信息。其实不然，文学史话语同样涉及语言的发出、接受、语义生成及其过程和语境、关系变动等环节。所以，文学史的话语可以用一串话语因素去考量，比如书写者、书写的内容、如何书写、面对的读者、出版语境、话语影响等等。外国文学史的书写是一种话语转述，转述是将信息传递给接收者的一个表达过程，用来传递信息的介质是语言，具体的转述方式和策略不但与原材料相关，也与说者和听者以及具体的社会文化生态有关。早期的"外国文学史"书写重在介绍新知，远远没有探索文学规律的自觉，但其与社会文化的亲缘关系也不可小觑。外国文学史的书写是异质文化的交流、沟通和融合，和其他文学交流一样，文化经济上的不对等会影响到实质的交流和接受，所以转述者的话语策略会有所倾斜，导致"过滤""背叛""异化"等情形，话语并不能保持"史"应具的客观与真实。20世纪早期英国文学史的书写在民族文化意识的左右下，文化视点和书写策略显得并不单一，折射出撰者主体的价值判断和文化追求，而不同的话语叙述模式呈现出不同的文人画像。经过时间的沉淀，英国文学史中的文学格局和经典作家座次已基本定格，比

第一章　早期莎剧译介与现代中国民族国家的建构

如国人初识莎士比亚之时，他已是英国民族文化的标志和象征，面对已然经典化的莎士比亚，不同的文学史话语主体还是有细微的言说差异。我们从20世纪早期英国文学史的文本呈现中探索其话语策略和文人形象，将莎士比亚置放于英国作家群中，参照史家对拜伦、王尔德、萧伯纳等作家的评述，注意其社会文化和历史背景对文学史书写的影响，探究书写者即话语主体的言说内容、言说方式、话语出发点、话语的需求等文本信息，分析当时文学史书写的话语空间和话语立场，思考国人引进西方文学的动机以及其"新民"的作用。

一、王靖的《英国文学史》话语策略

王靖的《英国文学史》（上编）作于1917年，因其成书"早"，所以显出与其余文学史明显不同的气质和书写方式。王靖的《英国文学史》采用文言文，携带着极强的个人感情，按照时间顺序，给从约翰·曼德维尔（John Mandevill）到约翰·罗斯金（John Ruskin）等49位文学家立传，正应了书中扉页的宣传语"欧美文学家小史"，关于作家的身世往往比较详细，笔法与《史记》中的列传和传统书话相似。王靖的文学史以作家作品为史，基本按照时间分为6卷，卷一"英国古代之文学及文学家"只有3页，开篇言"英国古时之文学渺不可考"①，寥寥数语，就直奔卷二"英国十四世纪之交文学及文

---

① 笔者参读的版本是1927年版，特此说明。王靖：《英国文学史》，泰东图书局，1927年，第1页。

学家"了。而对于我们熟知的英国近代的哈代、王尔德、萧伯纳等文学家都没有涉及,述英国文学变迁止于19世纪。严格地说,这本较早的文学史并不合格,但它镂刻着历史转折时期文学史家的话语方式,仍值得注意。王靖的文学史虽有拼凑之嫌,但其古文修养和开阔的视野使得他的转述总是站在本民族文化的立场上,以主人的姿态思考英国文学,设法将英国作家作品纳入中国语境,"归化"于中国文化。

首先,王靖的诗化叙述不同于求客观的对"史"的追求,是个人化、抒情化的本土叙述。如讲到英国文学史上最美貌的摆伦(拜伦)时,他这样描述其外貌:"志行芳洁,气量宏伟。""生而跛而风姿韶美,朗朗若玉山照人。"① 描绘莎士比亚是"天资聪敏,心窍玲珑"②、应时而生的巨人。他用9页的篇幅对18世纪重要的诗人塞缪尔·约翰逊(Samuel Johnson, 1709—1784)做了介绍,在谈到他的外貌和性格时,言其"天资聪慧,孔武有力","其貌不扬,性之偏僻","矫若云鹤,森若崖松"。③ 这种传统笔法完全丧失了异国情调。而王靖后文也提到了塞缪尔的病态,和他前面说的"孔武有力"自相矛盾。相较王靖,欧阳兰的描述就平易真实不少,塞缪尔"外表并不文雅,身子肥大,非常庄严,略带病容"④。王靖"以我观物",将作为话语客体的英国作家皆着上了"我"之色彩,有时这种诗化的描述偏离了事实真相,因为他

---

① 王靖:《英国文学史》,第68页。
② 王靖:《英国文学史》,第19页。
③ 王靖:《英国文学史》,第52页。
④ 欧阳兰:《英国文学史》,北京大学出版部,1927年,第118页。

所描述的"异文化"已经变色为中国文化。

王靖用 8 页篇幅介绍莎士比亚,显示了对莎士比亚的重视。他处处用中国的眼光打量英国文化,剖析了英人对于莎士比亚崇拜揄扬的心态,对莎士比亚诞生的叙述沿袭中国传统中对伟人出生神秘化的渲染,在描述莎士比亚潦倒之际,发出"阮籍穷途,杨朱歧路,怀才不遇"① 的感慨。王靖认为莎士比亚属于孔子所言的"生而知之者",② 诗才多来源于自然,他的创作"阅世益深,制曲益工"③,由笑剧、历史剧、悲剧到晚期的悠游之作,观者在"倾耳注目"之际,无不受到感化。莎士比亚被誉为天才,王靖将之等同于最上等的"生而知之者",将莎士比亚和阮籍等相比,"人同此心",以此将作为异文化符号的莎士比亚与中国人的距离一下子拉近了不少。

王靖还用中国的文学理论去规约英国文学。文以载道、文以言志是中国文学传统的两个支点,而王靖为英国文学贴上了"感化"的功能。莎士比亚的功劳就在于他对于人心世道、社会风俗的感化,④ 在王靖看来,不管是时代久远的戏剧,还是"现实主义"小说,都对社会风气具有净化作用,可以引人向善。文学对于社会政治的辅助作用在王靖这里成了解读一切文学形式价值的万能钥匙。难怪王无为在他的《英国文学史·序二》中说,王靖更有余勇著英法美俄德意日西班牙等国文学

---

① 王靖:《英国文学史》,第 20 页。
② 王靖:《英国文学史》,第 19 页。
③ 王靖:《英国文学史》,第 23 页。
④ 王靖:《英国文学史》,第 24 页。

史，以"变国俗，移人情"①。他指出了王靖著外国文学史的一个立意，即凸显文学史的感化作用，彰显文学之"用"，取西方的资源来"化"中国之风，医中国之病。王靖的文学史用文言写成，我们能看出著者对于古文的坚持。在白话文运动的发生期，他坚守传统话语，以对传统深厚的眷恋保存古文和自我。王靖只要逮着机会就会为自己的语言观辩护，他认为莎士比亚的伟大就在于他是一个活字典，保存了英国的文字。他的潜台词是，中国的学人也要同莎士比亚一样，以保存中国的语言文字为责任，坚守文言立场。当然，他的文言书写与个人习惯有关，很大程度上反映了他对中国的"新"变和西方的"新"知的抵抗。王靖同时又是颇具西方视野的学人。他还提到了莎作的翻译，"凡有文字之国者，莫不翻译其曲"②，对英国文学史上的经典大家，他的欢迎姿态很明显，对中国文学的落后和封闭他也扼腕叹息。王靖对本民族文化的矛盾心态在为他撰写《序一》的张静庐那里，则是干净利落的"自我否定"言说：

> 一国文学，多为一国国民性之表征；吾观英人恒觉其虽然特立，孤而无邻，而深沉壅穆之风，又足被于三岛之外。所谓"沉潜刚克"舍英人殆莫与归。然其所以致此，实其文学士能发扬其纯良之国民性，而锡其同类也。吾国学者务高远而舍实际，欺伪相尚，华而无实，

---

① 王靖：《英国文学史》，第 18 页。
② 王靖：《英国文学史》，第 24 页。

> 故其人皆虚有彬彬之文质，而无创造之能力。迄今虽有觉其无当，欲矫正之者；顾积重难返，改革之事，费力多而收效绝鲜。诗云，"他山之石，可以攻玉"；今王靖既著《英国文学史》，以飨国人，冀收潜移默化之效，余亦祝其有改造国民性之能。①

张静庐的序言很有力，但是他所言和王著基本不相契合，在王靖意识里，中国文化只有把西方文化这个客体同化了，西方的营养才能为中国吸收。而张静庐则认为英人性格优于国人，英国的"文学士"很具有精英意识，能以弘扬文化、提携国民为己任。张静庐也有着极强的精英意识，他认为发扬"良之国民性"的职责在于文人学者，因为他们负有弘道使命，要将民族的优良风气扩散开，而他们所用的工具就是文学，文学能教化国民，著外国文学史就是先知先觉的精英将先进文化扩散到其他学者、学生的渠道，作为教材的文学史当然具有教化作用，所以文学史的立意也在于使国民学习他国文化，取道改良自我，改变国民性，增强创造力。张静庐等人的精英立场也给英国文学史的话语涂抹了教化色彩。

1937年商务印书馆出版的金东雷的《英国文学史纲》的书写带有明显的"语境"强制性。在吴康为此书所作的序言中，时代烙印很深。在20世纪，英语作为全球通用语已是事实，学习英国文学可以了解世界文学的趋向，是迈入世界文化的必经

---

① 王靖：《英国文学史·序一》。

之路。金东雷的文学史无论从编写体例还是内容的丰富性来说,都较其他版本的文学史扎实。全书分12章,从盎格鲁-撒克逊时代一直到现代文学,每一章都有很详细的社会背景介绍,然后根据文学的体裁进行分述,作家被分门别类到不同的体裁下,对其他文学史语焉不详的现代文学用力很多,如王尔德、萧伯纳、劳伦斯等都有详细介绍。因为出版的时间晚,加上著者又参考英美日等多国底本,这本文学史在叙述笔调和观念上都有很大改观。比如在文学中的性描写这个问题上,徐名骥的《英吉利文学》认为莎士比亚《冬天的故事》一剧"是浪漫的恋爱故事和诙谐的流氓的恶作剧,里面居然也有流氓的口吻"①,这个看法让人啼笑皆非,但是在当时的语境下,充分说明了莎士比亚对性的大胆表露和通俗性的一面在中国所引起的"文化震惊"。而在金东雷的文学史里,对性描写尺度更开放而屡次被禁的劳伦斯不但不以为怪,还为他辩解。"他在小说里层竭力地提倡浪漫生活,描写性欲经验,为的是那时人们的感情,在工业化和科学化的社会压迫之下,无所使用,无由发泄,人人感觉烦闷,尤其在性欲方面,都是讳莫如深。他偏不爱惜毛羽,挺身而出,对虚伪的英国社会下了一击,莫怪安于故常的英人恐慌失色,甚至奔走相戒了。实在他是一个反抗现代意识和科学的小说家。"② 金东雷的话或许转述的成分多一些,但是他的评价和徐名骥的态度相比,已经很能说明西方文化在中国的传播、接受进度和深度了。从金东雷把劳伦斯界

---

① 徐名骥:《英吉利文学》,商务印书馆,1934年,第99页。
② 金东雷:《英国文学史纲》,商务印书馆,1937年,第472页。

定为"反抗"型作家,我们就能窥见金东雷的话语立场了。1930年代,左翼文学迅速成长,民主、革命、阶级成为关键词,而金东雷文学史的"暗线"就是"革命"话语,采取的叙述策略是将英国文学史与中国语境下的"革命"文学联系起来。首先,他把文学史发展的脉络看成是革命发展的过程;其次,处处用阶级的标准划分作家;最后,他将凡有可能的作家都贴上"革命、反抗、战士"的标签。金东雷用革命话语改写英国文学史还体现在他对拜伦的评价上,拜伦平民化的诗歌"在英国事实上已成了大多数平民真挚的读物"[1]。而莎士比亚也被构建成一个重新创造世界文学的人。[2] 在《描写无产阶级疾苦的狄更斯》小节里,他盛赞狄更斯"不仅是一国的,简直具有世界文学的精神与气魄"。[3] 金东雷用普罗文学阶级观念肯定了狄更斯,认为狄更斯和莎士比亚成功的共同秘诀就是他们都能成为平民的好友。金东雷的文学史书写是1930年代中国语境的产物,他也把自己对于英国文学的想象与中国现实交织投射于文本中,以普罗文学话语为讲述方式。

二、欧阳兰的文学史话语策略

欧阳兰的文学史话语在一定程度上保留了原文化的异域色彩,并且对异文化与本族文化的相异之处予以夸大。如果交流的双方处于文化的不平等状态,文化的接受方极易将异文化美

---

[1] 金东雷:《英国文学史纲》,第241页。
[2] 金东雷:《英国文学史纲》,第138页。
[3] 金东雷:《英国文学史纲》,第381页。

化或妖魔化。在早期英国文学史话语中,鉴于西学的优势地位,中国学人趋向于"以人之长比己之短",以达到刺激国人的目的。所以文学史的写作就是对异族文化的想象,目的不仅是为了吸收外来文化,更是为了让中国从他者之镜中反思和成长。采取这种话语策略的文学史总是先将英国文化塑造成一个优秀的榜样,着重借鉴英国文学的成长过程,挪用西方文学史的话语和思维。

首先,对英国民族的美化性想象在欧阳兰的文学史中非常明显。序言最能体现著者的意图,欧阳兰在序言中这样说:

> 英国自诺曼(Norman)征服后,原有的安格尔撒克逊(Anglo Saxons)民族的气质,遂为之一变,结果,便影响与文学,于是英国文学的特质亦随之一变。……英国民族,因为有这两种血统的混合,所以英国的国民性,便亦同时具有这两种血统的特色:他们既具有北方刚强的性格,又兼有南方丰丽的气质,所以英国人在一方面是活泼强健勇于冒险,在另一方面却又谨慎细密,长于组织。……英国的国民性既是如此,文学自然亦是一样……这便是说,英国的文学,在一方面既有很热烈的情绪,在另一方面,却又不失其严正的态度;在一方面既有沉痛的调子,在另一方面,却又不脱其滑稽讽刺的风味。英国文学,自乔莎(Chaucer)以至近代,虽然无时无刻不受外来的影响,但他

第一章　早期莎剧译介与现代中国民族国家的建构

> 这种中和的气质,却永远是保存着的,便如十九世纪的浪漫文学,虽然全是南欧热烈放肆的气概,但是雪莱(Shelley)拜伦(Byron)等的诗歌,却亦仍旧不能摆脱北欧那种悲歌慷慨的风味,——这便是英国文学在世界文学上的一种特色。①

欧阳兰在总结英国文学时,结合英国的历史和人种构成既有南方的丰丽,又有北方的刚强,推导出英国的国民性也是南北兼具、冒险而谨慎,进而认为英国的文学也是极具反差的,热烈而严正,庄重而滑稽。欧阳兰的逻辑一直循着"英国的国民性既是如此,文学自然亦是一样"。当国门大开,中西差异赫然呈现时,风格和文气也被放大到全球视域下,一国人有一国之风,这时候"国民性"这个具有殖民色彩的词悄然出现。"国民性"是历史和文化积淀在种族身上的体现,也因所属国家的文化经济差异,有了优劣之分。

从欧阳兰对英国国民发出的"刚强、丰丽、活泼强健、勇于冒险、谨慎细密、长于组织"等溢美之词不难看出,虽然是编译一本英国文学史,但是作者的话语中隐含着对中国人"痛改"愚昧、懦弱、奴性现状的渴望,希望国人也能从文学史中汲取其冒险、刚强、善于组织的优点以强大自我,字字句句是编者对于本国"国民性"提高的期冀。

其次,欧阳兰着重于英国文学的成长过程,他认为任何国

---

① 欧阳兰:《英国文学史》,"自序"第1—2页。

家的文学生成都非一日之力，而一国的文学事业也需要有领袖人物带动。欧阳兰的文学史基本按照历史与文学共进来划分章节，他特别注重对经典作家的介绍，因为标杆性文人的优秀形象更容易为国人接纳。欧阳兰在自序中揭示了文学史的职能，那就是"在散漫的文学里，寻出一条线索来，再根据这一条线索，找出各时代各个人文学的特质来"①。欧阳兰认为文学史要如线串珠，这样读过文学史的人，对一国的文学便可了然于胸。每位作家都是独特的，各国的文学也有自己的特色。"英国文学，自莎士比亚，米尔顿诸大家产生以后，他在文学上的地位，便从此固定了。"② 欧阳兰将莎士比亚按照历史时间划归在"意利沙伯时代"，与斯宾塞、培根等在同一时期，指出莎士比亚洞穿一切的慧眼"把人类的天性和人类心灵的能力与弱点，进行显示出来"③。欧阳兰并没有盲目迷信，将莎士比亚神化，他指出，莎士比亚的可贵之处就在于他脱离古典剧三一律的束缚，而正因为这点，他的戏剧结构才有了大的进步和突破。④

1928 年上海世界书局出版了曾虚白的《英国文学 ABC》，这是 ABC 丛书之一，面对的对象是中学生和大学生，是学术的入门和阶梯性读物。曾虚白在序言中坦露了自己用"二十世纪新眼光"来做文学史的心迹，他努力厘清文学史和社会政治史的关系，想以文学之发展和进步的内在运动撰写文学史。有趣

---

① 欧阳兰：《英国文学史》，"自序"第 2 页。
② 欧阳兰：《英国文学史》，"自序"第 1 页。
③ 欧阳兰：《英国文学史》，第 66 页。
④ 欧阳兰：《英国文学史》，第 71 页。

的是，只比欧阳兰版晚一年出版的曾虚白版认为，英国人头脑陈旧，有点像中国的"学究先生"，和欧阳兰对英国人"热烈、冒险"的想象简直不可同日而语。不过他们这种"异化"的话语很难说能触及英国人的真实面。英国人的保守在于"尊古"，而曾虚白倡导"重今"，实则他的话语策略是向前看的"进化的眼光"。经严复引进，进化论作为先进的科学理念被植入了各门学科和国人意识中。进化论的观念在中国的史学界应用更早，梁启超1901年到1902年发表的《中国史叙论》和《新史学》等就倡导用全局眼光和发展联系的眼光看待历史，胡适的《白话文学史》直接将"归纳的理论、历史的眼光和进化论"应用于文学研究，进化论可谓大地春雷，深入人心。谭正璧于1929年出版了《中国文学进化史》，此书由他的《中国文学史大纲》改编而来，作者在序言中说："本书的特点，就是不以历史为文学，不叙'载道'的古文。"[①] 谭正璧的初衷在于以文学的内部发展动力来著文学自身的发展史，把文学当作自足的一个生命体。他认为用进化的眼光看文学史的使命，有两点，一是叙述过去文学进化的因果，所以退化的文学应当排斥于文学史之外；二是指示未来文学进化的趋势。[②] 可以看到进化论使当时学者眼光向前看，更重视"新"的文学，文学史竟被赋予"预言"的性质，可以揭示文学的进化路向。今天看来，这种单向度思维的片面不言而喻，可是在求变的年代，"进化"代表的不仅是方向，更是希望。曾虚白的《英国文学

---

① 谭正璧：《中国文学进化史》，光明书局，1929年，"序言"第2页。
② 谭正璧：《中国文学进化史》，"序言"第10页。

ABC》是普及性读物,学术含量不高,内容也相对简略,它的特点在于作者重视文学作品的文学性和情感性,注重文学史内在的发展联系,用进化的线性思维书写文学史。他在介绍莎士比亚时,先介绍莎士比亚的先驱者作为铺垫,之后又专节介绍莎士比亚的后起者,前有开路,后有继承,所以他说莎士比亚是"潮流推荡的结晶"[①]。他认为莎作的显著特色就是:丰富的同情心(描摹逼真的能力)、文学的普及性、诙谐性和文字的渊博。进化观喜好年轻、光明、热情,这与浪漫派的精神有契合之处,而"重情"的曾虚白更是对浪漫派大加赞赏,认为"浪漫派时代"是"更光明"的时代。[②] 在曾虚白看来,历史的发展方向总是向前、奔向光明的,浪漫派反对陈腐、尊重个性、鼓励情感的呈露,是他欣赏和赞扬的。

三、 柳无忌和林惠元的文学史话语策略

在20世纪初出版的英国文学史中,值得一提的还有柳无忌和林惠元各自翻译的《英国文学史》。林惠元的译本为在德国柏林大学授课的 Frederick Sefton Delmer 所著,而柳无忌参考的版本是美国芝加哥大学的英国文学教授 Robert Morss Lovett 等人所著。这两本书以翻译方式呈现文学史,试图做到客观全面。两者原本都不是英国本土学者所写,都已经过至少两层文化过滤,但是在早期的文学史话语中,这两本文学史的文化态

[①] 曾虚白:《英国文学 ABC》,第 20 页。
[②] 曾虚白:《英国文学 ABC》,第 51 页。

第一章　早期莎剧译介与现代中国民族国家的建构

度相对客观，资料也更加翔实和具体。柳无忌本的著者原序中，Robert Morss Lovett 有如下陈述："我们冀图把英国文学史从古代叙述到现在，本书史的计划很简单，可为一般青年学子所了解，叙述正确具体，足为研究斯学的永久根据，无论是怎样高深的研究。"①而柳无忌本也在译者序中阐明了自己在众多选本中垂青 Lovett 的原因，因为这部文学史虽是课本，但文笔流丽，批评成熟而具启发，优点颇多，最主要的在于作者的客观态度，"只凭着文学作品本身的价值而加以扼要的叙述"②。而且这本书当时在国内的南开、西南联大等大学已是课本，所以他的选本的正当性是毋庸置疑的。之所以说内容更客观真实，是因为这种"转述"缺少了中国译者对不同文化的深度改写，而原著本身可能已包含着或多或少的文化过滤，而这两本《英国文学史》让国人看到其他国家眼中的英国文学史，丰富了国人对英国文化、对莎士比亚的认识，这也是学习他国文化的一条必要的道路。

柳无忌的《英国文学史》分为17章，从盎格鲁-撒克逊时期、诺曼法兰西时期、乔塞（乔叟）时期、文艺复兴时期的文学，到18、19世纪及现代文学的趋势，紧扣英国社会及文学发展脉络。从章节的安排上可以看出，不同于王靖传记式的描述、欧阳兰视野局限于英国文学内部的史话，"进口版"的英国文学史将历史、作家、作品、时代与他国文化的影响等因素统统纳入，形成一个包容的历史话语，在介绍具体作家时，从

---

① 柳无忌、曹鸿昭译：《英国文学史》，商务印书馆，1947年，著者原序第1页。

② 柳无忌、曹鸿昭译：《英国文学史》，译者序第2页。

社会背景的介绍入手,将作家的重要作品一一详述,评述结合,详略有当。相对于柳无忌本的全面、客观、有体系,林惠元翻译的《英国文学史》更像是讲义的拼贴,全书由238段自成主题的段落和小节组成,口吻更接近一种中性化的学术陈辞,目录也稍嫌简单,全书的四分之三篇幅都在讲述维多利亚时代前的文学,而之后的文学篇幅较少,也多侧重于代表性作家,有虎头蛇尾之感,著者将哈代等列为近代文学,而欧阳兰本文学史中,哈代是现代文学的开始。

柳无忌和林惠元的《英国文学史》对人名、作品名、地名等名词的处理相对合理,基本都保留了英文,柳无忌本更有中文译名参对。其实这两个版本的文学史话语策略的客观不仅体现在叙述风格和资料翔实上,我们从其中的一些重要作家画像中也可以窥见。柳无忌本就给我们还原了一个更真实客观的拜伦形象,不像王靖笔下的"西方温李""侠士",也不是欧阳兰、金东雷展示的"革命者"形象,柳无忌本的拜伦以"暴躁、好险及冷慢的行为著名"。著者对于拜伦的"东方故事"系列作品并不看好,认为其是"不成熟的并摆弄情感的作品,但是他们极能投和当时人之所好",能广传的缘故在于它们都代表个人之反抗社会,不但对拜伦的流行进行了社会因素的分析,也对拜伦做了中肯的评价:"拜伦是英国文学中个人主义之最不妥协的表现,是社会理想之最澈底的否认……"拜伦是个破坏者,具有很少的高超的作诗能力,是一个"不谨慎的草率的工作者",只能"引人更深入无信仰与反对主义的荒原里"。[①] 而

[①] 关于拜伦的引文见柳无忌、曹鸿昭《英国文学史》,第240—242页。

林惠元将拜伦归入《浪漫派的叛变》一章,用 3 小节将拜伦的生平和创作杂糅在一起介绍,叙述客观、冷静,把拜伦描述为"浪漫派""撒旦派""厌世""歌颂自由"的诗人,所著的仅仅限于他自己的经历,且是"幻想的自传"。拜伦是"伟大和有魔力的人,但不是伟大的导师或深刻的思想家",还以专节介绍了拜伦体以及其在德国的深度影响及歌德拜伦观的变化。①

这两本文学史对拜伦有褒有贬,结论令人信服,尤其值得注意的是,两本都提到了拜伦是"撒旦派"诗人,攻击社会和宗教及英国的君主政体,其精神思想的核心就是个人主义。而鲁迅在《摩罗诗力说》中对拜伦、雪莱、普希金等浪漫派诗人的溢美就是因为恶魔派"刚健不挠,抱诚守真,不取媚于群,以随顺旧俗"的可贵,鲁迅也试图将这种精神移植到中国"异化"国人气质。而对拜伦"撒旦派"一面的把握在王靖、欧阳兰等的文学史话语中并没有显现,这也反映出在和西方异质文化交流的过程中,第一手史料的重要性,因为只有接触到原始本真的西方文化,转述才有真实的基础,而即使是和西方文化有正面的冲击,接受者也往往各取所需,并不能对某一文化有不偏不倚的全面了解。英国文学史的书写是无数转述的叠加,所以其客观性很难保证。

四、 话语策略的超越与转型

在早期的英国文学史写作中,由于作者对于外国文学信息

---

① 关于拜伦的引文见林惠元译、林语堂校《英国文学史》,第 306—311 页。

了解的参差性，转述中的事实性错误常有出现。比如，徐名骥的《英吉利文学》和王靖的文学史都把兰姆姐弟误作"兰姆和妹妹马利"。文学史的书写也是经典作品的重构历程，早期文学史著者会对所偏爱的作家美言多言，对于自己所知甚少的作家"蜻蜓点水"或干脆除名。一些重要的作家，尤其是当时在西方文学史上尚未有定论的近现代作家，因为信息传递的滞后，常有疏漏。比如对于19世纪文学中女性作家的涌现，王靖、欧阳兰等版本的文学史采取无视态度，就连林惠元翻译的文学史也没有涉及，提及的只有柳无忌和金东雷版的文学史。但是著者对女性作家的评价也不够公平，比如在论奥斯丁（Jane Austen, 1775—1817）时，柳无忌将简·奥斯丁界定为写实倾向作家，"作品范围狭隘，小说描写乡间生活，她表现情感的文字，大都失于勉强，不脱传统的俗气……她对于罪恶的观察，只是皮毛之见"①。而评价简·爱的话语也不无偏见："瑾·爱是写实作家与道德家，环境却使她成为浪漫作家，但是她的生活却十分有限，这种矛盾使她只能表现琐碎不实的事情。"②而金东雷对奥斯丁的介绍只有只言片语，没有涉及具体评价。事实证明，以后的文学史叙述给了女性作家更多的关注，其中的一些佼佼者也逐渐被经典化。文学史对经典的建构具有决定性作用，这就是文学史的权力话语。由于对西方文化采取仰视态度，早期文学史撰者常常未带平常心转述，会为一些文学家护短。梁遇春说，中国在介绍外国文学时多半采用颂

---

① 柳无忌、曹鸿昭：《英国文学史》，第302—304页。
② 柳无忌、曹鸿昭：《英国文学史》，第317页。

扬恭维的文学史笔法。的确如此，王靖和欧阳兰较少提及文人的一些不端行为。徐名骥的《英吉利文学》极力维护莎士比亚的神圣地位："在十九世纪的中叶，竟有人怀疑他的存在，说莎士比亚这名字不过是培根的一个'笔名'罢了。然而，这又没有什么充分的证据，姑且不要去管他。"①

总体上说，初期英国文学史的书写是多样的，文化空间也较宽松，其中的文人画像如莎士比亚有"心窍玲珑"（王靖），也有"戏剧天才"（曾虚白），更有"反抗者"（金东雷）的不同面相，而拜伦从"西方温李"（王靖）到"恶魔诗人"（柳无忌）的判若两人不得不让人唏嘘。欧阳兰本文学史还请陈启民画有乔叟、莎士比亚、卡莱尔等15幅插画，神形生动，呈现出早期文学史中文人画像感性的一面。尽管采取不同的话语策略，但是撰者的初衷具有一致性，都是民族文化建设之参证。不同的话语策略，说到底是文化心态的问题，而本民族文化的地位、撰者的审美取向、价值判断等都会影响文学史撰写的话语策略。王靖以作家为中心，他的自我文化本位意识使他在潜意识中自觉反抗异文化的侵略，改写强势文化，从而找到传统文化生存的可能。欧阳兰对西方的想象和曾虚白有效导入了西方的进化论都是西方强势文化的话语霸权的反映。这些话语策略与社会文化的无意识渗透联手实现了民族文化意识对文学史的干预。而文学史话语一旦成为传播的一环，会反过来作用于社会文化意识，所以外国文学史的书写对社会文化具有形态建构的作用，在异质文化交流中，交流的双方文化地位并非一成

---

① 徐名骥：《英吉利文学》，第94页。

不变，而是处在动态的发展变化中，所以其间的文化姿态也会相应变化。王靖与金东雷的文学史书写就是一例。严格来说，改写无处不在，任何改写都是有意图的，都是某种观念的反映。早期英国文学史的多样书写建构了不同的莎士比亚想象，而这些形象都是观念和符号的集合，由此构成了中国对于英国文学文化的想象。

在论著中涉及早期英国文学史的还有周作人的《欧洲文学史》、茅盾的《西洋文学通论》、郑振铎的《文学大纲》，这些作品都有关于英国文学的介绍，而各自的话语策略有很大差异，比如周作人更注重作品的内质，茅盾和郑振铎的话语策略都是围绕"社会-民族的人生"，正因此，柳无忌贬斥郑振铎编的《文学大纲》只是一部杂凑的东西。[①] 西方文学史开始以讲义或教材的形式面向中国读者，不难发现其中材料的挪用大于发掘，雷同多于创新。一方面由于早期对西方文化文学理解的局限和材料的匮乏，另一方面出于其编撰方法多以编译为主，如柳无忌和林惠元的《英国文学史》实为译本，王靖、欧阳兰、金东雷等作家的版本也以历史和思想文化思潮的分期方式写作，基本没有脱离英国模式。[②] 尽管是对西方文化的复制和拼贴，但这些文学史的写作和翻译对中国文学发展的影响不可忽视。在全球文化汇通的当今世界，对他国文化文学的熟悉程

---

① 柳无忌：《西洋文学研究》，中国友谊出版公司，1985年，第3页。
② 王佐良在《一种尝试的开始——谈外国文学史编写的中国化》一文中提到，中国编写英国文学史的两种模式为英美模式与苏联模式，苏联模式的英国文学史，以刘炳善的《英国文学简史》（1981）和陈嘉的《英国文学史》（1981—1986）为代表，见《读书》1992年第3期。

度已远远超出 20 世纪初期，无论读者的期待或文学史撰写的通约都对文学史提出了更高的要求。早期西方文学的学习是近代中国民族国家独立之际对西方文化的主动选择，其中，中国文化主体渗透出的民族意识和对国民性的期待不能忽略，文学史参与到现代民族国家的建构中，在民族复兴中力图传达对新的国民性和民族文学的呼告。近现代中国经历了站起来、富起来到强起来的发展之路，主体意识却始终不能丧失，这样才能将西方文学学习作为一种常态的文化交流，达到世界文学的互通和互补。同时要将外国文学史书写中的编著和编译分开，提倡著者本身对原作美感的深入理解，倡导个性化的著作，突破现有体例的规约。说到底，文学史是对文学地图的绘制，包括历时的纵深和共时的宏阔，文学客观的历史必然依赖文学史的主观呈现，在误差越小的情况下，我们应尽可能地使文学史的地貌和作品意蕴得到多样丰富的阐发，这就要求著者做一个优秀的导览者，著编有分，将话语策略由民族身份意识转向文化和审美意识，引领读者体会西方文学的生命机体而非资料的罗列编排，将新鲜的创造力和开阔的视野带入文学史的撰写中，使"文学历史"和"主观呈现"互衬生辉。

早期文学史撰写的一些问题，在现今的文学史书写中不再明显，编写外国文学史的事实性错误几乎消失，文化主体携带的本民族文化意识在全球化的语境中也越发中性淡化，中国学人的外国文学史书写心态也趋于平稳中正。然而因为文化心态趋于一致，文学史的话语方式也有单一化、程式化的趋向。文学史是异质文化交流的"桥梁"，文学史应该"文学"化还是"史"化，抑或程式化、个人化？

如果说，莎剧的传播是"文"的层面的影响，那么，莎士比亚传记的不断完善，则是"人"的层面的影响。中国文学讲究知人论世，莎士比亚在中国的传播也是在人与文的双重向度上深入的，所以，不仅英国文学史的撰写为莎士比亚开辟篇章，莎士比亚传记的编译也受到重视，较早有《大陆报》上的《史传：英国大戏曲家希哀苦皮阿传》，其中说"唯氏名虽盛，然其传记则甚暧昧，不能详悉"①。王国维的《莎士比传》②、金震的《莎士比亚叙传（上下）》③、剑锷翻译的《莎士比亚传》④ 突出了莎士比亚的诗人身份，儿时大自然的熏陶造就他的诗性的素养。他们也关注莎士比亚与外界、家人的关系，认为是环境造就了莎士比亚，比如偷鹿使他从斯特拉福被赶走，这才有了莎士比亚人生的辉煌。在文末附有《莎士比亚年表》。梁实秋的《莎士比亚传略》抓住莎士比亚的事业和家庭进行叙述，蒋度平的《载记的传说的莎士比亚》⑤ 突出了莎士比亚作为剧作家、演员以及投资者的职业性。众多莎士比亚传记的史料意义并不突出，大多选取了莎士比亚人生和创作中的典型事件，关心莎士比亚的文学成就，突出了莎士比亚的人性美，塑造莎士比亚的文豪形象，隐含着面向中国读者的教育

---

① 《史传：英国大戏曲家希哀苦皮阿传》，《大陆报》1904年第10期。
② 王国维：《莎士比传》，《教育世界》1907年第159期。
③ 金震：《莎士比亚叙传（上下）》，《珊瑚》1932年第1卷第8、9期。
④ 剑锷译：《莎士比亚传》，《中国文艺》1940年第2卷第1、2、3期。
⑤ 蒋度平：《载记的传说的莎士比亚》，《现实》1935年第2卷第2/3期、第4期。传记多大同小异，还有 Howes，A. W. 著、杨介夫译《大戏曲家莎士比亚小传》，《美育》1920年第3期；施善余《莎士比亚传》，《学校生活》1935年第110期；梁实秋《莎士比亚传略》，《新月》1929年第1卷第11期；等等。

意义。斯米吞著、戚治常译的《莎士比亚评传》①和李慕白的《莎士比亚评传》②相对较晚,但是影响力也更大一些。

1949年,《莎士比亚一代艺人》出现在《世界名人轶事》栏目中,文字虽然简练,但却为"提供精神食粮,提高知识水准"而刊。《世界名人传:沙士比亚》③可谓篇幅最精简的一篇传记,塑造了一个自强不息、奋斗不止的勤勉的莎士比亚形象,描述他从壮年至死"无一刻他的力量不耗费在戏曲上",因其作品"能透视人生底机微",而成就为"第二造物主"。这个第二造物主,在中国早期的介绍文字中,以王国维的评介最为著名。王国维不仅介绍了世人的尊莎爱莎,赞赏了莎士比亚的人格美及其对人性的洞察,也把林纾翻译的莎士比亚故事之写作时间与剧种一一对照,为莎士比亚剧作家的身份正名。王国维对莎翁的创作进行了分期,认为"莎氏与彼主观的诗人不同,其所著作,皆描写客观之自然与客观之人间,以超绝之思,无我之笔,而写世界之一切事物者也。所作虽仅三十余篇,然而世界中所有之离合悲欢,恐怖烦恼,以及种种性格等,殆无不包诸其中。故莎士比者,可谓为'第二之自然''第二之造物'也"。④ 总体上来说,王国维的莎士比亚传记一是时间较早,对林纾翻译的补充和纠正,避免了读者的主观臆断,对人们认识、了解莎士比亚有重要意义;二是评价中肯,王国维从戏剧美学出发,以莎士比亚剧作为本,对其文学

---

① 斯米吞著、戚治常译:《莎士比亚评传》,世界书局,1946年。
② 李慕白:《莎士比亚评传》,中国文化服务社,1944年。
③ 琪:《世界名人传:沙士比亚》,《新东亚》1944年第2卷第3期。
④ 王国维:《莎士比亚传》,《教育世界》1907年159号。

成就的分析到今天看也毫不过时。王国维对莎士比亚的介绍，是立足于将莎剧作为外来文化的表征、西方戏剧美学的理想类型进行普及的。与金东雷塑造的反抗者和《世界名人传：沙士比亚》中勤勉奋发的莎士比亚相比而言，王国维笔下的莎士比亚更具体、更纯粹，但都蕴含着一种外国民族观、外国文学观，潜移默化地对中国国民性和精神文化进行激励，无不与民族自强相关联。

第二章

早期莎剧演出与中国现代思想的兴发

第二章　早期莎剧演出与中国现代思想的兴发

莎士比亚进入中国的早期正逢中国知识分子对中国前途焦灼的探索。从魏源的"师夷长技以制夷"的思路到洋务派发展科技、军事的自强方案，再到"中学为体，西学为用"方略，都是为了自强保种，救国兴邦。林纾、梁启超、陈独秀等学人的努力不但承袭着建立现代民族国家的思路，也有"立人"的期待。严复的"鼓民力、开民智、新民德"和梁启超提出的"新民"无一例外。

对"人"的重新定义标志着"五四"与中国传统的决裂，中国传统文化的天人合一指向人与外物的关系，而在人与人的关系中，个人处于宗法伦理之下，个体的自主自由相对欠缺。不同于梁启超等倡导的国民之载体的"个人"，"五四"时期的个人主义强调"自我代表的个人"的自由和尊严。"五四"时期将"人"的概念从"国民"跳转到了"个人"，人不再局限于一个抽象的符号和群体国家利益规约下的个人，更多的是追求个性自由和全人格觉醒的个人,这时,"立民"力图回转到"立人"进而达到立民、立国。承接梁启超的"中国少年",李大钊、鲁迅等不吝赞美青年的潜能和力量,李大钊说,"挽回民族之青春者,固莫不惟其青年是望矣"①。这种对青年的期待意味着对新的社会变革力量的选择与"立人"的可操作性。"五四"学人同时批判了传统社会的家族伦理和群体本位对中国国民人格的戕害,发出"救救孩子"的呐喊。《新青年》创刊伊始就宣告"以自身为本位",这种"人"的发现,借鉴了西方个性主义的思想资源,宣扬个人本位,崇尚个体的独立性。郁达夫认为"五四"新文化运动最大的成功,就是"个人"的发现,"从前的人,是为君而存在,为道而存在的,为父母而存在,现在的人才晓得为自我而存在了"②。受到近代西方个人主义思潮重理性、自由、平等、民主等价值观念的影响,西方个人主义尊奉的"自由的价值观念先于所有其他与近代化有关的观念而产生"③成为社会转型的思想催化剂。西方的人本主义与中国传统的纲常伦理对自由的限制相悖,中国传统的家族伦理陷入困境,被认为是对人的扼杀,人们开始重新认识人的问题,即周作人所说的"辟人荒"④,这次的认识是以西方眼光重塑中国的个人观念,强调人的独立人格和个性解放。易卜生的"健全的个人主义"成为新文化运动

① 袁谦编:《李大钊文集》(上册),人民文学出版社,1984年,第200页。
② 郁达夫:《中国新文学大系·散文二集·导言》,上海良友图书公司,1935年,第5页。
③ [美]本杰明·史华兹:《寻求富强:严复与西方·序言》,叶凤美译,江苏人民出版社,2010年,第8页。
④ 周作人:《人的文学》,《周作人散文全集》(第2卷),第86页。

对西方个性主义移植的核心,而代表古典艺术的莎士比亚在和易卜生的较量中,一度陷入低谷。如王元化所言,"五四"时期的代表人物对莎士比亚的好感并没有超过易卜生,而这时,莎士比亚的形象突破了"诗家""故事家",呈现出"戏剧家"的面相,莎士比亚的戏剧家身份逐渐确立。

1921年6月15日,《少年中国》第2卷第12期刊发了当时正在日本留学的田汉的译作《哈孟雷特》第一幕的一至三场,标志着莎士比亚戏剧家身份在中国的确立。1922年中华书局印行的"少年中国学会文学研究会丛书"之莎翁杰作第一种《哈孟雷特》全剧出版,标有"试译者:田汉"的字样,足见田汉敢为天下先又深恐译术不精而抛砖引玉的姿态。尽管当时莎剧的舞台表演不在少数,但按照莎作的剧本形式译出还是首次。田汉在译作中谈到莎士比亚"不是一个专门诗人,他的剧本不是为着可读而写的,他的戏剧之创作与成功半受着天才伶人Burbage的刺戟,他由他而得着创作的灵感。可是莎剧之精神的复兴将来仍要靠天才的伶人之功"①。如果说莎士比亚符号源自想象,随着不断接触莎士比亚剧作,国人逐渐触摸到了莎士比亚的本真层面。"莎士比亚并非书斋中的文人,而是剧场中的天才。假如他不加入戏班,不现身舞台,不熟悉观众,他或许只是一位天才的诗人,而不是天才的戏剧家"②。梁实

---

① 田汉:《莎士比亚剧演出之变迁》,《南国》1929年第1卷第3期。
② 陈瘦竹:《莎士比亚及其〈马克白〉》,《文潮月刊》1946年第1卷第3期。

秋也说"莎士比亚的剧本,是演员用的,不是为人读的"①。在20世纪20年代,莎剧在中国还没有全套译本,遑论研究,要不要译、怎么译还一直处在争论中。朱生豪不愧是莎剧的使者,自称"笃嗜莎剧,尝首尾研习全集至十余遍,于原作精神,自觉颇有会心"②,他也将译莎和一种民族英雄行为联系在一起,立志为国家争一口气。作为西方文化代表的莎士比亚在中国的接纳一直与民族自尊和民族自立联系在一起。在朱生豪的时代,中国的传统文化成为异己,中国无法采取中西互相参照的客观眼光打量自己,为了得到西方的认可,往往从他者角度来审视自己,将他者的标准内化为衡量自己的标杆,认为对西方文化的接纳程度便意味着自身文明的先进程度。对莎翁到底是否应该给予最高礼遇、优先选译也成为争论的焦点。但实际上,"五四"前后莎作的翻译一直是个悬而未决的事情,一方面因为工程浩大,另一方面,莎剧毕竟被列为古典剧,人们习惯将莎士比亚和维吉尔等的剧作纳入"古时候",③ 救国救民的紧迫性导致很多人认为类似于莎作的经典作品离中国现实太远。郑振铎认为翻译要切中中国时弊,译莎"不经济"④,茅盾也认为时代决定当时的文学不能只顾个人研究,应该根据群众需求,"审时度势,分个缓急"。章士钊等人倡导

---

① 梁实秋:《莎士比亚——三十三年十一月在中央大学的演讲稿》,《文史杂志》1944年第4期。
② 吴洁敏、朱宏达:《朱生豪传》,上海外语教育出版社,1996年,第141页。
③ Thomas H. Dickinson:《现代戏剧大纲:现代戏剧之萌芽》,春冰译,《戏剧》1929年第1期。
④ 《文学旬刊》1921年6月30日,第6号。

政治改革，对新文学十分冷漠，他认为，"文艺其一端也"，必在政治无忧之后可言，"以知非明政事，使与民间事业相容，即莎士比、嚣俄复生，亦将莫奏其技矣"①。这种冷静的看法也反映了当时学人的一种文化选择，虽然对作为文化扩张利器的莎剧尚有争议，但谁都明白莎士比亚在中国的传播反过来会加深国人对西方文化的了解。闻一多言："莎士比亚没有写过问题戏，古今有谁批评生活比他更批评得透彻的？"②他反对"五四"时期只注重思想，而忽略了真正的戏剧艺术，但这种呼声很微弱，国人在新文化运动的潮流下，对以莎士比亚为代表的西学充满了期望和疑虑，选择革新文学和文化以革新思想、革新社会、革新人性的救国思路在"五四"时期得以有效落实。

第一节 败给娜拉的哈姆雷特

虽说对莎士比亚的态度以大力引介为主，沙剧也在改编中纷纷上演，反对声音多被淹没，但作为戏剧家的莎士比亚在中国遇到了强劲的对手而显得水土不服。莎士比亚的戏剧家身份刚刚确立，易卜生就已经摆好了擂台。鲁迅曾说，莎士比亚虽然是"剧圣"，我们不大有人提起他。"五四"时代绍介了一个

---

① 章士钊：《释言·记者裁答》，《甲寅杂志》1915年第1卷第10期。
② 闻一多：《戏剧的歧途》，《闻一多全集》（第2卷），湖北人民出版社，1993年，第149页。

易卜生，名声倒还好①，萧伯纳1891年写的《易卜生主义的精华》给易卜生大造声势。 1914年，陆镜若就介绍了易卜生的《人形之家》(《玩偶之家》)、《群众公敌》(《人民公敌》)、《亡魂》(《群鬼》)、《海上之美人》(《海上夫人》)等11部剧作，称崭露头角的易卜生为"莎士比亚之劲敌"②，同年，春柳社就上演了《娜拉》， 1918年6月《新青年》第四卷第六期隆重推出的《易卜生专号》，宣告了罗家伦、胡适合译的三幕剧《娜拉》诞生。《易卜生专号》的宗旨不外乎引进新思想、塑造新人、引进文学范本、倡导社会改革，让人人都参与到社会改革的进程中。在新文化运动中，易卜生在普通读者中的知名度远远超过了莎士比亚。时人称易卜生明光四射，"直要掩没了莎士比亚。因为他每一剧中，都有一种主义，一个问题，都有他一把悲天悯人的辛酸眼泪，随处挥洒，并不是胡乱着笔的"③。虽然易卜生在本国也曾因为"败坏公共道德"遭禁演，但谁也不能否认他是挪威最闪亮的文化符号。他漂洋过海来到中国，恰逢其时，个人主义、科学主义、进步与独立正是中国所需，国人根据自己的需要对易卜生进行剪裁，使之和中国的情境发生关联，国人对易卜生符号的诠释强调了他思想性的一面。毫无疑问，易卜生在中国的形象已经异于他的本来面目，是一个被创造、被建构的易卜生。中国作为接受主体对

---

① 鲁迅：《"论语一年"》，王世家、止庵编《鲁迅著译编年全集》(第15卷)，人民出版社，2009年，第317页。
② 陆镜若：《伊蒲生之剧》，《俳优杂志》1914年1期创刊号。
③ 周瘦鹃：《〈社会柱石〉小引》，《小说月报》1920年第11卷3号。

易卜生的介入更强,茅盾将对易卜生的包装界定为"大吹大擂"①,易卜生被称作社会改革家,他"在民族文学上没有传统,在社会地位上,没有凭藉,在教育经验上没有机会。全靠他坚强的意志,独立的精神,内心的逼迫,天生的才气。居然认清时代的需要,用崭新的形式,发表他崇高的理想,造成欧洲近代戏剧史上光荣的一页"。②他甚至被誉为天才,天才站在时代的前面,时代永远不能了解他,他永远是寂寞的。③然而,易卜生在当时的中国并不寂寞,从1918年至1948年,《娜拉》(也被译为《玩偶之家》《傀儡之家》)先后就有陈嘏、罗家伦和胡适、潘家洵、欧阳予倩、沈佩秋、芳信、翟一我、沈子复、胡伯恩等人的译本面世。④剧作家以易卜生为偶像,洪深就是个例子⑤,以娜拉为原型的小说、戏剧创作也成为一个景观。某种程度上,易卜生也成了"说不尽的易卜生"。

一、为什么要选易卜生?

易卜生和莎士比亚是西方戏剧发展不同阶段的巅峰代表,

---

① 沈雁冰:《谈谈〈傀儡之家〉》,《文学周刊》1925年第176期。
② 唐密:《寂寞的易卜生》,《战国策》1941年第1期。
③ 唐密:《寂寞的易卜生》,《战国策》1941年第1期。
④ 赵冬梅:《被译介、被模仿、被言说的"娜拉"——一个中国文学与外来影响的典型个案》,王宁、孙建主编《易卜生与中国:走向一种美学建构》,天津人民出版社,2004年,第188页。
⑤ 1922年洪深从美国乘船回中国途中,同船的蔡老先生问及将来要成为著名演员还是要成为像莎士比亚那样伟大的戏剧家时,他毫不犹豫地回答:愿做一个易卜生。洪深:《我的打鼓时期已经过了么?》,《洪深文集》(第4卷),中国戏剧出版社,1959年,第532—533页。

莎士比亚是文艺复兴时期的代表，易卜生是"现代戏剧之父"。他们都对中国戏曲产生了不小的冲击，让中国人反思中国戏曲题材的局限和剧情的俗套，比如"星宿下凡，员外得子，番王造反，妖怪迷小姐，公子爱习拳棒、恶霸抢人公子打抱不平"①等荒谬支离的剧情。那么，易卜生与莎士比亚有没有可比性？毫无疑问，他们也有相似之处，最显著的就是创作的轨迹，"易卜生和莎士比亚的晚期创作都恢复而且加强了早期创作中的浪漫主义，创作中期都突出了现实主义"②。虽然实际上两者的现实主义与浪漫主义大相径庭，他们在同时作为中国的西学资源时成为对手，我们却不能解释为什么国人要亲近易卜生。大多数人认为莎士比亚的剧作无人匹敌，作为开拓了挪威的民族戏剧的易卜生，也常得到最高的赞誉，比如他在人物塑造方面毫不逊色，"易卜生以内省手法揭示人物灵魂深处的冲突，远比莎士比亚和契诃夫深刻"③。"莎士比亚哈孟雷特的伟大，建筑在丰富的心灵，无微不知，无微不感；易卜生黑达加贝勒的伟大，建筑在伟大的力量，摧毁一切，支配一切。"④ 不论这些观点有没有偏颇，都点出了易卜生横扫欧亚大陆的力量所在。推崇易卜生的萧伯纳则道出了重点，他认为，莎士比亚将普通人搬上了戏剧舞台，却没有把普通人的生

---

① 蒲伯英：《戏剧研究：中国戏天然革命底趋势》，《晨报副刊》1922年3月9日。
② ［挪］易卜生：《出版前言》，《易卜生全集》（第1卷），人民文学出版社，1986年，第27页。
③ Durbach, Errol, *Ibsen and Theatre*, London: The Macmillan Press Ltd, 1980, p.71.
④ 唐密：《寂寞的易卜生》，《战国策》1941年第1期。

活环境搬上去。在现实生活中,我们的叔父不太可能谋杀我们的父亲,也无法合法地与我们的母亲结婚。我们没见过巫神,我们的国王通常也不是遇刺身亡,或成功地刺杀别人。当我们借贷金钱时,我们不会承诺用多少磅人肉偿还。是易卜生填补了莎士比亚所遗留的缺憾,他不仅创作出了普通人,而且创作出了普通人在自己环境里的生活。发生在他的舞台形象身上的故事,同样也发生在我们这些普通人身上。① 易卜生自己也认为,"占据舞台的不仅有国王们与贵族们,而且还可以有真实的、普通的人民"②。这恰恰是莎士比亚和易卜生的不同,莎剧复杂离奇、华丽壮观,易剧则简洁有力、生动现实。"欲知现代须观现代之剧",莎剧较易剧久远,"盖莎翁剧,不但与近世发达之舞台装置不相适合,即以之为表现各时代心情为职务之戏剧,亦全不适当故耳。以近代人之锐敏心理而言,此等以夸张的感觉为基础,而与我无关之王公贵人,佳人勇士,堂堂吐无韵之诗,而横行阔步于舞台之上,颇觉可笑矣。自某意味言之,艺术固在逃避现世之烦恼,时时托心梦境,亦无不可;顾莎氏之剧,既不似梦幻,而与今人所要求之现实的艺术又相隔一间,所以虽在今日,尚有多少之需要,时见其伟大之复活,然一般人已不复要求莎氏及其时代之物矣"。③ 可以看到,易卜生在中国的流行,一方面是其在欧洲各国的影响力所

---

① George Bernard Shaw, *The Quintessence of Ibsenism*, London: Constable and Company Ltd, 1913, p.13.
② [挪]丹尼尔·哈康逊、伊丽莎白·埃德:《易卜生在挪威和中国》,[挪]易卜生:《易卜生全集》(第1卷),第52页。
③ 舟桥雄:《英国近代剧之消长》,周学溥译,《戏剧》1921年第1卷第1期。

致,另一方面也和当时中国文坛对弱小民族文学的关注有关。从大的范围看,易卜生以思想为主而取法于写实之"社会问题剧",已获得胜利。这也是中国在接受易卜生时将其冠以"问题剧""现实主义"的缘由,他的题材与现实社会密不可分,这种现实主义力量能对观众产生极强的冲击。《社会支柱》一剧指出真正的社会支柱应该是"崇尚真理和自由"的精神,《人民公敌》对"大多数"的批判彰显个人独立与自由的理念,《娜拉》虽然写家庭冲突,但笔力直指道德规范、法律规章与人格独立等社会问题。宗教、政权、婚姻等资产阶级的一切,在易卜生看来,都是懦弱和谎话的产物。"用人生做材料,写实做手段,去达到艺术上的目的,这是伊卜生的伟大。"① 这种对社会激进的批判正是中国新生的动力,所以夸大批判现实主义的易卜生符码代替了易卜生本身。虽然易卜生也有重要的玄幻作品,如《建筑师》《小爱约矣》《博克曼》《我们死人醒来的时候》等,这些大都倾向于自然主义,有的带有神秘象征主义色彩,而"五四"时只翻译了其主要的现实主义作品,对易卜生的标签化理解也就在所难免。宋春舫等也曾强调要全面介绍易卜生,"顾象征派与写实主义,未尝不可相合。易卜生固为写实派者,而其'When We Dead Awaken'一剧纯乎玄秘主义"②。但这种声音很快被时代淹没,易卜生的精华成为现实主义,中国最需汲取的也是易卜生的现实主义,易卜生抨击国家、宗教、婚姻、家庭、道德等同样适用于

---

① 余上沅:《伊卜生的艺术》,《新月》1928年5月10日,1卷3期。
② 宋春舫:《近世浪漫派戏剧之沿革》,《东方杂志》1920年17卷4号。

第二章　早期莎剧演出与中国现代思想的兴发

中国，都可以作为思想资源改变中国。借当时艺院要上演《群鬼》，熊佛西表达了中国对易卜生剧作的需求："'五四'后，易卜生在中国确实走运。……我们知道易卜生，因为他鼓吹妇女解放；我们认识易卜生，因为他主张社会改造；我们同情易卜生，因为他反对社会一切的因袭腐化虚伪狡诈；我们仰慕易卜生，因为他提倡个人主义，提倡'不完全宁无'主义。他的思想彻底，他的言论痛快。他的思想应用于我国近十年来的社会真是一个吗啡针，真是一剂清凉散。……中国人知道的易卜生多半是壮年与少年的易卜生，完全是一个走极端毫不妥协的易卜生，是一个爱自由、爱平等、爱公道的易卜生，是一个反抗社会的易卜生，是一个叛逆道德法律的易卜生，晚年趋于妥协精神的易卜生似未到中国。"[①] 可见，中国对易卜生的接受很大程度上是把他当作一个思想家，忽视了他艺术家、诗人的气质。易卜生在风头上盖过了莎士比亚，对易卜生的介绍也是本着为我所用的原则，所以易卜生被符号化为一个对抗现实的战士与社会改革家，能负载中国社会的期许，而其剧中的娜拉等主角可以作为反传统的典型，是中国"新人"的模范。鲁迅曾反思社会对易卜生的认可原因，他说"但我想，也还因为 Ibsen 敢于挑战社会，敢于独战多数，那时的绍介者，恐怕是颇有以孤军而被包围于旧垒中之感的罢，现在细看墓碣，还可以觉到悲凉，然而意气是壮盛的"[②]。这也应了胡适的话，在宣

---

① 熊佛西：《社会改造家的易卜生与戏剧家的易卜生》，《佛西记剧》，新月书店，1931年。
② 鲁迅：《〈奔流〉编校后记（三）》，1928年8月11日，王世家、止庵编《鲁迅著译编年全集》（第9卷），人民出版社，2009年，第263页。

传易卜生的时候，本意就"并不是艺术家的易卜生，乃是社会改革家的易卜生"①。文学翻译从一开始便面临着遴选，对易卜生的翻译也不例外，就算同是经典文本也不能一概而论，不仅要提供外国文学的范本之作，更要看能否与中国国情对接，其思想震撼能否一石激起千层浪。"五四"时代，人们改造现实的急切愿望使他们更钟情于对中国社会有立竿见影效用的作家，易卜生便是在这样的"潜规则"中被引进。胡适摇旗呐喊"思想"重于"艺术"，一切的出发点在于要借外国作品的"药力"唤醒国人"睁开眼"看世界，进而改良社会。

二、新人的较量

莎士比亚和易卜生是当时剧坛的热议人物，田汉在《哈孟雷特》译叙中说："'莎翁的人物远观之则风貌宛然，近视之则是笔痕狼藉，好像油画一样；易氏的人物则鬼斧神斤毫发逼肖，然使人疑其不类生人，至少也仅是人类某一时期中的姿态，好像大理石的雕像一样。'现在中国的美术馆里大理石雕像可搬来不少了，那么再陈列一些油画不更丰富些吗？所以引起了我选译《莎翁杰作集》的志愿。"② 从田汉的感受来看，易卜生笔下的人物似乎更写实，更易为现代人接受，莎士比亚笔下的人物则远离时代，虽然风采盎然，但不合现代人胃口。易卜生所代表的社会问题剧和写实模式，更适合作为中国戏剧

---

① 胡适：《通信：论译戏剧》，《新青年》1919年第6卷第3号。
② 田汉：《〈哈孟雷特〉译叙》，中华书局，1922年，第1页。

第二章 早期莎剧演出与中国现代思想的兴发

取法的对象。① 哈姆雷特是西方文艺复兴时期人文主义新人的代表,是"威登堡大学"的时代之子,娜拉是近代社会个性主义觉醒时代新人的典型。这场新人的较量,娜拉胜出,而哈姆雷特则败给了时代,败给了中国对个人主义的渴求。

莎剧的演出在早期文明戏剧中是没有剧本参照的,演出的剧目也多是莎翁的名剧。春柳社曾演出《春梦》(改编自《奥赛罗》), 1913年,《窃国贼》(《哈姆雷特》)、《女律师》(《威尼斯商人》)、《黑将军》(《奥赛罗》)、《姊妹皇帝》(《李尔王》)和《新南北和》(《麦克佩斯》)等都被搬上舞台。② 1914年4月,上海六大文明戏团体(新民、民鸣、启民、开明、文明、春柳)组成新剧公会,进行联合公演。著名剧人集中,阵容空前强大,演出了《遗嘱》《情天恨》和《女律师》(《威尼斯商人》),一场下来,获利700元,盛极一时。③ 1916年《民国日报》上刊载的莎剧广告多以离奇的故事情节为噱头吸引眼球, 7月17日登的《黑将军》(《奥赛罗》)以其对中国的"门第"观念的冲突吸睛,说女生"偏不与漂亮少年结婚,而独与身黑须黑的黑将军结为伉俪,致弄出许多情天孽障,趣味之浓为莎剧中第一名"。"瞽"本意是眼睛昏花,有目眩、错乱、愚昧之意,林纾把 Othello 译为《黑瞽》,认为奥赛罗的肤色和种族是悲剧的根源。《黑将军》的命名一改林

---

① 邹红:《焦菊隐戏剧理论研究》,北京师范大学出版社,1999年,第310页。

② 汪义群:《莎剧演出在我国戏剧舞台上的变迁》,载中国莎士比亚研究会编《莎士比亚在中国》,上海文艺出版社,1987年,第92—93页。

③ 葛一虹:《中国话剧通史》,文化艺术出版社,1997年。参见第四节《文明戏的畸形繁荣和没落》。

译的阴霾色彩，展现的是一个威风凛凛的形象，并且强调其趣味性，莎士比亚的悲剧《奥赛罗》变异成逗乐和笑料的婚姻悲喜剧。《哈姆雷特》在当时有《篡位盗嫂》《杀兄夺嫂》等戏名，演出时与当时袁世凯窃国事件应和起来，最为人所知的戏名为《窃国贼》，在这部剧中，哈姆雷特这个主角已经被"窃国贼"抢走。1916年3月11日登的广告是："为人臣而窃君窃国，私通君后；为人弟而盗嫂盗政权。"配合上文明戏即兴演讲的特点，演员们用戏中的篡位影射现实的窃国，戏剧演出特别具有煽动性，最后袁世凯也担心社会影响对自己不利，逮捕了主要演员顾无为。①《哈姆雷特》和《麦克白》在中国最早改编上演时，戏名都叫《窃国贼》②。"莎士比亚著的《哈姆莱》，这一部戏剧所以要上演，乃是为了要获得较单单阅读《哈姆莱》为大的效果，也就是说，为了要获得舞台上的效果。"③ 这一时期，莎剧的裁剪、演出和现实关联以讽喻时事，表现民族矛盾，直指政治丑闻。可见，"剧道虽小，亦与世道人心，大有关系者也"④。《窃国贼》政治化的改编，充分表达了人们对当时国内政治的失望，是文学介入政治、改变民众思想、改造社会的尝试。剧演宣传为：

> 《窃国贼》原名《汉姆莱德》，林琴南先生之

---

① 曹树钧：《莎士比亚的春天在中国》，天马图书有限公司，2002年，第50页。
② 孙惠柱：《莎士比亚是我们的同时代人》，《文汇报·每周讲演》，2008年11月1日。
③ ［日］菊池宽：《现代戏剧论》，《申报月刊》1945年第4期。
④ 宋春舫：《宋春舫论剧》（第1集），《世界新剧谭》，中华书局，1922年。

第二章　早期莎剧演出与中国现代思想的兴发

> 《吟边燕语》则标之曰《鬼诏》，为莎翁四大悲剧之一。陈义高尚神味醲然，久有闻于世，当洪宪盛时正秋，特演是剧，借题发挥，大得名誉。剧中之太子一角，当以正秋为绝群，莫与伦劝母时，一番议论，字字从心坎中挖出来，恳挚异常，听者为动。而杰德鲁皇后及倭斐立女郎二角，则尤非剑魂、悲世不胜，剑魂本有皇后花旦之外号（以其善演皇后），悲世则最工言论，悲旦用尽，其长愈见精采。政变日，亟国贼蠢起，演此剧于此时，夫岂无病而故作呻吟哉？①

我们从这一段宣传中，可见戏剧与社会形势和政治宣传统合起来，借题发挥，针砭现实，不但有可观性，更能看出莎剧的现代性及其与现实的共振。但是也很容易就能看出当时中国对莎剧的断章取义与文化隔膜。首先，《哈》剧中的手足相残不仅与17世纪末英国政治和人与人关系的紧张相连，也来源于《圣经》中该隐杀亲的典故，所以，杀亲不但有现实意义，也是人性之恶的寓言。克劳狄斯在剧中也为自己的暴行忏悔，显然，他的窃国承担了人类的原罪与堕落。在中国化的改编中，这种宗教文化背景完全被过滤掉，只留下了窃国的意象。窃国大盗袁世凯更多的是一个祸国殃民的政客和投机者，是中国建立现代民族国家的拦路石，改编者看重的是克劳狄斯的窃国行

---

① 今生：《日演窃国贼》，《笑舞台》1918年4月28日，第2版。

为和死亡结局,因为其代表着民众对袁世凯的宣判。这种文化的"隔"还体现在中国人对哈姆雷特的忽视,忽视他关于生死的思考、对生命的惊叹。"人类是一件多么了不起的杰作!多么高贵的理性!多么伟大的力量!在行为上多么像个天使!在智慧上多么像一个天神!宇宙的精华!万物的灵长!可是在我看来,这一个泥土塑成的生命算得什么呢?"① 卑劣的篡位者代替了天神般的国王,那么"人"到底是什么样的动物?哈姆雷特一直在探索"人"的限度。当时的改编中,莎剧《哈姆雷特》中对人的惊叹和发现一直处于被掩盖的状态,其中的政治悲剧、爱情悲剧、家庭悲剧、复仇悲剧等容量被简约为政治剧,集中在窃国者阴谋篡位的丑恶罪行对社会和国家的危害上。观者一方面对于中国改编莎剧有极大的热情和自豪感,另一方面又对各种改编表现出极度的失望。徐志摩曾说:"我们了解莎士比亚的程度,(可怜!),止于'文豪'林琴南的《吟边燕语》,只知道了那几段故事,又只是糟粕。莎士比亚之所以为莎士比亚,其所以为最伟大的艺术家,而不仅是编故事的作者,我们根本没有知道,我们也许不敢否认莎士比亚是伟大的,但却从不认识,因为从不会感觉他伟大在哪里。"② 难怪洪忠煌也会得出中国话剧主流从来没有接受莎士比亚的影响的结论③,认为中国话剧没能深入汲取莎剧的艺术性,忽视凝结

---

① [英]莎士比亚:《哈姆莱特》,《莎士比亚全集》(第5卷),第317页。
② 徐志摩:《剧评:看了"黑将军"以后(续)》,《晨报副刊》1923年4月12日。
③ 洪忠煌:《中国话剧主流未受莎士比亚影响的原因》,《文艺报》2009年3月31日。

第二章　早期莎剧演出与中国现代思想的兴发

莎士比亚人文精神的人物形象和人文精神的营养。哈姆雷特这个新人在中国成为一个孝顺、缺乏行动力的隐形人，中国人并没有注意到莎剧散发的人文主义光芒。这种认识影响深远，国人认可行动派的哈姆雷特，对莫斯科 Akimov 改编的"哈孟雷特"尤为赞赏，原因是，在这个改编中，哈姆雷特变成了"实行"的人物，原来的台词"干与不干"变成了"干皇帝或不干皇帝"了。① 台词的小小改动，使哈姆雷特的目标变得凝练而集中起来，有助于实施行动。而国人对哈姆雷特杀掉皇帝行为的解读，在需要斗争和行动的年代，更看重哈姆雷特杀叔中蕴含的英雄主义气节，我们看这一段广告语："粗暴的动作，夸傲的言语，摧心的爱恋，疯狂的矫饰，尊严的陈设，悲壮的气氛，一个夜半的幽魂，一幕戏剧中的戏剧，一场惨厉的决斗，一杯毒酒与八个生命悲惨的死！"② 这段宣传语以猎奇的口吻，盛赞哈剧为蕴藏着英雄主义色彩的诗剧，也是切合时代需要的。

屠格涅夫对哈姆雷特的解读集中在 1860 年的《哈姆雷特与堂吉诃德：两种永恒不变的典型人物》一文中，他将哈姆雷特界定为"自我本位者……生性多疑，总是为自己的事多烦恼；他的心智过度发展以至于他从不能对他自己的职责去忙"③。哈姆雷特的自我本位使他总是在自己的事情上多虑，缺乏行动的勇气，导致复仇迟迟难以实施。屠格涅夫对哈姆雷特的解读

---

① 漫铎:《哈孟雷特的两幅新面目》,《大陆杂志》1932 年第 1 卷第 5 期。
② 吕迈:《影片推荐：介绍英片"哈孟雷特"》,《电影论坛》1948 年第 2 卷第 5/6 期。
③ 转引自朱立民:《爱情·仇恨·政治——汉姆雷特专论及其他》,三民书局, 1993 年，第 55 页。屠格涅夫一文发表于 1860 年，英译文刊于 *Current Literature*, Vol. 42, No. 3, 1907。

得到了中国知识界的认可，作为莎士比亚舞台上最能反映人的丰富和复杂的审美形象，哈姆雷特很难在需要革命和行动的中国现实中扎根。《哈》剧的主要人物都以毁灭告终，而挪威王子福丁布拉斯胜利击败波兰，大军经过丹麦时发现了残局，顺手捡到了国王头衔，因为哈姆雷特在死前让渡权力，支持挪威王子做丹麦新王。哈姆雷特未能成功夺回王位，是个人悲剧，也是一个国家的悲剧，这个结局对当时正在追求建立独立自主民族国家的中国人来说很不合时宜，更何况《哈》剧宣扬的是君主专制王权时代的王位承袭理念，这也在一定程度上削弱了哈姆雷特的影响。戏剧是最亲民的文学样态，当人们以有用与否权衡莎剧的价值时，哈姆雷特这个西方文艺复兴的新人也败给了娜拉。而"五四"学人对易卜生现实主义戏剧的引入，不但促使中国话剧走向繁荣，也将娜拉树立成一个新人的典范。

1923年5月5日，北京女高师理化系学生，为纪念"五四"运动四周年，在新明剧团演出《娜拉》。① 1924年，万籁天等26名人艺剧专（此时北京人艺戏剧专门学校已停办）学生成立的"廿六剧学社"，公演了一次《娜拉》。② 1925年，上海戏剧协社上演《傀儡家庭》。娜拉作为个性觉醒和妇女解放的代表，对人格尊严的需求在最初并没有得到认可，戏剧演出

---

① 许慧琦：《"娜拉"在中国：新女性形象的塑造及其演变（1900s—1930s）》，第158页；见 Kwok-kan Tam, *"Ibsen in China, Reception and Influence, Comparative Literature"*, Ph. D. Dissertation, University of Illinois at Urbana-Champaign, 1984, p.164；又见陈西滢《看新剧与学时髦》，《晨报副刊》1923年5月24日。

② 英溪：《易卜生剧在中国何时开始上演》，《现代文学研究丛刊》2003年第2期。

效果也不理想，但相比于受冷落的哈姆雷特，其得到了评论家逐渐升温的关注，在思想界震动极大。

娜拉以引人注目的独立自主的诉求，使中国的传统伦理、妇女观和家庭观受到冲击。中国人从娜拉身上感受到了人的自主意识的觉醒，这种"人"的发现是"五四"时期中国觉醒的体现，而易卜生的娜拉促进了现代中国"立人"意识的生长，也参与到现代中国民族国家的建构中。

三、个人主义的胜出与"人"的发现

其实作为引介易卜生主力的胡适与易卜生的接触也较晚，1914年还在美国留学的胡适谈到东方和西方的差别时，有这样的话，"……东方的容忍，是'利他的容忍'，而西方的容忍……'西方的看法，据我所知，大抵是这样的：我们对自己有责任，而这种责任高乎一切，我们必须对自己诚实，我们必须独立思考，并不容（忹何事物）阻碍个性和人格的发展。我们有幸能在新的阐释中见到真理的人，必须坚持我们所见到的真理。我们绝不妥协，为了理想和真理，我们决不妥协。'……易卜生（Henrik Ibsen）在他的剧本《玩偶之家》（A Doll's House）中面对这一观点，有最佳的说明，要是你想看这一剧本，请打电话给我，我可以把我那本借给你。……西方的观点也绝不是自我中心的（egoistic），每个个人应该有最大的自由来发展自己的能力，这对全社会的幸福是最有利的。只有每个个人坚持紧守他所相信的真和善而不满足于'事物现存的秩序'，人类的进步才有可能。换句话说：我们的进步归功于激进和反叛者"①。不难看出,初次接触到"娜拉"的胡适就被其中宣扬的反叛精神震撼②,加上他与韦莲司等西方女性的交往不可能不使他思考中国女性独立自主精神的缺乏,触发他引介娜拉作为中国"新人"的意愿。胡适对西方人独立思考和完整人格的赞许暗示了对国人理想人格改造的方向,是新文化运动时期"个人主义"观念的生发,也直接酝酿了胡适对"易卜生主义"的挪用,成为他回国后宣扬易卜生主义的思想来源。易卜生主义倡导"最健全的个人主义",1914年胡适写出英文稿,1918年写出中文稿,1921年进一步改订为《易卜生主义》,发表后就得到极大反响,可以说胡适是易卜生个人主义的推手。

易卜生在给他的朋友白兰戴的信里说,"我所最期望于你的是一种真益纯粹的为我主义。要使你有时觉得天下只有关于我的事最要紧,其余的都算不得什么。……你要想有益于社会,最好的法子莫如把你自己这块材料铸造成器。……有的时候我真觉得全世界都像海上撞沉了船,最要紧的还是救出自己"③。所以,1918年6月15日《新青年》的《易卜生专号》上介绍追求自由民主的娜拉和维护真理与科学的斯多克

---

① 胡适:《致克利福德·韦莲司》,1914年11月2日,周质平编译《不思量自难忘:胡适给韦莲司的信》,联经出版事业公司,1999年,第1—2页。
② 胡适在1910年出国后,就不止一次接触到易卜生的《群鬼》,见《胡适留学日记》(下册),1915年7月4日,第86页。"与讷博士夫妇,安吉尔君,狄鲁芬君(Trufant)驾帆船游凯约嘉湖,甚乐。夜复与安狄两君同往观伊卜生之《群鬼》(Ghosts)影戏。此剧本不适于影戏,改头换面,唐突西子矣。"
③ 胡适:《易卜生主义》,《胡适全集》(第1卷),安徽教育出版社,2007年,第612—613页。

芒,绝非偶然。而胡适不经意间说出了这两个人物代表的个人主义就是他思想的一部分。"这个个人主义的人生观一面教我们学娜拉,要努力把自己铸造成个人;一面教我们学斯铎曼医生,要特立独行,敢说老实话,敢向恶势力作战。少年的朋友们,不要笑!这是十九世纪维多利亚时代的陈腐思想!我们去维多利亚时代还老远哩。欧洲有了十八世纪的个人主义,造出了无数爱自由过于面包,爱真理过于生命的特立独行之士,方才有今日的文明世界(着重号为原文所加)。"① 这种个人主义的精髓首先在于摆脱奴性的自立,"争你个人的自由,便是为国家争自由!争你们自己的人格,便是为国家争人格!自由平等的国家不是一群奴才建造得起来的!"② 个人的觉醒是民族独立的基础,从每一个个体着手,号召个人自救自立,是对"立人"的尝试,胡适的个人主义导向是争取个人与国家的自由,先"立人"后"立国"。

四、 被取消性别的娜拉

值得注意的是,虽然娜拉经常被当作妇女解放的范例,但从鲁迅、胡适等介绍易卜生的初衷来说,他们是要倡导一种普遍的个人主义和理想的人格,寄予娜拉的就是这种"新人"的特质。首先做一个独立的"人",既非专指男人,也不限定于

---

① 胡适:《介绍我自己的思想·自序》,《胡适全集》(第4卷),第663页。
② 胡适:《介绍我自己的思想·自序》,《胡适全集》(第4卷),第663页。

女人，她的性别并不是那么突出，介绍易卜生的胡适等人也并不希望娜拉的故事只对女性发生刺激，而是从一个"人"的角度，希望有助于建立独立的国民性。当时中国对娜拉反叛的认同与契合，来源于国人深层心理的压抑性，娜拉首先要成为一个人，从依附于丈夫的妻子变成一个独立的个体。所以，"娜拉这个人，狭义的看了，果是解放女性的一个模范。但是广义的，《玩偶之家》这出戏，可以说是弱者被强者凌辱的一幅神品，被压迫的奴隶，岂可不谋反抗，解脱自私纵性者的羁绊。在反面，伊卜生表现给我们看，怯性畏缩的人，服从谦恭的旧习惯，真是使人厌恶"①。反抗压迫，寻求人的解放，在易卜生的剧中引起共鸣的人不少，沈子复在《〈玩偶夫人〉后记》中说，"这个社会非但女性是在受人玩弄，受人压迫，即使男人何尝不是一样有压迫和被压迫的区别呢？解放了个人是不彻底的，这一点是我译完了《玩偶夫人》以后的一点小小的意见"②。模糊性别、着意于人的主体性的建立这一点，刘大杰的叙述更为真切，"这本剧里面，易卜生的本意，并不仅是妇女解放问题，这是全人间的问题。这是利己的自我与自己牺牲的对立的灵肉斗争的悲剧。当丈夫站在门外，娜拉提好衣包，娜拉不再是男性，也不是女性，是未来的超人的象征。她看透了宗教的虚伪，看透了法律的虚伪，看透了爱情的虚伪，看透了现生的虚伪。不得不积极的去找真的人生，去找理想的人生，去找未来的超人生"③。

---

① 张嘉铸：《伊卜生的思想》，《新月》第 1 卷第 3 期，1928 年 5 月 10 日。
② 沈子复：《〈玩偶夫人〉后记》，《玩偶夫人》，永祥印书馆，1948 年。
③ 刘大杰：《易卜生》，商务印书馆，1935 年，第 62 页。

第二章　早期莎剧演出与中国现代思想的兴发

易卜生也讳言娜拉是女性主义的代言人，他认为自己初衷并非针对女权问题，而接受者都会按照自己的理解重新创作作品。① 中国在对娜拉的接受中，将其中蕴含的反叛与觉醒精神做了最普泛的扩展，发扬个人主义精神，唤醒人的力量，对人的价值、个性与反叛精神的肯定达到一种信仰式的热情。因为中国的问题不只是妇女解放问题，而是"人"的解放，"人"的能量的发现与释放，是人的自我实现的开始。所以，以娜拉为典范所建立起的新女性形象，从易卜生开始，就是男性眼光和男性话语的塑造，带有某种"去性别"的原始本质。女性被推到了个性解放的前线，实际上，娜拉是一个现代个体觉醒的隐喻，是被男性作家和男性社会塑造的，其发出的声音不是女性自己的，抹杀了当时女性特有的独特而微的心理历程，而其所呐喊的反抗精神也是面向每一个个体，这种书写已经取消了性别。

这个经过编码"去性别"的娜拉在中国语境下成为一个启蒙的符号，也生产出各种"中国的娜拉"。胡适率先于1919年在《新青年》第6卷第3期上发表《终身大事》，女主角田亚梅"自己决断"终身大事，毅然离家；鲁迅笔下的子君说："我是我自己的，他们谁也没有干涉我的权利！"还有郭沫若重塑的卓文君和曹禺《北京人》中出走的愫方都是娜拉这个启蒙符号的具象转换，而这些"娜拉"在中国被进行了重新编码。郭沫若号召国人学习秋瑾离家投身革命基于救国的目的，因为

---

① ［挪］易卜生：《1898年5月26日在挪威保卫妇女权利协会的庆祝会上的讲话》，《易卜生文集》（第8卷），人民文学出版社，1995年，第234页。

有了国家的幸福才会有个人幸福的保证，秋瑾不但被取消了性别，时代赋予她的理想和职责已经超越了一般意义上的男性责任规范，是一个报效国家的革命者。这在一定程度上反映了时代对于女性走入公共领域，与男性同时参与到社会进程的需要，而这也是娜拉的性别模糊的社会原因和中国的娜拉们成长的土壤。表面上看，中国娜拉们追求自由与个人独立似乎与理想中的"人的自由"吻合，如果仔细检视她们的反抗轨迹——"追求婚姻自主——反抗家族——离家出走——奔向丈夫怀抱或参加革命"就会发现将娜拉移植到中国后，已经发生了种种错位。

首先是中西方时空的错位，娜拉精神的闪光点在于她发现自己是一个"玩偶"后对压抑力量的反抗，她的觉醒在于寻找自我，要成为一个真正的人。中国的娜拉们，却才刚刚挣脱家族的禁锢，又寻找到新的依附者，误以为跌入丈夫的怀抱就完成了自我的解放。胡适将娜拉植入中国语境，《终身大事》里的田亚梅成为娜拉的效仿者和叛逆女性的代表。胡适对娜拉的角色做了小小的变动，《玩偶之家》中妻子对丈夫的反叛在胡适这里成了女儿对家族的逃离，这个置换恰恰是中国"个人"确立的起点。《玩偶之家》的娜拉完成的是自我启蒙，而中国的娜拉们则处于"被启蒙"状态，子君与家庭的决裂，在行动上完成了思想启蒙的第一步，但之后的自立举步维艰。子君的爱是被涓生牵引的，处于启蒙者角色的涓生同时也被西方思想启蒙，被社会合力推动，他到底不是一个合格的启蒙者，中国的娜拉们身体与旧制度决裂，思想却依然如故，对"自立"后所面对的状况毫无准备，这种脆弱的结盟必然导致启蒙者与被启蒙者之间婚姻或联盟的破灭。胡适和鲁迅对娜拉的改写发人深省,不同于西方的家庭结构,当时的中国还处于儒家伦理下的家族制度,不论男女,首先要打破的就是家族的牢笼。中国社会的基本组织、家庭制度及其传统价值成为靶子,使得中国社会基本的人伦关系面临解体,巴金的《家》是对时代洪流下青年生存状态的书写,胡适所倡导的"个人主义"落脚在反抗家长制的钳制上,表面是妇女解放问题,骨子里是人的解放问题,矛头指向"包办婚姻"。中国的娜拉逃离家长和家族,走入小家庭,中国的娜拉们诉诸的理想恰恰是八年前沉浸在幸福中的娜拉,是未觉醒状态的娜拉,娜拉的起点成为中国个人主义和人的解放的归宿,"也就是出走后,才进入了娜拉所处的起始位置,即婚姻家庭中"①。直到今天,也很难说中国娜拉们的理想前进了几步。

第二个错位在对西方"个人主义"的接受上,当民众在接受过程中把娜拉作为"易卜生主义"诠释时,"个人主义"中的责任和权力之义被淹没,而反抗与自由成为核心。娜拉震撼人心的关门声便有了戏剧化的效果,"五四"时期的娜拉在国人的眼里定格成一个潇洒的出走符号,深入人心。然而胡适等作为启蒙者对娜拉的塑造并没有着力于"出走",娜拉的出走在于被"当作'玩意儿'看待,既不许他有自由意志,又不许他担负家庭的责任,所以娜拉竟没有发展他自己个性的机会"②。胡适努力寻求易卜生的真意与国情的契合点,在他看

---

① 邵宁宁:《牢笼抑或舟船——20 世纪中国文学中"家"的形象演变》,《西北师大学报》(社会科学版),1999 年第 5 期。
② 胡适:《易卜生主义》,《胡适全集》(第 1 卷),第 614 页。

来，有了自由精神和独立的意志，就无所谓出走或不走。娜拉的出走是运用自己权利自救的行为，胡适将这种自救与中国的社会联系起来时，自救不但是为自己负责，也成为为社会负责的行为。胡适与鲁迅进一步将社会改良的解决方案归于解放个人与国民性的改造，从我做起，人人自救，人人自新，解决自己的问题就是解决国家问题。中国娜拉们则用婚恋自主代替了个人独立，将启蒙者的"自立"为第一要义转化成"出走"的实践，没有具备"自立"条件的"出走"无异于自毁，中国娜拉失败的原因在于自我精神的未解放，也在于启蒙者自身的无力与善变。

鲁迅、胡适所倡导的是精神的自立与强大，在中国却变成了一种不堪一击的行动上的呼应。胡适等人满怀热情要把个人主义的种子播撒在中国，但现实情况并不乐观，"在封建势力仍然强盛的中国，是没有女子敢'做'娜拉的！"① 旧中国家族制的陈腐观念并不那么容易摧毁，往往是反叛者开始的自我怀疑最终导致自己的毁灭。

鲁迅对个人主义的觉醒本身抱着怀疑的态度，他认识到，没有自主力的主体，没有生存力的人，从一个笼子飞出后，会落入另一牢笼，"倘使已经关得麻痹了翅子，忘却了飞翔，也诚然是无路可以走"，对于不会飞的鸟来说，哪里都是笼子。鲁迅的关怀并不全从女性角度发论，他认识到西方个人本位主义的确是中国的强心剂，但是如果"注射"到国人身上，其能

---

① 洪深：《中国新文学大系·第15卷〈戏剧集〉·导言》，上海文艺出版社，1985年，第23页。

否被吸收却值得怀疑，这也是鲁迅早年期望摩罗精神、后期陷入彷徨的反映。所以，鲁迅把易卜生对自强自立的书写，从大众理解的男女对立引申到人的独立，取消性别，不分男女，人人独立，摆脱做傀儡的命运。"在经济方面得到自由，就不是傀儡了么？也还是傀儡。无非被人所牵的事可以减少，而自己能牵的傀儡可以增多罢了。因为在现在的社会里，不但女人常作男人的傀儡，就是男人和男人，女人和女人，也相互地作傀儡，男人也常作女人的傀儡，这决不是几个女人取得经济权所能救的。但人不能饿着静候理想世界的到来，至少也得留一点残喘，正如涸辙之鲋，急谋升斗之水一样，就要这较为切近的经济权，一面再想别的法。"① 经济独立和人格自主关系密切，"立人"是每个个体的当务之急，先做好"人"，才能做好"女人"和"男人"，而女性甚至每个个体的出路，也不是个人问题，要改变个人的处境，就要改变社会。由于时代的焦虑与错位，移植的个人主义难以扎根，郭沫若最后号召娜拉们投身革命洪流，皈依于现代民族国家建构中，民族主义又一次覆盖了个人主义，缺乏关怀的个人主义很快枯萎。

第二节　无法自救的"个人"

个人和群体、社会的关系在现代被重新界定，个人渐渐获

---

① 鲁迅：《娜拉走后怎样》，王世家、止庵编《鲁迅著译编年全集》（第5卷），第240页。

得了真实意义。严复在《原强》中用"群"来翻译society，称社会为"有法之群"①。在梁启超那里，个人常和国家、团体并提，在1898年梁启超译《佳人奇遇》时，"个人"一词还是负面意义，当时思想最前卫的知识分子都没有接受西方的现代个人观念②。1902年，梁启超对"个人"的解释发生了转向，在《论政府与人民之权限》一文中，他说："重视人民者，谓国家不过人民之结集体。国家之主权，即在个人。其说之极端，使人民之权无限。其弊也，陷于无政府党，率国民而复归于野蛮。"③ 1915年以后，"个人"的用法得到肯定。陈独秀在《人生真义》中说："社会是个人集成的，除去个人，便没有社会；所以个人的意志和快乐，是应该尊重的。"④ 据金观涛考证，到了"五四"时期，个人主义不但成为褒义，其所蕴含的精神也成为"五四"的代名词。

"欧美各国统治之客体，以个人为单位Unit；中国统治之客体，以家族为单位。"⑤ 娜拉对家庭的反抗也是西方在传统家庭的解体与现代资本主义兴起时期的社会现象，随着家庭规模变小，其功能也发生变化，个人无法将家庭视为他所信奉的

---

① 严复：《群学肄言·译余赘语》，王栻主编《严复集》，中华书局，1986年，第125—126页。

② 金观涛、刘青峰：《中国个人观念的起源、演变及其形态初探》，《观念史研究：中国现代重要政治术语的形成》，第152页。柴四郎著、梁启超译：《佳人奇遇》，载饮冰室专集之八十八，第19册，第185页，原文为："法国者，人勇地肥，富强冠于欧洲者也。……然法人轻佻，竞功名，喋喋于个人自由。"

③ 梁启超：《论政府与人民之权限》，《饮冰室合集》（第4册），饮冰室文集之十，第1页。

④ 《新青年》第4卷第2号，1918年2月15日。

⑤ 梁启超：《新民说》（1902），《饮冰室合集》（第6册），饮冰室专集之四，第152页。

文化价值载体。① 娜拉追求的个人主义，是独立自主、求得尊严的个人主义，与宏大的民族国家叙事无关。中国传统社会，重视"民"远大于对"人"的重视，只有作为群体概念上的"人"，只有作为道德主体和伦常关系载体的"人"，"人"是一个缺乏主体性的抽象而空洞的存在，并没有"作为权利主体和社会组织基本单元的'个人'"②。重构文化图景的第一步就是要摧毁束缚个人的"家族"，重建"群体""国家"和个人的关系，具体表现为先救个人，再救国家。从家族网、君臣网挣脱出来的个体振聋发聩地宣告：你们谁也没有干涉我的权利！我是我的权利执行人，这个"我"作为个体，正符合"individual"这个词的权利主体意味，与更广阔的自由、民主、权利相关，用个人自由主义抗衡儒家家族为单位的家族本位伦理。娜拉在中国的反响是西方新观念与中国问题和需求的合成效应，西方的个人是自主的权利主体，"在公共领域和私领域普遍成立，但在中国，个人权利主要是在个人参与公共事务（如参与政治、经济、教育等活动）时才有效"③。传统家族还是儒家意识形态规范的地盘，个人主义只适用于家族以外的领域。但每一个个体总是无法脱离其社会关系，个人总是和群体、国家相连，中国的娜拉们举着个人主义旗帜，持着本来在公共领域内有效的个人观念闯入家族和私人领域争取个人自由，自然与传

---

① ［德］韦伯：《经济、诸社会领域及权力》，李强译，生活·读书·新知三联书店，1998年，第91—95页。
② 金观涛、刘青峰：《中国个人观念的起源、演变及其形态初探》，《观念史研究：中国现代重要政治术语的形成》，第155页。
③ 金观涛、刘青峰：《中国个人观念的起源、演变及其形态初探》，《观念史研究：中国现代重要政治术语的形成》，第161页。

统伦理相悖。在新文化运动中,儒家伦理受到颠覆,个人主义成为向儒家伦理宣战的武器,个人主义也被尊为前卫的价值观,"五四"从思想文化视角对个人主义观念进行了建构,呼之欲出的个人观念一方面以西方的个人主义思想为蓝本,一方面结合中国传统的人伦话语和国家民族独立的需要,是对西方个人话语和中国传统的选择与修正,却不幸与中国的自由主义话语同病相怜,"先天不足,后天失调"[①]。

一、"立人"与"自立"

百年树人,"立人"与"自立"不能一蹴而就,只能循序渐进,西方个人主义来源于个人对国家束缚和钳制的反抗。其经历了漫长的中世纪的沉寂和文艺复兴的求索与近代启蒙理性的洗礼,不仅耗时,而且耗力。个人主义的形成和发展需要教育、经济等种种条件,然而急进的中国社会等不及了,西方个人主义之花的嫁接注定凋零,试想,个人主义能为处在革命和暴力中的中国社会提供什么呢?"五四"时的个人主义只是一种曲线救国的折中方案,有双重含义,既是个人的解放,也是通过个人解放而解放国家和民族,是"立人"与"立国"的整合,最终,个人走出了家族的笼网,又回到民族国家的组织中。刘再复认为,"五四"时期的个性觉醒到后期之所以再度为集体声音所取代,是因为当时"没有相应的独立的经济前提

---

① 殷海光:《中国文化的展望》,上海三联书店,2002年,第255—257页。

第二章　早期莎剧演出与中国现代思想的兴发

和社会条件"①，这个说法有一定道理，但中国在移植"易卜生主义"时，对易卜生思想和其个人主义本身存在的偏颇没有顾及，易卜生对国家与个人关系看法的致命之处在于忽视了个人与群体的关系，也就是个人和社会的连接处于断裂状态。易卜生1871年2月17日给Brandes的信中说，"个人完全没有必要成为公民。相反，国家是个人的诅咒"②。易卜生对个人与国家和群体关系的腰斩、对社会责任的消解与中国需要"立人"以达到"立国"的集体意识恰好相反。而在中国的接受过程中，娜拉成为"五四"叛逆精神和启蒙精神的符号。这样，"五四"时期，"易卜生主义"的核心成为追求个性自由与个人主义，使个人与国家处于一种紧张关系，中国的传统成为众矢之的，西方社会则是中国未来发展的蓝图和喻体。胡适也阐释了社会和人的相互作用，社会在摧折人的个性的同时，社会也没有了生气，然而"先救自己""最强有力的人就是那个最孤立的人"③式的个人主义并不能使人与社会形成良好的互动，由于缺乏经济、教育、观念等各种基础，用西方的自由民主取代传统伦理很快受挫，传统伦理不仅是规约中国社会的道德规范，也是最高的社会价值，是中国人的精神家园，有终极价值的意味。但是"五四"时期对传统文化和信仰的摧毁使很多娜拉效仿者陷入困顿迷失，追求个性自由的个体并没

---

① 刘再复：《百年来中国三大意识的觉醒及今日的课题》，《历史月刊》1997年3月第110期。
② Morison, Mary ed., *The Correspondence of Henrik Ibsen*, New York, 1970, p. 208.
③ 胡适：《易卜生主义》，《胡适全集》（第1卷），第616页。

有得到精神的安顿。胡适在 1922 年 5 月 14 日《努力周报》第二期发表的《我们的政治主张》申明了他对"好政府主义"的强调，这也意味着，胡适认识到个人的进步独立和社会的改良，只有在一种良好政府的环境中才能成功。① 尤其是五卅运动之后，知识分子的眼光也不再局限于人与家庭的改革，中国的社会危机要求个体团结为社会力量。茅盾认为，中国社会还没有替出走后的娜拉们准备好环境，但娜拉"空有反抗的热情而没有正确的政治社会思想"② 致使"五四"时期对"个人主义"的倡导和"人"的发现很快消殒。

莎士比亚在"五四"时期的沉寂在某种程度上是哈姆雷特输给了娜拉，是社会实践对斗争精神的需要，是"个人主义"需求的胜出，而中国对西方个人主义的吸收偏颇，致使个人张扬而责任落空，"立国"不可能靠一盘散沙、尚未自立的娜拉们，复仇心切、行动不足的哈姆雷特更难当重任。辛亥革命的失败也使知识分子意识到群众力量是中国革命的中坚。而新村运动倡导的工读互助团等因为经济拮据也难以为继，迫使知识群体开始动用大众资源，"必须用大众的社会革命取代个人的社会改良；而要取得社会革命的成功，就必须改造原有松散的政党及动员群众的方式"③，个人自由本与国家自由并不矛盾，"国家主义与个人主义，似相对待而实相乘，盖国家者，

---

① 周策纵、唐德刚、李孝悌等：《胡适与近代中国》，时报文化出版企业有限公司，1991 年，第 286 页。
② 茅盾：《从〈娜拉〉说起——为〈珠江日报·妇女周刊〉作》，《茅盾全集》（第 16 卷），人民文学出版社，1988 年，第 140—142 页。
③ 金观涛、刘青峰：《五四〈新青年〉知识群体为何放弃"自由主义"?》，《观念史研究：中国现代重要政治术语的形成》，第 418 页。

实世界之个人也"①。但在近代中国,救亡图存压倒了个人自由,新文化运动后,"个人主义"受到压抑,最终幻灭乃至无路可走,逐渐成为小资产阶级的代名词。瞿秋白就将无产阶级的集体主义与小资产阶级的个人主义作为对立面进行论述,贬斥个人主义,"不过游民无产阶级的均产主义,根本上是资产阶级的;他们内部决不会有无产阶级的集体主义,而只会有宗法社会式的'头目制度',夹杂着小资产阶级的个人主义。他们对于富人的嫉恨,实际上并不适合他们取消贫富不均的理想,而终究是代表各个想自己变成富人的意识"②。个人主义最终被挤压为一种小资产阶级的个人第一的个人主义,知识分子转向了对个人主义的批驳,"个人主义实当今时代之骄子乎?然个人主义善用之则为国家生机之所萌;不善用之则为国家祸源之所伏,吾人不可不明辨之而加以修正也"③。经过淘洗获得生存的个人主义,以集体下的个人自由之意被纳入国家民族的叙事中,让位于民族的独立与自由。

二、 历史选择中的莎士比亚

对西方个人主义、自由主义移植的失败打破了中国学习西

---

① 梁启勋:《个人主义与国家主义》,《大中华》1915年1月1卷1期。
② 瞿秋白:《孙中山与中国革命运动》,《瞿秋白文集》(政治理论编第3卷),人民文学出版社,1985年,第87页。
③ 陈启天:《新国家主义与中国前途》(原名《何谓新国家主义》),《少年中国》1924年第4卷第9期。

方的梦想，学习西方屡遭挫败，在西方强权与资本的夹击下，中国人不免自问："为什么先生老是侵略学生呢？"① 中国的出路到底何在？西化和对西方的文化认同似乎只是中国一部分学者的一厢情愿。新文化运动的勃兴，使各种新思想涌入中国，包括马克思主义、无政府主义等，第一次世界大战的残酷也让中国人对西方现代性的弊端有了反省，俄国十月革命的胜利又使受压迫的国家看到了民族独立的光芒，马克思主义正是在这种文化土壤中得以生长。旗手们的反思渗透了知识阶层的价值转向，知识群体由早期宣扬自由主义转变为马克思主义的信奉者，接受了马克思主义，加上苏俄在社会改革方面和文化改造方面的成功样板，促使了中国式马列意识形态的火速升温。中国知识分子为个人自由奋斗的出口转向革命，国人依靠集体力量改造社会的艰难探寻随之与马克思主义相遇。

20世纪初，在学习西方制度的热潮下，中国就曾介绍过西方各派的社会主义学说。"五四"期间，思想界的"主义"一度高涨，胡适在1919年7月的《多谈些问题，少谈些"主义"》一文中说："马克思的社会主义，和王揖唐的社会主义不同；你的社会主义，和我的社会主义不同；决不是一个抽象名词所能包括。"② 胡适反对的是脱离实际片面谈论抽象名词。不难看出，"五四"时期马克思主义、社会主义已经在思想界占据一席之地。1921年，瞿秋白和李宗武在《社会主义运动在中国》中说，20世纪初，马克思主义、社会主义的思潮便

---

① 毛泽东：《论人民民主专政》，《毛泽东选集》（第4卷），人民出版社，1991年，第1470页。

② 胡适：《问题与主义》，《胡适全集》（第1卷），第326页。

通过日本传入中国,但俄国无产阶级革命后,中国学生才更加认真着手研究马克思主义。经过1919年的学生运动,马克思的社会主义、无政府主义等思潮都在中国很受欢迎。① 以孙中山为代表的革命者推崇俄国的模式,"民族主义就是国族主义"②,"法美共和国皆旧式的,今日惟俄国为新式的。吾人今日当造成一最新式的共和国"③。中国民族主义、民权主义的建构已经初告成功,他认为民生主义的实现要走中国式社会主义之路,伴随着俄国十月革命胜利对中国的震撼,俄国马克思主义的研究成为热点。 1919年5月,李大钊曾协助《晨报副刊》开设"马克思主义研究"专栏,又在《新青年》第六卷第五号编"马克思研究专号",亲自撰写《我的马克思主义观》,介绍了马克思主义的唯物史观、政治经济学和科学社会主义等观点。《新青年》从1920年第八卷第一号开设"俄罗斯研究",为传播俄国革命的经验和马克思主义思想起了很大的推动作用。 1921年中国共产党成立,马克思主义正式被提升为纲领性思想。苏俄的社会主义实践也逐渐为人接受,意味着"五四"时期中西价值体系二元对立思维的结束,以英美、日本等国家为价值导向的西方一元论被扭转,不再是中国的不二选择,中国的出路有了新的可能,苏联道路和英美模式都可以成为中国建立独立民族国家的选择。中国最初以欧美为尺度,梁启超、胡适、鲁迅等基于文学的启蒙作用,积极引进西方文

---

① 瞿秋白:《瞿秋白文集》(政治理论编第1卷),第293—294页。
② 孙中山:《民族主义》,《孙中山选集》,人民出版社,1981年,第617页。
③ 孙中山:《孙中山全集》(第6卷),中华书局,1985年,第56页。

化和政治、伦理观念，"五四"时期对西方民主、科学和个人主义伦理观念的借鉴确立了主要以西方文学为标准的价值体系，莎士比亚等西方经典作家都被列为优先译介的外国作家，而"五四"时期推崇西方的民主自由和个人主义，莎士比亚作为古典作家的社会影响力远远不及易卜生等代表近代西方文化的作家。

当欧美模式被俄苏道路替代后，个人主义话语也相应被集体话语取代。20世纪30年代，现代中国文学从"文学革命"跨入了"革命文学"① 阶段。"革命文学"是马克思主义的启蒙运动，将刚刚建立起的现代资本主义文化和知识谱系进行了清理。革命文学为文坛增加了新的内容和价值标准，凡是与无产阶级抵牾的文学就被冠以资产阶级称号，而英美派首当其冲。徐志摩说："我们不仅懂得莎士比亚，并且还认识丹麦王子汉姆雷德……英国留学生难得高兴时讲他的莎士比亚，多体面多够根儿的事，你们没到过外国看不完原文的当然不配插嘴……"② 徐志摩以莎士比亚为谈资，语气上的优越正是左翼文人无法忍受之处。已经发生文化转向的左翼作家转向无产阶级文学理念，力图开拓新的文化秩序，寻找构建现代民族国家的其他模式。思想已经发生分化的文人之间分歧日渐加大，中国文学在对外国文学的择取中始终受民族存亡和中国社会政治局势的制约。

莎剧舞台的本土化日益显著，20世纪30年代《李尔王》

---

① 成仿吾：《从文学革命到革命文学》，《创造月刊》1928年第1卷第9期。
② 徐志摩：《汉姆雷德与留学生》，《晨报副刊》1925年10月26日。

被改编为越剧《孝女心》；1944年，李健吾将《麦克白》改编为《王德明》；1941年，沪剧《窃国盗嫂》等也被搬上舞台……莎剧被中国化后，与中国的政治场景和历史问题产生应和，使莎士比亚的现实主义意味得到东方文化的肯定。马恩都盛赞莎士比亚的现实主义，莎士比亚是马克思最推崇的作家，也深获他们全家的喜爱，莎士比亚可以说已经融入了马克思全家的生活和事业中。马克思不仅旁征博引信手拈来莎士比亚戏剧中的细节、人物、典故等来阐述自己的观点，据不完全统计，马克思在著作、书信中谈到莎士比亚的共有两百多处，① 而且把莎士比亚的戏剧当作研究政治经济学的宝贵文献资料。在《资本论》中，马克思以莎剧中的材料来揭露资本家剥削工人的罪恶。最脍炙人口的案例就是在说明资本家剥削剩余价值追求最大利润的时候，马克思这样举例："资本要求而且确实也迫使八岁的童工不仅从下午二点一直拼命干到晚上八点半，而且还要挨饿：'对了，他的胸部，契约上是这么说的！'"② 这里引用了《威尼斯商人》中的话来阐述自己的观点，便于引起读者联想，更易理解，同时也彰显了莎剧的魅力。

1949年以后，由"左翼文学"发展而来的无产阶级文学等居于正统地位。由于马克思、恩格斯对莎氏的赞许，莎士比亚很受重视，中国的莎学进入了一个新的时期，吕荧译《仲夏夜之梦》(1954)、吴兴华译《亨利四世》(上)(1957)等佳作

---

① 孟宪强辑注：《马克思恩格斯与莎士比亚》，陕西人民出版社，1984年，第220—222页。
② 《马克思恩格斯全集》(第23卷)，人民出版社，1979年，第319页。

出版，卞之琳在1956年以诗体翻译的《哈姆雷特》，被视作最贴近莎剧的译本。但这一时期文学界有意以俄苏文学为范本，以马克思主义文艺为指导，注重作品的人民性和现实性，着重解读莎剧的阶级关系与资产阶级的局限性，莎士比亚被解读成关心人民的人文思想家或者资产阶级代表。"五四"以来以英美文学为标准，注重作品的审美性和艺术独立性的思想并没有停滞，而是成为一股潜流，与左翼文学互补，注重发掘莎剧的审美内涵与艺术表现力。

第三节 《罗密欧与朱丽叶》早期的演出与中国话剧的现代之路

"古往今来多少离合悲欢，谁曾见过这样的哀怨辛酸。"——莎士比亚的五幕悲剧《罗密欧与朱丽叶》久负盛名，罗朱的故事是为爱献身的英雄的悲歌，是热烈青春的赞歌，也是青春盲目的哀歌。中国人对爱情的理解与西方不同：中国式爱情含蓄蕴藉，西方人的爱情热烈奔放；中国爱情观受宗法伦理等传统思想规约，西方爱情观受宗教影响至深。虽然中西爱情观在20世纪初还有很大差异，然而《铸情》的故事一经林纾演绎而传播开，罗密欧与朱丽叶这一对同命鸳鸯的爱情悲剧却很容易引起中国人的共鸣，罗密欧与朱丽叶与中国流传的刘兰芝与焦仲卿、梁山伯与祝英台、崔莺莺与张生等爱情故事有共同的以情动人的巨大力量，所以，国人常常用《罗》剧来和中国式爱情对比，比较《西厢记》与《罗》剧时，会生出这样的喟叹:"张生和莺莺意志的操纵力,实还较 Romeo 和 Juliet 要软弱得多,更足为命运牺牲的可怜虫。"① 论者常常感叹中国年轻人在爱情上来自阶级、家族、父母等方面的伦理正确的压制,呼唤爱情自由、婚姻自主,借肯定西方爱情作品对青年们的独立人格与实现自我意志施以影响。《罗密欧与朱丽叶》在现代中国的传播经历了一个典型的从书面到银幕、由银幕倒逼戏剧舞台演出改进的过程,如果说林纾译莎是罗朱恋震撼人心的第一次高潮,那么1936年米高梅公司推出的第一部有声版本电影《铸情》在中国上映,银幕上的罗朱又一次震撼人心。戏剧界借此观众基础,趁热打铁,改编《罗密欧与朱丽叶》,在1937年进行舞台呈现,林译《铸情》、电影《铸情》、戏剧《罗米欧与朱丽叶》可说是《罗》剧在现代中国传播的三个节点。对莎剧的改编和表演,推进了中国戏剧的现代化进程。

一、从《铸情》到《罗米欧与朱丽叶》

米高梅出品的《铸情》(也有报道称之为《罗米欧与朱丽叶》)上映前的各种报道十分密集。在众多的宣介中,《良友》杂志的介绍较为详细,选择了七幅电影剧照,其中几幅图配有文字,几乎将故事情节"相会—打斗—逼婚—自杀"等概略性地展示出来。如:"罗密欧月下徘徊无限心事""汝何为孟太格氏之子也""仇人相见,分外眼明。太仆尔与麦柯旭""罗密欧

---

① 尧子:《读西厢记与 Romeo and Juliet 之一:中西戏剧基本观念之不同》,《光华大学半月刊》1935年第4卷第1期。

与太仆尔之战斗""阿父不量,为女缔婚巴黎子爵""多情自古空余恨,罗密欧疑女已死,亦仰药殉情,老司铎见之大为震骇"。① 并说"米高梅公司制《铸情》本莎士比亚名作",借着红极一时的李思廉和瑙玛的声名,用名著、名人、名制作的广告影响力吸引观众。

可以说,电影《铸情》让国人耳目一新,其受众广泛,雅俗共赏。田汉在南京看了《铸情》以后,曾写下这样的诗句:

> 是桃李花开的春夜,
> 是红尘满眼的新京;
> 偕患难相从的伴侣,
> 观此恨绵绵的《铸情》。
>
> 爱情是这样的伟大,
> 他填平了仇恨的深坑;
> 爱情是这样糊涂,
> 把云雀当作了夜莺。
>
> 让野心家为黄金而战争吧,
> 我宁殉美人的红粉,
> 让老年人走向破灭的坟场吧,
> 青年人来一个热情的长吻!

---

① 《铸情》,《良友》1936年第123期。

第二章 早期莎剧演出与中国现代思想的兴发

> 青年人岂无长剑?
> 他只为真理而牺牲;
> 青年人岂辞坟墓?
> 那只应在绝塞孤城!
>
> 读完这银坛巨制,
> 重顶礼莎翁的荣名,
> 只惜李思廉的双鬟,
> 辜负了瑙玛的碧眼盈盈。①

田汉赞扬莎剧中年轻人反传统的激情,但是也对他们为爱情自杀的结局惋惜,田汉更加倡导大爱,认为死不是爱的永恒和终点,他结合当时国家危亡的状况,感叹如果爱情与真理和家国比起来,与其为情所累,不如战死沙场,以身报国。1946年,此剧在中国重映,仍然热度不减,国人对电影的视觉冲击依旧赞叹不已,称其:"共耗费125万美金,演员服装共用去绸布四万码!此片布景之伟大,服装之豪华,真可说是不惜工本。内有紧张之斗剑场面,富丽之舞宴场面,阴森的墓道,月下的幽情,其感人之处,实难枚举。"②

从这些影剧的宣传上来看,林译莎剧在中国的影响力持续不断。首先体现在剧名上,"铸情"的生命力持续不断,直到

---

① 阿荣:《业余实验剧团搬演"罗米欧与朱丽叶"田汉可有诗与?》,《福尔摩斯》1937年6月3日。
② 南:《莎翁的〈铸情〉:春蚕到死丝方尽,腊炬成灰泪始干》,《影剧》1946年第4期。注:标题中的"腊"通"蜡"。

1940年代，根据莎剧改编的话剧、电影依然沿用林纾翻译的"铸情"名字。① 其次，一些剧目推介语在谈到莎士比亚时，不但充满溢美之词，比如"很少作家写作的范围有他这样广漠而且复杂，他的作品里所具有是最飘逸的幻想，最静美的仙境，是广阔的滑稽，最深入的机警，最深挚的怜悯心，最强烈的热情，以及最真切的哲学，他的喜剧使人嬉笑，他的悲剧使人感泣"②。而且对莎士比亚地位的认识也和林纾如出一辙，仍然没有离开林纾的思路，甚至将其与杜甫做类比。"莎士比亚在英国文学史上的地位，较之中国的伟大诗人杜甫在中国文学史的尤为重要，而且影响更大。"③ 而事实上，林纾将莎士比亚与杜甫相提并论，是因为莎剧中历史剧的影响力，显然，仅观《铸情》，莎翁与"诗史"杜甫是没有可比性的。

无论是早期的文明戏还是话剧，《威尼斯商人》演出的次数较多，相比较而言，《罗密欧与朱丽叶》却并不火热。但自电影《铸情》轰动后，"引起戏剧舞台的兴趣"④。受电影《铸情》效应的影响，戏剧界也摩拳擦掌，作为业余实验剧团的第一炮，《罗密欧与朱丽叶》的话剧演出消息不断。这部剧由章泯改编和导演，舞台监督是应云卫，主演为赵丹和俞佩珊。"俞佩珊是舞台老人"，原名洪瑛，媒体宣传她生性要强、生活节俭。她演过《摩登夫人》，"神采飞扬，光芒四射"，在日本留洋学

---

① 韵：《"铸情"不朽片》，《大华影讯》1941年第2卷第1期。
② 《关于莎士比亚》，《大众影讯》1942年《龙门大戏院特刊》。
③ 《"铸情"本事》，《大众影讯》1942年《龙门大戏院特刊》。
④ 《观"罗米欧朱丽叶"后》，《小日报》1937年6月10日。

习舞蹈艺术后归国。① 观察当时媒体的宣传，它们对舞台布置、赵丹和俞佩珊多有溢美之词，说"主演的演技也很称道，赵丹更有动人的情致，服装华美，道具完备，灯光精彩"②，宣传报道里也多为之加油鼓劲，并预测演出会十分圆满。再仔细梳理，发现不少报道里对此剧的华丽道具和繁复服饰大肆宣传，③ 可以看出当时电影作为新媒体对戏剧的冲击和倒推作用，章泯导演的《罗》剧学习电影布景，也能看出话剧在舞台布置和灯光等方面对电影的借鉴。然而对当时的资料仔细甄别后，我们会发现观剧后，评论界对此剧的称赞之词并不多。

二、水土不服还是大放异彩？

不少评论认为业余实验剧团演的《罗密欧与朱丽叶》是失败之作，莎剧原作中的悲剧结局可以使观众深切地感受到罗密欧与朱丽叶蓬勃的精神，他们的辉煌之死，"并不是命运在作祟，而是做了封建制度下的牺牲者"。但经过翻译和改编后，无论是演员的表演还是剧本的功力及导演的缺陷都十分明显。"我们现在所看到的却沉默而又松懈，导演力量不足，加之演员又没有较高的演技来弥补——尤其是赵丹底罗密欧，俞佩珊底朱丽叶都令人失望！赵丹底台辞，是说的很随便，他显然是没有完全理解罗密欧这个人物底性格。我并不反对古典剧底上

---

① 一客：《罗蜜欧与朱丽叶的女主角俞佩珊》，《世界晨报》1937年5月31日。
② 《观"罗米欧朱丽叶"后》，《小日报》1937年6月10日。
③ 豪华：《业余实验剧团的牺牲精神》，《社会日报》1937年5月13日。

演,也不抹煞业实诸君想提高艺术水准的苦心,但是我觉得在中国,戏剧运动底准确途径,以目前的情势来论断,出演一部国防剧本或富有时代意义的剧本,至少比《罗密欧与朱丽叶》有价值得多;何况业余实验剧团这一次演的《罗密欧与朱丽叶》是失败的呢?"①我们看到,对业余实验剧团《罗》剧的批评主要是因为剧本改编不够精彩,演员的演出水准不高,但一个更重要的原因是,论者对这样一部不合时宜的爱情剧的题材与时代主题不合本身具有的排斥性。对此,汉夫明确表示:"戏剧要反映社会问题,要对于荒灾战争等社会现实问题有公演效应。"②剧本的来源不外乎"进口"和"国产"两个途径,改编外来剧本就存在与现实对接的问题。也就是说,莎剧离现实太远,是《罗》剧遭受批评的一个主要原因。引发我们思考的是,相同的题材,电影《铸情》,观众能流着眼泪连连叫好,《罗》剧却为什么使观众指责不已?其中的原因不外乎两点,一是电影作为技术和观赏体验更佳的新媒体,自然抢走了戏剧的观众,二是电影《铸情》为外国片,观众观影纯粹是娱乐消遣的消费行为,但是《罗》剧为中国舞台的用心改编创制,此剧有"国产为国"的意味,如果没有很好地对接中国现实,观众无法袖手旁观。可见,当时在剧作的选择上,创作者都尽量亲近以现实为基础的创作,或选择富于现实意味的古典剧作。根植于现实的社会问题剧是观众和评论家所期待的,也符合受众的期待视野。

其实,业余实验剧团《罗》剧演出比较波折,为了迎合受

---

① 流火:《〈罗密欧与朱丽叶〉(剧评)》,《立报》1937年6月15日。
② 汉夫:《几点希望》,《上海业余实验剧团公演特辑之一》,1937年,第11—12页。

众口味，剧团对莎剧做了不少改动，以至于根据反响边演边改，力图激起社会的共鸣。

首先，其首演日期一再延迟，虽然喧嚷已久，但迟迟没有兑现，让观众热望了两个月。报道说，业余实验剧团首次献演期最初定在1937年5月中旬，后来展缓到月底，最后终于决定在6月4日晚八时半献演了。① 那么，接连两次推后的原因是什么？该剧的宣传语中也多有解释之词，剧团不断发布消息解释，拖延的缘由是因为有文艺界及新闻界中人士不断检阅此剧，并进行"参观批评"，"使该剧得琢磨至于尽善的境地"，② 因为舞台的复杂，布景换了11次，灯光的布置也十分繁复，最终定于6月4日停演日场，于晚场起献演，八时半起演。

其次，《罗》剧的演出不断根据观众反响和意见进行调整。《罗》剧全剧演出第一场的时候，共分八幕，这也是对莎剧做的较大改动：第一幕和第四幕场景设在微鲁纳大街上，第二幕是在嘉普烈特家的舞会里，第三幕是在嘉普烈特家的后花园中，第五幕和第七幕是同景，在朱丽叶的卧室里，第六幕是在教堂里，第八幕是在殡宫中。第二个大的改动是删掉了原剧不少情节，导演介绍剧本时说，"时代永远是斗争的，现代有新与旧的斗争，古代也同样有新与旧的斗争，我们应该努力的向旧势力反攻，否则，我们就会像朱丽叶一样的屈于淫威下，一

---

① 《千呼万唤始出来的〈罗米欧与朱丽叶〉》，《世界晨报》1937年6月4日。
② 《"罗米欧与朱丽叶"日内举行检阅献演演期亦已确定》，《金钢钻》1937年5月29日。

样的牺牲掉,摧残弱者的封建势力与资本家是古今一样的"①。比如,原剧中瘟疫的背景没有提及,为了表现彻底的斗争和反抗,原作中最后反映这场恋爱悲壮的胜利的一幕,也就是和解的那一场戏被删去了。尽管做了不少用心的改动,但演出效果不尽如人意,所以,在第二场的时候,又有大刀阔斧的修整,那么章泯导演是如何削减删改的呢?

据报道,公演第一天,一元座票已售至第三天,盛况空前。业余实验剧团边演边修正剧本,在演出第一场后,吸取了大家的意见,对剧本进行了改动,删掉三场戏,加入了朱丽叶访问罗密欧牧师的一场戏。第二天就根据新剧本演出。第一天公演时间达四小时,之后减去了半小时。② 所以,整个戏剧基本场景与分幕大概是——第一幕第一景: 大街上。第二景: 大厅的走廊。第二幕第一景: 嘉普烈特花园。第二景: 街上。第三景: 同第一景。第三幕第一景: 街上。第二景: 萝莲斯的教堂。第三景: 朱丽叶的卧室。第四幕第一景: 萝莲斯的教堂。第二景: 朱丽叶的卧室。第五幕: 墓地。③ 业余实验剧团的《罗》剧删掉了莎剧中的一些瘟疫背景,结尾的两个家族的和解也没有提及,这一方面是为了消除繁缛,精简时间,另一方面是为了迎合社会思潮,体现罗密欧与朱丽叶的反抗强度,加强观众对旧阶级的仇恨,这样也达到了改编莎剧的目的,因为

---

① 田之路:《看了"罗密欧与朱丽叶"》,《现代话剧》1937年第1卷第1期。
② 朝暾:《又是一番面目:〈罗密欧与朱丽叶〉已经过修正》,《社会日报》1937年6月9日。
③ 《〈罗密欧与朱丽叶〉:怎样分幕?谁所改编?演员阵线?》,《中国电影》1937年第1卷第3期。

第二章 早期莎剧演出与中国现代思想的兴发

"文艺复兴时期的新人反抗封建的,宗法社会制度的一种斗争。而这种强烈的要求自由的蓬勃精神,正是今日我们所需要的"①。如果仇家化干戈为玉帛,这样的团圆结局可能会削弱主角的悲剧性,彼时人们对话剧的界定是,话剧要表现时代的愿望和思想,助长观众对于现实生活的反抗力量。按理来说,这样的改动,会有一定的市场,但实际的演出效果,却并不如意。具体分析,原因有以下几点。

第一,业余实验剧团过分注重评论界的观点,不少观众将莎士比亚看作过时的古典作家、资产阶级作家,以阶级论的眼光讨论莎剧及其演出,评论界往往对莎剧的不合时宜做出批判,尤其对《罗》剧所体现的莎士比亚斗争的不彻底性做出检讨,慕青就认为这种妥协"尤其体现在对《罗密欧与朱丽叶》最后两家和好的结局设计上",这种观点认为这是战斗精神不足的表现,"莎士比亚受了新兴资产阶级概念的一点影响,却仍站在封建的基石上,对封建社会还在留恋","与其说莎士比亚传达着当时的新兴资产阶级的愿望,倒不如说是传达当时没落着的封建社会的愿望恰当"。②尤其是国难当头之时,持这种观点的人不在少数,他们认为,在饱受旧阶级压迫的时代,新的力量要坚定彻底地打倒旧势力,才会迎来光明。所以,从斗争的角度来说,凯普莱特和蒙太古两个家族属于历史前进的障碍,需要消灭。基于这种思想的影响,业余实验剧团怀着社会的期望,秉持着"激发民族意识和唤醒大家的速图自救,是

---

① 一客:《罗蜜欧与朱丽叶的女主角俞佩珊》,《世界晨报》1937年5月31日。
② 慕青:《我们从莎士比亚学习什么》,《新演剧》1937年第1卷第1期。

目前最迫要的工作"① 的原则，对《罗密欧与朱丽叶》做了改编。

第二，业余实验剧团对莎剧和莎剧的历史背景理解不够，对剧本的改编不到位，导致一些生搬硬套的肢解和对原剧气韵的破坏。比如，莎士比亚对爱情猛烈而又深沉的描写，足以让所有人体会到爱情的美好，而对年轻稚嫩爱情的冲动和盲目的惋惜又足以让人扼腕，描写两个家族的和好，也有对天下父母长辈的警醒之意。但改编后的剧作，莎剧故事一气呵成的连贯性大打折扣，罗密欧与朱丽叶爱情的酝酿与爆发欠缺铺垫，导致观众看到的是热烈却突兀的爱情表演和罗朱为了反抗家族而反抗婚姻的硬伤。对于这些业内业外不绝于耳的批评与失望之语，也有评论者，如张庚站出来替此剧鸣不平，认为评论界对《罗密欧与朱丽叶》的批评是文坛冤狱。但张庚的主要目的也是为了替导演开脱，他分析了失败的原因，认为演出失败的原因在于"对莎士比亚只作了公式主义的理解"，剧本是大大删削了，然而，莎剧的戏剧动作的连续性和统一的情节却被破坏了。"结果这次演出中所看到的《罗蜜欧与朱丽叶》就成了一个'五四精神'的：为恋爱而意识地反封建的剧本，而莎士比亚的世界观也成了'五四青年'的世界观了。""对于剧本和作者的钻研不够，演出莎士比亚应当尽可能的了解他的时代，而不应把他的时代抽象成一个社会学上的名字，封建制度。所以送信而遇到瘟疫的场子，是不应当删去的。"张庚认为，"我们演出莎士比亚必须强调他的进步性，来和歪曲他的演

---

① 柳乃夫：《对业余实验剧团的希望》，《上海业余实验剧团公演特辑之一》，1937年，第4页。

出作斗争，那是不成问题的。但是我们知道莎士比亚的进步性还没有达到意识地和理论地向封建势力作斗争的地步。"① 张庚又剖析了莎士比亚的乐观主义精神，即莎士比亚对于他的时代，是寄予了浓厚的希望的。他虽憎恶那些无知和落后的现象，但也同时看出了进步的现象。同时，张庚引入苏联的莎士比亚研究，论证莎士比亚所持的乐观主义，比如，"《罗蜜欧与朱丽叶》以两族的构和结尾，这就是他的一种乐观的看法……不是站在下一代的立场来反抗上一代，而是站在文明批评家的立场痛陈当时社会的落后。因此，戏的主要动作不在于一对青年爱人的反抗，而在强调当时氏族观念的愚昧"②。张庚批评了剧本对莎作的篡改，说到了点子上，剧本乃一剧之本，改编剧本也不例外，了解作者、了解剧本需要足够的功夫，这才是重点，1935 年业余剧人协会的《娜拉》在这一点上就做得相对到位些。

第三，演员的表演也是观众批评的重点所在。业余实验剧团的观众倾向于知识群体，男女主角也主要为吸引青年人观看，为此，剧团采取了一定的销售策略，对学生予以优惠，对持公函的 25 人以上学生票价八折。③ 尽管如此，还是给不少观众带来不适感，这一方面来自演员在演绎爱情戏方面度的把握不足，一方面是演员的历练不够，表演没有深入角色内心，自然无法说服观众。观众期待演剧所表达的"新时代的愿望和思想"并未达到，表演的

---

① 张庚：《关于〈罗蜜欧与朱丽叶〉："业余实验剧团"演出》，《戏剧时代》1937 年第 1 卷第 3 期。
② 张庚：《关于〈罗蜜欧与朱丽叶〉："业余实验剧团"演出》，《戏剧时代》1937 年第 1 卷第 3 期。
③ 《业余实验剧团优待学生界》，《星华》1937 年第 7 期。

爱情戏份过多，也过于夸张，较少做含蓄化的处理，这导致有保守的评论者认为《罗》剧"是在宣扬爱情高于一切，爱情至上，是错误危险的"①。北鸥认为，莎士比亚剧作的成功在于他的反封建主义的精神。正确地演出《罗密欧与朱丽叶》，"必须充分地表现人们以乐观的战斗精神，得从封建社会中解放，得从父母压迫中解放"②。这出戏的社会意义大于其艺术价值，剧演的主题无法脱离新人反抗封建、追求自由的精神。可以看出，在当时，演剧运动实际是文化运动，文化运动则是社会运动和思想运动。如果说，这是中国演员未能很好驾驭西方爱情而导致的表演的缺憾的话，那么由于剧本改编的失败，演员表演的情绪也不够流畅，致使为爱赴死及反抗家族等立意都显得勉强。有

---

① 北鸥：《一个远来观客的话：关于"罗密欧与朱丽叶"的上演》，《艺文线》1937年第3期。

② 北鸥：《一个远来观客的话：关于"罗密欧与朱丽叶"的上演》，《艺文线》1937年第3期。中国观众对西式爱情的理解与接受障碍，一部分来自舞台场景，比如露台约会与中国传统戏中后花园幽会的场景之差异，另一部分来自演员对爱情戏的表演配合不佳，或者没有拿捏好分寸，导致观众的厌倦和吐槽，比如，1946年报纸上的一个笑话最能说明《罗密欧与朱丽叶》中男女对手戏演出中的尴尬场面，现摘录原文如下：

你演过的戏，观众最喜那一个角色。

罗蜜欧与朱丽叶。我演罗蜜欧。我从露台上跌了下来。

这很窘，你的观众们都大失所望吧。

他们大失所望——因为我还能爬起来继续演下去。

（罗蜜欧与朱丽叶上）

吻我，罗蜜欧，我就回家。

我不能。

请吻我，罗蜜欧，我就回家。

不，我很抱歉，我不能够。

哦，罗蜜欧，请——请吻我，我就回家。

声音：（来自观众）吻她——快吻她！我们大家可以回家。

的评论认为表演没有情绪的线索，观众看戏好像隔靴搔痒。业余实剧团标榜的是斯坦尼斯拉夫斯基体系，而莎剧强调心理写实主义，所以，选择莎剧无疑是难上加难甚至行不通的，比如，演员也努力摆脱心理主义的控制，尽力样式化，这对演员是严峻的考验，但演员"表演的不到位，致使气氛不断跌落"①。业余实验剧团的《罗密欧与朱丽叶》尽管在舞台布景上极尽光影手段，服饰道具上力求令人耳目一新，但在观众的心中，并没有超越电影的影响力。"但是我终觉得舞台上的演出，并没有银幕上那样生动感人，对于整个故事也不够给观众一个深刻的印象。最后我希望业余在今后的演出上能够多多采取更有意义的题材，真实的描写我们日常及周遭所遇到的社会现象和人物。"② 这份观感，可以说代表了大多数观众的看法。

三、挑战世界名剧还是借莎翁之名？

关于《罗密欧与朱丽叶》相继还有几次比较有代表性的演出，一次是1938年，邢鹏举任导演，由新生话剧研究社参加的为难民募捐的活动，演出《罗密欧与朱丽叶》。这次演出实际上是添演，为什么这么仓促呢？据邢鹏举讲述，剧团"原本要上演的是阿英的《春风秋雨》，因为在演出前七天接到租界当局的通知，告知'剧本未能通过'，所以逼不得已，临时选定了《罗密欧与朱丽叶》"。时间紧张，只有临阵磨枪，三天内

---

① 张庚：《关于〈罗蜜欧与朱丽叶〉："业余实验剧团"演出》，《戏剧时代》1937年第1卷第3期。
② 《罗米欧与朱丽叶观后》，《中国电影》1937年第1卷第2期。

改编了剧本,五天完成了舞台设计,两天做就服装,其中,最大的改编是在分幕上,把原剧的五幕二十四场缩紧了。① 邢鹏举采用与他过从甚密的师长徐志摩的译本,他认为田汉的《罗密欧与朱丽叶》"只译出了话的意义,徐志摩先生却译出了诗的神味"②。

《铸情》女主角裘萍特写,1942年《龙门大戏院特刊》

还有一次是1942年龙门大戏院出演的《铸情》,由裘萍、景夫主演,田邢二改编。评论界认为,"龙门的《铸情》,是青年男女抑郁的呼声,是现代热情少年的警钟"③。此剧在剧本

---

① 邢鹏举:《关于罗米欧与朱丽叶》,《青年周报》1938年第17期。
② 邢鹏举:《关于罗米欧与朱丽叶》,《青年周报》1938年第17期。
③ 《龙门的"铸情"》,《品报》1942年2月4日。

上、台词上都有改进："以前田汉的译本，因为不用布景，和我国平剧般的演出，所以分为很多场数，更不适用于话剧，后来邢云飞参照田汉的散文译文借用徐志摩的译诗，对白从艰深的'百籁诗'改为浅显的言辞，并参照'米高梅'公司电影对白台本，而改编的剧本，是分为四幕七个场面，比较是可以实用的。龙门所演《铸情》，是根据田邢二改编本，分六幕九个场面，服装改为当代的样式，花巨资打造立体式布景。"《铸情》的宣传也比较用心：报刊上不仅附有女主角裘萍的剧照，对其"生活朴素富艺术化、擅长绘画爱好音乐、早在舞台上现过身手、个性坚强生活严肃"等优点也做了详细的介绍；对饰演罗密欧的景夫，导演莫凯也做了隆重的推荐；还请了中旅名演员吴异军、前辈明星徐莘圆等参演。

第三次比较典型的是1948年北平戏曲学校校友剧团排演的《铸情记》。该剧用锣鼓排演《罗密欧与朱丽叶》，改为新平剧，名为《铸情记》，导演翁偶虹，女主角张玉英，请王金璐、李金鸿演出，戏的开头有点类似于京剧《打渔杀家》，中间还安排了朱丽叶选婿、朱罗二人比剑。①

但是这次演出也很难说是成功的，被批评为"故事改编不近人情"②。重洋轻国，不采用本国的白话笔记、弹词、传奇等材料，"把洋剧来改编为国剧，不知艺术存有民族性，东方风格完全不同于西洋，风俗人情，也完全不相同"③。其中演员罗平的独白过多，批评者认为，"戏剧本来是艺术，它须要

---

① 《〈罗蜜欧与朱丽叶〉将在故都城上演》，《真报》1948年3月21日。
② 柏正文：《铸情记的故事》，《戏世界》1948年第376期。
③ 飞：《焦菊隐的〈铸情记〉又失败了！》，《小日报》1948年5月4日。

表现。以事实来表现者为上,以动作来表现者为下,以言语来表现者,则为下乘之下乘"①。所以,针对演员表演的欠缺,观者提出演员"心理复现"②的表演,希望演员能深入角色。可见对于改编剧成功的界定,首先是观众的认可,台下观众受台上情景吸引,能无言地领略演员们的表演,剧演才算成功。

失败的经验总结为几句话,就是《罗密欧与朱丽叶》"距离现代太远,他的意识是不足供现代参考的"③。这部戏难演,"文学气息太深、非知识阶级,不能领悟其长处",另一方面也是话剧不能"陈义太高"。④《罗密欧与朱丽叶》"不宜用话剧演出,第一因为布景太繁难,第二对白太艰深,第三演员太多而不贯注集中,第四服装太古而不顺眼"⑤。恋爱戏份太多。话剧要表现时代的愿望与理想,《罗密欧与朱丽叶》"完全是一首美丽的抒情诗,就好像是一个古装美女。只可以给我们鉴赏,对现实生活没有帮助我们的地方"⑥。

戏剧作为文化运动和思潮的一部分,在当时承担着促进社会进步与教育民众的功能,业界也对每一出戏有明确的期望,中国的话剧运动催生话剧职业化,而承担社会教育功能成了话剧工作者的任务。莎剧的演出,似乎也宣告着话剧职业化的深

---

① 陈逸飞:《铸情记花絮》,《戏世界》1948年第375期。
② 《戏校校友剧团公演新平剧:"铸情记"侧记》,《一四七画报》1948年第20卷第8期。
③ 田之路:《看了"罗密欧与朱丽叶"》,《现代话剧》1937年第1卷第1期。
④ 《观"罗米欧朱丽叶"后》,《小日报》1937年6月10日。
⑤ 白水:《裘萍,景夫主演"铸情"龙门改演话剧之经过》,《大众影讯》1942年《龙门大戏院特刊》。
⑥ 宝松:《罗密欧与朱丽叶与武则天》,《新华画报》1937年第2卷第8期。

入,这"是话剧运动的新胜利,因为这是话剧已在获得广大观众支持的证明,是话剧在观众的支持下将更迅速地成长发达的预兆"①。在更专业的要求下,"话剧要想办法实现大众教育功能"②。柳乃夫对业余实验剧团提出了两点希望,"一,多注意当前的民族危机,在整个御侮救亡的国策下,唤醒民众。二,不要只抓住戏院里的观众,要多作普遍地公演,教育大众"。③ 和当时的社会问题剧、战争英雄剧、抗日剧等相比,《罗密欧与朱丽叶》的确审美功能超过大众教育功能,或者说其没有做到这两方面的融合。但是1949年以前的《罗密欧与朱丽叶》演出是不是完全的失败呢?答案是否定的。

首先,《罗密欧与朱丽叶》的演出促进了话剧艺术在中国的发展。从中国社会进步与话剧艺术发展的历史角度看,这些演出无疑是很有意义的。第一,《罗》剧演出对中国的现代话剧提出了制作技巧及演剧技巧等方面的挑战。负责上海业余实验剧团公演的音效及道具的国立音专团队,就借鉴电影与国外歌剧的手法,在舞台体验方面,走在了时代前列,"国立音专的同学,他们将话剧与音乐融合,力图使中国的新歌剧早日诞生。一把扇子的构造,都见得它们的'不惜工本',最值得颂赞的便是照明效用的成绩,在朱丽叶服装的一场是最充分的发挥了出来。电光的闪射衬上雷声的音响,蕴孕成一种巨大的恐怖,使剧的空气为之骤然紧张起来,这效果的运用可说是以往

---

① 路田:《文化机关访问:业余实验剧团》,《读书》1937年第1卷第3期。
② 朱国华:《观众意见》,《现代话剧》1937年第1卷第1期。
③ 柳乃夫:《上海业余实验剧团公演特辑之一》,1937年,第4页。

话剧舞台罕见的伟绩"①。"装置、照明、服装、化妆均是过去舞台剧所未见的",管理服饰的王琪是按照南京大戏院的《铸情》剧照上的服装风格进行设计的。②

第二,表演方面,在揣摩人物角色上,经过《罗密欧与朱丽叶》等剧本表演的挑战,斯坦尼斯拉夫斯基体系的理论如何应用到具体的角色中,也引起了演剧界的反思,用心理的写实主义演剧,也是演员、导演们需要努力提高的。

第三,在剧本的改编方面,是呈现原汁原味的外国剧,还是使之审美地中国化?如何改编剧本使中国观众容易接受?经过不断尝试,总体的共识是:"我们决不能单从纯艺术方面去复现它,我们必须站在利益、观点上来精密地查考它内容底全面,寻觅它底社会根据,然后加以删略或隐藏,阐明或指示。"③ 莎剧的改编,对尚在起步阶段的中国戏剧界来说,无疑是一个挑战,但中国剧界前辈们,还是勇敢地做出了尝试。 可以看出,不论是业余实验剧团的第一出戏,还是龙门大戏院的第一出戏,都选择了莎翁的《罗密欧与朱丽叶》,某种程度上可以视作剧团对自己的定位,可以理解为借莎翁之名打响己名,但他们有挑战世界名剧的决心,可见,改编演出莎剧也是迅速提高中国戏剧演出能力的必经之途。"我们将介绍世界名剧作为戏剧运动的一部份,在目前的中国是须要的吧,我们在技术上,可以在世界名剧中学

---

① 安徒:《罗密欧与朱丽叶观后感》,《社会日报》1937年6月7日。
② 雀子:《业余实验剧团巡礼》,《新闻报本埠附刊》1937年6月6日,第6版。
③ 葛一虹:《"罗蜜欧与朱丽叶"的演出献给业余实验剧团》,《立报》1937年5月27日。

习许多，同时，也可以提高观众对话剧的注意。"① 但当时的剧界也清楚地意识到，不能只关注名剧，也要有自己的创作。"假使说目前整个的戏剧运动只是介绍世界名剧，这是错误的。"② 可见，《罗密欧与朱丽叶》的演出对中国话剧界的创作与演出的现代转型都具有一定的意义。

最后，《罗密欧与朱丽叶》的演出扩大了莎剧的知名度，进而参与了中国人爱情婚姻观的现代塑造。罗密欧和朱丽叶也为更多人所知，才华和美貌兼具的罗密欧成为不少青年的偶像，甚至有一个叫萧剑青的青年，是《青年画报》的负责人，为自己起了笔名"罗蜜欧"，常撰写花边新闻，发表情诗。罗密欧与朱丽叶的爱情也成为某种梦幻般的不真实的爱情的象征。

因为罗密欧与朱丽叶的故事深入人心，所以不少影片也将一些爱情桥段命名为"罗密欧与朱丽叶"。比如，吴村导演的电影《新地狱》，就将其中的男主角们与周璇等扮演的女主角们的关系宣传为三个罗密欧追求三个朱丽叶，以赚眼球。

罗密欧与朱丽叶的爱情感天动地，人们在介绍爱情故事的时候，往往以莎士比亚的《罗密欧与朱丽叶》作为引子，吸引读者目光，也期待获得更多受众的认可，比如诗人费尔岛西笔下《萨那麦》中的德斯唐与露莎白的爱情故事酷似莎剧，时间上虽早于《罗密欧与朱丽叶》，但鲜为人知，在引介的时候译者就借用了罗密欧与朱丽叶热烈而美丽的爱情进行渲染与比

---

① 花陵:《罗密欧与朱丽叶导演章泯谈中国戏剧运动》,《世界晨报》1937年5月17日。
② 花陵:《罗密欧与朱丽叶导演章泯谈中国戏剧运动》,《世界晨报》1937年5月17日。

较，使之进入中国人的视野。① 莎士比亚给青年们上了一堂爱情课，邢鹏举对《罗》剧的解读其实也是对爱情的解读，"莎士比亚替普天下有情的青年活画出一个爱人的影象。我们觉得又是嫉妒，又是想望"②。"爱的发端，经过了爱的吸引，爱的融合，爱的变幻，一直到爱的终局，没有一节不紧张，没有一节不神奇，尤其是它那通篇一致的特殊意境，不但破坏了人们心灵的恬静，它简直把内心里蕴蓄着的情苗，一下子烘成了一朵怒苞四放的'唐花'。"③ 莎剧告诉人们爱的伟大意义，也教会了青年如何去理智地恋爱。我们要领会爱的焦点的意义，还得要向《罗蜜欧与朱丽叶》中去寻求。④ "每一个女性，都有一个朱丽叶的影子，深藏在她的心底里。"⑤ 可见无论是文本、电影或戏剧形式，《罗密欧与朱丽叶》对当时中国人爱情婚姻观方面的冲击力之大，都超过我们想象。当时的青年追求自由的重要一点就是追求婚恋自由，反抗封建家族的包办控制，反抗旧式婚姻之危害，而罗密欧和朱丽叶的悲剧对中国的青年是一种鼓励，对中国的父母是一记教训，从这个方面来说，莎剧具有了普遍的意义，《罗密欧与朱丽叶》对读者和观众的恋爱观的警示也是具有积极意义的。需要说明的是，西方爱情观对中国的影响绝不是莎剧一例可以达到的，而是中西文

---

① ［埃及］陶斐克哈肯：《伊朗（波斯）诗人费尔岛西的罗密欧与朱丽叶》，张秉铎译，《抗战文艺》1940年第6卷第1期。
② 邢鹏举：《莎氏比亚恋爱的面面观》，《新月》1930年第3卷第3期。
③ 邢鹏举：《莎氏比亚恋爱的面面观》，《新月》1930年第3卷第3期。
④ 邢鹏举：《莎氏比亚恋爱的面面观》，《新月》1930年第3卷第3期。
⑤ 丁白：《瑙玛希拉谈"罗密欧与朱丽叶"》，《立报》1936年8月14日。

化交汇的总体结果。

第四节 《威尼斯商人》的早期演出与现代中国思想的启蒙

在较早的《澥外奇谭》（1903年）中，富有章回体意味的小说题目《燕敦里借债约割肉》讲的就是莎剧《威尼斯商人》的故事，题目中的"借债约割肉"突出"奇"以引人，可谓莎剧的中国化改编。很快，1904年林纾、魏易合译的《肉券》取代了《燕敦里借债约割肉》，使莎士比亚的《威尼斯商人》深入人心。随后关于《威》剧的译本如包天笑的《女律师》，亮乐月女士的《剜肉记》，顾仲彝的《威尼斯商人》，朱生豪、梁实秋的译本等，立体而深入地丰富着人们对《威》剧的理解。而现代中国的《威》剧表演则有三个高潮，分别是早期的文明戏演出、戏剧协社1930年演出的《威尼斯商人》、1937年南京国立剧校演的《威尼斯商人》。不仅如此，《威》剧还被改编为《女律师》的无声黑白电影，登上中国的银幕。毫无疑问，《威尼斯商人》是最受欢迎、被排演最多的莎剧，也是在校学生和戏院十分热衷的剧目，当时演出的剧名常常叫作《借债割肉》《肉券》等，来源还是兰姆姐弟改编的《莎士比亚戏剧故事集》，檀香山密尔司学校的学生在1916年就演出过《肉券》。有关《借债割肉本事》的传播也有迹可循，一则《借债割肉本事》如此记载：

伦敦女子鲍栖霞美姿容而性殊豪迈不羁，饶有丈夫气。遇事猬勉，他人所束手无策者，恒能出奇计了之。父死受遗产甚丰，其未婚夫巴山奴，家素贫。仓卒间不能行聘礼。栖霞屡促之，巴有挚友安东民，海商也。慷慨好义，因往称贷。安亦拮据，无以应。然有巨金寄海泊中，已起碇，旦夕将至。巴不能待，遂为之转借于薛禄克。薛故与安有夙嫌，署券时谓：逾期不偿，须罚割肌肉一磅。安知其要挟，然持有海泊金，竟诺之。巴获资，婚事以谐，而心当忐忑不自安，愿结褵未弥月，不欲告栖霞，且料海泊必应期至，事当无虑。一日，忽接安东民急电，阅竟大惊失色，栖霞询其故，盖海舶愆期，薛禄克逼安践约，安惶惧，电乞往救。栖霞曰："噫！君何不早言，负此良友。"立出资，使揣以往。巴有仆曰葛兰田，栖霞婢梨纱之未婚夫也。束装从之，行将别时，栖霞与婢各出约指一赠。□（原文此字印刷模糊）夫坚嘱保存。主仆皆敬诺誓不令人他人手。巴见薛请偿以金，谓须如约，于是涉讼。栖霞得耗，往见律师贝乃良，求为辩获，贝因病不果。栖霞乃饰律师装束自称贝之帮辩，梨纱亦伪称书记，相率赴法庭抗辩，事竟得。直薛以阴谋害人论如律，巴深德之，不受，愿得约指，巴不得已，出以赠律师，书记亦索仆之约指去。翌

> 日,巴至律师处,谢活命恩。讶其状之不类,窃以为怪,归至家,述讼事毕,栖霞与婢问约指何在?乃以实对,遂大诟骂,谓必私赠情妇,诮责不已。安东民两劝之,颜色渐和,二人又各出约指为赠,一如原式,主仆俱大惊讶,方展玩间,问视栖霞与其婢已于思满口,据案而坐,如法曹折狱之状,就视之俨然。前日之辩获人也,至是,始知其妻乔装茬庭故作狡狯,不禁狂笑,栖霞与婢亦笑不可仰。自后,闺房之内,偶述往事,犹为之鼓掌不绝云。①

朱生豪在给宋清如的信中曾说:"戏院中常把《威尼斯商人》排在五月九日上演,改名为《借债割肉》,有时甚至于就叫'五月九日',把夏洛克代表日本,安东尼代表中国,可谓想入非非。"②

可以看到,1949年以前,以莎剧《威尼斯商人》为母体,衍生出了多种形式的跨文本改编样态,既有翻译文本的多样性,又有视觉化和舞台的呈现,共同形成了跨文学、跨媒介的《威尼斯商人》在中国的文化共同体。如果仔细分析,我们会发现,这些改编的立场与视角不同,有以律法为主的立场,有以鲍西亚为主的视角,也有以夏洛克为主的视点,通过对友情、爱情的关注,《威尼斯商人》的不断改编不但使莎剧在中

---

① 《借债割肉本事》,《劝业场》1919年4月19日。
② 宋清如:《朱生豪与莎士比亚戏剧》,《新文学史料》1989年第1期。

国焕发出新的生命,也推动着现代中国文化与思想的变化。

一、 法律视角——肉券的通俗化

在20世纪初,"法律"也是当时报刊辞书等宣传媒介的热词之一,报纸杂志中常有律师与法律著作的广告、法政事件的分析、法律讲座的信息、国际法律新闻等,与法律相关的文学作品也备受关注,《威尼斯商人》因其故事的魅力和主题的契约精神,得到国人的青睐。虽然西方莎评家认为"法律在莎士比亚作品中无所不在",①《威尼斯商人》仍应算作莎剧中法律意味最浓厚的作品之一,其中的法律主题也的确在中国得到了明确的宣扬,但中国人对《威尼斯商人》的关注点究竟在哪里?我们可以从当时的文字和图画资料中找寻到一些蛛丝马迹。

首先,安东尼奥、鲍西亚和夏洛克这三个角色成为中国观众和读者关注的焦点,一是《威》剧带来的以贸易和经济为核心的商业社会的商业伦理与行为范式让国人新奇,二是《威》剧中张扬的"法律至上"与中国当时社会秩序的巨大反差,让国人认识到商业规范及法治社会对经济的保障和对社会不公的遏制,这些是民富国强的根本保障。19世纪末20世纪初的中国,经济落后,社会观念、社会建设滞后,所以重商重法自然会成为中国人学习关注的关键点。这也导致《威尼斯商人》在

---

① [美]布莱迪·科马克等编:《莎士比亚与法》,王光林等译,黑龙江教育出版社,2015年,第4页。

第二章 早期莎剧演出与中国现代思想的兴发

文本故事上,常常突出"庭审"一幕,比如,李家斌、方纪翻译的《威尼斯商人》,共分为六章,第一章《戏约》、第二章《求爱》、第三章《私奔》、第四章《选盒》、第五章《庭判》、第六章《责负》,其中《庭判》一章作为故事的高潮被大力渲染,译本也是文白相杂,译句"沙罗克则不为少动,彼固深知虽有学问之律师,及公爵皆不能更威尼斯之法典也。彼实有所恃而无少恐"[①]。相较林译"歇洛克屹然不为动,坚请如约"[②],李家斌、方纪的翻译多了心理描写,也对法典的庄严神圣性有十足之描摹。值得注意的是,在莎剧儿童读物的普及上,译者也夹带着普法的意识,比如,余多艰在给儿童介绍《威尼斯商人》时,就专门强调:"法律上成立了的,就不能更改。"[③]"违背合约上的条件,要受法律裁判。"[④] 在舞台上也常演法庭一幕,在舞台设计上,法庭的背景既简单又新颖,所以,不少演出就只上演这一精华部分。尽管莎剧《威尼斯商人》中的法律准绳是16世纪末英国法律与莎士比亚想象中的威尼斯法律的混合体,[⑤]但不妨碍国人对莎剧中的法理、公平、契约精神等的理解与想象。威尼斯的法治精神体现在履约上,也就是说,法律的契约效力对威尼斯商业起到了主导作用。而鲍西亚假扮法官,力图劝说夏洛克要仁慈,但夏洛克依旧要求照约处罚,与中国人所言的"一言既出,驷马难追"暗合,具

---

① 李家斌、方纪译:《威尼斯商人》,《辟才杂志》1929年第6期。
② [英]兰姆:《吟边燕语》,林纾、魏易译,第6页。
③ 余多艰、夏莎译:《威尼斯商人》,《新儿童》1943年第6卷第1期。
④ 余多艰、夏莎译:《威尼斯商人》,《新儿童》1943年第6卷第3期。
⑤ [美]布莱迪·科马克等编:《莎士比亚与法》,王光林等译,第174页。

有很高的接受度。

其次,《威尼斯商人》在中国成为一出残忍离奇的喜剧,借债和剜肉画上了等号,在各路故事中常能见到,《剜肉记》这样的借债纠纷故事也不少见,① 可见林纾译笔中"果如期而金不完者为约爽,请剜先生肉一磅为偿"② 中国化的改编,有着深入人心、隐约不绝的回响。林纾的《肉券》译名,沿袭了《燕敦里借债约割肉》中的典当、抵押、券约之意,《女律师》则直接以主要人物之一鲍西亚的身份作为标题,展示了文学与社会新风尚的融合。文明戏也沿用了《肉券》的剧名,比较有趣的是,肉券似乎成了民间奇闻乐用的一个词,有诸如"合约""赌注""以人肉为约"的意思,比如有人需要增肥,和医生签订协定,"述者需一月内增重十磅,和医生签立肉券。"文中说,"据'肉券'为戈哥里小说名作之一,一名《威尼斯商人》,又名《借债割肉》,

---

① 陆方先生,负一女友之债,已五年矣。其债额总数为百金,以五分起息,月须付息五金。五年之久,耗息达数百金,超过原数者三倍。惟迄今犹不能清偿其本钱,陆方非无钱者,特不知何故,对此宿逋,终未获□还,盖陆方有钱,恒挥之于游宴之地,及债主命驾,初不料其囊之又空空也。执此之故,现陆方尚欠女友三十五金。一日,女友又至,陆方无以为应,则毅然付一支票,以示必偿。交付之间,陆方之友郎虎君忽至,见女为陆方债主,知其必拥有多金,乃自述其近来为人重利盘剥之苦,盖郎虎于应急之余,尝向人假三十金,不逊日而出五银之利。女郎闻之笑曰:"曷勿求我,我且勿须如此重利也。"郎虎闻之大喜,恳之于女,亦假三十金,言定什一之利,而订期归还。女郎报可,惟以囊无余资,乃使陆方与郎虎二人,登门具领……跃从之,女亦慨然,付款如议。既得金,陆方请于郎虎,愿分其半,以资阮囊,郎虎亦首肯。是夜,陆方与郎虎,乃相率入舞场,舞宴终宵,至天明归去之际,二人之囊又空空如洗。陆方因慨然诵古人诗曰"五月卖新丝,六月粜新谷。医得眼前疮,剜却心头肉。"盖有感乎如此借债,实有甚于剜肉也。绵蛮:《剜肉记》,《时代日报》1935年3月18日,第4版。
② [英]兰姆:《吟边燕语》,林纾、魏易译,第4页。

二十年前,即已搬上舞台,今下走与丁医师之约,固亦属于,此十磅肉之值,乃足抵丁医师下半世行医收入之总和"①。这段话,虽然把《威尼斯商人》误作果戈理的戏剧,但对"肉券"一词的引用和发挥十分耐人寻味,因为这里"肉券"一词的契约之意十分突出,成了法律效力的代名词。还有一些故事中强调"如果失信愿意割肉"之类的桥段,尤其令人称奇的是报纸文章的标题为《肉券》,内容却是这样的:"贩猪者保证猪去掉毛屎还有六成,若不足此量,愿意割肉,最后大亏。""以人肉为约,倒是莎士比亚《肉券》的汉译。"② 莎士比亚原剧中夏洛克为了复仇、为了自己的权益割安东尼奥的肉,经过在中国的演绎,这些奇闻异事虽然强调"信用"的作用,却使莎剧下沉到街坊口传中,也消解了律法在社会经济大事件中的庄严性,将"借债割肉"的故事不断通俗化。

二、 鲍西亚视角——新女性的召唤

文明戏之后,莎剧演出随着中国的戏剧运动逐渐正规,而《威尼斯商人》的话剧演出最受重视,虽然名为"威尼斯商人",但是其中女角的光辉盖过了里边的男性,此剧主要的表演者为各学校的学生,此剧也是剧协的重要展演剧目。暨南大学学生演出过此剧,其中鲍西亚"是莎氏所要用来代表'才''德''美'兼备的女子的型范,我们知道她改装作律师的计

---

① 九公:《肉券》,《力报》1945年5月8日。
② 阿蒙:《肉券》,《光报》1947年9月22日。

划，不是出自她的心材，但是在她向犹太人演说 Mercy 的一段话里谈理的精微，好像哲学家；说辞的动人，好像传道者，用着流丽的语调，表出高贵的福音，使我们不能不信她是个智慧的化身！"① 20 世纪 30 年代，《威尼斯商人》的热度又一次提升，关于《威尼斯商人》的其他零散的译文和介绍也不少，足见此剧在中国的关注度，比如丽丽、洪深等都做过这方面的工作。②

1930 年，上海戏剧协社的新式票房策略也体现在《威尼斯商人》的演出上，此剧采用顾仲彝的译本，应云卫导演，演出的声势十分浩大。上海商会会长虞洽卿，同时也是上海巨商，其孙女虞岫云饰演鲍西亚，报纸、杂志、画报上也频频出现虞岫云的剧照与消息，这部戏剧的花费十分可观，我们现在只能从一些文献记载中略知一二，详细的开支就不得而知了。比如，1930 年 5 月 21 日载《威尼斯商人》实际的亏本演出状况："布景之费约五百余元，颇为富丽堂皇，制衣之费约八百余元。其他道具借剧场借印刷等等，合需三千元，而所收券资，不足相抵。今将于本月二十四五日重复公演。"③ 而 1930 年 6 月 17 日的报道，则是另一说，列出"此剧的开销为售票 2200 余元，开销 2900 余元"。④ 总之，各方的报道都突出了

---

① 萧大伦：《本校英剧〈威尼斯商人〉演后的 Aftermath》，《暨南校刊》1930 年第 28—32 期。
② 丽丽：《威尼斯商人（又名〈一磅肉〉）》，《福湘旬刊》1933 年第 23、24 期。［美］Untermeyer, L., 洪深译：《威尼斯商人第六幕：哂罗克成为耶稣教徒以后》，《文学》1935 年第 4 卷第 1 期。
③ 华严：《威尼斯商人》，《晶报》1930 年 5 月 21 日。
④ 银筝：《〈威尼斯商人〉重上舞台》，《福尔摩斯》1930 年 6 月 17 日。

第二章　早期莎剧演出与中国现代思想的兴发

1930年话剧版的《威尼斯商人》耗资巨大,尤其在广告费上不惜重金。戏剧协社还为现场的观众分发宣传页,也在报纸上进行了预热。除了报道频繁,占据各个主要报刊的主要话题之外,一些宣传所占版面也较大,以笔者查阅到的一则广告为例,这个广告足占两页,图文并茂,图说为:"1930年之戏剧运动,颇有如火如荼之观,而戏剧协社排演英国莎士比亚之杰作《威尼斯商人》,尤轰动一时。服装背景悉仿英国古制演员。如陈宪谟君白山奴之英俊、虞岫云女士濮西亚之温文、顾秀中女士南丽莎之敏活、黄一美君安东尼之诚挚、而尤以沈潼君之夏劳克表演犹太人之贪鄙狡诈,有颊上添毫之妙。应云卫君排演之努力盖可知也。"① 据笔者统计,这些全面开花的宣传与广告的确是一笔不菲的投入,比如《威尼斯商人》在《中央画刊》《新闻报图画附刊》《上海画报》《时代》《学校生活》《中国摄影学会画报》等杂志上刊登宣传文章,与《威尼斯商人》剧演有关的图片报道也十分频繁。更以大量的资金刊发醒目的人物剧照、艺术照,尤其在《新闻报图画附刊》中,虞岫云、顾秀中和当时的影视超级巨星胡蝶在同一版面,风光无限。同时,剧组推出系列剧评,对主要角色的表演予以点评,扩大影响。男主角虽然没有女主角的风头大,但是男主角夏洛克的饰演者沈潼也是进步青年, 1933年在《怒吼吧,中国》剧中饰演英军舰舰长。②

从大量的图文宣传中可以看出,戏剧协社的《威尼斯商

---

① 郭锡麒:《戏剧协社第十四次公演:〈威尼斯商人〉》,《中华图画杂志》1930年第2期。
② 《"怒吼吧,中国"剧中饰演英军舰舰长之沈潼氏》,《良友》1933年第81期。

郭锡麒：《戏剧协社第十四次公演：〈威尼斯商人〉》①

郭锡麒：《戏剧协社第十四次公演：〈威尼斯商人〉》②

---

① 郭锡麒：《戏剧协社第十四次公演：〈威尼斯商人〉》，《中华图画杂志》1930年第2期。
② 郭锡麒：《戏剧协社第十四次公演：〈威尼斯商人〉》，《中华图画杂志》1930年第2期。

第二章 早期莎剧演出与中国现代思想的兴发

人》着力推出女主角的模式和中国传统戏剧中对"角儿"的推崇有着共同的诉求，一是造星，二是票房，更重要的一层内因是对戏剧运动雄风的振作。《威尼斯商人》模仿电影造星的商业范式，女主角虞岫云乘着女性解放的时代之风，被打造成为一个有知识、有魅力、自信自立、智慧过人、不输须眉的女子典范。其时，虞岫云是爱国女校的学生，也十分配合展示个人的新形象。报界对她的宣传点在现代知识女性上，通过她主持现代妇女读书会凸显她在女性进步事业方面的号召力；[1] 宣扬她出版诗集、小说集显示她的女文学家身份，专文写这位最年轻而最美丽的"女诗人"[2]；又赞颂她为上海爱国女学皇后，精文学，又擅体育，为该校排球队队长[3]。种种包装与聚焦，使虞岫云这样一个现代新女性的形象具有了模范效应，成为当时人们仰慕的对象。因为炒作的成分过多，尽管对社会问题及妇女解放具有一定的影响力，但也遭到了质疑。与其说人们是对虞岫云的追慕，不如说是追慕现代理念中的知识女性，对女律师这样的职业女性向往。知识也成为女性提高其社会地位的利器，反过来又会加强社会对知识女性的尊崇。莎剧中的鲍西亚是一个完美女性化身，她巧施妙计，挥洒自如，力挽狂澜，身上饱含着神话般的救赎意味。她是身价不菲的继承人，也是争取自己爱情的恋人，放在 20 世纪上半叶的中国，更是极具现代职业风采的律师，是充满了人文主义理想的魅力和光彩的现代女性，出演鲍西亚的演员

---

[1] 《虞岫云主持现代妇女读书会》，《星期文艺》1931 年第 5 期。
[2] 曾今可：《最年轻而最美丽的"女诗人"虞岫云印象记》，《星期文艺》1931 年第 18 期。
[3] 好来坞：《虞岫云女士》，《良友》1930 年第 46 期。

天然承载着人们对新女性的种种美好期待。

饰濮茜亚之虞岫云女士①

南京国立戏剧专科学校第一届毕业生,在校期间演出了《视察专员》《狄四娘》《自救》《威尼斯商人》《日出》等剧,后辗转于重庆、昆明等地演剧。在1937年,南京国立剧专演出的《威尼斯商人》更是带着"进步"的标签,各个剧评对演员们的表演给了较好的评价,比如扮演夏洛克的张树藩、扮演鲍西亚的叶仲寅,尤其是扮演鲍西亚的叶仲寅,已经不局限于才、德、美兼备的现代知识女性,也宣传关于女性解放和女性独立的新观点,叶仲寅号召女性不做男子的附庸,追求自我独

---

① 光艺:《戏剧协社公演〈威尼斯商人〉饰濮茜亚之虞岫云女士》,《上海画报》1930年第591期。

立，她认为，"女子先决问题便是要将自身铸成一块有用的材料，这不是为了某个人，而是为了社会，那怕是你一点极微薄的能力，也把他供献出来吧，但是要勇敢，自信，刚强果断，这样才能相信自己的力量，供献出自己的能力"①。这和她扮演的鲍西亚具有相似性，对女性独立意识的培养和社会进步具有一定的推进作用。

正如小泉八云在东京帝国大学的演讲中说，西方文学中男性有"一种为女性而尊敬女性"②的信仰，莎剧中的女律师之风采，的确感召着很多从家庭迈向社会的妇女，对中国女性的价值观构成了一定的冲击，使很多人抛了女子无才便是德的保守思想，对女性的才德能力公开欣赏。莎士比亚所在的时代，已经有了以律师为业的人，剧中的鲍西亚也是女扮男装出现的女律师，但是 20 世纪初的中国，律师还是一个新兴的职业，职业女性是新事物，女律师更是职业女性中十分新鲜的，加之媒体对世界各国如印度、法国等国女律师的报道也十分关注，截至 1933 年，中国在册的女律师已经有方剑白、史良、郑毓秀等 24 人。③ 中国第一个女法官郑毓秀也被高调称赞"氏富奇气"④，新女性的社会影响力也不断加强，而女性在职场上也找到了自己的定位。金石音提出，女律师首先就是要为两万万女同胞做义务法律顾问。⑤

---

① 叶仲寅：《不做男子的附庸》，《广西妇女》1943 年第 3 卷第 7 期。
② ［日］小泉八云作、木子译：《女子在西洋文学中的地位》，《女子月刊》1934 年第 2 卷第 11 期。
③ 俊逸：《女律师廿四人》，《金钢钻》1933 年 4 月 16 日。
④ 政客：《中国第一个女法官郑毓秀》，《奋报》1940 年 4 月 10 日。
⑤ 金石音：《今日女律师的特别责任》，《妇女共鸣》1931 年第 52 期。

但当时人们对于律师和法官的概念还不太明确,这反映在《威尼斯商人》的翻译与演出中,有的称女律师,有的译为女法官,鲍西亚也曾被当作女法官,这样辩护律师就被主持公道、法的化身的法官代替了。而在现实生活中,法院推事周文玑女士也挂牌做律师,身兼数职,法官和律师界限模糊,人们对周文玑的事业也相当新奇,"见女子为法官尚属第一次,故大都不知怎样称呼才好。有呼女青天,有呼女老爷"。①

因为《威尼斯商人》在女性新精神方面的社会影响力,《威尼斯商人》也自然而然具备了为新女性代言的性质,以至于有以身救国义举的女性被称为"肉券",有一则消息是这样的:"执干戈以卫社稷,随笳鼓而赴疆场,为国捐躯毁家纾难之壮心宏愿。西蜀一女士牺牲其身体以劳军救国,一时报端竞载,海内争传。花云湘女士为人第五侍妾,柳絮沾泥,获得自由后,决定卖身救国以发行慈善彩票的手段,中奖者可得美人归。"②

女性解放首先在思想解放,《威尼斯商人》中女性角色的榜样效应,引发的不仅是女性对于经济独立、地位平等、与男性共同参与社会事务的诉求,也对女性自身的行为和自我认识有深刻的影响,和《威尼斯商人》同年公演的南国社的《卡门》主角俞珊女士也是热议人物,演剧的女性把社会问题及女性主张融进了戏剧中,但更关注戏剧的政治性和社会性。卡门在中国人眼里虽然最初有荡妇之意,但在剧演中,台词却十分灵活,演员又十分卖力地影射现实,导致曾被禁演。该剧"假借恋爱,描写社会问

---

① 白:《女法官周文玑女士》,《玲珑》1933年第3卷第43期。
② 频罗:《可敬的肉券槟城奇女献身祖国》,《力报》1939年2月1日。

题……卡门临死时,高呼打倒国王打倒教会、打倒帝国主义等口号,时场外有学生工人等游行经其地,亦高声和之,至此而幕闭。粗观之、似无大疵,但演出时虽多过激理论、有阶级斗争之辞意、有直接运动之主张、对于中国现政府、尤多诋毁口吻、而后台人声嘈杂,狂喊口号、口号中更多不稳之处"①,故被禁止公演。

三、夏洛克视角——阶级与民族的共鸣

清末的中国人民,忍受着一系列不平等条约带来的屈辱,在对外国际关系中,中国一直在努力争取与列强在法理意义上的平等。文明戏上演之初,夏洛克的角色多突出他老奸巨猾的一面,用夏洛克这个反面角色对观众施行教化,或教育人们不可贪婪,或警戒观众不要吝啬,教育意义比较明显。《图画时报》报道了1925年10月12日启秀女校借世昌中学开游艺会募款活动演出的莎剧《肉券》,对女主角、法庭之一幕、导演者夏淑贞女士均做了图文报道。在女主角图像下有一段话,"尤其磨刀霍霍神情尤妙肖逼真,世之只知肥己、罔顾人情者阅之滋愧矣",此时的莎剧演出,因为范围小、剧本简、非商业,观看群体单一,报道者也只是提出了此剧净化世道人心的功效。②

20世纪30年代末,随着左翼文学、大众文学在中国的兴起,以阶级观念评判文学的风气日盛,戏剧成为宣教的工具、

---

① 飞飞:《卡门公演之波折》,《商声》1930年6月14日。
② 亚张摄影:《沙士佩之名剧:〈肉券〉》,《图画时报》1925年第282期。

斗争的利器。这时,《威尼斯商人》一剧的夏洛克也被重新评价,夏洛克的形象从不可理喻的恶人变成被压迫者的代言人,可谓夏洛克形象的第一个大转折。这个大转折基于中国读者和观众从夏洛克的遭遇体会到的不平和不公,从而产生的惺惺相惜之感,人们将夏洛克作为犹太人被压迫的命运和中国当时遭受的苦难联系起来,使《威尼斯商人》成为一部控诉剧和抗战剧。全增嘏参照海涅的看法,认为"莎士比亚的天才超过了两种宗教的民族的争端,这出戏是描写被压迫的民族"①。不少观点认为,只有基于这一点,《威尼斯商人》才具有演出和阅读的价值,尤其是1937年南京国立剧校《威尼斯商人》的剧演,在日本践踏中国人民和国土的艰难时局下,夏洛克的悲剧性立刻和国家命运有了交汇点。青采认为,"用夏洛克极端仇视敌人,时刻图报的心念来启发被压迫的人们。用夏洛克的凄惨的结局,作为被压迫者的警惕:这样上演莎翁名剧才算有意义了"。②育人说:"与其说,一幕团圆的喜剧,不如以近代的立场和眼光说是一幕亡了祖国的氓民备受压迫的悲剧来得干脆。"③固然,莎士比亚并非一定是抱着民族主义,故意要给被损害的民族复仇,这从本剧的结局可以推断出来;但在三百年前,已经凭着他的敏感观察出这种情形来,形成问题来描写,是不能不佩服的了。④当时的剧演也多选取社会问题剧,

---

① 全增嘏:《〈威尼斯商人〉的意义(梁实秋著)》,《图书评论》1934年第2卷第12期。
② 青采:《〈威尼斯商人〉我评》,《南京特写》1937年第1卷第4期。
③ 育人:《剧校公演的"一磅肉"观后感》,《南京特写》1937年第1卷第4期。
④ 钦文:《威尼斯商人》,《同行月刊》1937年第5卷第4/5期。

对于《威尼斯商人》这样的古典剧，结合世界局势，进行变形和裁剪，突出当时犹太人被屠杀流落的命运，也让夏洛克发出反抗者的强音，其抗争精神被赋予了新的历史意义，孙伯謇号召，"现今的民族，想在国际竞争中得到生存的地位，也只有抵抗与不屈服是民族现代性的表现"①。

第二个转折是将夏洛克从被侮辱被压迫的形象中解脱出来，这主要体现在莎学研究方面，许多莎评文章认为他是个有弱点的普通人，可喜的是，中国莎学界逐渐抓住莎剧文本，对文明戏和早期话剧中的一些片面理解进行弥补，贴近学理性。陈瘦竹引述了威廉·哈兹里特、约翰·德莱顿、乔治·皮尔斯·贝克等莎评家的观点，为夏洛克喊冤，他认为"莎士比亚并没有将夏洛克看作恶魔的化身，而看作一个具有人性的人，贪钱固是他的大病，但因受到非分的虐待和侮辱，才使他变本加厉，走上极端"②。这一方面体现了莎士比亚塑造人物的丰满性，另一方面也展示了中国莎评界对莎剧的接受之客观性。而莎士比亚秉持的人文主义思想中的民族、种族平等的观念以及莎剧中超越国界、人种的文学观念无疑在当时的中国也具有现代性启迪。

总体看来，《威尼斯商人》一剧的中国化改编，也是戏剧运动民族化与现代化、大众化的缩影。文明戏的演出方面，《威

---

① 孙伯謇：《中华民族的现代性》，《前途》1933年第1卷第6期。
② 陈瘦竹：《论〈威尼斯商人〉之布局》，《文史杂志》1944年第4卷第5/6期。威廉·哈兹里特（Hazlitt, William, 1778—1830），英国散文家、评论家、画家；约翰·德莱顿（John Dryden, 1631—1700），英国诗人、剧作家、文学评论家，是英国戏剧史上戏剧评论的鼻祖人物；乔治·皮尔斯·贝克（George Pierce Baker, 1866—1935），美国戏剧学泰斗。

尼斯商人》十分抢眼，1930年是一次小高潮，到了1937年，余上沅导演的《威尼斯商人》又被排演，一阵短暂的莎剧热也比较引人瞩目，以至于有评论认为，莎士比亚也在1937年走运了。其实，和戏剧运动中正面反映战争、轰轰烈烈并受重视的那些爱国剧相比较，莎剧的改编也稍显牵强，但符合戏剧运动中大众化、民族化的戏剧方向。

从《罗密欧与朱丽叶》和《威尼斯商人》的演出可以看出莎剧在中国戏剧现代进程中的重要作用，1937年的《罗密欧与朱丽叶》是作为业余实验剧团的第一炮面向观众的，戏剧协社1930年演出的《威尼斯商人》也是在剧团发展的关键期的头一炮，都带有临危受命的拯救意味。我们以《威尼斯商人》为例来看。

1925年5月，戏剧协社上演《傀儡的家庭》，但是时机并不理想。因为当时妇女解放问题已经"由高唱入云的时期而入于沉寂默认的时期；所以这出戏社会意义似乎搔不着观众们的痒处"①，反响并不热烈。时值北伐成功后清党运动激起的"左倾"思想盛行，加上戏剧协社内讧，修整了将近一年。革命风潮后，由应云卫、汪仲贤出而主持，策划演出《血花》，惨遭失败，导致戏剧协社进入中落时期。这时候，如果拿不出具有影响力的剧目，协社的未来不保。为了重振旗鼓，协社决定排演欧美古典剧。据顾仲彝描述，一是"中国剧本的贫乏，不能不向欧美翻译，而欧美现代的剧本真正有搬演到中国舞台上的非常之少……最妥当的办法莫如专演欧

---

① 顾仲彝：《戏剧协社过去的历史》，《矛盾月刊》1934年第2卷第5期。

美盛名已久的古典剧,无时代性,无国别之回异";二是"协社之组织以研究为基础,欲研究西洋戏剧之精华,自以从古典派剧本入手为最稳妥"。① 于是,协社在1929年的除夕酒宴上,决定从世界第一名剧家莎士比亚入手。这是上演《威尼斯商人》的前因后果。演出的结果是,《威尼斯商人》得到观众的好评,但思想较左的人却不满意于协社走入离开时代和环境的路上去。剧场是一个国家、一个民族的缩影,人生一出戏,世界大舞台。熊佛西说:"今日的戏剧不是供给我们消遣,是要有社会作用、教育功能,戏剧在今日的意义,已和娱乐消遣不相干……戏剧在教育上的功能,是教育民众,组织民众,剧本一定要有教育的内容在内,应与民众实际生活相切合。"② 戏剧的艺术与美退隐,教育功能被提到首位,戏剧必须于社会于民族有益,欧阳予倩也强调,"现代戏剧是现代的戏剧。要能够把握住现代的社会思想。要能应现代社会之需要,把清新活泼有力量的剧台面向现代的观众展开,使他们认清现代人的地位和他们应取的途径"③。

"愚民无知,平日目染耳濡……本地戏班演唱不经之戏文,以致煽惑仁心,禁令綦严,该优伶班主等亟应革除嗣后。所演之戏,务依忠孝节义古本演唱,俾资感化自示之。"④ 一直以来,戏曲都是民众知人论世、陶冶性情、获取知识的一大

---

① 顾仲彝:《戏剧协社过去的历史》,《矛盾月刊》1934年第2卷第5期。
② 熊佛西讲演,舒宽鑫记录:《现代戏剧的教育功能》,《江西教育》1937年第26期。
③ 欧阳予倩:《现代戏剧的欣赏》,《申报每周增刊》1936年第1卷第2期。
④ 《优孟须知》,《字林沪报》1887年7月13日。

文化样态，一出戏剧可以蛊惑人心，也可以稳定社会，所以，中国戏曲"关乎风化"，"关乎大雅"，在政治方面的工具性一直很受重视。在儒家文化的规约下，历史上反反复复出现过戏曲的禁毁及各种禁戏律令，所以，在娱乐休闲的外在形式之下，戏剧施行移风易俗的教化功能与社会作用，不可忽视，莎剧的教育性之后也在中国日渐紧张的社会环境中凸显。

第三章

早期莎论莎评与现代中国思想界的文化倾向

第三章　早期莎论莎评与现代中国思想界的文化倾向

　　文学与社会的关系最为紧密，莎士比亚也仿佛成为中国文艺思想界学者对待西方文化的一把标尺，通过各种莎评莎论的倾向，可以看出不同学人对于西方文化的态度，这使得莎士比亚的符号意义和社会意义被放大，已经超出了戏剧和诗文的文学界限。在"五四"时期，这一点尤为显著。"五四运动"既指1919年的学生爱国运动，也指以《新青年》为阵地展开的新文化运动。胡适在1922年回忆"五四运动"对文学革命的影响时说："民国八年的学生运动与新文学运动虽是两件事，但学生运动的影响能使白话文的传播遍于全国，这是一大关系；况且，'五四运动'以后国内明白的人渐渐觉悟'思想革命'的重要，所以他们对于新潮流，或采取欢迎的态度，或采取容忍的态度，渐渐的把从前那种仇视的态度减少了。文学革命的运动因此得以自由发展，这也是一大关系。"①"五四"学生运动离不开新文化运动的思想启蒙，而学生运动也推进了思想发展，学生运动和新文化运动互相促进，不可分割。"五四"是从启蒙走向救亡的转折点，象征着本来只关心思想启蒙的知识分子开始走上街头过问政治。② 注重实践参与的新气象以政治界、思想界和文化界为中心逐渐席卷全国，《新青年》《东方杂志》等刊物成为新思想扩散的阵地，而层出不穷的新刊物更是令人目不暇接，很多刊物多以曙光、新人、救国等为核心思想来命名。国人似乎已达成必须学习西方的共识，但此时对西方的学习却超越了民族主义的规约，具有宏阔的视域。胡适认为，"五四运动"是纯粹的爱国运动，但当时的文艺思想运动却不是狭义的民族主义运动，具有世界主义色彩。③ 世界主义在当时有两种解释："（一）是以一个强大的民族，征服世界上其余一切民族，统一世界，而形成世界的帝国，（二）是一切民族居于平等地位，自由联合而形成世界的联邦，第一种世界主义，是帝国主义者所主张的世界主义，因为世界上的国家拿帝国主义把人征服了，要想保全他的特殊地位做全世界的主人翁，总想站在万国之上，便提倡世界主义，民族主义自然和这种世界主义冲突、因为民族主义主张民族平等……我们必先把我们民族自由平等的地位恢复起来之后，才配得来讲世界主

---

① 胡适：《五十年来中国之文学》，《胡适全集》（第2卷），第339页。
② 金观涛、刘青峰：《五四〈新青年〉知识群体为何放弃"自由主义"?》，《观念史研究：中国现代重要政治术语的形成》，第404页。
③ 胡适：《个人自由与社会进步——再谈"五四"运动》，《独立评论》1935年5月12日，第150号。

义。"① 中国将西方文化为己所用,也是希望达到一种理想的世界主义,就连站在新文化运动对立面,认为"吾国文化有可与日月争光之价值"的学衡派也以西方白璧德新人文主义眼光来"论究学术,阐明真理,昌明国粹,融化新知,以中正之眼光,行批评之职事"②,在与西方文化的对话中汲取新的思想资源,从而促进中国文学的新生。学衡派主将吴宓对莎作也有论述,在1922年的《诗体总论》一文中,他谈到诗人的想象力时就以《仲夏夜之梦》为例,"昔柏拉图谓狂有四种,而诗人居其一。而莎士比亚亦谓疯人、情人、诗人,皆为想象力所充塞。实乃一而三,三而一者。诗人凝目呆视、忽天忽地,无中生有,造名赋形云云,皆可互证也"③。吴宓强调莎士比亚的高超艺术,莎士比亚在文学中对理论形象的诠释在吴宓看来可谓至言,在文学艺术层面上,即使处于新文化对立方的保守派也对西方文化欢迎拥抱,但如果要以西方文化取代中国传统,对中国传统文化有着深厚感情的儒者多半反应激烈,拒斥西方文化对中国传统的全盘替代。钱穆就是一例,钱穆与学衡派的思想基点相同,他说:"民国二十年,余亦得进入北京大学史学系任教,但余大体意见,则与学衡派较近。"④ 有趣的是,虽然本节所引钱穆言论并不都是"五四"时期的,有些甚至是他晚年的思考,但他的思想焦点仍是"五四"时的中西古

---

① 《我们甚么时候才可以讲世界主义》,《宣传周报》1931年第18/19期。
② 乐黛云:《昌明国粹,融化新知——汤用彤与〈学衡〉杂志》,载汤一介编《国故新知——中国传统文化再诠释》,北京大学出版社,1993年,第30页。
③ 吴宓:《诗体总论》,《学衡》1922年第69期。
④ 钱穆:《纪念张晓峰吾友》,《中外杂志》第38卷第6期。

今之辨的底色。钱穆在批判西学时，总是以莎士比亚作为西方的例证来说明中国文化优于西方文化，在大家都对西方文化顶礼膜拜的历史时代，他成了一个抱残守缺的文化保守主义者，对以莎翁为代表的西方文化采取民族抵抗主义，成为"抑莎"的典型代表。

第一节　钱穆的中西文化想象

钱穆曾回忆1937年游历西部时，和一位在慈恩寺种夹竹桃的老僧的对话，他诘问老僧为何不种松柏，老者回答："夹竹桃，今年种，明年即有花可观。"① 钱穆对此感慨万千，在新旧转折之时，世人追逐桃李，厌弃苍松，怎么不令人心痛？或许这是钱穆的一个隐喻，他用"苍松老柏与娇桃艳李"② 类比中西文化的差别，中国文化温和仁厚，绵延悠久，仿佛厚重庄严的松柏，西方文化犹如热烈肤浅的桃李。钱穆认为，中西文化是两种截然不同的类型，"我的生命是我的，你的生命是你的，中国文化是中国的，西洋文化是西洋的"。在他眼里，中西文化甚至是对立方：西方文化是游牧型商业文化，具有很强的进攻性和扩张性，有深刻的工具性，偏于天人对立，讲求个人的自由和独立，其文化特性表现为"征伐"和"侵略"，文化精神着重"富强动进"，是一种外倾型文化；而中国文化是

---

① 钱穆：《中华民族历史精神》，《钱宾四先生全集》（第29册），联经出版事业公司，1998年，第212页。
② 钱穆：《中国文化精神》，《钱宾四先生全集》（第38册），第10页。

第三章　早期莎论莎评与现代中国思想界的文化倾向

农业型文化,主天人合一,自给自足的生态养成了中国文化"安分守己""和平为重""温良恭俭让"的文化特性。① 西方厉行帝国主义殖民政策是一种西方的"文化病"②。而中国面对西方的帝国主义侵略,一没有抵抗力,二无法接纳融化,导致中国文化内部来不及调整,才造成了混乱局面。③ 那么,面对西方的强势文化,中国是否应该俯首称臣,积极学习？钱穆很重视中西文化的地理背景,在钱穆看来,中西文化各有其地缘性,西方文化自身也处于危机中,中国要保持自身的主体性,完全没有必要学习西方,他认为西方文化的三个核心精神——"自由主义的希腊精神、国家主义的罗马精神和希伯来的宗教精神"④ 发生冲突,致使西方发生文化危机。在钱穆看来,西方文化的入侵,是对中国文化的吞噬,是一场生死较量的悲喜剧,而中国文化超稳定结构的破坏也正是由于西力东渐的刺激,国人盲目倒向西方,以为借西化就能崛起,其实根本不能渡过自身的文化危机。吕学海在驳斥伍启元的《论"全盘西化"》⑤ 时说:"我们不能否认今日的西洋文化是一个较进步的文化体系,中国或东方的文化是一个较落后的文化体系,所以在东西文化接触的结果,西方文化已快快地变了世界文化,东方文化纵有保留价值也不过要变为世界文化的一小部

---

① 钱穆在《中国文化史导论弁言》和《文化学大义》中反复申明中西文化类型的差别：中国属农耕文化,安、足、静、定；西方属游牧商业文化,富、强、动、进。见《钱宾四先生全集》(第29册),第3—9页。
② 钱穆：《文化学大义》,《钱宾四先生全集》(第29册),第70页。
③ 钱穆：《文化学大义》,《钱宾四先生全集》(第29册),第72—73页。
④ 钱穆：《中国历史精神》,《钱宾四先生全集》(第29册),第141页。
⑤ 伍启元：《今日评论》1941年第5卷第5期。

分，从中国方面看来，这是西化的历程，结果是趋于'全盘''西化'，'现代化'，或'世界化'。故我们近百年的'进化史'，简直就是一部'西化史'。即以前梁任公所谓'欧化的维新史'。"① 钱穆反对这种全盘西化，主张文化自身的内部调适，要阻止中国文化衰落，必须守住传统。

相较于钱穆对西方文化帝国主义想象的悲观，对中西文化冲突的柔化处理不在少数，是历史的主流。梁启超曾预言，欧美文明和中华文明在20世纪会深度融汇，大放异彩，"吾欲我同胞张灯置酒，迓轮俟门，三揖三让，以行亲迎之大典。彼西方美人，必能为我家育宁馨儿以亢我宗也"②。

胡适在《睡美人歌》③中沿用了梁启超以中西联姻喻中西融合的类比，中国这"东方文明古国，他日有所贡献于世界，当在文物风教，而不在武力，吾故曰睡狮之喻不如睡美人之切也"④，胡适《歌》中最鲜明的就是将中国比作绝代美女，这招致了很多人的心理抵触，学者们从性别意识角度驳斥胡适对中国文化主体性的放弃与其全盘西化思想的致命之处。学者们往往抓住题目和其中的意象大做文章，认为胡适将中国比作女

---

① 吕学海：《我们对于西化的态度》，《今日评论》1941年第5卷第9期。
② 梁启超：《论中国学术思想变迁之大势》，《饮冰室文集》(第6卷)，第12页。
③ 《睡美人歌》(1914年12月作，1915年4月28日追记) 东方绝代姿，百年久浓睡。一朝西风起，穿帷侵玉臂。碧海扬洪波，红楼醒佳丽。昔年时世装，长袖高螺髻。可怜梦回日，一一与世忤。画眉异深浅，出门受讪刺。殷勤遣群侍，买珠入城市；东市易宫衣，西市问新制。归来奉佳人，百倍旧姝媚。装成齐起舞，"主君寿百岁"！
④ 胡适：《藏晖室札记》(第9卷)，亚东图书馆，1939年，第587—589页。

性委身于西方,是对中国文化主体的自卑想象,忽视胡适对中国的比喻重在"遣群侍"和"问新制"。在胡适看来,东方睡美人并非被动地被西方凌辱,而是知耻而后勇。

一、钱穆的矛盾态度

反对西方文明取代中国传统的钱穆自然是中国学者中少有的"倒莎派",钱穆虽然不熟悉西方文学和莎士比亚原作,但经常引莎士比亚为例指出西方文学的不足,相较于托尔斯泰、伏尔泰等人激愤的贬抑,钱穆的点评温和至极。一个很奇怪的现象是,钱穆虽然不熟悉西方文学和莎士比亚原作,但只要例举西方文学,就引用莎士比亚做例子。钱穆认为中国文学人文合一,西方文学并不体现作者的人格与人生,钱穆一般先用莎士比亚做例子,随后直接用西方文学调换莎士比亚这个概念,得出西方文学作者与作品分离的结论。可以说莎士比亚在钱穆的话语中就是西方文学的代名词,而钱穆批判西方文学是借批判莎士比亚来完成的。钱穆非常主观地设定了文学的高下之分,认为中国文学优于西方文学,归有光作品的价值超过莎作。为什么钱穆对莎士比亚有如此评价?钱穆对莎士比亚到底是什么态度?总体来说,他对莎士比亚的态度有以下几个面相。

其实钱穆对莎士比亚的态度相当矛盾。新文化运动在钱穆看来是对中国传统的毁灭,将会通赓续的中国历史和文化斩断,国人一味慕西,钱穆索性就把中西文化和文学作比,目的是要把中国文化的博雅精深与西方文化的不足与俗陋进行曝晒，以期警醒国人抛弃媚外蔑己的崇洋思想。

首先，否定莎士比亚。抓住莎士比亚身世不详的争议点，从根源上否定莎士比亚，既然莎士比亚的身世存疑，国人仰慕子虚乌有的莎士比亚就显得有点盲目。莎士比亚身世不详或者莎士比亚并非莎剧作者的问题，在文学史和报纸文章中多有披露，不少文章将此作为一个学术问题进行研究考证。《关于莎士比亚：他的诽谤和他和天才》是一篇比较详细且系统阐述莎士比亚在19世纪中叶以后的西方遭受"代笔"攻击的文章，作者也认为，"莎剧所显示的知识的广博与卓见，不是未受完全学校教育的莎氏所应有的"。[①] 19世纪中叶后，莎氏名著的著作人受到质疑，虚生在《莎士比亚问题之一个解决》中说，"我个人对于莎氏的著作素无研究，不敢妄定。但是我觉得莎氏的著作同莎氏所受底教育和人格太相悬殊，所以莎氏问题是很合法的"。[②] 所以，钱穆质疑莎士比亚的真实存在也非杜撰。在钱穆看来，莎士比亚是西方文学中人生和文学分离的典型，"欲求在中国文学史中找一莎士比亚，其作品绝出等类，而作者渺不可得，其事固不可能"[③]。"凡中国文学最高作品，即是作者的一部生活史，也可以说是一部作者的心灵史"，"言与辞，皆以达此心"。[④] 在钱穆看来，屈原、陶渊明、杜甫等文学与人生合一的文学是文学的最高境界，不朽的文学"即作品与作家

[①] 郭立华：《关于莎士比亚：他的诽谤和他和天才》，《中国文艺》1942年第6卷第4期。
[②] 虚生：《莎士比亚问题之一个解决》，《猛进》1925年。
[③] 钱穆：《中国文学论丛》，《钱宾四先生全集》（第45册），第73页。
[④] 钱穆：《现代中国学术论衡》，《钱宾四先生全集》（第25册），第259页。

融凝为一""文与人一，其人亦在文中"。① 因为，"文心即人心，即人之性情，人之生命之所在。故亦可谓文学即人生，倘能人生而即文学，此则为人生最高理想、最高艺术"②。钱穆崇尚文学的真实性，强调只有人文合一，才能从作品中推寻作者。显然，莎士比亚作为一个职业文人，其作品人物画廊中的众生相不可能都是莎士比亚的素描。钱穆于是导出这样的结论：西方人为学，非学为人，仅重知识信仰，而可离于人生。钱穆认为，"学术愈进步，而人生则益争益乱，永不能达于大同太平之一境"③。中国学习西方文学，背离中国传统，就会有学术和人生分离的危险。钱穆展示了以莎士比亚否定西学的用意，他的否定中潜藏着一个质问：相比中国传统文学等而下之的西学，对人的内在生命没有提升作用，让文人沦为职业文人的工具化西学难道值得国人追捧吗？中国不必慕西，因为中国也有可与莎作媲美的艺术，国人西化，势难阻挡，对于西方国家的帝国本性，尤其是莎士比亚所属的西方国家的侵略性，钱穆进行了痛心疾首的呼告。

其次，贬低莎士比亚。钱穆评论莎士比亚有破有立，莎士比亚并非国人应该学习的典范，那么国人应该师法什么？钱穆在树立文学样板的同时，极力贬低莎士比亚。他首先将莎士比亚和同时代的中国文学家归有光作比较，"归氏善写家庭生

---

① 钱穆：《现代中国学术论衡》，《钱宾四先生全集》（第25册），第267页。
② 钱穆：《现代中国学术论衡》，《钱宾四先生全集》（第25册），第260页。
③ 钱穆：《晚学盲言》（上），《钱宾四先生全集》（第48册），第271页。

活,琐情细节,栩栩如生。至今读之,犹如活跃纸上,尚能深入人心。莎氏则身世不详,至今在英国人无定论。故中国文学乃作者之内在人生,而西方文学作者则与作品可以绝不相关"①。提出归有光的小品文,主要是为了反对"五四"时期文学的讨伐之气和大口号、大理论。他多次肯定归有光的为文、为学,号召今人要先学习古人的为人。推出归有光,或许仅仅因为他与莎士比亚时代相近,至于莎剧和归有光的文字细部的比较,钱穆并没有深入,只是以归氏文字打动人心贬抑莎剧没有灵魂。钱穆贬低莎剧的第二步是指出莎剧缺乏教化功能,他举《秦香莲》和《西厢记》为正面例子,反衬莎剧不足,钱穆认为中国戏剧寓教育感化之意多。而西洋恋爱小说与戏剧如《罗密欧与朱丽叶》之类,唯富刺激性,无教育感化之意义可言。钱穆列出中国传统经典剧目与莎剧抗衡,对莎剧用离奇的故事吸引观众很不屑,认为这都是技巧层面的心机,应该否定。那么中国有没有比莎剧高明的戏剧?钱穆自然要给国人开出剧目单,中国大可不必慕西,因为中国也有可与莎剧媲美的艺术,比如"昆曲仍尚流传,较之歌德与莎翁,影响深远,当犹过之。今日国人则唯歌德、莎翁是崇是慕"②。在对莎士比亚的贬低中,钱穆不断流露出对国人崇洋媚外、自我菲薄的不满,指责民国以来中国学人一味慕西的浅薄。

第三,褒扬莎士比亚。钱穆对莎士比亚少有的赞美集中在《中国民族之文字与文学》一文中,文中他承认莎剧是经典,

---

① 钱穆:《晚学盲言》(上),《钱宾四先生全集》(第48册),第682页。
② 钱穆:《晚学盲言》(上),《钱宾四先生全集》(第48册),第682页。

认为莎剧具有永恒性。"如英美诸邦,入其乡僻,亦复拼音不准确、吐语不规律者比比皆是。彼中亦自有高文典册,虽近在三四百年间,即如莎翁戏剧,英伦伧粗,岂尽能晓?"①"故西方文学之取材虽具体就实,如读莎士比亚、易卜生之剧本,刻画人情,针砭时弊,何尝滞于偏隅,限于时地?反观中土,虽同尊传统,同尚雅正,取材力戒土俗,描写力求空灵,然人事之纤屑,心境之幽微,大至国家兴衰,小而日常悲欢,固无不纳于文字……今使读者就莎士比亚、易卜生之戏剧而考其作者之身世,求见其生平,则卷帙虽繁,茫无痕迹。"② 这两段话,具有明显的所指性。第一段话反对"兴白话",一方面是因为对古文的依恋,一方面有其士大夫的精英心理基础,举莎剧作为经典,把莎剧当作雅文学的典范,是为了反对废除汉字的思潮,激励当局普及教育,提高民众阅读能力,增强对中国文字的信心。第二段话先扬后抑,举莎剧的超时空与创新性,反衬中国文学亲近人生又超时空的无可比拟之优势。

可以说,钱穆对莎士比亚的态度自相矛盾。他对莎士比亚、西方文化的否定、贬低都不够严谨。比如,为什么西方的建筑是其"文化精神之物质形象化",而中国的不是呢?莎翁的身世的确存疑,但是关于莎氏的传记和年谱数不胜数,而他只抓住身世不详的说法不放,为什么昆曲比莎剧影响深远?这些观点,都需要有力的资料佐证,钱穆基本上只罗列观点,不深入论证。虽然屡屡言及莎士比亚,但浮光掠影,

---

① 钱穆:《中国文学论丛》,《钱宾四先生全集》(第45册),第10页。
② 钱穆:《中国文学论丛》,《钱宾四先生全集》(第45册),第20页。

总是醉翁之意不在酒,莎士比亚成了一个工具和符号,成为他论述的由头。那么,他早期对莎士比亚的褒扬又是出于什么原因?经历了中华民族的生死存亡后,钱穆认识到,中西文化交融的美景一不小心就会变成文化侵略的现实,根子在于防止国人将"趋新之论转为扫旧"。在新文化运动时期,知识界就有以钱玄同、鲁迅等为代表的废除汉字的呼声,表达接受世界文明的愿望。在钱穆看来,中国在经济政治上受到异族压迫,如果文字也被西方同化,等于成全了西方的文化侵略阴谋,无异于是中国传统的毁灭,将连绵的中国历史和文化斩断。钱穆认为文字是中国文化的根,文字若消亡了,中国也就陷入危机,他将莎剧作为雅言的代表,雅言是保存传统的载体,而用雅言写作的作品是应该被珍视的。只要提高教育水平就可以让人人都能读懂雅文学,传统就会传续,所以他反对废除汉字,褒扬莎士比亚,并非出于真正心仪莎剧,而是借莎士比亚言中国之事。

钱穆希望国人认清以莎士比亚和英国为代表的西方文化的面目,能静心回返自身文化,寻找新生的力量。看来,钱穆的"倒莎"实乃对躁进的新文化运动中"打倒孔家店""全盘西化""重新估定一切价值"等激进行为的反应,是对新文化运动断裂传统之根的反驳。钱穆以中国文学的衡量标准质疑莎士比亚作品一流文学的合理性,同时他又承认莎士比亚是西方先进文明的典范,否则,他不会处处以莎士比亚为例进行中西比对。

二、 莎士比亚的符号化

　　钱穆对西方文化和莎士比亚的评论大多是断语式的粗泛而谈，只揭示本质区别，不做分析，缺乏基本的逻辑性。他将莎士比亚作为西方文化的代表，进行中西比较，把中西文化作为完全不可调和的对立文化，强调中国文化和谐、内倾、厚重、不朽、灵性等优越性，恐惧中国文化的断裂，他守护传统文化的情感让人动容，但他对西方文化弊端的言辞显得有些随意和情绪化。钱穆用莎士比亚做例子，其实是用莎士比亚做工具反驳西方文学，于是，莎作与其人分离就是西方文学作者与作品分离，凡他论及莎士比亚的不足，那就是整个西方文学的不足。

　　钱穆不通西文，傅斯年曾说钱穆有关西方欧美的知识尽从读《东方杂志》得来①。《东方杂志》是东西文化大论战的重要阵地，是以中国文化的守卫者著称的，钱穆的阅读选择具有心理认同基础。莎士比亚作为一个抽象的名词在钱穆言论中出现不下十次，除偶尔提到《罗密欧与朱丽叶》，其他莎剧几乎没有被提及。可见，钱穆对莎翁的了解出于其名气，对莎剧故事有所耳闻，但深入的阅读不够，莎士比亚在他看来成了西方文明的化身，就算把莎士比亚置换成歌德、雨果等，也不影响他的基本论断，他的褒莎、贬莎、抑莎都指向西方文化，目的是要国人敝帚自珍、返本开新，创新国家民族文化。

---

① 印永清：《百年家族——钱穆》，立绪文化，2002年，第137页。

钱穆以莎士比亚为例指出了国人"慕西"的无知与危险，又对国人"趋新"的喜新而厌旧心态进行了匡正，他认为，不能将西学与新学画等号，"新旧只是一名词分别，就时间言，今日之新明日已成旧。就空间言，彼此两地亦必互见为新"①。这个具有哲学意味的辨析固然有几分道理，但在西学被新学取代之下，其新旧绝非形式上的差别，对国人的刺激更多来自西学内容的新奇和发达程度带来的压力。钱穆潜意识里也承认西方文明是先进文明的前提，附和主流声音对莎士比亚的推崇，而这个假设的前提，暗藏着一个诘问，那就是既然国人都倾慕莎作，一心向西，那么西方人的尊古难道不应该学习吗？我们也应该学习西方人维护传统，"又如莎翁乐府，乃西方四百年前事，国人亦研赏不辍。何以在西方尽古尽旧都足珍，在中国求变求新始可贵"②。这个观点和林纾如出一辙，也能看出钱穆对莎士比亚的矛盾态度。

　　以传统文化"立国"，文化被西方吞并也就意味着中国有机生命的终止，那么对于"立人"，钱穆的侧重点在于强调理想的国民必须对本国的历史文化有充分的了解。历史文化就是一个国家"民族精神"的表现。③ 国家民族的独立有待于传统文化精神的复活，个体只有对传统有了深厚的依恋，才不会盲目迷信西学。在对理想国民的描绘方面，钱穆还是以传统儒家"人人皆可为尧舜"，勉励国人要"日新其德"，从理想上创

---

① 钱穆：《周濂溪通书随劄》《宋代理学三书随劄》，《钱宾四先生全集》（第10册），第211页。
② 钱穆：《中国文学论丛》，《钱宾四先生全集》（第45册），第238页。
③ 钱穆：《中国历史精神》，《钱宾四先生全集》（第29册），第12页。

造人,完成人。

莎剧作为大英帝国推进文化殖民的代言者,是西方文化漫卷东方的历史阶段。表面看来,钱穆逃避西学入侵的现实,他对西方文化的拒斥,没有跳脱士大夫阶层的局限,他对中国文化的拳拳之心,实质上源于对中国传统文化有深刻生命体验的儒者对文化"他者"反思的防御机制,他看重中国的文化生命,担心西方文化吞噬了中国文化,希望在向西方学习时保持本国的民族意识,将"自我"本位作为一个重要问题对待。而他的保守被视作感情用事的"我族中心观"[①]。遗憾的是,钱穆的复古和反西化言论成为没有听众的独语,甚至成为西化派的讥讽对象,根本原因在于无论"立国"还是"立人",作为尊古的代表,钱穆的困境在于无法为中国的现代转型提供新的意义。

第二节 鲁迅与莎士比亚的交集

在《人之历史》《科学史教篇》《文化偏至论》《摩罗诗力说》等早期文章中,鲁迅提倡"摩罗"精神,推崇拜伦、雪莱、裴多菲等,鲁迅对"人"的关注十分醒目,人立而后凡事举,西方强盛的根基在人,鲁迅在《文化偏至论》中倡导"个性张,沙聚之邦,由是转为人国"。而"立人"一直是他用文

---

① 殷海光:《殷海光全集》(第16卷),桂冠图书股份有限公司,1990年,第494页。

学改良社会的基点,因为"人既发扬踔厉矣,则邦国亦以兴起"。1903年的《斯巴达之魂》中,鲁迅显然是想借西方的力量做中国的"强心剂",所以,鲁迅在对西方文学的借鉴中,始终没有脱离本民族的立场。

一、早期作品中作为经典的莎翁

鲁迅初涉文坛,莎士比亚就进入了他的视野。1895年5月后,鲁迅在南京江南水师学堂和矿路学堂主要学习近代的自然科学知识,从他在留日初期的《月界旅行·辨言》《说鈤》《中国地质略论》等可见一斑。鲁迅翻译了儒勒·凡尔纳等人的科幻小说,渐渐注意到西方先进的科学精神和文艺精神之不可偏废,于是他高调引进西方文化和文学。1907年,鲁迅在《科学史教篇》中说,"故人群所当希冀要求者,不惟奈端已也,亦希诗人如狭斯丕尔(Shakespeare);不惟波尔,亦希画师如洛菲罗(Raphaelo);既有康德,亦必有乐人如培得诃芬(Beethoven);既有达尔文,亦必有文人如嘉来勒(Garlyle)。凡此者,皆所以致人性于全,不使之偏倚,因以见今日之文明者也"①。莎作早年在鲁迅眼里不但是西方先进文明的精华,更是人类共同的精神财富,是中国的良药与急需品,莎作竟然具有疗救人性的功能,可推知,鲁迅认为莎士比亚无论写美善丑恶,其对人性的颂扬和揭露都具有震撼作用,

---

① 鲁迅:《科学史教篇》,王世家、止庵编《鲁迅著译编年全集》(第1卷),第285页。

足以感化教化人,使之向善。

鲁迅在 1908 年的《摩罗诗力说》中有"十九世纪前叶,果有鄂戈里起,以不可见之泪痕悲色,振其邦人,或以拟英之狭斯丕尔(W. Shakespeare),即加勒尔所赞扬崇拜者也"①。从《摩罗诗力说》这篇专论外国文学的文章中,我们发现鲁迅此时对外国文学的思潮和发展已经非常熟稔,不光英美俄等大国,波兰、匈牙利、挪威等弱势民族文学也全在目下。在这里,莎士比亚和尼采、果戈理等一道被作为民族代言人"以殊特雄丽之言,自振其精神而绍介其伟美于世界"。鲁迅也期待中国能出现自己的莎士比亚和尼采,与世界文豪们并立,为世人称道。

早期鲁迅对莎士比亚的了解比较有限。首先,鲁迅所使用的"狭斯丕尔"来自严复所译《天演论·导言十六·进微》:"词人狭斯丕尔之所写生,方今之人,不仅声音笑貌同也,凡相攻相感不相得之情,又无以异。"鲁迅在南京读书时严译著作正风靡学界,鲁迅也是从严复那里知道了莎士比亚的声名。而林纾的《吟边燕语》作为对中国学者群的西方文化启蒙读物也使鲁迅对莎士比亚有所了解。不同的是鲁迅对莎士比亚不仅在于介绍,更是将他作为先进西方文学的泰斗级人物加以推崇。其次,以上引文中提到的嘉来勒(Garlyle),指的是英国历史学家卡莱尔,他的《论英雄、英雄崇拜和历史上的英雄事迹》中将穆罕默德、但丁和莎士比亚都尊为英雄予以评介。鲁迅在《科学史教篇》中将莎

---

① 鲁迅:《摩罗诗力说》,王世家、止庵编《鲁迅著译编年全集》(第 1 卷),第 248 页。

士比亚和卡莱尔作为与科学家并列的人文学家的优秀代表同时提出,在《摩罗诗力说》中以卡莱尔对莎士比亚的膜拜带出了一个信息,那就是他对莎士比亚的再认识和阅读卡莱尔的著作密不可分。卡莱尔极力赞扬英雄人物对于改造世界的伟大作用,莎士比亚正是被卡莱尔列为人类典范称许的,因为接触到的外国文艺作品对莎氏不断赞许,鲁迅进而将莎作信手拈来作为西方文学的辉煌之果推出,向国人宣传呼告。第三,在这时的鲁迅眼里,莎氏虽然声名赫赫,但是他并没有深入阅读莎剧,所以在他早期的对莎士比亚相关论述中,莎士比亚是经典的代表,但也仅仅是一个空洞的符号,并没有实质的意义,所指的只是能给中国注入新鲜力量的一种西方先进文化,是一种携带着集体意识的对莎士比亚的乌托邦想象,是根据中国现实语境和需求对莎士比亚进行的自我设想,远远不是莎士比亚本身。而1930年代是鲁迅谈论莎士比亚最多的时候,杂文中常会点到莎士比亚,比如"春梦是颠颠倒倒的。'夏夜梦'呢?看莎士比亚的剧本,也还是颠颠倒倒"[①]。随后引出"秋梦",在《"莎士比亚"》《又是"莎士比亚"》《不懂的音译》《理水》《〈华盖集〉题记》《杂论管闲事·做学问·灰色等》《马上日记之二》《文学和出汗》《文艺与革命(并冬芬来信)》《张资平氏的"小说学"》《"论语一年"》《文床秋梦》《〈准风月谈〉后记》《读几本书》《"以眼还眼"》《"题未定"草(一至三)》《"骗月亮"》《〈出了象牙之塔〉后记》《致陶亢德》等文章中都提到了莎士比亚。

---

① 鲁迅:《文床秋梦》,王世家、止庵编《鲁迅著译编年全集》(第15卷),第340页。

二、归国后对莎士比亚的疏离

然而,留日归来到"五四"前后,之前受鲁迅推崇的莎士比亚终于被冷淡了。其中的原因似乎不难看出,一是鲁迅本人英文不佳限制了他与莎士比亚的亲近,鲁迅多次表示,"我不解英文,所以于英文书店,不大知道……我想,要知道英国文学新书,不如定一份 Bookman(要伦敦出的那一种),看有什么书出,再托'别发'或'商务印书馆'向英国去带,大约三个月后,可以寄到"①。他翻译了厨川白村的《苦闷的象征》一年后,又选译了厨川白村的《出了象牙之塔》,在后记中说"我于英文是漠不相识"的,著者引英美的人物和作品为最多,工作多由"韦素园,韦丛芜,李霁野,许季黻四君"帮忙做的。② 由此可见,鲁迅与莎士比亚的隔膜首先是语言关,这就使鲁迅缺少了靠近莎士比亚的优势,不得不说是一个遗憾。再加上鲁迅的留日经历使他更精通俄文和日文,而日俄两国又作为西方文明的中介国和桥梁为近现代中国传递西方的文化信息,鲁迅似乎也没有精力再学习英文。这样,鲁迅对莎士比亚的了解多从他人的评介中得到。二是当时留日派和英美派无形中化成不同的阵营,各专其长,不长于英文的鲁迅自然不再有精力研读莎士比亚。表面上,以上两个原因迫使鲁迅与

---

① 鲁迅:《致康嗣群的信》1928 年 7 月 25 日,王世家、止庵编《鲁迅著译编年全集》(第 9 卷),第 254 页。
② 鲁迅:《〈出了象牙之塔〉后记》,王世家、止庵编《鲁迅著译编年全集》(第 6 卷),第 471 页。

莎士比亚渐行渐远,好像鲁迅是被动冷淡莎士比亚的,其实,究其根本在于鲁迅作为主体的选择,他没有主动选择和莎士比亚相关的译介工作,而主要集中在译介俄苏文学、东欧北欧等弱势民族文学、国外新兴的木刻艺术和日本文学。① 我们耳熟能详的就有凯拉绥克的《近代捷克文学概观》、野口米次郎的《爱尔兰文学之回顾》、纪德的《描写自己》等,从当时的现实需要以及自己目力所及和兴趣出发,鲁迅逐渐形成了自己的译介领域。

鲁迅也是参与了中西文化联姻的一个"红娘",要孕育中国文明的"宁馨儿",鲁迅在对象的选择上带有主体的选择印记。他的选择带着强烈的民族意识,尤其是从国外归来,民族意识觉醒之后,更是痛心中国的现状。所以,民族性成为鲁迅考量"联姻"的第一把标尺。在鲁迅那里,文学艺术是指引民族精神的灯塔之光,英美大国带着强势文明来势汹汹,大有抢掠中国压制弱小文明之势,何不扬长避短,发挥自己的语言优势,重新开垦一方天地,译介和中国语境相关的文学?俄国革命成功必借文学之力,弱国文学更容易在国人心中引发同病相怜、惺惺相惜之感。所以鲁迅避开了以莎士比亚为标志的西方经典,倾力于日俄等外国文艺的译介。也许,鲁迅以小见大的方式更容易让人接受,"人们抱怨他翻译的是小作家的作品,似乎没有眼光。而鲁迅大概觉得,小作家的远离名家的话语方式,可能更有价值。莎士比亚、歌德自然伟大,伟大到人所熟

---

① 袁荻涌:《鲁迅与世界文学》,中国文联出版社,2000年,第65—66页,袁先生提到了前三个方面,日本文学方面为笔者补加。

知的程度,而二三流的作品也许整体看不行,但闪光点才是要摄取的"①。这个思想在鲁迅和周作人1909年推出的《域外小说集》中已经初现端倪,收录的16篇译文中俄国和波兰的作品所占比重最大,多不是纯艺术的作品而和社会现实密切相关。鲁迅的译介,很少有住在象牙塔里的作家:多是带着社会改造理想的作家;多为近代作家,少远古作家,其中不乏儿童文学作家。对强势国家出身的莎士比亚,鲁迅是怀着戒备之心的,1922年在《不懂的音译》一文中,有这样的话,"当假的国学家正在打牌喝酒,真的国学家正在稳坐高斋读古书的时候,沙士比亚的同乡斯坦因博士却已经在甘肃新疆这些地方的沙碛里,将汉晋简牍掘去了;不但掘去,而且做出书来了"②。斯坦因从敦煌遗书遗物中掠走了部分史料,并且有了具体的研究成果,这于中国人是何等悲愤和耻辱的事情。然而斯坦因毕竟和莎士比亚都是大英帝国的子民,鲁迅的指责是无奈的,莎士比亚是众人皆知的,举国上下艳羡西方一流作家,尤其是英美派常以略懂莎士比亚显示自己的优越性,虽然莎士比亚已经作古,但是他的国家正在欺凌第三世界,他的同胞也在趁火打劫,可恨的是中国的学者,不是沉湎在妄自尊大的虚幻中,就是在声光色影里醉生梦死。这里强调的莎士比亚已经不单是先进文明的表征,而带有强权掠夺的意味,是强势文明的符号,是鲁迅对文化侵略的悲愤和对国内文人恨铁不成钢的无奈发泄的靶子。

---

① 孙郁:《鲁迅话语的纬度》,《鲁迅研究月刊》2011年第2期。
② 鲁迅:《不懂的音译(二)》,王世家、止庵编《鲁迅著译编年全集》(第4卷),第628页。

鲁迅对莎士比亚的态度和他对英国的态度是同样矛盾的，形成分裂态势，即在文化上借其振兴中华文化，在心理上却冷静地将其文化侵略本质看得很清。所以，中国学人一方面心理和尊严上带有排斥感，另一方面清醒认识到莎士比亚和西方强势文化不可不知。主张"睁眼看世界"的他鼓励读者除了阅读弱势民族的文学之外，也可看看"帝国主义的作品，这就是古语的所谓知己知彼"。出于民族自尊，要阅读有战斗力的弱势民族文学，而强国文学作为他山之石，也是强大自我的必修课。总之，不能再固步自封，浑浑噩噩，不进步、不学习就是落伍。鲁迅持续11年给李霁野写过53封书信，1935年，鲁迅热切地鼓励他去英国看看，认为去英国也是好的。① 鲁迅给陶亢德写了19封书信，集中在1933年10月到1934年7月，在1934年6月8日的信中，鲁迅告诉想学日文的陶亢德："学日本文要到能够看小说，且非一知半解，所需的时间和力气，我觉得并不亚于学一种欧洲文字，然而欧洲有大作品。先生何不将豫备学日文的力气，学一种西文呢？"② 可见，虽然鲁迅自己无心无力译介欧洲的大部头著作，这也包括莎士比亚的作品，却很关心莎士比亚在中国的译介，认为最要紧的是要有莎剧中译本全集，因为在日本多年的鲁迅不可能不知道日本早在1909年就由坪内逍遥翻译出了《莎士比亚全集》40卷，这不能不让他羡煞。所以，他劝自己身边英语好的人翻译莎作就是

---

① 鲁迅：《致李霁野》1935年7月17日，王世家、止庵编《鲁迅著译编年全集》（第18卷），第583页。
② 鲁迅：《致陶亢德》1934年6月8日，王世家、止庵编《鲁迅著译编年全集》（第16卷），第214页。

第三章　早期莎论莎评与现代中国思想界的文化倾向

情理之中的事情了，他动员林语堂译莎，但是林语堂却喜好谈"花树春光"之文，鲁迅极力鼓励林语堂为中国的莎学做点事情，也为自己留名，而林语堂最终没有走入莎士比亚的经典之中。报纸上也曾报道杜衡生活尚优越，为商务翻译莎士比亚全集的消息，① 这也是鲁迅和杜衡因为莎翁有了论争的一个原因。

鲁迅对莎士比亚矛盾的特殊情感，还有一部分源于论敌的攻击，鸣春在当时的《中央日报》《中央公园》副刊上发表《文坛与擂台》，对鲁迅提出批评，攻击鲁迅和他的杂文写作，以莎士比亚等世界文豪与鲁迅作比，"我们读的是莎士比亚，托尔斯泰，哥德，这般人的文章，而并没有看到他们的'骂人文选'"。② 对此，鲁迅回应道："颇诧异鸣春先生的引了莎士比亚之流一大串。不知道为什么，近一年来，竟常常有人诱我去学托尔斯泰了……"③ 鲁迅借托尔斯泰指出论敌的不良居心，顺带也假托莎士比亚讽刺对手，"而现在又很少有肯低下他仰视莎士比亚，托尔斯泰的尊脸来，看看暗中，写它几句的作者。因此更使我要保存我的杂感，而且它也因此更能够生存，虽然又因此更招人憎恶，但又在围剿中更加生长起来了"④。我们可以看出，在这些话语交锋中，莎士比亚与其说是至善艺术

---

① 《杜衡近为商务翻译沙士比亚全集》，《社会日报》1935年11月4日。
② 鲁迅：《〈准风月谈〉后记》，王世家、止庵编《鲁迅著译编年全集》（第17卷），第136页。
③ 鲁迅：《〈准风月谈〉后记》，王世家、止庵编《鲁迅著译编年全集》（第17卷），第136页。
④ 鲁迅：《〈准风月谈〉后记》，王世家、止庵编《鲁迅著译编年全集》（第17卷），第142页。

的化身，不如说是强势文化的符号，是论战的工具和手段。鲁迅也巧妙地用莎士比亚攻击对手，在《理水》中，鲁迅塑造的禹也有内心独白的意味，当第一位大员道："减少一些倒也是致太平之道。况且那些不过是愚民，那喜怒哀乐，也决没有智者所推想的那么精微的。知人论事，第一要凭主观。例如莎士比亚……"鲁迅直接借禹之口猛烈地回敬："放他妈的屁！"[①] 与务实无私的大禹相比，一群腐败崇洋、作威作福的学界、政界人士满嘴莎士比亚，充分暴露了他们夸夸其谈的丑态。

或许由于接受的原因，"闻莎士比亚时，有人失足仆地，或面沾污黦而不自知，见者便觉大可笑。今已不然，倘有笑者，可笑恐仅在此人之笑，时移世迁，情知亦改也"[②]。和人们对莎剧幽默的理解随时代变化而变一样，莎士比亚的接受也存在起伏，300多年前的莎士比亚无法和当时的中国同呼吸，显然不能为寻求复兴的中国注入强心剂，只能作为个人兴趣或谈资，无法激活当时的中国，当然，求救者更不能向本欲吞没自己的文化投怀送抱。这时，对莎士比亚的选择与疏离都具有很强的意识形态意味，一个外国作家的引进，事关民族、国家的尊严和前途，不单纯是一个文学层面的学术性问题，而鲁迅对莎士比亚的矛盾态度也是民族家国意识对文学渗透的结果。

---

① 鲁迅：《理水》，王世家、止庵编《鲁迅著译编年全集》（第19卷），第426页。
② 鲁迅：《致陶亢德》1934年4月1日，王世家、止庵编《鲁迅著译编年全集》（第16卷），第99页。

三、鲁迅对莎士比亚的关注

1924年,鲁迅翻译了厨川白村的《苦闷的象征》,据笔者统计,厨川白村在此文中以莎士比亚为文学创作的典范和论据的次数,共达七次之多。① 莎士比亚的经典性无可撼动,而鲁迅不再反复提莎士比亚,但是莎士比亚没有远去,作为不朽的经典不可回避,他仍然悬置在鲁迅的上空,稍不留神,就会遇到。因为有人穿着莎士比亚的外衣找上门要和鲁迅论辩,与其说鲁迅是被卷入论战中,不如说鲁迅干脆主动操起"莎"戈,以"莎士比亚们"的矛攻"莎士比亚们"的盾。

鲁迅和英美派的争斗很复杂,内中千丝万缕,这里无法展开。但莎士比亚的确是英美派炫耀身份的华丽外衣和谈资,自然而然莎士比亚也成了鲁迅攻击他们的靶子。 1925年的《〈华盖集〉题记》中,鲁迅在有人劝他不要做短评回应论战方时,"然而要做这样的东西的时候,恐怕也还要做这样的东西,我以为如果艺术之宫里有这么麻烦的禁令,倒不如不进去;还是站在沙漠上,看看飞沙走石,乐则大笑,悲则大叫,愤则大骂,即使被沙砾打得遍身粗糙,头破血流,而时时抚摩自己的凝血,觉得若有花纹,也未必不及跟着中国的文士们去陪莎士比亚吃黄油面包之有趣"②。同年的《出了象牙之塔》

---

① [日]厨川白村:《苦闷的象征》,鲁迅译,人民文学出版社,2007年,分别见第24、41、46、49、83、87页。
② 鲁迅:《〈华盖集〉题记》,王世家、止庵编《鲁迅著译编年全集》(第6卷),第554页。

后记中又调侃了英美派留学生的自恃:"恰如日本往昔的派出'遣唐使'一样,中国也有了许多分赴欧、美、日本的留学生。现在文章里每看见'莎士比亚'四个字,大约便是远哉遥遥,从异域持来的罢。然而且吃大菜,勿谈政事,好在欧文,迭更司,德富芦花的著作,已有经林纾译出的了。"① 译出英美法德的知名文人,竟是只知汉文的林纾,"连绍介最大的'已经闻名'的莎士比亚的几篇剧本的,也有待于并不专攻英文的田汉"②。他又狠狠地批评他们"物以稀为贵"的用别人羽毛装点自己的可恨之处。鲁迅笔下的英美派的文士在镀金的优越感下,有高人一等的气势,好大喜功,然而做学问却有点投机取巧。鲁迅也很尖刻,嘲讽他们在欧美用中国的知识糊弄外国人,在中国又拿西方的文学摆谱,莎士比亚就成了他们的口头禅。对此,鲁迅给予了回敬,"留学生不是多多,多多了么?倘有合宜之处,就要引以为例,正如在文学上的引用什么莎士比亚呀,塞文狄斯呀,芮恩施呀一般"③。不务实的英美派将莎士比亚作为装饰的符号,导致鲁迅的反感,由讨厌英美派而将酸雨也泼在莎士比亚头上,继而给不喜的英国文学扣上了一顶无聊的帽子。他在《祝中俄文字之交》一文中认为英国的文学主要是供绅士淑女们欣赏、消遣,只能当醉饱之后,在

---

① 鲁迅:《"出了象牙之塔"》,王世家、止庵编《鲁迅著译编年全集》(第6卷),第470页。
② 鲁迅:《"题未定"草》,王世家、止庵编《鲁迅著译编年全集》(第18卷),第376页。
③ 鲁迅:《杂论管闲事・做学问・灰色等》,王世家、止庵编《鲁迅著译编年全集》(第7卷),第4页。

发胀的身体上搔搔痒的。① 其实在鲁迅眼里,英美派是攀莎士比亚的高枝,达包装自己的目的。鲁迅认为英国作品无聊,不是针对英国文学作品,而是和英美派的紧张关系所致。鲁迅对莎士比亚的不恭和讽刺,与莎氏本身无关,从某种意义上说是对中国文士们心目中的莎士比亚的不恭敬和讽刺。② 可以看出,英美派对莎士比亚的高调标榜热情不减,他们还抱持着英美模式,转向苏俄方向的知识群体自然与之分歧愈大,对莎士比亚态度的迥异更根本的原因是中国学人方向选择的不同。因为英美派所炫耀的莎士比亚并没有全集翻译过来,知识的特权虽掌握在他们手里,却没有为民族文化做出像样的莎翁全集来,鲁迅也因此不满。1930年底,胡适任职中华教育文化基金董事会时,《莎士比亚全集》是他设想的一个重头工程。翻译人选为闻一多、徐志摩、叶公超、陈西滢和梁实秋,但是除梁实秋外,其他人都没有担起重任,若非梁实秋后来勉力为之,恐怕很难有结果。但是在当时,是看不到译莎的希望的。就连沈从文都反对胡适主持翻译西方经典的想法,作为作家,沈从文认为新文学对中国的社会组织、政治组织与青年思想甚至民族前途起了决定性的导向作用,"我们知道尊重莎士比亚,其实同时也就得培养莎士比亚!"③ 他认为扶持中国文学与译介西学同样重要,中国的文化自强之路是要诞生自己的文

---

① 鲁迅:《祝中俄文字之交》,王世家、止庵编《鲁迅著译编年全集》(第14卷),第420页。
② 高旭东:《鲁迅与英国文学》,陕西人民教育出版社,1996年,第123页。
③ 沈从文:《致胡适》1934年6月25日,《沈从文全集》(第18卷),北岳文艺出版社,2002年,第207—208页。

化巨人，这才是中国的"立国"之路。少一些像张资平一样的风花雪月者，我们能保得定荷马没有"史诗作法"，"沙士比亚没有'戏剧学概论'吗？"① 鲁迅还是认为，要多一些踏踏实实的创作者，文学的创作与文学的理论是不同的，要达到莎剧的创作水准，要先知己知彼，所以，译介莎剧才是当务之急。余上沅发表《翻译莎士比亚》②，对世界范围内的翻译情况做了介绍，认为通过翻译可以改造本国文字，翻译莎剧对中国的新诗和新文学大有裨益。这不仅是余上沅等戏曲工作者的呼声，也是鲁迅等留日派的愿望，更是欧美派们心知肚明必须要完成的大事件。

经典是动态的，是被建构出来的。作为经典的莎士比亚在鲁迅那里并没有得到创造性的阐释，从这个意义上说，鲁迅眼里的莎士比亚是一个经典，但是作为一个悬置的经典，没有真正被鲁迅所接受和创新。然而，从另外一个角度说，鲁迅对莎氏的评点和与他人就莎氏的论战，使莎士比亚越来越接近我们的视线，鲁迅眼里的莎士比亚也成为众多莎士比亚画像中不可多得的那一个。莎士比亚作为外来文化与鲁迅的"交往"并不是单纯的影响或者接受那么简单，鲁迅的可贵就在于不断在视野所及之处对以莎士比亚为首的英国文学译介予以关注。鲁迅想象性地建构了一个自己眼里的莎士比亚，这个莎士比亚实际上只是一个符号性的所指，从莎士比亚这面镜子，我们看到了鲁迅对自身的不断再认识和突破，莎士比亚是变化中的鲁迅的

---

① 鲁迅：《张资平氏的"小说学"》，王世家、止庵编《鲁迅著译编年全集》（第12卷），第106页。
② 余上沅：《翻译莎士比亚》，《新月》第3卷，第5—6期。

一面镜子，而非真正的莎士比亚本身。鲁迅对中国的莎学发展具有促进作用，在此意义上，张泗洋主编的《莎士比亚大辞典》将鲁迅也囊括在 60 个中国莎学学者名单中是较为客观的。

第三节 胡适的莎士比亚观

在西方，莎士比亚高居文明金字塔的顶峰，被请入中国后，恭迎莎士比亚的国人大多对其一知半解却深怀仰慕，但是在西方文化中学习的胡适却始终保持了"冷静的头脑和沉思的独立思考"①。胡适真正认识莎士比亚始于 1911 年在康奈尔大学农学院兼修英文时期，莎作是西方大学课堂的经典文本，阅读莎作是提高英文水平、了解西方文化的重要途径，《亨利第五》就是他在厕上及电车中利用光阴学习的②，胡适日记中留下了他研读莎士比亚的历程。

一、"异邦人"初识莎剧

首先，胡适从一开始研读莎士比亚就带着质疑和挑战，作为西方文学的经典，莎剧到底是不是如传说中那么无可挑剔？读完新课本 Romeo and Juliet，胡适做出了这样的评价："此书情节殊不佳，且有甚支离之处。然佳句好词亦颇多"，"正如吾

---

① 谭宇权：《胡适思想评论》，文津出版社,1996 年,"自序"第 4 页。
② 胡适：《胡适留学日记》（上册）,1914 年 7 月 17 日，第 201 页。

国之《西厢》,徒以文传者也"。① 读《麦克白》,他更是自问"此书为萧氏名著,然余读之,初不见其好处,何也"②。"Hamlet 真是佳构,然亦有疵瑕"③。可以看出,受中国传统的文学观念熏陶的胡适最初也是以中国人的眼光看莎剧的,中国传统将戏剧创作比作缝衣,孜求绵密,尤其重"结构",其中,李渔在《闲情偶寄》中提出的"审虚实""脱窠臼""密针线""戒讽刺""立头脑""减头绪""戒荒唐"等都是对戏剧的基本要求,胡适以此标杆量度捭阖纵横、旁枝逸出的莎剧就会有不同见解,而这种异见又促使他深入阅读莎剧,探析西方人尊莎的原因。

　　胡适不但通过莎剧学习英文,还带着学者研读的习惯学习莎剧,他给 Shakespeare 取名"萧思璧"④,这个名字相当"中国",莎士比亚变成了中国人,有中国的姓,入了中国籍。胡适还先后作《Romeo and Juliet 一剧之时间的分析》《Ophelia 论》《Hamlet 论》等论文⑤,大半是课业,他以中国人的眼光发论受到了老师的称许。胡适对莎士比亚的吸收力很强,能迅速学以致用,1911 年 7 月 11 日,胡适接到国内来信,知道自己一位名为乐亭的友人去世。这对年轻的胡适是一大刺激,他很感慨,作了《哭乐亭诗》纪念逝去的朋友,诗的开头拈来莎士

---

　① 胡适:《胡适留学日记》(上册),1911 年 3 月 14 日,第 8 页。
　② 胡适:《胡适留学日记》(上册),1911 年 9 月 1 日,第 32 页。
　③ 胡适:《胡适留学日记》(上册),1911 年 4 月 15 日,第 12 页。
　④ 胡适:《胡适留学日记》(上册),1911 年 2 月 17 日,第 6 页。
　⑤ 胡适:《胡适留学日记》(上册),1911 年 4 月 4 日,第 12 页。4 月 21 日(星期五)日记再次提及"余前作《Ophelia 论》,为之表章甚力,盖彼中评家于此女都作贬词,余以中国人的眼光为之辩护"。

比亚十四行诗第60首，胡适译为"人生趋其终，有如潮趣岸；前涛接后澜，始昏倏已旦"①。胡适一口气阅读了莎剧，读得多了，渐渐觉出莎士比亚的好，"读'The Tempest'。连日读萧思璧戏剧，日尽一种，亦殊有趣"②。胡适对莎剧的态度变化在某种程度上预示了他对西方文化的深度接受。1912年9月25日，胡适看了一场《哈姆雷特》后，态度发生了逆转，他点评《哈》剧的故事"为吾国历史伦理所未有，知此而后可以论此剧中情节"③。他的视角已经从西方出发，用西方的伦理观理解剧中离奇与巧合的情节，一旦颠覆前见，胡适的态度马上与之前大为不同，甚至比较中西戏剧不同，自批不如人之处，"吾国旧剧自白姓名籍贯，生平职业，最为陋套，以其失真也。吾国之唱剧亦最无理。即如《空城计》，岂有兵临城下尚缓步高唱之理？吾人习焉不察，使异邦人观之，不笑死耶？"④胡适将中国戏剧做了新旧之分，对中国传统戏剧的程式和唱剧做了批评，显然与中国的"旧"对应的是西方那个的"新"，胡适不以莎为旧，反将其当作反省中国戏剧的思想资源。中国戏剧最引以为傲的套式、唱腔都具有写意和象征意味，不是写实表达，而西方戏剧重模仿，不同于中国戏剧的理念和意境营造，胡适以西方的模仿说衡量中国戏曲的写意模式，显然是先前思想的倒置。初读莎剧时，胡适是西方文化的他者，站在"异邦人"（中国人）的立场，对莎剧颇有微词，

---

① 胡适：《胡适留学日记》（上册），1911年7月11日，第26页。
② 胡适：《胡适留学日记》（上册），1911年8月30日，第32页。
③ 胡适：《胡适留学日记》（上册），1912年9月25日，第43—44页。
④ 胡适：《胡适留学日记》（上册），1912年9月25日，第43—44页。

随着他对西方文化了解的深入，尤其在观看莎剧表演之后，他对莎剧的态度发生了逆转，将自己从中国文化中抽离出来，想象一个"异邦人"（西方人）对中国戏剧的看法。无疑，他是站在西方戏剧角度反观中国戏剧的，他对中国戏剧的指责可以视作他成功吸纳西方文化的标志，这种对中国戏剧的新旧之分和对中西文学差异的认识也成为他日后开展文学革命的思想资源。需要注意的是，胡适对莎剧的研习，是他进入西方文化的快速通道，他较早采用比较文学的视野将莎剧和中国传统戏剧进行对比，没有盲目肯定莎剧，对中国传统戏剧的反思也有"借鉴西方，为我所用"的意图。

二、有文学无思想的"莎士比亚"

需要注意的是，胡适对中国戏剧的不满绝不等于他赞赏莎士比亚。虽然借莎剧之梯磨炼了英文，但莎剧中缺乏改革中国社会的思想因素，就算移植到中国，对中国社会的刺激不大，尤其是在需要行动变革的"五四"时代，文学作品对社会的现实意义比审美价值更受重视，难怪胡适后来会说："我们又泛论到三百年来——自萧士比亚到萧伯讷——的戏剧的进步。我说，萧士比亚在当日与伊里沙白女王一朝的戏曲家比起来，自然是一代的圣手；但在今日平心而论，萧士比亚实多不能满人意的地方，实远不如近代的戏剧家。现代的人若虚心细读萧士比亚的戏剧，至多不过能赏识某折某幕某段的文辞绝妙——正如我们赏识元明戏剧中的某段曲文——决不觉得这人可与近代的戏剧大家相比。他那几本'最大'的哀剧，其实只当得近世

第三章　早期莎论莎评与现代中国思想界的文化倾向

的平常'刺激剧'（Melodrama）。如'Othello'（《奥赛罗》）一本，近代的大家决不做这样的丑戏！又如那举世钦仰的'Ham-let'，我实在看不出什么好处来！ Hamlet 真是一个大傻子！"① 这些偏激的结论是中国莎士比亚评论史上比较罕见的，可谓是对莎剧的"去神化"揭露，莎剧自入中国，众人叫好，很少有另类声音，人们或慑于莎氏威名，或倾慕西方，或怕贬莎会贻笑大方，钱穆出于民族情感抵抗莎剧，胡适则因莎剧太古、哈姆雷特的"寡断"对整个社会是个大忌而诋评莎士比亚的声名。胡适的线性进化思想展现无遗，他认为一时代有一时代的文学，在戏剧的进化链条上，莎士比亚的后起一定要强过他。郑振铎对胡适的思想做了更令人信服的解释："'进化'二字，并不是作'后者必胜于前'的解释。……英国文学的进化，由莎士比亚，而史格德，而丁尼生。并不是说丁尼生比莎士比亚一定好。"② 虽然胡适和郑振铎对莎士比亚的评价不同，但是打破中国人尊古的文学观念，将文学视作变动、变化的观念却是一致的。胡适将莎士比亚放在"近代大家"也就是易卜生、萧伯纳等的对立面，很显然，莎士比亚的戏剧与近代社会的民族解放、个人独立等现实问题有一定距离，他对莎士比亚的讥讽实际上并未针对莎士比亚，而是棒喝国人应该头脑清醒地学习西方，首取有益于改进社会的思想，如医治病体一样，易卜生属于急需药物，而莎剧并非必需品，或许是康复

---

① 胡适：《胡适全集》（第 29 卷），1921 年 6 月 3 日日记，安徽教育出版社，2007 年，第 282—283 页。
② 郑振铎：《整理中国文学的提议》，贾植芳等编《文学研究会资料》（上册），第 267 页。

后的营养品。胡适比较两者,"易卜生《海妲传》,此书非问题剧,但写生耳。海妲为世界文学中第一女蜮,其可畏之手段,较之萧氏之麦克伯妃但有过之无不及也"①。易作不但思想性强,人物描写也不输于莎作,"我们学西洋文学,不但是要认得几个洋字,会说几句洋话,我们的目的在于输入西洋的学术思想"②。胡适斥责莎士比亚为英国文艺复兴后的文学制造了影响巨大的焦虑,莎作中难以导出中国社会改革的思想,应该革莎士比亚的命。"英国人崇拜萧士比亚太甚了,被他笼罩一切,故十九世纪的英国诗与小说虽有进步,于戏剧一方面实在没有出色的著作。"③ 莎士比亚竟然成了后来英国戏剧不景气的罪魁祸首!不仅如此,中国大学的课堂,通行的英文书籍都过分重视莎士比亚,"我以为中国学校教授西洋文学,应该用一种'一箭双雕'的方法,把'思想'和'文学'同时并教。如教戏曲,与其教萧士比亚的《威匿思商》,不如用 Bernard Shaw 的 Androcles and the Lion 或是 Galsworthy 的 Strife 或 Justice"④。很明显,胡适将西方文学资源分为有思想与无思想两类,莎作就属于没有思想的文学,通过莎士比亚传递西方思想起不到事半功倍的效果。胡适驳莎的怪论并不奇怪,恰恰符合他革旧开新的思路,如莎士比亚之类的传统和权威与孔子一样,正是文学改革的拦路虎,属于要清理的对象。

---

① 胡适:《胡适留学日记》(下册),1914 年 8 月 9 日,第 223 页。
② 胡适:《归国杂感》,《胡适全集》(第 1 卷),第 594 页。
③ 胡适:《文学进化观念与戏剧改良》,《胡适全集》(第 1 卷),第 144 页。
④ 胡适:《归国杂感》,《胡适全集》(第 1 卷),第 594—595 页。

第三章　早期莎论莎评与现代中国思想界的文化倾向

新文化运动过后，1930年底，胡适任职于中华教育文化基金董事会的翻译委员会，拟定闻一多等五人试译莎翁全集的计划，虽然计划泡汤，但莎士比亚的翻译研究在走过思想压过艺术的年代后，还是不可回避的问题，衡量中国对西学的学习，莎士比亚这座大山无论如何都要征服，翻译莎翁全集就是普及西学的首要努力。那么，莎士比亚作为胡适借鉴西学的思想资源之一，到底和中国的新文学有什么联系？说到底，莎士比亚是建构胡适西学思想的参与者，也是胡适改造中国的一个工具，而这种工具意味在白话文运动中尤其鲜明。

第四章

莎士比亚与现代中国思想转型

第四章 莎士比亚与现代中国思想转型

如前文所述，因为莎士比亚作品的演出被作为中国戏剧转型的一个标杆，莎剧全集的翻译也被当作事关国家荣辱的大事，所以，莎士比亚在中国的传播与接受势必与社会思潮和运动有了千丝万缕的联系，也就是说，从莎剧的演出、译介和研究中，我们可以反观其与现代中国思想转型间的关联。

第一节 莎士比亚与白话文运动

改革文言文的需求和意识伴随着社会改革，梁启超曾指出，"古人文字与语言合，今人文字与语言离，其利病既缕言之矣。今人出话，皆用今语，而下笔必效古言，故妇孺农氓，靡不以读书为难事。而《水浒》《三国》《红楼》之类，读者反多于六经"①。语言是交流的符号，也是一种文化的载体，文字和语言的分离必然导致文化普及的困难，胡适主要是以进化思想论证白话文是中国文学发展的必然结果，他不但在《白话文学史》和《五十年来中国之文学》中考察了中国白话文学史的发展，还对古代的白话文学进行搜集、考证，在1920至1923年间，他对《水浒传》《红楼梦》《西游记》《三国演义》《儒林外史》《镜花缘》等做了深入研究。胡适应陈独秀的约请，1917年1月在《新青年》上发表《文学改良刍议》时还在美国留学，他根据西方文学的发展历史，力图改革中国文学，而主张思想启蒙的陈独秀则发表《文学革命论》，将白话文运动引至思想启蒙领域。

首先，白话文运动在陈独秀看来就是清除中国旧文学、旧伦理的思想运动。胡适认为，中国文学史是活文学替代死文学的历史，改变文学语言意味着思想的革新，历史上的文学革命全是文学工具的革命。②倡导语言改革的知识分子有一个共识，即语言文字是一种工具，不应被少数人垄断，改革的目的就是铲掉"既难传载新事新理，且为腐毒思想之巢窟"③的文言，建立接近民众口语的白话普及文学，白话代替文言，使人人掌握语言的利器，达到新民的目的，而且用新语言承载新思想，统一语言也是为落伍失语的中国找到一种发声方式。有废除汉字意向的钱玄同、鲁迅等倡议的世界语或拉丁化方向都体现了当时

---

① 梁启超：《变法通议·论幼学》，饮冰室文集之一，《饮冰室合集》（第3册），第54页。

② 胡适：《逼上梁山——文学革命的开始》，《东方杂志》第31卷第1号。

③ 陈独秀：《通讯》，《新青年》第4卷4号。

第四章　莎士比亚与现代中国思想转型

的学者企图辟语言蹊径融入世界的向往。

其次，改革语言的呼声也与进化论思潮呼应，古旧的文言文和口语分离，落后于时代，如果要和西方世界接轨，必须要有新的表达方式，白话文成为中国建立现代民族国家重要的民族认同工具。陈独秀曾针对吴稚晖废除汉字的主张发表看法，"吴先生'中国文字，迟早必废'之说，浅人闻之，虽必骇怪，而循之进化公例，恐终无可逃"①。胡适也持时代相似论，他认为，就连戏剧的进化也是由长趋短，"从五出二十幕"的莎剧到"独幕剧"演化便是例子②，他认为中国是西方历史再现的范本，中国尚处于西方的中古时期③，这种进化论思维预设了中国处在落后地位。

再次，循着这个思路，"一时代有一时代之文学"④，历史进化的文学观念挑战着"天不变道亦不变"的传统思想，我们就会发现，语言成为中国进入现代社会最沉重的脚镣，按照胡适的说法，"古文不能翻译外国近代文学的复杂文句和细致描写，这是能读外国原书的人都知道的，更不用说了"⑤。这样，用古文译介莎士比亚故事的林纾自然被胡适指为"莎士比

---

① 《中国新文学大系·建设理论集》，上海文艺出版社，1981年影印本，第146页。

② 胡适：《论短篇小说》，《胡适全集》（第1卷），第136页。

③ 胡适日记："读 Ashley's Introduction to English History and Economic History and Theory 之第末篇论 The Canonist Doctrine，甚有所得。昔 E. A. Rosss 著 *The Changing Chinese*，其开篇第一语曰：'中国者，欧洲中古之复见于今也。'（China is the middle Ages made visible）初颇疑之，年来稍知中古文化风尚，近读此书，始知洛氏初非无所见也。"

④ 胡适：《历史的文学观念论》，《胡适全集》（第1卷），第30页。

⑤ 胡适：《中国新文学大系·建设理论集》，良友图书印刷公司，1935年，第4页。

亚的大罪人"①，因为这样的介绍丧失了原文的好处。中国文学和西方的隔膜需要依靠译介消除陌生感，而西方文学杂多的文类古文却不能表达，如果不废除文言，就无法接受西方文学和文化。相比之下，白话的优势明显得多，白话又是进行文学启蒙的利器。把西方的先进思想以白话输入，人人可以看懂，可以听懂，也有利于新思想的传播，时人以进化论之理为白话辩护，"事物之理，莫不由简而趋繁，何独于文字而不然"②。白话文反文言，其清楚简易的方式自然能担当接受西方思想的重任。

说到底，白话文运动也是中西文化碰撞催逼中国语言转型的结果，某种程度上，"白话文必不可避免'欧化'，只有欧化的白话文才能够应付新时代的新需要"③。事实证明仅仅形式上的语音化行不通，更重要的是要从西方吸取思想资源，白话文运动更需要西方例证自身的合理性，这时，莎士比亚就成了胡适推动白话文运动的一个帮手。

一、白话文运动中的莎士比亚

胡适首先要论证中国学习西方的理由，主张学习西方文学要从西方文学的历史中借鉴经验，西方的语言发展历史更指明了中国语言发展的道路，时人便形成了把中国和西方历史阶段

---

① 胡适：《建设的文学革命论》，《胡适全集》（第1卷），第68页。
② 刘师培：《论白话报与中国前途之关系》，《警钟日报》社论栏目，1909年4月25—26日。
③ 胡适：《中国新文学大系·建设理论集》，第18页。

第四章 莎士比亚与现代中国思想转型

进行对应的思维。主张文言白话调和的梁启超批评,"将文言比欧洲的希腊文、拉丁文,将改用白话体比欧洲近世各国之创造国语文学",梁启超把莎士比亚放在了历史的转折点上,他认为,"中国文言白话的差别,只能拿现在英国通俗文和索士比亚时代英国古文的差别做个比方,绝不能拿现在英、法、德文和古代希腊、拉丁文的差别做个比方"。① 因为现代英国人与希腊文、拉丁语已经比较隔膜,但并不排斥《莎士比亚集》。莎剧的词汇量惊人,并且糅杂了希腊、拉丁语与各地方言。②

胡适以意大利和英国的国语文学史为例论证现在通行全世界的"英文"在500年前只是伦敦附近一带的方言,十四世纪时方言书面化,"到十六、十七两世纪,萧士比亚和'伊里沙白'时代的无数文学大家,都用国语创造文学"③,"幸有莎氏诸人为之"④,使得土话成为国语,进而成为全球的世界语,胡适对莎士比亚等人的创作意义予以高调标榜,莎士比亚的例子就是他从西方文学史上提取的证据之一。土话要变成国语,绝不是空口号召能起作用的,也就是说白话的文学不光要做到观念深入人心,具有思想性,更主要的是要产生创作实绩或经典文本以辅佐白话文的普及,《尝试集》就是胡适创作理念的

---

① 梁启超:《〈晚清两大家诗钞〉题辞》,饮冰室文集之四十三,《饮冰室合集》(第5册),第76—77页。
② 顾绶昌:《关于莎士比亚的语言问题》,《外国文学研究》1982年第3期。
③ 胡适:《建设的文学革命论·国语的文学——文学的国语》,《胡适全集》(第1卷),第58页。
④ 胡适:《胡适留学日记》(下册),1916年7月30日补记,第269页。

体现，也是他借以推广白话文的实验品。

胡适用白话文创作招来许多异议，任鸿隽认为白话不能作诗，他说："白话自有白话用处（如作小说、演说等），然却不能用之于诗。如凡白话皆可为诗，则吾国之京调高腔何一非诗？吾人何必说西方有长诗，东方无长诗？但将京剧高腔表而出之，即可与西方之莎士比亚、米尔顿、邓耐生等比肩，有是事乎？"① 辜鸿铭曾将古典式的莎士比亚语言比作烤鸡，将通俗英文比作面包果酱。② 任鸿隽明显将莎剧划分为阳春白雪的雅文学，而将白话视为俗语，以俗语为主的地方戏曲不能做成雅诗就证明了白话并非万能，有不可表达之憾。相比之下，莎剧既可以作为通俗戏曲演出，又能被当作雅诗欣赏。胡适对任鸿隽的反驳很有意思，他也以莎士比亚作为例子，"且足下亦知今日受人崇拜之莎士比亚，即当时唱京调高腔者乎？莎氏之诸剧，在当日并不为文人所贵重，但如吾国之《水浒》《三国》《西游》，仅受妇孺之欢迎，受'家喻户晓'之福，而不能为第一流文学。至后世英文成为'文学的语言'之时，人始知尊莎氏，而莎氏之骨久朽矣。与莎氏并世之倍根著《论集》（Essay），有拉丁文英文两种本子，书既出世，倍根自言：其他曰不朽之名，当赖拉丁文一本，而英文本则但以供一般普通俗人之传诵耳，不足轻重也。此可见当时英文的文学，其地位皆与今日之京调高腔不相上下。英文之'白诗'（Blank Verse，又译素体诗，无韵诗）幸有莎

---

① 胡适：《一首白话诗引起的风波》，1916年7月30日补记，《胡适留学日记》（下册），第265页。
② 辜鸿铭：《辜鸿铭讲国学》，吉林人民出版社，2008年，第90页。

氏诸人为之，故能产生第一流文学耳。以适观之，今日唱体的戏剧有必废之势，世界各国之戏剧都已由诗体变为说白体"①。胡适认为要革新语言，建立标准的国语，必须有文学创作支撑，莎士比亚与乔叟等都以文学创作的实绩稳固了语言变革的成果。

莎士比亚在胡适推行的白话文运动中成了有功之臣，胡适为白话文辩护，拉莎士比亚出来论战，他认为莎士比亚恰恰是当时俗文学的代表，是下里巴人的娱乐，莎士比亚被经典化的经历说明了俗文学一旦得到认可，也会成为第一流文学，而俗语言在文学作品的推广下也可以入庙堂之室。有趣的是，一直反对白话文的钱穆在这点上和胡适看法有相似之处，他认为，中国若大力"推行国民教育，多培良师，家弦户诵"，也会产生莎翁戏剧这样的"高文典册"②。

二、拥有民族情怀的世界主义者

胡适以莎士比亚为例，阐明了整理国故的重要性，他说，"古书不经过一番新式的整理，是不适宜于自修的，我们不看见英美学生读的莎士比亚戏剧吗？莎士比亚生当三百年前，他的戏剧若不整理，也就不好懂了。我们试拿三百年前刻的'四开''对开'的古本《莎士比亚集》，比较现在学校用的那些有详序，有细注，有校勘记的本子，方才可以知道整理古书在教

---

① 胡适：《胡适留学日记》（下册），1916年7月30日补记，第269页。
② 钱穆：《中国文学论丛》，《钱宾四先生全集》（第45册），第10页。

学上的重要了"①。他从与传统彻底断绝联系的决绝姿态回返到对传统的清理,其实一直都没有离开对中国文化的观照,胡适谈到的莎作版本的校勘和注疏在中国的研究,到现在为止也少有成就,可见中国莎学的路还很长。

作为边缘学者的钱穆曾专赴小学任教②,希望通过教学实验辨别白话文言的优劣,但社会潮流如洪涛难挡,教育政策和舆论宣传使白话文迅速渗透③,在这之前白话文其实已经势不可挡,据统计从1900年到1911年共出了111种白话报刊④。前期的铺垫使白话文很快占据主导地位,其普及速度也大大超过了胡适的预期,"说到中国革命,我是一个催生者。我们在1917年开始(这个运动)的时候,我们预计需要10年的讨论,到达成功则需要20年。可是就时间上来说,现在已经完全成熟了,这要感谢过去一千年来无数无名的白话作家!我们在一年稍多一点儿的时间里,激起了一些反对的意见,在不到五年的时间里就打胜了这场仗。……在我推行白话文运动的时候,对我帮助最大的,是我从小所受古典的教育"⑤。虽然胡适肯定传统的力

---

① 胡适:《再论中学的国文教学》,《胡适全集》(第2卷),第792页。
② 严耕望:《钱穆宾四先生与我》,台湾商务印书馆有限公司,2008年,第6页。钱穆于1919年秋任后宅镇泰伯市立第一初级小学校长,时年26岁。
③ 当时,北京政府教育部采纳1919年全国教育联合会及国语统一筹委会的建议,下令于1920年秋起,各国民学校的国文改为语体文。
④ 蔡乐苏:《清末民初的一百七十余种白话报刊》,收于《辛亥革命时期刊介绍》,1987年第5期,第493—583页。参见周策纵、唐德刚、李孝悌等著《胡适与近代中国》,时报文化出版企业有限公司,1991年,第3页。
⑤ 周质平编译:《不思量自难忘:胡适给韦莲司的信》,1923年3月12日,《致克利福德·韦莲司》,联经出版事业公司,1999年,第142—143页。

量，但在保守派看来，新文化运动就是全盘西化的代名词，钱穆认为，"民初以来，争务以白话诗，然多乏诗味。又其白话必慕效西化，亦非真白话"①。然而在白话文运动如火如荼的时代，他却未如林纾一样挺身攻击白话文运动，而后一生他念念不忘于对白话文的不满。钱穆一直主张返本开新，从传统中求变，为此，钱穆提倡开展一个"旧文学运动"。"中国要变，第一步该先变文学。文学变，人生亦就变。人生变，文化亦就变。我们想要来一个中国旧文化运动，莫如先来一个中国旧文学运动。不是要一一模仿旧文学，我们该多读旧文学，来放进我们的新文学里去。尽可写白话文，但切莫要先打倒文言文。今天我们不读古书、不信古文，专一要来创造新文学、创造新人生，这篇文章似乎不易作。"②

钱穆以为，今日中国人之自救之道，实应新、旧知识兼采并用，相辅相成，始得有济。一面应在顺应世界新潮流，广受新世界知识以资对付；一面亦当于自身历史文化传统使中国之成其为中国之根本基础，以其特有个性，反身求之，有一番自我之认识。③ 钱穆也没有拒斥西方文化，或许文化融合必须经过"全盘外国化"的阶段。④ 可以看出，无论支持或反对白话文运动，新文化运动时的知识分子的目的都是救国、救民族、

---

① 钱穆：《八十忆双亲师友杂忆合刊》，《钱宾四先生全集》（第51册），第37页。
② 钱穆：《从中国历史来看中国民族性及中国文化》，《钱宾四先生全集》（第40册），第130页。
③ 钱穆：《从中国历史来看中国民族性及中国文化·序二》，《钱宾四先生全集》（第40册），1998年，第7页。
④ 谭宇权：《胡适思想评论》，文津出版社，1996年，第65页。

救文化,而白话文运动也潜藏着"立人""立国"的旨归,莎士比亚作为西方的经典也参与到这个过程中,中国学者对莎士比亚并非一成不变的看法,源于对西方文化取舍倾向的不同。鲁迅、胡适、钱穆都是思想界的旗帜性人物,他们在性格、文化选择和政治立场等方面差别很大,但都"放眼世界,关怀人类"[①],面对中西文化的历史交融,不管是"充分世界化"的胡适,还是"拿来主义"的鲁迅这种以开放心态接纳西方的"向外吸收型知识分子"[②],或是钱穆这种文化守成者,都具有极强的民族主体意识,更具有世界性的眼光,是具有世界情怀的知识分子,"五四"时代也是中国学者共同建构的具有超越精神的时代。

第二节 莎士比亚符码与中国政治意识的展开

"五四"之后,随着莎剧的上演和莎士比亚译本的出现,莎士比亚形象越来越明朗,中国人接受莎士比亚的心态愈来愈趋于平常,少了猎奇、羡慕、诋毁或拒斥,莎士比亚也不再神秘。20世纪30年代,随着翻译业的繁盛,莎士比亚在中国迎来了新的机遇与挑战。1930年,中华教育文化基金会建立起了"莎学全集翻译委员会",标志着中国莎学

---

① 张灏:《幽暗意识与民主传统》,新星出版社,2006年,第224页。
② 周策纵、唐德刚、李孝悌等:《同途殊归两巨人——胡适与鲁迅》,《胡适与近代中国》,第44页。

第四章 莎士比亚与现代中国思想转型

发展已被提上日程,"莎学"这个名词也被介绍到中国①,这不仅促使中国了解国外莎学研究的脉络,也使中国学者开始反思中国的莎学研究。这一时期,曹未风、梁实秋、朱生豪、孙大雨、曹禺等学者都用翻译实践表明中国对西方文化学习的热忱,对莎士比亚作品的研究和评论也不断增多,各种文艺期刊争相开设莎士比亚专号进行推介,莎士比亚专号在外国文学作家介绍中位列第一②。然而大部分人认为莎士比亚缺乏深刻的思想性,比如萧伯纳赞扬易卜生,责贬莎士比亚就是因为他认为莎士比亚缺乏思想。③ 太田善男在谈到莎士比亚的时候也认为莎剧缺乏思想。"在英国,'常识'一事也被注重,常识丰富,是所谓英国绅士必不可缺的一种资格,因此这种风气自然影响于文学,造成一种和神秘浪漫的现实主义迥然不同的现实主义。普通论到英国文艺的人,似乎仅在这一方面去研究。这是合理的,莎士比亚本人就是富有常识的。不过莎士比亚的常识,对于人生,没有广泛地掴着,不能使普通人的道德感情得到刺激……可是我以为不能说这是他的缺点。然而我们对于他所感觉到的,就是他是世俗的。这是因为莎士比亚一派戏剧是以'兴味本位'为目的而写作的,所以思想的背景,因种种的

---

① 张沅长:《莎学》,《国立武汉大学文哲季刊》1932年第2卷第2期。
② 王建开:《五四以来我国英美文学作品译介史(1919—1949)》,上海外语教育出版社,2003年,第155页。
③ 黄河清:《萧伯纳》《萧伯纳在上海》,野草书屋,1933年,第19页。萧伯纳的大多数莎评刊登在《周六评论》上,他认为戏剧应该表现重大社会问题,而莎剧缺乏道德性,全是轻浮、无聊、琐碎、贫乏、一味迎合低级趣味的舞台垃圾。莎士比亚既无哲学也无道德。他的作品没有任何社会价值。见张泗洋、徐斌、张晓阳:《莎士比亚引论》(下),中国戏剧出版社,1989年,第431页。

原故,殊为缺少。"① 我们认为,莎士比亚作品中蕴含的思想与人生、爱情、人性相关,而在近代社会尤其是近代中国,人们所言的"思想"往往和社会改革相关,萧伯纳认为莎士比亚不是社会改革家,而是悲观主义者②,他的思想在中国争取民族独立之时显得格格不入。

莎士比亚的人文思想是普世性的思想资源,但在中国远远没有充分挖掘。最初,倾向于社会思想改造的陈独秀肯定了莎士比亚的思想家身份,"若英之沙士皮亚,若德之桂特,皆以盖代文豪而为大思想家著称于世者也"。③ 陈独秀反对消遣玩乐的文学,注重文学与社会关联的思想性,忽视文学性、审美性,他推崇的左拉、托尔斯泰、易卜生等"诚实描写世事人情",代表了直面现实的文艺态度,"西洋所谓大文豪,所谓代表作家,非独以其文章卓越时流,乃以其思想左右一世也"④。陈独秀对思想的看重就能显现出当时中国对西方思想资源的渴求,英新认为,莎士比亚"能在一句很简单而叫人永远忘不了的话语中提出人类的美德和罪恶、性格的问题和整个生命的问题。荣誉、果敢、贞洁、慈祥、爱心和名声等问题对于人类是这样重要"⑤。莎士比亚能将深刻的思想融于戏剧语

---

① 谢六逸:《英吉利的实现主义文学》,《文学期刊》1934年创刊号,第2页。(文章标题似排版有误,应为"现实主义")文末标注:"译自《世界文学讲座》第一卷,太田善男原作。"
② 黄嘉德:《萧伯纳论莎士比亚》,《文史哲》1986年第4期。
③ 陈独秀:《现代欧洲文艺史谭》《青年杂志》第1卷第4号。
④ 陈独秀:《现代欧洲文艺史谭》,《青年杂志》第1卷第4号,1915年12月。
⑤ 《伟大的思想家莎士比亚》,《智慧》,1947年第36期。

第四章 莎士比亚与现代中国思想转型

言,为大众所接受,他不但提出美丑善恶的问题,更对人类的终极关怀有真知灼见。

但莎士比亚到底有什么思想体系,他的作品的思想性有何体现,就连牛津大学文学教授纳托尔的《思想家莎士比亚》也说,所谓的"思想家"其实并非真的意味着作为剧作家的莎士比亚建立了什么系统的思想体系,① 莎士比亚的精妙思想往往以碎片式的言语体现,他的思想蕴藏在一个个鲜活的人物中,通过天才的故事让读者体悟。艾略特曾说,莎士比亚虽然融合了蒙田的怀疑主义、马基雅维利的玩世不恭和塞内加的宿命论,但这些思想并不是他本人的,他只是个"精致的转化工具"②。也就是说,莎氏把文艺复兴时期的各种思想残片融汇到自己的剧作中,然而读者要把莎士比亚对人性幽微的体察和生动的艺术形象进行抽象的思想转换并非易事,没有人能把莎士比亚归入某个思想流派,以至于阿尼克斯特说,"思想家莎士比亚,不属于当时的任何思想学派,他吸收了当时哲学和科学的许多优秀成果"③。莎士比亚的过人之处在于他展示的艺术场景堪比生活之丰富,他能让思想的珠玉在修辞中发光,又能让真理自然地从不起眼的角色嘴里吐露。他的思想拼盘如"大珠小珠落玉盘",但要串起来很难。

从 20 世纪 30 年代到 50 年代,国人对莎士比亚人文思想的

---

① A.D. Nuttall: *Shakespeare the Thinker*, New Haven and London: Yale University Press, 2007, p.428.

② 杨周翰编选:《莎士比亚和塞内家的苦修主义》,《莎士比亚评论汇编》(下),中国社会科学出版社,第 119 页。

③ [苏]阿尼克斯特:《莎士比亚的创作》,徐克勤译,山东教育出版社,1985 年,第 101 页。

理解有两个不同的方向,一种是以梁实秋为代表的人性论解读,另一种是以杨晦、吕荧等为代表的意识形态化阐释。从中国接受西方文学的历史来看,社会政治因素的影响力使对西方文学的学理探索处于边缘地带。梁实秋虽然在莎译和莎评上成就突出,却处于被排斥的地位。直到1960年代,他的莎士比亚研究与翻译还不被认可,评论界认为他"只是抄袭了一些资产阶级莎士比亚作品的唯心论的解释"①,曲解了莎士比亚。从20世纪30年代开始,人性和阶级性的论争贯穿在莎学讨论中;50—60年代,阶级论愈来愈成为主流;到了70年代后期,中国莎学逐步走向多元化、世界化。

以《哈姆雷特》的近现代接受为例,严复、林纾都试图强调其"孝"的伦理性;而早期舞台上《窃国贼》的改编被用来针砭现实、刺激观众,哈姆雷特其实已经隐形;胡适、周作人等对哈姆雷特"三思意气用尽"优柔的人性弱点也有论述;1928年,郁达夫翻译了屠格涅夫的《哈姆莱特与堂吉诃德》,认为"这两个人物包举永久的二元人间性,为一切文化思想的本源:堂吉诃德代表信仰与理想,哈姆莱特代表怀疑和分析"②。哈姆雷特被解释成一个文艺复兴时期用理性怀疑一切的人物。受屠格涅夫莎评的影响,哈姆雷特成为一个缺乏行动的反面典型,是需要力量和反抗的中国社会所忌讳的。巴金在《春雨》中有这样的描述:"我"在迷失时,一个"影子"朋友指责我思想和行为分裂,命令"我":"在堂·吉诃德和哈姆雷特中间你必须选

---

① 《莎士比亚的戏剧在中国》,《中国戏剧》1954年第4期,署名:本报资料室,第41页。
② 《奔流》第1卷1期,1928年6月10日。

择一个！你应该做一个堂·吉诃德！"① 我的"哥哥"和《家》中的高觉新就是哈姆雷特式的迟疑性格，最终导致悲剧命运。巴金塑造富有哈姆雷特精神气质的青年形象，意在探讨中国社会和年轻人的未来，作为文化符码的哈姆雷特被定性为行动的侏儒，已经被时代抛弃。1934年，陈铨介绍了19世纪德国批评家对哈姆雷特的阐释，力图从学理角度展示哈姆雷特性格的复杂谜团②，可以看作是对中国片面解读哈姆雷特的回应。1942年，焦菊隐指导四川国立剧专第五届毕业生在中国第一次公演《哈姆雷特》时有这样一段说明：

> 哈姆雷特的性格，对于生活在抗战中的我们，是一面镜子，是一个教训。对于那些对最后胜利没有信心，意志不集中，力量不集中的人们，是一个刺激，一个讽刺。……一个人，或是一个民族，只有意志而没有行动，一定会灭亡；而意志不坚，自己把自己放在进退维谷危机中的人也一定失败。③

哈姆雷特业已成为一个反面典型，介绍这出戏是为了让国人"毫不犹豫地马上行动"，以哈姆雷特为鉴，才不会亡国。

---

① 巴金：《春雨》，《巴金全集》（第10卷），人民文学出版社，1989年，第247页。
② 陈铨：《19世纪德国文学批评家对哈姆莱特的诠释》，《清华学报》第9卷第4期，1934年10月。
③ 焦菊隐：《关于〈哈姆雷特〉》，《焦菊隐文集》（第2卷），文化艺术出版社，1988年，第167—168页。

在老舍笔下,哈姆雷特代表着犹豫和怀疑,沉浸在形而上的思考中。缺乏行动力的哈姆雷特是老舍用漫画手法对中国人的警醒①。

哈姆雷特本身是什么对中国无关紧要,要点在于他身上是不是有中国所需的元素。这样,同一个哈姆雷特便有了不同的解释,余上沅一直将莎士比亚看作最伟大的戏剧诗人,他认为哈姆雷特反抗命运支配、反抗专制压迫的精神是抗战时中国人民所急需的,介绍和学习莎翁,也可使我国文化迎头赶上。② 张天翼也认为哈姆雷特的怀疑精神是反对独断主义的利器。③ 这无疑是"取我所用"的姿态,社会现实的需要远远压过了艺术的审美,对莎剧的吸收都以现实意义为根本,凝聚了全民族对抗日战争前途与中国命运的关切,同一个哈姆雷特既可以是精神动力的来源、反对专制的武器,也可以是反面教材,是中国青年的警钟。

第三节 表现人性的莎士比亚

莎士比亚可谓引爆了文艺复兴运动时"人的发现",斯图尔特·格伦尼(19世纪后期苏格兰哲学家、历史学家)说,莎

---

① Alexander C. Y. Huang, *Chinese Shakespeares: Two Centuries of Cultural Exchange*, pp. 90 – 91.
② 曹树钧:《余上沅与莎士比亚》,《余上沅研究专集》,上海交通大学出版社,1992年,第303页。
③ 张天翼:《谈哈姆雷特》,《文艺杂志》1942年1月号。

第四章 莎士比亚与现代中国思想转型

士比亚等伟大的作家"把全部庄稼收割了去，使后来者只成为拾落穗的人"①，莎士比亚的创作不仅有希腊人文主义对人的肯定，也有希伯来文化之后的宗教人文思想，他能超越中世纪和文艺复兴时代的局限，用艺术的方式对"人"做了最精深最丰富的展示。其中，莎作对人性的刻画历来为人称道。西方莎评新古典主义代表约翰逊认为莎士比亚的不朽和永恒就在于其对"人性"的描写，②他塑造的人物既有共同人性、普遍人性，又有个性，这是莎剧的伟大之处。

与约翰逊的观点相同的中国学者很多，朱生豪在他的《莎士比亚戏剧全集》的《译者自序》中提出莎剧所发掘的，是古今中外贵贱贫富之人所具有的共同人性。宗白华也认为莎剧是反映人性的代表，他曾在《时事新报·学灯》的编辑后语中这样写："去年（指1937年）6月间，国立戏剧学校在南京演出莎翁名剧《威尼斯商人》，那是一个大胆的尝试，却获得意外的成功。……表现永久人性的莎翁名剧，编者是很赞成的。我们在遍体伤痍之中不要丧失了精神的倔强和努力。"③ 宗白华强调了人性中顽强不屈的因子。而梁宗岱认为"莎士比亚底作品所以为文学史上伟大的象征作品，并不单是因为它们每个象征一种永久的人性……实在因为它们包含作者伟大的灵魂种种内在的印象，因而在我们心灵里激起无数的回声和涟漪，使我们每次开卷的时候，几乎等于走进一个不曾相识的

---

① 黄嘉德：《萧伯纳论莎士比亚》，《文史哲》1986年第4期。
② 杨周翰选编：《莎士比亚评论汇编》（上册），第43页。
③ 宗白华：《关于〈奥赛罗〉的演出》编辑后语，《宗白华全集》（第2卷），安徽教育出版社，第175页。

簇新的世界"①。梁实秋引用莎剧中的"演戏最大的目的是要拿一面镜子照一照人心和人性"②，照出人性的善恶当然是戏剧的社会功能，而莎氏作为人文主义的代表不光是因为其作品中对人的肯定和颂扬，同时也有对人的渺小与鄙陋一面的发现，莎剧全面揭示了人性的复杂、隐秘多面和难以穷尽，展示了人性善恶变化的精彩碰撞，为人类的自省与完善提供了理性的思考。

说到莎作表现人性，不能不提梁实秋和鲁迅关于人性论争的公案。鲁迅驳击梁实秋："上海的教授对人讲文学，以为文学当描写永远不变的人性，否则便不长久。莎士比亚所写的是永久不变的人性，所以至今流传。"③ 看上去好像鲁迅反对人性论，其实早期鲁迅对莎士比亚作品对人性的矫正也是曾经予以大力表彰的。他在推崇的外国伟人中这样说莎士比亚，"故人群所当希冀要求者，不惟奈端而已，亦希诗人如狭斯丕尔（Shakespeare）……皆所以致人性于全，不使之偏倚，因此见今日之文明者"④。鲁迅引介莎士比亚也是期图改变中国的国民性。但是在和梁实秋论战时的鲁迅，对于"永久人性"狠狠挖苦，认为国民性可改造的鲁迅质疑梁实秋的武断的永恒人性

---

① 梁宗岱：《象征主义》，李振声编《梁宗岱批评文集》，珠海出版社，1998年，第58—59页。
② 梁实秋：《文学因缘·莎士比亚的思想》，《梁实秋文集》（第1卷），鹭江出版社，2002年，第652页。
③ 鲁迅：《文学与出汗》，王世家、止庵编《鲁迅著译编年全集》（第18卷），第544—545页。
④ 鲁迅：《科学史教篇》，王世家、止庵编《鲁迅著译编年全集》（第1卷），第277页。

论,鲁迅举"出汗"为"永久不变的人性"反驳梁实秋,那么文学家应该先描写小姐的香汗还是工人的臭汗?这个反驳自然也不怎么能站住脚,只因为鲁迅本身也认可莎士比亚对人性的描写,梁实秋借莎士比亚说明文学描写永久的人性正好让一心改造国民性的鲁迅心生悲凉,梁实秋用恒久眼光看对象的做法,和期待社会进化的鲁迅的初衷正好相反。因反对梁实秋,连带着讽刺莎士比亚是"吃黄油面包的异域的文人",这时的莎士比亚符号离鲁迅所言的精神界的斗士太远了,是脱离了人民与社会、鄙夷大众、貌似高雅的有闲阶级。这和真实的莎士比亚相去甚远,莎士比亚显然被鲁迅误解,以至于恨屋及乌,连英国文学也一棒子乱打。

莎士比亚的作品和人性紧密相连,在他的作品中可以找到形形色色的众生相,他的作品就是一个人间大舞台,是关于人的学问。梁实秋曾作《约翰孙》,对约翰逊予以高度评价。梁实秋接受了约翰逊关于莎士比亚的人性论,他认为人性不变,文学取材于人生,人性描写是文学的精义。① 梁实秋所说的"不变"的人性至少有两层意思,一是文学描写的是普遍人性,这种普遍性具有放之四海皆准之意,是全人类共有的人性,不管奸忠恶善、肤色黑白都有同样的人性,正如夏洛克的呼喊: 难道犹太人没有眼睛吗?难道犹太人没有五官四肢、没有知觉、没有感情、没有血气吗?……就像一个基督徒一样吗?二是永恒的人性,梁实秋认为人所处的社会地位和外部环境会变,但人性总是恒定的,人类社会从古代到现代,不断变化,但人之为人的根

---

① 梁实秋:《约翰孙》,《梁实秋文集》(第 8 卷),第 40 页。

本没有变,伟大的作品就是因为能超越一个时代的限制,脱离时髦和风尚,反映固定的人性,所以永不过时。

可以看出,梁实秋对莎士比亚的阐释是一种概念化的抽象解读,他所说的人性是个笼统的概念,他企图把莎作人性描写的普遍性与恒久性提高到理性和真理的高度,提炼出文学不朽的法宝,为文艺立法。莎士比亚可以不朽吗?"莎士比亚今后数世纪之间,他还可以留□(注:这个字印刷原因,无法辨认)在越来越少的人心中,一直到整个的英国文学,英国文化,甚至整个的英国民族,都退缩在人类生活的后景去为止。"① 1937年,他在《北平晨报·文艺》发表的《莎士比亚之伟大》一文中就将莎士比亚塑造人物超越个性达到类型化做了阐释,这种评介更多的是文学审美和技巧层面上的,但他对莎士比亚具体如何处理人性善恶的内核并没有深入探讨,只是在理论层面上强化了莎作的人性描写。那么,梁实秋为什么反复强调人性的普遍永恒呢?鲁梁双方的论争都有些偏执,有些提法甚至根本站不住脚。表面上看是鲁梁两人对人性的理解不同,实际上关乎文学的审美性和文学的社会性之辩,莎士比亚作品的人性色彩只不过是他们论战的靶子。

在进化论思想的影响下,鲁迅等启蒙者总是怀着改造中国国民性的愿望,如果人性不变,中国国民的坏根性岂不永存?"立国""立人"不就成了无稽之谈?梁实秋则提出人性的普遍,强调文学不属于任何一个阶级,局限于阶级话语的文学是画地为牢,难以有伟大的创作。梁实秋没有注意到人性不只是

---

① 《莎士比亚会永传不朽吗?》,《世说》1944年第76期。

个抽象的概念,人性的善恶内涵决定了人性本身充满了变动和不确定性,莎士比亚塑造了驼背暴君查理三世的贪权谋亲的阴暗、麦克白不断膨胀的欲望与软弱的忏悔都是人性复杂深邃的探索。当然,梁实秋的精英路线,决定了他对平民文学的反对,他认为就连《诗经》也是"经过许许多多的删削粉饰后的一盘熟菜,早不是农田陇里的生菜蔬了!"①。他也没有意识到无产阶级文学的倡导是"五四"以来"平民文学"和"人的文学"的生发,有深厚的社会基础,他反对大众文学,不料想也将自己装在精英文学论的套子中。

第四节 反映人民思想的人文主义者莎士比亚

中国从"五四"时期英美模式的思想启蒙转入苏联模式的社会革命后,以马克思主义为指导思想,建立新的民族国家成为中国学人追求的目标,这个令人向往的新中国必须依靠人民的力量才能实现。文艺界的转向紧跟其后,文学成为统一思想、团结人民的工具,而在"五四"时期处在被启蒙角色的底层人民的阶级意识被唤醒,"工农联盟"成为人民的历史内涵。 1949年中国建立了独立的民族国家中华人民共和国,中国文学走上了民族化、大众化的道路。平民化的文化策略与马克思主义和苏联莎学的引介,促使中国文学经历了左翼文学、

---

① 梁实秋:《散文·读〈诗底进化的还原论〉》,《梁实秋文集》(第6卷),第174页。

延安时期的讲话和"十七年"文艺政策,最后深深地巩固了"人民"话语权的建构。

瞿秋白将莎士比亚作为经典的标准,瞿秋白的莎士比亚符码成为无产阶级文学的最高目标,"莎士比亚化"在瞿秋白这里就有着成为现实主义代名词的苗头,成为无产阶级的斗争武器。茅盾则强调莎士比亚与苏联文艺的结合,将"莎士比亚化"这个概念做了具体的阐释。

茅盾作为左翼文学的代表人物,他的文学活动具有极强的时代精神,他的《子夜》就紧扣时代脉搏,对中国民族资产阶级进行宣判,倡导马克思主义学说。茅盾对莎士比亚的评论也同样充满时代精神和政治意味。在《莎士比亚与现实主义》一文中,茅盾向国人介绍了"莎士比亚化"这个概念①,就是要"能够找出活的真实的意象,以表现那些正在进行中的发展和运动……就是做自己阶级的勇烈的战士,以艺术为武器……站在人生的头阵,战斗着,创造着,工作着,挣扎着"②。茅盾的转述主要来自狄纳莫夫1933年的《再多些莎士比亚》,茅盾也将莎士比亚化与现实主义对应起来,这种对莎士比亚化的偏狭理解是文学与现实结盟的必然结果。在这种理解下,文学是武器,作家是战士,创作要为底层民众服务,与敌人战斗。茅盾在另一篇文章《莎士比亚出生三七五周年纪念》中,从社会政治角度阐释了自己对莎士比亚现实主义的理解。他不仅强调了莎士比亚作为现实主义艺术家的伟大成就,还号召国人学习

---

① 李伟昉:《梁实秋莎评研究》,商务印书馆,2011年,第88页。
② 茅盾:《莎士比亚与现实主义》,《茅盾全集》(第33卷),第317—318页。

莎士比亚的斗争精神，加强中国的反法西斯文化斗争的力量。① 可以看出，中国化的"莎士比亚化"强调莎士比亚现实主义的一面。莎士比亚化的首要特点就是"现实主义创作方法"②。吕荧的解释并没有比瞿秋白深入多少，他认为马克思、恩格斯在给拉萨尔的信里，反对"席勒化"，主张"莎士比亚化"，把莎士比亚和席勒对立起来，"这就是鼓励现实主义，反对浅薄的浪漫主义"。③ 如果我们沿着这个脉络观察，这一时期对莎士比亚符码的解读众口一词，无非是机械的重复。但中国化的"莎士比亚化"为莎士比亚符码添加了一种意义，凝聚着中国学者对莎士比亚的理解和感受，也是中国莎学对世界莎学的丰富和补充，这种唯物主义观念下的马克思主义莎学，是中国莎学的主流。

1942年5月，毛泽东发表了《在延安文艺座谈会上的讲话》，明确了党的文艺方向，在马克思主义文论指导下，努力反映新世界、创造人民群众喜闻乐见的"人民文艺"成为主导方向。莎士比亚话语也不断向无产阶级、人民性等核心逻辑靠拢。杨晦于1944年为他翻译的《雅典人台满》写的序文被认为是"中国第一篇企图用马列主义的观点来分析莎士比亚及其作品的重要论文"④。杨晦的评论有两点需要注意。第一，他认

---

① 茅盾：《莎士比亚出生三七五周年纪念》，《茅盾全集》（第33卷），第469—471页。
② 方平：《什么叫"莎士比亚化"——谈剧作家和他笔下的人物关系》，《外国文学研究》1982年第3期。
③ 吕荧：《论现实主义》，《吕荧文艺与美学论集》，上海文艺出版社，1984年，第97页。
④ 曹未风：《莎士比亚在中国》，《文艺月报》1954年第4期。

为莎士比亚因这部剧作，已经不是一个"舞台上表演世相的艺术家，而是一个在十字街头奔走呼号的煽动者了，是一个真正现代意义上的一位战士"①。第二，杨晦认为莎士比亚对当时的英国社会，"很像把衣裳给剥光，用鞭子在疯狂地鞭打一样"②，资产阶级社会人与人的关系只剩下金钱交易。毫无疑问，莎士比亚作为战士作战的对象是满身疮疤的社会，他代表的是广大人民的心声。杨晦曾译涅尔基纳的《在〈资本论〉里的莎士比亚》(《译文》1936年新1卷6期)，莎士比亚被解读为紧贴现实、抨击社会、站在人民立场的进步作家，他与黑暗现实的紧张关系使他成为一名战士。杨晦解释自己翻译《台满》的主要原因，除了要把诅咒黄金的那段独白介绍过来，还有一点就是自己身边有一位类似于台满一样乐善好施的农场主，担心他在社会的变革中，会落到台满的境地，而翻译《台满》在他心底里是要传递一种"处世哲学"，是一种私人化的文学情怀。莎学研究逐渐形成了中国特色的马列主义莎学。

吕荧认为，作为文艺复兴时期伟大的人文主义者，莎士比亚是具有"真正的人的觉醒意识"的戏剧家，莎士比亚在他的作品里，深深地坚持着人、人的生活、人的命运的意义。这种坚持不是表面的形式的，而是深刻的内心的。正像普希金所说的，莎士比亚的悲剧的目的在"人和人民，人的命运，人民的命运"③。通常，"学者们"仅仅认识到莎士比亚是深广的，这

---

① 杨晦：《莎士比亚的〈雅典人台满〉》，《杨晦文学论集》，北京大学出版社，1985年，第80页。
② 杨晦：《莎士比亚的〈雅典人台满〉》，《杨晦文学论集》，第83页。
③ 吕荧：《莎士比亚的诗》，《吕荧文艺与美学论集》，第287页。

是不够的。在莎士比亚的时代，本质上他是战斗的，"唯其他是战斗的，他才能深广"。① 吕荧对莎士比亚的评价，代表了当时的思想。莎士比亚仍然是人文主义者的代表，其中，"人的觉醒"的因子转而被解释为"人民的命运"。20世纪初，俄苏莎评的译介在中国就已展开，引导着中国莎学马列主义化的方方面面。早在1925年茅盾就建议将过于温和、乌托邦式的"民众艺术"这个词换成"头角峥嵘"、高尔基式的"无产阶级艺术"。② 狄纳莫夫、莫洛佐夫、阿尼克斯特、普希金、别林斯基、屠格涅夫、托尔斯泰等的莎评都相继被译介。由于马克思对莎士比亚的喜爱和熟悉，莎士比亚在苏联得到极大的拥护，是进步思想的代表，莫洛佐夫说莎士比亚是苏联患难时期经过考验的真朋友，屠格涅夫说莎士比亚"与我们血肉相联"③。苏联莎学的主流以马克思主义为指导，其在中国的传播大面积覆盖了"五四"以来对"个人"的崇拜，文艺思想的阐释也转移到以人民为目标。

第五节 吕荧的译莎之美

朱光潜曾说，文艺不应该躲避黑暗，莎士比亚在《李尔王》中，让最纯洁的女儿考狄利亚惨死的结局让人不悦，约翰

---

① 吕荧：《莎士比亚的诗》，《吕荧文艺与美学论集》，第298页。
② 茅盾：《论无产阶级艺术》，《茅盾全集》（第18卷），人民文学出版社，第501页。
③ 张泗洋等：《莎士比亚引论》（下），第512—513页。

逊说他不能把这部悲剧看完,因为结局太惨。由于同样的同情心理,《红楼梦》就有很多续改写其结局,这种以道德好恶损害作品美感的现象,朱光潜称为"'道德的同情'代替了'美感的同情'"①。曹禺是中西文学融汇时期的戏剧天才,他的剧作不仅在本土经验和民族风格上高度成熟,还杂糅了莎士比亚、奥尼尔、易卜生等创作中的西方元素,在人物塑造和戏剧观念上都达到了登峰造极的艺术境界。1936年6月至9月,《文学季刊》连载了他的《日出》,在12月27日和次年1月1日,《大公报》文艺副刊专为《日出》开辟了批评专栏。其中,朱光潜批评曹禺为了让观众看得舒服,将悲剧的人生世相做了不必要的美化。比如"小东西"不堪金八的凌辱,使劲打他一个耳光,朱光潜认为这与人物的性格完全不相称,疑心这巴掌是"曹禺先生以作者的资格站出来打的"②。朱光潜强调站在艺术高度自律的原则,作者应该隐去干预的大手。曹禺对此并不认可,他站在剧作家的角度反驳朱光潜,他举莎士比亚经常加进一些无关宏旨的小丑打诨的例子,说明讨观众的欢心而曲意逢迎的正当性。曹禺对莎士比亚的引用引起了吕荧的诘问,吕荧认为莎剧中的小丑往往说出了真相,是真正的"人",而王公贵族才是真正的丑角。

卞之琳对莎士比亚的人文主义的解释为"表现了老百姓的希望和意向。人文主义者是热爱人民的,关心他们的需

---

① 朱光潜:《文学上的低级趣味(下)》,《谈文学》,广西师范大学出版社,2004年,第30页。
② 孟实(朱光潜):《舍不得分手》,《大公报》1937年1月1日。

要"①。这时的哈姆雷特有了新的寓意,《哈姆雷特》由一部个人悲剧变成了时代悲剧,哈姆雷特成为进步阶级的一员,因为他的思想代表了人民的意愿和利益,唯独没有和人民一起战斗,是社会黑暗势力过于强大导致的时代悲剧。卞之琳思想中隐含的个人与集体、民族、国家、无产阶级等对立的预设在他的作品中表现明显。成为马克思主义的拥戴者之后,卞之琳拟试用马克思主义观点,写一部布莱德雷式的《莎士比亚四大悲剧论》的系统专著,后没有完成,仅出版《莎士比亚悲剧论痕》。他的莎评虽然参考过西方莎评家的意见,尤其在诠解剧文时多采用英国学者的注释,但对于莎剧整体的处理方法,是尝试把它纳入马克思主义批评架构之中的,在这方面深受四五十年代苏联评论家的影响②。对人民力量的赞美在卞之琳这里是与时代结合的,他肯定莎士比亚的伟大,但莎士比亚何以伟大?他说,"照我们目前的说法,正因为他通过卓越的现实主义艺术,表现了深而且广的不朽的人民性"③。这句话已经预设了他的莎评思想路径。

吕荧认为美来自社会生活,美又是人对生活的理解和判断,美的根基在生活,吕荧美学思想的核心是"美是人的观念,不是物的属性。人的观念是主观的,但是它是客观决定的主观"。"美是生活本身的产物,美的决定者、美的标准,就是

---

① 杨周翰选编:《莎士比亚评论汇编》(下册),第497页。
② 张曼仪:《卞之琳著译研究》,香港大学中文系出版,1989年,第133页。
③ 卞之琳:《莎士比亚悲剧论痕》,第8页。

生活","美的本质是它的现实性、社会性"。① 吕荧是"一二·九"学生运动中的进步青年,创办《浪花》文艺期刊,笃信马克思主义,1949年4月,在台湾师范学院任教的他回到北京,迎接新中国的诞生。吕荧是莎士比亚难得的知音,他在工作之余,翻译了《仲夏夜之梦》,为什么吕荧单单选择了这部喜剧翻译呢?仲夏本身就传达了热烈混沌、梦幻缥缈的感觉,虚幻的夏夜梦极易破碎,但结局欢喜圆满。虽然戏剧一开始就是严苛的父亲要处死自由恋爱的女儿,但是很快剧情就转入童话般的精灵世界,一场美妙轻松的闹剧上演了。梁实秋认为《仲夏夜之梦》是想象的一场狂欢,我们应该以快乐的心情去欣赏,我们若是想从这戏里寻求什么意义,发觉什么"意识""思想",我们不免要受线团的那句奚落:"如果有人想解释这个梦,便是蠢驴。"② 吕荧对这出爱的荒诞剧的翻译体现了他在严酷的政治环境中对美的追求,也是他力图抽离现实寻找的精神港湾。

《仲夏夜之梦》虽然写爱情的奇妙与荒诞,但是其中关于理性的思考特别能引起美学家吕荧的兴趣,比如第二幕第二场中,眼睛被滴入魔液的 Lysander 睁眼看到的第一个人是 Helena,Lysander 就错乱地爱上了 Helena,并且口口声声以理性为自己辩护。我们对比一下梁实秋、方平、朱生豪和吕荧的译本:

---

① 吕荧编:《美学书怀》,作家出版社,1959年,第117页。
② [英]莎士比亚:《四大喜剧》,梁实秋译,中国广播电视出版社,1995年,第248页。

第四章　莎士比亚与现代中国思想转型

原文： LYSANDER

…Things growing are not ripe until their season

So I, being young, till now ripe not to reason;

And touching now the point of human skill,

Reason becomes the marshal to my will

And leads me to your eyes, where I ever look

Love's stories written in love's richest book. (Act 2, Scene 2)

（梁实秋）赖桑德：……一切生物不到季候不能成熟；我的理性到现在才成熟，因为年龄不足；现在我的理性发展到智慧的顶点了，所以理性成为我的意志的向导，引我欣赏你的眼睛；在那里我看见有爱情故事写在爱情最丰富的书卷里边。①

（方平）莱珊德：……万物成长，不到季节不会成熟，我年青，直到这会儿，理性方始长足。如今我的心灵一旦开了窍，我的好恶就有理性做向导。它把我领到你的眼前，让我看见原来你的眼里，写满爱情的诗篇！②

（朱生豪）拉山德：……凡是生长的东西，不到季节，总不会成熟：我一向因为年轻的缘故，我的理性也不曾成熟；但是现在我的智慧已经充分成长，理性指挥着我的意志，把我引到了你的眼前；在你的眼睛里，我可以读到写在最丰美的爱情

---

① ［英］莎士比亚:《四大喜剧》,梁实秋译，第278页。
② ［英］莎士比亚:《莎士比亚喜剧五种》,方平译，上海译文出版社，2011年，第36页。

的经典上的故事。①

（吕荧）拉杉德尔……万物的生长不到它的季节不能成熟；我也是这样，因为年青，到现在方才成熟；到现在方才达到人的智慧的顶点，理智方才成为我的意志的引导，并且引我到了你的眼前；在这里我读到写在爱情最丰富的书里的爱的故事。②

有意思的是，Lysander认为自己理智成熟并大发议论的言辞，恰恰是他被药汁迷乱心智后说的，莎士比亚难道不是在隐喻爱情足以让人意乱情迷吗？疯狂陷入爱河的人在他人眼里无异于吃错了药，但是，到底理性属于爱者，还是属于旁观者？吕荧认为这段话表现了莎士比亚对人的理智、意志、爱情的理解。不难看出，吕荧的翻译最为精当，"理智"指人控制自己的感情的态度，他用"理智"代替了较早译文中的"理性"，想必，其中也渗透了他的思考。"当诗人否定了上帝的宗教、命运的存在，相信唯有人、人的理智、人的意志和行动决定一切的时候"，"人"的理性和意志一定是正确的吗？吕荧接过莎士比亚抛出的问题，转而让精灵出场，让一切在梦幻中演绎。莎士比亚"在'梦'里歌颂了解放的人性和自由的意志，并且让人民、贵族和仙灵扮演同等的角色"③。吕荧认为莎士比亚抛弃了希腊罗马的古典神话正统的神仙，用民间的精灵做主

---

① ［英］莎士比亚：《仲夏夜之梦》，《莎士比亚全集》（第1卷），译林出版社，第341页。
② ［英］莎士比亚：《仲夏夜之梦》，吕荧译，作家出版社，1954年，第48页。
③ ［英］莎士比亚：《仲夏夜之梦》，吕荧译，《译序》，第7页。

角,正表现了莎士比亚的"仙人的人民性"。

卞之琳、吕荧等都是在20世纪40年代末辗转返回的学者①,在政权更迭之际,高度的民族认同感促使他们做出了去留选择。对莎作人民性和莎士比亚作为战斗者的界定完全是马克思主义和苏联莎学等主流话语影响下的表述,是他们解读莎剧的一个角度。同样,以无韵诗译莎的吴兴华也对莎剧有独到的理解和深入的思考,他们的莎译莎论犹如一道亮光照亮了那个时代。

---

① 卞之琳于1948年12月离开英国,1949年1月到达香港,3月抵达北平,1949年4月,在台湾师范学院任教的吕荧回到北平。

第五章

莎士比亚与个体艺术创造的思想之缘

第五章　莎士比亚与个体艺术创造的思想之缘

　　文学是人学，人的观念的演变是20世纪中国文学发展的内在动力。如果要找出一个能囊括丰富的表现"人"的文学作品，非莎士比亚莫属，邓以蛰曾说自己看了《罗密欧与朱丽叶》（歌剧表演）后"数日如狂"，难以自已。1910年他动笔将第二幕第二场的"园会"一段用弹词译出。① 打动邓以蛰的一定是莎剧中对爱情的热诚描写和对人心细致入微的体察。在林语堂看来，莎剧类似于大自然，艺术境界堪称"羚羊挂角，无迹可求"，他"把人生当作人生看，他不打扰世间一切事物的配置与组织"②。倡导"文学是人学"的钱谷融举《红楼梦》《哈姆莱特》《堂吉诃德》等为例，得出文学必须从人出发，必须以人为中心的结论。莎士比亚写人的高明之处在其细

---

① 邓以蛰：《沙士比亚若邈玖袅新弹词》，1924年4月25日、26日《晨报副刊》。
② 林语堂：《生活的艺术》，北方文艺出版社，1987年，第39页。

部，莎剧故事大多是改编而来，但到了莎士比亚手里就成为世代相传的经典，巧妙的改编恰恰体现了莎士比亚点石成金的艺术天赋，"上帝造人之说，不过是这么一句话，谁也没有见过。莎士比亚和他的杰出同行们，却确实用他们的笔创造了许许多多栩栩如生的人物，而且这些人物至今还活着"①。在论述"故事易，细节难"时，钱谷融举出了《哈姆莱特》的故事，他说：丹麦王子复仇的传说，早已流传好几百年了。莎士比亚根据对生活的理解，对作品中的人物性格把握，匠心独运地创造出来了，导致作品思想精神不同。②"如果没有他的借用，还有谁会听得见那些无聊的作品来？"③莎士比亚不仅洞悉人生，他的文字充满着一种现代文字所缺少的悲剧意味和堂皇的气概。④莎作的艺术美与作为人学的内蕴同等重要。对莎士比亚作品的解读到底是遵从其艺术性还是认为其为政治服务也有论争，比如，方重在评价伍蠡甫、孙寒冰编选的《西洋文学名著选》（上海黎明书局1932年版）的时候，对这本书涉及莎士比亚的部分有这样的评价："第二部份《英国文学》的第二篇是莎士比亚的两首诗。短序里说，莎氏'描写商业资本主义中个人主义下个人的一性格'。又说，他'对于本国过去发展强大等的赞颂，对于他国一切的轻视，君主政治或绝对君权的尊崇，以及帝国主义的滋味等'。又说，他的作品是'布尔

---

① 钱谷融：《管窥蠡测——人物创造秘谈》，《钱谷融文论选》，上海文艺出版社，2009年，第93页。
② 钱谷融：《文艺创作的生命与动力》，《钱谷融文论选》，第125页。
③ 陈源：《剽窃与抄袭》，载吴福辉编《西滢闲话》，海天出版社，1992年，第168页。
④ 林语堂：《生活的艺术》，北方文艺出版社，1987年，第224页。

第五章　莎士比亚与个体艺术创造的思想之缘

乔亚艺术中,所该首屈一指的',等等。用这类眼光去看莎士比亚,犹如削足适履,把伟大的艺术勉强纳进一个模型里去。"其实原书中所选的一首诗是莎士比亚的十四行诗之《Sonnet 60》,这首诗重点说时间——"一切挺立的都难逃它的镰刀",与序中所强调的"资产阶级"艺术的莎士比亚几乎没有关联。而《西洋文学名著选》对其的解读,一方面"染乎世情",强调莎士比亚在当时阶级观念下的位置,另一方面又偏离了莎作的艺术本体,有过度阐释之嫌。① 20 世纪 30 年代后,随着莎作译本的涌现,莎士比亚成为人人可以接近的经典,相较于梁启超、胡适所处的时代对莎士比亚的认识,莎士比亚符码的内在意义渐渐走入人心。如果我们只关注莎士比亚作为意识形态附属物的命运,而忽视赋予他象征性意义的个体的精神理路,那么对莎士比亚与中国学者的复杂交往显然关注不够。莎士比亚对人性的洞察和艺术的理解使他在中国的知音不断。废名将莎士比亚尊为顶级的诗人学习,试图通过莎士比亚融汇中西艺术;周辅成读出了莎士比亚的人格美。中国学者不但从莎剧中领悟到"人"的真谛,还从中体会到了艺术的魅力。莎士比亚作品对人的理解虽然一直处于边缘,但却赢得了应有的情感共鸣。

第一节　废名的"莎士比亚之桥"

作为京派小说的开创者,废名以其独特的"废名风"影响

---

① 方重:《西洋文学名著选》,《图书评论》1933 年第 1 卷第 5 期。

了一批作家如沈从文、汪曾祺、凌叔华、萧红、孙犁等人的创作，"废名风"以"冲淡""晦涩""诗化"著称。那么，奇僻的"废名风"是怎么形成的？毋庸置疑，任何人都是在汲取前人的养分下成长起来的，一个成功的作家也往往特别善于学习，取他山之石，丰美自我。比如果戈理之于鲁迅，屠格涅夫之于沈从文，归有光、契诃夫之于汪曾祺，蔼里斯之于周作人，都是极佳的例子。同时，优秀的作家一定有很多老师，现代作家往往是在多个外国作家或学者群的滋养下不断蜕变的，比如废名喜欢陶渊明、杜甫，受庾信和李商隐等的熏陶很深，哈代、乔治·艾略特、莎士比亚、塞万提斯、契诃夫等都是他所心仪的老师。不过，有的作家很少提及自己所受的影响，在借鉴他者时善于化有形于无形，创作中往往不着痕迹，需要研究者有足够的敏锐去洞察其中千丝万缕的玄机；有的作家会把自己的老师挂在嘴边，写作时也毫不客气地采用"拿来主义"，使人很明白他的创作路径。废名就属于后者。废名所处的时代，是一个"新文学"的时代，西学滚滚而来，西学不但是外来之学，更是新学、先进之学，大有扑灭中国旧学之势，旧学亟待改革，新文化运动就是对中国传统旧学的一场颠覆。处在历史洪流的夹击中，要么飘摇西化，以宣扬先进文明为能事，要么固守传统，被贴上一个"封建卫道士"的标签，要想找到一条突围之道很难。废名 1922 年入北京大学预科，1924 年正式进入北京大学英文系学习，在传统文化和外来文化的汇流中，他并没有择其一端，而是广纳百家，努力地使中西文化在他的创作中达到和谐与共生，但是这个设想要落实在创作实践中，是个炼狱般的艰难淬炼。在谈及创作经验时，废名曾

第五章 莎士比亚与个体艺术创造的思想之缘

说:"就《桥》与《莫须有先生传》说,英国的哈代,艾略特,尤其是莎士比亚,都是我的老师。"①废名历数自己的外国老师,语气中明显流露着对于莎士比亚的偏爱,可见他的创作受莎士比亚的影响至深。而学界目前对废名与外国作家的研究多集中在他与塞万提斯、法国象征主义、哈代等的平行比较或概述上,②有关莎士比亚对废名的影响的研究专论只见一篇硕士学位论文③。废名对莎士比亚的赞誉、莎士比亚对废名的影响可谓贯注一生、深入骨髓。为什么关于废名与莎士比亚的研究没有引起注意?这不外乎几个原因。首先是古今差异,莎士比亚虽然是文艺复兴时期的代表作家,莎作也被尊为西方经典的核心,但是他的历史剧的拥君意识、悲喜剧中的鬼神描写等毕竟是四百年前那个时代的烙印,周辅成说莎士比亚的文字在当时的英国很流行,但是现代人"尤其是中国人,看起来,确有很深的隔膜"④。莎士比亚太古老了,与易卜生等激烈的社会问题剧比起来,他华丽的修辞显然和当时的中国格格不入,莎士比亚在废名的时代只能锦上添花,不能雪中送炭。其次是中西差异,莎剧中人物的言行方式、莎作的题材和修辞与

---

① 废名:《〈废名小说选〉序》,《废名集》(第6卷),北京大学出版社,2009年,第3269页。

② 钱理群:《中国现代堂·吉诃德的"归来":〈莫须有先生传〉、〈莫须有先生坐飞机以后〉简论》,《云梦学刊》1991年第1期;止庵:《堂吉诃德、桑丘、莫须有先生和房东太太》,《中国文化报》2003年4月24日;陈茜:《略论废名小说的接受与影响》,《江西社会科学》2002年第5期;张建宏:《游走在传统与现代之间——论废名小说语言的隐喻性策略》,《海南师范大学学报》2007年第6期。

③ 唐丽:《莎士比亚对废名的影响研究》,广西师范大学硕士论文,2010年。

④ 周辅成:《论莎士比亚的人格》,《周辅成文集》(第1卷),北京大学出版社,2011年,第325页。

中国传统差异太大，又是诗剧形式，就像难以消化、不合胃口的西餐一样，中国作家很难摹写莎士比亚的形式和风格。所以，虽然名声如雷贯耳，但是莎士比亚在中国的传播始终是雷声大、雨点小，与其说中国人学习莎士比亚，不如说中国人欣赏莎士比亚，因为，学习者和学习对象之间的鸿沟很大。这就是为什么莎士比亚在中国的经典化历程往往发生在评论界、戏剧界，而靠近他的作家凤毛麟角，关于莎士比亚对中国作家的影响的研究也就无从谈起了。而废名算一个，他是一个真正在写作技法和灵魂上努力与莎士比亚接轨的作家，没有其他外国作家能像莎士比亚之于废名产生如此深的影响，莎士比亚也从来没有像对废名这样对一个中国作家的写作产生这么大的作用。废名关于莎士比亚的翻译和评论各有一篇，他与莎士比亚的纠缠全部汇聚在他的作品中。然而就这宝贵的一篇专论，也常被学界遗忘①，以下试图梳理一下废名和莎士比亚的关系的概貌。

一、废名的创作实践与莎剧

大家普遍认为废名的写作充满了诗情画意，萦绕着淡淡的哀愁，其文字抽象跳跃却不乏美感。其实，废名这种风格的形成和他对莎士比亚的理解有深刻的联系。

废名认为，"著作者当他动笔的时候则不能料想到他将成功一

---

① 1930年6月23日《骆驼草》周刊第7期发表的废名《死之beauty》在田广著《废名小说研究》（中国社会科学出版社，2009年）附录三《废名创作年表》中未收。陈建军的《废名年谱》（华中师范大学出版社，2003年）第93页有述。

第五章　莎士比亚与个体艺术创造的思想之缘

个什么。字与字，句与句，互相生长，有如梦之不可捉摸。然而一个人只能做他自己的梦，所以虽是无心，却是有因。结果，我们面着他，不免是梦梦。但依然是真实。我读莎士比亚，常有上述的情况。 Hamlet 的'dying voice'，是有心的写还是无心呢？但这一句， Hamlet 的最后一句 The rest is silence 在我的耳朵里常是余音袅袅"[1]。他在一篇随笔中解释"The rest is silence"这句话很有"余哀"，莎士比亚在这里是不自觉地流露出他对于死的看法了[2]。在废名看来，莎士比亚用"silence"这个词是很绝妙的，因为这个词渲染出了独特的气氛，"silence"是一个阅读的空白，情感体验上的震惊和感官的休止，能制造一种幽玄不尽的余味，寂淡氤氲的空濛正是文学意境追求的最高境界。果然，如他所言，"The rest is silence"这句话时常纠缠着他，响在耳畔，落在笔下。当废名在虚构那个著名的莫须有先生时，就把莎士比亚挪用过来了。莫须有先生幻想着坐船时被浪掀翻，"那倒实在替我省了事，叫一声爸爸妈就算了，——The rest is silence"[3]。莫须有先生假想着自己的死亡，死了就一了百了，万事皆空。"The rest is silence"这句话在这里的作用和莎士比亚将它写在哈姆雷特死后而产生的作用如出一辙，废名想创造一个停顿，达到让人震撼屏息的效果。在《桥》中，有这样一段话，"说着这东西就动了绿意，而且仿佛让这一阵之雨下完，雨滴绿，不一定是

---

[1] 废名：《说梦》，《废名集》（第 3 卷），第 1156 页。
[2] 废名：《随笔》，《废名集》（第 3 卷），第 1223 页。
[3] 废名：《莫须有先生传·月亮已经上来了》，《废名集》（第 2 卷），第 751 页。

那一块儿，——普天之下一定都在那里下雨才行！又真是一个Silence"①。废名真是太爱莎士比亚的"silence"了，因文生情，情到浓处他心里想象到了一个孤高的意境，"silence"就会出来表现这份情愫。或许因为"silence"和中国传统文化的"静"有异曲同工之妙，废名从中看出了中西文化中可以自由穿梭的畅游地带，他对"silence"爱不释手，将其化作各种形式予以展现。比如在平常的叙述中，他会有这样语句，"我无意间引起妻的大笑——随即归于静默"②。笑声后的静默当然是充满意味的。"silence"化作无声的例子很多，如"我们可以做梦，梦里可以见雨——无声"③。深谙中国传统古诗机理的废名对动静相映成趣也自有心得，他常用动静互衬来突出"silence"，他笔下常有"如听万壑松"④"蛇行入草"⑤这样的词，很有理趣。

有时候"silence"被置换成"黑夜"，小林的哭是无声的，"嗳呀！这才看见夜"⑥。"黑夜游出了一个光——小林的思想也正在一个黑夜。"⑦小林不管是难过还是在河边静思，给我们展示的都是绵长无边的寂静和不散的余哀。"silence"有时候是空，"我将永远是个瞎子，顷刻之间无思无虑"⑧。

---

① 废名：《桥·今天下雨》，《废名集》（第1卷），第533页。成功与否不去下定论，但后来在《废名小说选》中删掉了貌似多余的这一句。
② 废名：《（集外）我的心》，《废名集》（第1卷），第314页。
③ 废名：《桥·今天下雨》，《废名集》（第1卷），第534页。
④ 废名：《桥·清明》，《废名集》（第1卷），第499页。
⑤ 废名：《桥·路上》，《废名集》（第1卷），第507页。
⑥ 废名：《桥·黄昏》，《废名集》（第1卷），第490页。
⑦ 废名：《桥·灯笼》，《废名集》（第1卷），第495页。
⑧ 废名：《桥·天井》，《废名集》（第1卷），第531页。

第五章　莎士比亚与个体艺术创造的思想之缘

"silence"有时候是寂寞，是人和人之间近在咫尺却无法沟通的距离和孤独，而废名用可感却无形的乐声来表现它。在《桥·树》中，小林苦于和琴子无法达到灵魂的慰抚，他经常偷偷瞄细竹，他想找细竹，但细竹只是吹箫，"Silence 有时像这个声音"①。他"不胜悲"，这种无名的悲凉就像鲁迅所说的"楼下一个男人病得要死，那间壁的一家唱着留声机，对面是弄孩子。楼上有两人狂笑；还有打牌声。河中的船上有女人哭着她死去的母亲。人类的悲欢并不相通，我只觉得他们吵闹"②。废名连 silence 的声音都给我们演绎出来了，这声音真是让人不胜悲。

废名每次在化用"silence"时，都很干净利落，有一下坠入空谷的感觉。他将"silence"运用到了极致，尤其值得一提的是"silence"不光与中国的"意境说"相通，废名笔下的"silence"更有佛境的韵味。让人感受到的是恒久永生的静。盲人想象花开的声音是什么样的"silence"呢？在《桥》中，琴子和细竹都沉浸在盲人看花的想象中，似乎眼睛一闭看到的花绽开更灿烂，这个场景怎么形容呢？废名直接用"妙境庄严"③ 四个字收尾。佛境的永恒的"silence"更是余味悠长了，废名有这样的描写，"仿佛霎时间面对了 Eternity。浅草也格外意深，帮他沉默"④。"silence"在废名叙述的高潮处、在

---

① 废名：《桥·树》，《废名集》（第1卷），第560页。
② 鲁迅：《小杂感》，王世家、止庵编：《鲁迅著译编年全集》（第8卷），第464页。
③ 废名：《桥·桥》，《废名集》（第1卷），第542页。
④ 废名：《桥·清明》，《废名集》（第1卷），第498页。

情思的最浓处、在神思畅游处、在诗兴回味无穷时、在写不下去卡壳处、在戛然而止收尾处都会出来承担和化解，废名用"silence"来承受生命之质，这个词连接了中西文化、古今诗作，打通了现世人生和永恒宗教，"silence"是所有的承担，具有了普世性的哲理意味。"我们看天上的星，看石头，看镜子，看清秋月，看花，看草，看古树，这一件一件的启人生之宁静，宁静岂非一个担荷？"① 最终，莎士比亚的"silence"在废名笔下幻化成了"eternity"，这不能不说是废名的创造和超越。

莎士比亚是个修辞家，他的生花妙笔使他的故事比现实生活还来得自然和真实。他笔下的人物也让我们经常把他们和现实的人物混淆，好像他们是曾经生活过的人或者就是我们身边的人。废名最佩服的也是莎士比亚的雕刻功夫。他在《死之beauty》中感慨莎士比亚在《安东尼与克里奥佩特拉》中对阿克达菲亚（Octavia）的"wonder piece"点点滴滴的描写，让他"觉到生命的呼吸"② 了，能把人物写活、把生命的呼吸刻出，是废名仰慕莎士比亚的原因。事实上，废名不仅在创作上向莎士比亚靠近，力图把对象写活，更有宏图远志，他要超越莎士比亚，将一切有生命的东西，写出呼吸来。在《桥》中，他有一段摹写，"琴子的样子是一个statue，——当然要如Hermione，那样的一个statue专候细竹说。这个深，却不比小林的深难于推测，——她自己就分明的见到底。此后常有这样

---

① 废名：《桥·牵牛花》，《废名集》（第2卷），第644页。
② 废名：《死之beauty》，《废名集》（第3卷），第1231页。

第五章　莎士比亚与个体艺术创造的思想之缘

的话在她心里讲：'我很觉得我自己的不平常处，我不胆大，但大胆的绝对的反面我又决不是，我的灵魂里根本就无有畏缩的地位'"①。这段描写初读让人很摸不着头脑，琴子怔住，楞成一个雕塑是因为出乎她的意料，细竹好像和小林过从甚密，而琴子觉得小林是属于她的，但是她也没有权力阻止细竹与小林的交往，这样的矛盾心情下面对细竹的毫不掩饰的开朗，她就变成了一个"statue"，废名说这个姿势是一个 Hermione 一样的"statue"，自然有他的用意， Hermione 有一个意思就指石头，是雕塑的原料。还有一个意思是雄辩，意谓琴子内心里对细竹无数幽怨，这从后面她的思量中可以窥见。 Hermione 又是希腊神话 Helen 和斯巴达的 Menelaus 王的女儿，更重要的是 Hermione 也是莎士比亚著作《冬天的故事》(*A Tale of Winter*)中的一个人物。在第五幕第三场中，宝丽娜设计的里昂提斯一家 16 年后的重逢，她让 Hermione（赫米温妮）活人扮石像，增加了久别重逢的戏剧感和悲喜交集。其中一个场景就是宝丽娜拉开帷幕，赫米温妮如雕像状赫然呈现。莎士比亚笔下的活人雕塑除了描写得活灵活现外，她真的是有呼吸的。废名对莎士比亚的这个场景进行了巧妙的化用和借鉴，让琴子表面的静和内心的动形成了很大的反差，读时，甚至能感觉到琴子微弱的窒息和细竹轻快的呼吸。废名执着地要在写作中写出呼吸来，难怪他那么重视"silence"，唯有静，他的文章才能处处让人感觉到脉搏和呼吸。有时候，他干脆直接写出呼吸，

---

① 废名：《桥·灯笼》，《废名集》（第 1 卷），第 494—495 页。

如小林喝醉酒，"意境非常。他好像还记得那一刹那的呼吸"①。"听箫，眼见的是树，渗透的是人的声音之美，很是叹息。"② 废名不但要把人的呼吸写出，他在一切有生命的物体和场景都想要写出这个高度。如他写水，"水清无鱼，只见沙了。与水是并流——桥上她的笑貌"③。琴子的笑貌荡漾在水里，人的呼吸和水的流动合在一起。"树下池塘生春草。"④ 这句既是对古诗的化用，又写出了生命的律动。"蟪蛄啼青松，安见此树老"⑤ 一句直接用李白的《拟古其八》将树拟人化，和人亲近。"黄昏是这么静，静仿佛做了船，乘上这船什么也探手得到。"⑥ 这样的语句遍布《桥》中，虽然废名盛赞莎士比亚不像福楼拜，完美的莎士比亚是不用拿匠心雕刻文章的人⑦，是"顶会做文章的人"，他的文字并不是做得不多不少，你不可以增减一字，他好像就并不在乎，而我们在这里看得见一个"完全"的人了⑧。但废名恰恰相反，他的每一句话、每一字都经过反复斟酌，字字讲来历，句句求完美，削减到不能再简，他要让文字呼吸，参悟莎士比亚得来的这一启示着实让他对自己的要求又苛刻了一层。

人物是小说的关键，凡经典的作品，其中的人物在受众心

---

① 废名：《桥·梨花白》，《废名集》（第1卷），第552页。
② 废名：《桥·树》，《废名集》（第1卷），第557页。
③ 废名：《桥·路上》，《废名集》（第1卷），第505页。
④ 废名：《桥·茶铺》，《废名集》（第1卷），第510页。
⑤ 废名：《桥·"松树脚下"》，《废名集》（第1卷），第404页。
⑥ 废名：《桥·黄昏》，《废名集》（第1卷），第488页。
⑦ 废名：《随笔》，《废名集》（第3卷），第1223页。
⑧ 废名：《邮筒》，《废名集》（第3卷），第1242页。

第五章 莎士比亚与个体艺术创造的思想之缘

里已经不是虚构的产物,而把他们当作一种实在和参照,比如于连、安娜、林黛玉、韦小宝等,人们对他们要比对历史人物更熟悉。废名以莎剧《暴风雨》中的米兰达为例,认为莎士比亚的一大亮点就在他描写女人的美,善于描写女人的心理,所以,他的女人格外好看,因之他的诗也格外做得好看。① 废名有一首关于梦的诗,"我在女子的梦里写一个善字/我在男子的梦里写一个美字/厌世诗人我画一幅好看的山水/小孩子我替他画一个世界"②。在这首诗里,废名一语道破天机,把自己写作的对象(男女、死亡、儿童)和立意(真、善、美、永恒)都和盘托出。由于受莎士比亚的影响,他尤其珍惜自己笔下的女角形象,《柚子》里同"我"在一个小天地里哭着、笑着、争闹着的柚子妹妹,《初恋》中和"我"打桑葚眼睛矍矍的忙个不开的银姐,"红的葚,紫的葚,天上星那样丛密者。银姐拿起晾衣的竹竿一下一下的打,身子便随着竿子一下一下的弯;珊珊的落在地上"③。《浣衣母》里的李妈,《桃园》里的阿毛姑娘,《阿妹》里的阿妹等。这些女性比较写实,处境不佳而具美好心灵,都令人过目难忘。从《桥》到后期小说里的女性如琴子、细竹、大千、房东太太就很虚,很难说她们有着真实的人生经历,虽然是因小说需要而设计的人物,但是和前期一样,这些女性仍然是美善的,是可感的。

让人遗憾的是,直到现在,研究者们还囿于20世纪30年

---

① 废名:《随笔》,《废名集》(第3卷),第1222页。
② 废名:《梦之二》,《废名集》(第3卷),第1513页。
③ 废名:《竹林的故事·初恋》,《废名集》(第1卷),第85页。

代评论家朱光潜和李健吾等对废名的评价①,李健吾的评价是比较中肯的,但是现在的研究却把他的字句夸大,将废名的难解与他的人物塑造混为一谈,往往武断地做出废名后期的小说人物塑造含混不清的荒谬结论。可以说,他笔下女主人公的美清新脱俗,废名在《桥》中更为用心地雕琢他的女主人公。对于琴子的性格,他也做过反复描摹,从小林教琴子读书,"琴子不理会似的,心里是非常之喜"②中可以看出她是一个非常矜持、含蓄的姑娘。她是废名笔下良善的化身,遇到一个哑巴放羊孩时,细竹喊叫这个孩子是哑巴时,琴子很同情孩子,阻止细竹叫"哑巴"这两个字。但是她又是一个表面上很胆小的姑娘,她怕鬼火、怕喷嚏声,虽然她自言不胆大,但又说自己绝不是胆小,她招人喜爱,勤快,热心,多愁,敏感,在感情上不愿小林爱上细竹,担心而又无法言说,生活在自己的内心世界中。

废名在创作过程中对莎士比亚的引用和借鉴常常跨越了生活和文本的界限,他塑造的莫须有先生其实是他的自画像,莫须有先生自认为,"只在一位大诗人的笔下看见一位女王醉生梦死"③。这个大诗人就是莎士比亚,莎剧《安东尼与克里奥佩特拉》对女王生死的描写和认识让废名感受到了死的无尽内

---

① 李健吾:《咀华集·咀华二集》,第110页。《〈画梦录〉——何其芳先生作》中说"冯文炳先生徘徊在记忆的王国,而废名先生渐渐走出形象的粘恋,停留在一种抽象的存在,同时他所有艺术家的匠心或者自觉,或者内心的喜悦,都来表现他钟情的观念"。
② 废名:《桥·习字》,《废名集》(第1卷),第410页。
③ 废名:《莫须有先生传·莫须有先生传可付丙》,《废名集》(第2卷),第783页。

涵,他认为只有莎士比亚才能把死描写得如此绝妙,值得去体味。

他的文本处处有莎士比亚的影子。比如"石头能变成金子就好了"①,"as free as mountain winds"② 显然来自莎士比亚的《雅典的泰门》和《暴风雨》。当然,这种屡屡移植、借用莎士比亚现成的句子和情节有时也显得很突兀生硬,成为作品的失神之处。比如在《莫须有先生传·月亮已经上来了》中,鱼大姐竟然把哈姆雷特的台词"to be or not to be, that is a question"改编成"to be or not to be, that is out of the question"③。长于世俗生活的人相比陷入理性思维的人,当然会觉得生就生,死就死,不会多想,但嘴里绝不会咕噜咕噜冒出一串有典故的外语,难怪朱光潜认为废名小说里的人物"都沉没在作者的自我里面,处处都是过作者的生活"④。这在某种程度上也增强了废名作品滑稽、哲思的一面。废名对莎士比亚的喜爱和化用就是这么投入,甚至他会牺牲作品的完整性和和谐性也不忍心忍痛割爱。

二、 废名的创作心理学与莎士比亚

废名说,"因为嗜好的关系,关于他(指莎士比亚)特别成

---

① 废名:《莫须有先生传·这一回讲到三脚猫》,《废名集》(第2卷),第703页。
② 废名:《桥·茶铺》,《废名集》(第1卷),第508页。
③ 废名:《莫须有先生传·月亮已经上来了》,《废名集》(第2卷),第755页。
④ 朱光潜:《桥》,《文学杂志》第1卷第3期。

就了我的创作心理学说。我承认莎士比亚始终不免是个厌世的诗人,而厌世诗人照例比别人格外尝到人生的欢跃,因为他格外绘得出'美'"①。在对莎士比亚的学习和模仿下,废名渐渐靠近了莎士比亚的灵魂,并且根据读莎的体会和自己的练笔,形成了一套独特的"创作心理学"。这可以说是废名学习莎士比亚的心得,也可以说是废名自己的一套文学理论。具体说来,废名的"创作心理学"有以下几点:

第一,下笔总能保持的一个距离,即"自觉"(consciousness),是不容易的,所谓冷静的理智恐不可恃,需要的是智慧②。

第二,莎士比亚某种程度上是个厌世的诗人,"中国文章里没有外国人的厌世诗。中国人生在世,确乎是重实际,少理想,更不喜欢思索那'死',因此,不但生活上就是文艺里也多是凝滞的空气,好像大家缺少一个公共花园似的"③。

第三,"创作的时候应该是'反刍'。这样才能成为一个梦。是梦,所以就与当初的实生活隔了模糊的界。艺术的成功也就在这里。亚里士多德说: 艺术须得常是保持'a continual slighter novelty'。西蒙士(A. Symons)解释这话道:'Art should ever astonish.'这样的实例,最好是求之于莎士比亚。莎士比亚的戏剧多包含可怖的事实,然而我们读着只觉得它是诗。这正因为它是一个梦。"④ 莎士比亚能将残酷的现实转化

---

① 废名:《随笔》,《废名集》(第3卷),第1221页。
② 废名:《随笔》,《废名集》(第3卷),第1220页。
③ 废名:《中国文章》,《废名集》(第3卷),第1371页。
④ 废名:《说梦》,《废名集》(第3卷),第1154页。

第五章 莎士比亚与个体艺术创造的思想之缘

为诗,莎士比亚证明了艺术产生在超越现实的过程,而莎剧虽如梦境却更接近内在真实。

废名的"创作心理学"说得简单一些,首先就是始终站在"文学是情学""文以情生"的立场,作文要顺应感情的方向,用智慧把握情感的度。这是他文学抒情性的一个来源。他有一段话这样说,朋友又问我"诗人,'世人皆欲杀';世人对于唱这样句子的诗人……将如何?"① 这句关于自杀的感慨是哈姆雷特求死不能时的一段表白,废名从中看出了中西文化的差异和中西诗人对于死亡的不同认知。正因为莎士比亚作品中无处不在的死亡和厌世情绪,他也转而在作品中描写死亡意象。关于坟、墓、清明、死亡等的描写在他的小说中和诗作中都有刻意涉笔,并且互相呼应,可以参照来看。

在废名眼里,莎士比亚是个诗人。他说从前听得教师们说莎士比亚写什么像什么,"我不免有点不懂,就决心到莎士比亚的宫殿里去试探。现在我试探出来了,古往今来,决不容有那样为我所不解的似是而非的说法!我只知有那一个诗人,无论他是怎样的化装"②。莎士比亚能把戏剧写成诗,为什么小说不能写成诗?所以废名的创作理论归根结底是要以诗作文,而他也把自己看作一个诗人。莎士比亚是怎样成为一个杰出的诗人的?在废名看来,要用情写作,要敢写悲观与死亡,更重要的是要做一个画梦者。因为梦,所以诗,对梦的书写只是他完成自己诗人角色的一个手段而已。这样,我们就不难理解为

---

① 废名:《桃园·一段记载》,《废名集》(第1卷),第193页。
② 废名:《说梦》,《废名集》(第3卷),第1157页。

什么废名的作品中充满了呓语、空白和跳跃的想象。要统计他的作品,"梦"应该是一个出现频率很高的字,正如他写的一首诗,"白天我对着一张纸做我的梦/夜间睡在床上听人家打鼾"①,他的小说始终像是一个人在自顾自独语。敏锐的李健吾看出了这点是废名和莎士比亚的共同点:"最寂寞的人往往是最倔强的人。有的忍不住寂寞,投到人海寻话说,有的把寂寞看做安全,筑好篱笆供他的伟大徘徊。哈姆雷特就爱独语,所有莎士比亚重要的人物全是了不得的独语者。寂寞是他们的智慧;于是上天惩罚这群自私的人,缩小他们的手脚,放大他们的脑壳,而这群人,顶着一个过大的脑壳,好像患了一种大头瓮的怪病,只能思维,只好思维,永久思维。"②独语和思维,是表达梦的方式,哈姆雷特③、麦克白、李尔王都是梦的主角,而在常人的逻辑下,他们不是疯子就是精神错乱,和现实不相容。在这个意义上,废名成了莎士比亚的一个角色,他的作品就是他的梦语和寂寞的思维。

当废名用自己引以为豪的创作理论指导创作时,他是个在自己梦境中喃喃自语的诗人。他的梦是难懂的。对于读者的不解,废名很冤屈地说:"有许多人说我的文章 obscure,看不出我的意思。但我自己是怎样的用心,要把我的心幕逐渐展出来!我甚至于疑心太 clear 得利害。"又说:"我最近发表的

---

① 废名:《小诗一》,《废名集》(第3卷),第1495页。
② 李健吾:《〈画梦录〉——何其芳先生作》,《咀华集·咀华二集》,第117页。
③ 关于这一点,台湾莎学研究者彭镜禧有专文论述哈姆雷特的独语。专著为《与独白对话:莎士比亚戏剧独白研究》,书林出版有限公司,2008年。

《杨柳》(《〈无题〉之十》),有这样一段: 小林先生没有答话,只是笑。小林先生的眼睛里只有杨柳球——除了杨柳球,眼睛之上虽还有天空,他没有看,也就可以说没有映进来。小林先生的杨柳球浸了露水,但他自己也不觉得——他也不觉得他笑……我的一位朋友竟没有看出我的'眼泪'!这个似乎不能怪我。"①

废名觉得自己所言的"浸了露水的杨柳球"如大白话,不言自明是在写眼泪,可是在一般读者看来,这当然有点抽象,我们看看废名创作的心理渊源就不以为怪了。不仅李商隐有诗"沧海月明珠有泪",废名热衷的莎士比亚更是写眼写泪的高手。我们来看一下莎士比亚的比喻。

《罗密欧与朱丽叶》(Romeo and Juliet)第一幕第一场中,眼泪和露水的意象重叠:

> MONTAGUE
> Many a morning hath he there been seen,
> With tears augmenting the fresh morning dew.
> Adding to clouds more clouds with his deep sighs;
> 蒙太古
> 好多天的早上都有人在那边看见过他,
> 用眼泪洒为清晨的露水,用长叹嘘成天空的云雾;②

---

① 废名:《说梦》,《废名集》(第3卷),第1153页。《杨柳》《〈无题〉之十》见《废名集》(第1卷)《桥·杨柳》,第484页。

② [英]莎士比亚:《罗密欧与朱丽叶》,《莎士比亚全集》(第5卷),第96页。

《暴风雨》（The Tempest）第一幕第二场中，爱丽儿唱给弗迪南德的歌里，将眼睛比作明珠：

> ARIEL sings：
> Full fathom five thy father lies；
> Of his bones are coral made；
> Those are pearls that were his eyes；
> 爱丽儿（唱）
> 五噚的水深处躺着你的父亲，
> 他的骨骼已化成珊瑚；
> 他眼睛是耀眼的明珠；①

《仲夏夜之梦》（Midsummer Night's Dream）第四幕第一场中：

> OBERON：
> And that same dew, which sometime on the buds,
> Was wont to swell like round and orient pearls,
> Stood now within the pretty flowerets' eyes,
> Like tears that did their own disgrace bewail.
> 奥布朗：
> 原来在嫩芯上晶莹饱满，

---

① ［英］莎士比亚：《暴风雨》，《莎士比亚全集》（第7卷），第319页。

第五章 莎士比亚与个体艺术创造的思想之缘

> 如同东方的明珠一样的露水,
> 如今却含在那一朵朵美艳的小花的眼中,
> 像是盈盈欲泣的眼泪,
> 痛心着它们所受的耻辱。①

最让废名受震撼的《李尔王》里,也有对眼泪的隐喻。《李尔王》(*King Lear*)第四幕第三场:

> Gentleman
> That play'd on her ripe lip, seem'd not to know
> What guests were in her eyes; which parted thence,
> As pearls from diamonds dropp'd.
> 侍臣
> 那些飘动在她红润的嘴唇上的小小的微笑,
> 似乎不知道她的眼睛里有些什么客人,
> 它们从她钻石样的眼睛里像一串珍珠滚了出来。②

用"dew""pearls""diamonds"等词来形容眼睛和眼泪,是莎士比亚惯用的笔法,尤其是对《李尔王》熟悉之后,废名对于眼泪的创作手法已经非常熟稔。他借用莎士比亚的比喻,

---

① [英]莎士比亚:《仲夏夜之梦》,《莎士比亚全集》(第1卷),第365页。
② [英]莎士比亚:《李尔王》,《莎士比亚全集》(第6卷),第80页。

用诗化的手法将小林的眼睛置换成"杨柳球",用"露水"代表眼泪,而"杨柳球浸了露水",小林看到的杨柳球和他瞳孔里的杨柳球叠成两个圆,露水和眼泪的界限被打破,使之融为一体。废名挖空心思,用心良苦,或许他认为这是他与莎士比亚的描写的精妙所在,是古诗的常用技法,古今中西不约而同的笔法,竟然没有人能理解,他觉得认为他不知所云的人不懂他,说他这个比喻太简单、太小儿科的人,更不懂他,他的期待视野里的理想读者是要有古诗修养,熟悉莎士比亚的修辞、习惯于他跳跃式想象、了解他的人。这样才是鉴赏的前提,否则,不能怪他表达不清。于是他说"真要鉴赏,须得与被赏鉴者在同一的基调上面,至少赏鉴的时候要如此。这样,你很容易得到安息,无论摆在你面前的是一座宫殿或只是一间茅舍"①。废名的意思已经很明白了,他对读者的要求也甚为苛刻,必须具有足够的历练和修养,才能无论在莎士比亚的艺术"宫殿"还是在陶、庾、李、杜四位诗人的"茅舍"里都能得到会心的愉悦。

三、废名莎士比亚观的变化

了解了废名和莎士比亚的亲密无间以及莎士比亚对他的影响,我们不能简单化废名和莎士比亚的关系,用一些诸如"莎士比亚对他的影响持续一生,影响时间最长,影响最深"这样的话语下定义。废名对莎士比亚的态度前后也是有变化的:他

---

① 废名:《说梦》,《废名集》(第3卷),第1155页。

第五章 莎士比亚与个体艺术创造的思想之缘

对莎士比亚由崇拜而畅游他的艺术宫殿,刚开始的时候也模仿过莎士比亚的创作,后来他在莎作中体认到了中西文化的异同,他把这些心得都浓缩在自己的小说和散论中,在不断的实践中,他从发现了莎士比亚的"诗"的艺术又认识到了中国文化对西方文化的互通和补足,这促使他对中国的古诗发生了极大兴趣,用写诗的方法写小说,而他的小说《桥》就是一个自己探索历程的隐喻,也是他作为画梦者对中西文化交融的一幅最美的写意。这些都需要我们认真了解,弄清废名莎士比亚观的变化,也就掌握了他的写作的密码。

废名开始阅读莎士比亚原著当是他1922年到北京大学预科开始起,那时,他的大部分时间就花在阅读外国文艺书籍上,与此同时,他也开始了自己的创作生涯,废名在1927年曾说,他从前听得教师们说莎士比亚写什么像什么,"我不免有点不懂,就决心到莎士比亚的宫殿里去试探"[1]。他所言的教师,自然免不了自己上课的授业教师,也应该包括他所见的一些对莎士比亚褒扬的莎评,这里就包括了他1927年6月4日发表的译文《William Shakespeare 的卷首》[2]。能得到全世界赞誉的莎作定是西方文明和文化的巅峰之作,废名对莎士比亚的选择明显带有社会集体想象的驱使,而莎士比亚到底是不是名副其实,他决心看个究竟,这一看不得了,莎士比亚曼妙的文风让废名倾慕不已,他尝试着模仿莎士比亚创作。有1925年废名的一首《幽会》为证,这首诗写少男少女在观音庵前关于爱情的对话:

---

[1] 废名:《说梦》,《废名集》(第3卷),第1157页。
[2] 原著G. Brandes,载《语丝》1927年6月4日第134期,署名废名。

> 少年　月亮照得多么孤单呵，仿佛一座坟！
>
> 少女　蛤蟆叫得好热闹，你听！
>
> 少年　他叫我们不要空谈！——这样是糟蹋时光。……
>
> 少年　我的宝贝，你是我的！——你笑什么呢？这一笑，好比一阵风，——我是一粒微尘，吹得没有了。……
>
> 少年　你的眼睛里是什么？我的宝贝，这样要把我砸碎了。
>
> 少女　我愿我的泪照见你的心。
>
> 少年　我的心同你的泪一般明。
>
> 少女　我的鞋被草湿了。
>
> 少年　但是他不走漏你的一点声响。
>
> 少女　月亮啊，你也留不住我们的影子。①

乍一看，热情洋溢的笔调、轻快幽默的文风、细腻绝妙的比喻等像极了莎士比亚，我们或许会给诗的作者冠以"中国的莎士比亚"的帽子。但这只是废名接受莎士比亚洗礼的开始，当他继续深入莎士比亚的世界时，他觉得老师们说的和他的理解有差异，"我只知有那一个诗人，无论他是怎样的化装"②。莎士比亚是个诗人，这是谁也不会质疑的事实，但是废名这句

---

① 废名发表了一组以"花炮"命名的短作，其中《幽会》发表于1925年11月9日《语丝》第52期，署名冯文炳。见《废名集》（第1卷），第322—323页。

② 废名：《说梦》，《废名集》（第3卷），第1157页。

话所说的却不是我们平常意义上的"诗",他认为莎士比亚作为一个当之无愧的诗人是因为无论是戏剧还是诗作,他都写出了"诗境",莎作的余味无穷,就是因为有意境。中国文化中的"意境"也是中国文论分享给世界文化最辉煌的结晶,写作不能单纯地追求塑造人物,写出情节,更要追求"意境",不管怎么样,要是一个诗人在写作。悟到了莎士比亚和中国文化相通之处的废名如金蝉脱壳,觉得之前的创作《柚子》(1923年)、《病人》(1923年)、《竹林的故事》(1924—1925年)等完全不是诗人的作品,只是通俗的小说,人人都可以写出来。对于过去生命的结晶,他觉得不可思议,他说,我再也不能写这样的杰作。他已下决心要走一条寂寞的路、一条"独殊"的路,走出"自己的园地",他表白自己心迹的文字不少,但是最能表明他的"蜕变"的就是他在《忘记了的日记》中说:"从昨天(1926年6月9日)起,我不要我那名字,起一个名字,就叫做废名。我在这四年以内,真的蜕了不少的壳,最近一年尤其蜕得古怪,就把昨天当个纪念日子罢。"[1]

古人削发明志,废名的坚定从他改名可见一斑。废名对自己的未来是些许乐观的。他说,"我从前很幼稚的怕将来没有饭吃,而且很认真的这样想。我现在实在爱惜我那时的心情,虽然我已经不同了,"他引《圣经》的话"狐狸有洞,天空的飞鸟有窠,人子没有枕头的地方"。[2] 而他所要做的就是找到自己的一席之地,这就是人们一直看不透为什么《桥》之后,

---

[1] 载1927年4月23日《语丝》第128期。
[2] 废名:《忘记了的日记》,1926年6月14日,《废名集》(第3卷),第1149页。

废名的小说就开始沉湎在一种抽象的虚空当中,从讲故事的人变成一个诗人,还想看故事的读者不免失望。其实,废名的转变在《桃园》①《枣》《菱荡》中就初现端倪,其中,他特别爱用省略号表示余味,大段的叙事已经不占主要地位。这时,他已沉醉于莎士比亚式的诗境中,《桃园·一段记载》有段描述,在听到朋友讲暴风雨的时候,他直接插入一段,"倘若我也在场,我将念 Edgar 的话你听: Here, father, take the shadow of this tree. For your good host。"②

直接将《李尔王》中的台词和意境挪用过来,达到渲染意境的效果。废名果然从莎士比亚那里取到了自己所心仪的,他发现了莎士比亚与中国文化可沟通之处。在写《桥》期间,他把莎士比亚当作自己的宝典,他案上有两部书:一是英国的《莎士比亚全集》,一是俄国的《契科夫全集》英译本。③ 废名这时已经完全不满足于初期对莎士比亚语言意趣的摹写,转而到莎剧中寻找拓展意境的资源。"silence""厌世""独语""诗境"都是他的新发现,他要做一个诗人,把中西诗境打通,为中国诗的意境注入新的力量。可是,他借鉴莎剧创作也常导致读者根本适应不了他跳跃的思维,难以意会。这也让他隐忧中西文化沟通的壁垒之强,促使他努力将莎士比亚的诗境与中国的诗境进行贯通。废名这一认真起来就发现了中西文化的异同。他发现中国的李商隐、庾信、陶渊明都是造境的高手,他们和莎士比亚一样都是一流的诗人,于是将莎士比亚和

---

① 《桃园》,《古城周刊》1927 年第 1 卷第 11 期。
② 废名:《桃园·一段记载》,《废名集》(第 1 卷),第 191 页。
③ 废名:《我怎样读论语》,《废名集》(第 3 卷),第 1470 页。

第五章 莎士比亚与个体艺术创造的思想之缘

中国资源整合起来用诗写小说，废名的《桥》就这样一节一节写出来了。关于《桥》的主题一直众说纷纭，有人认为这是一部不食人间烟火的作品，纯粹是断片和剪影，有的看法是它是旧婚姻制度造成的爱情悲剧，还有的观点认为这部小说就是诗化小说，是写意的营造，没有情节，人物模糊。事实真的是这样吗？

《桥》的确是一部文体突破的小说，但是如果认为废名仅仅是为了展示自己的写作技法，就把问题简单化了。从某种意义上说，废名写的小说都带有自叙性，《桥》也不例外。《桥》骨子里是一本废名真正写自己的文本，只是包裹着若有若无的故事外衣，这是废名自我剖析、自我审视、自我反思、自我蜕皮的一个历练文本，是自己写作经验的一个心灵秘史，是废名文学理想的倾诉，是废名在中西文化的徘徊中艰难而痛苦的迷思，是废名寻找打通中西文化灵丹妙药的夸父之旅，充满了人生和文学的隐喻。在《桥》中，废名将自己一分为三，这一分也分出了不同的文化样态。含蓄羞涩的琴子是中国古典文化和美，是庾信，是李商隐，是废名过去的"我"，也是中国旧文化的象征；热情奔放的细竹是西方文化，是莎士比亚，是哈代，是废名新的"我"。小林就是正在蜕变的"我"，《桥》中，小林一直在打量、琢磨琴子与细竹，他和两位女性之间暧昧的情感正是废名徘徊在西方文化和中国文化中时的复杂心绪的写照。

杨柳是中国古典文化的一个重要意象，琴子在镇上观看赛会，回来写了两句话——"一叶杨柳便是天下之春/南无观世音的净瓶"[①]，在《杨柳》中，小林的眼睛只看到细竹高举的杨

---

① 废名：《桥·日记》，《废名集》（第1卷），第471页。

柳球，问题的关键不是废名借鉴莎士比亚用隐喻写眼泪的技法，而是他为什么会流泪？这枝杨柳和观世音净瓶联系在一起，有神性意味，而此时，作为西方文化载体的细竹举着柳枝，小林渴望得到一滴甘露。这是怎样一种心境？不像其他留洋的学人，自卑的废名对西方文化的渴求要强烈得多，在生活中渴望摆脱困境，有一番作为，在写作上希冀突破自己，达到新的高度。废名的"杨柳球"正是一个中西合璧的圣物，是他立志要达到的写作的高度，他怎能不激动流泪？难怪他会莫名其妙地说一句"三哑叔栽的杨柳的露水我一定也从河水当中喝了"①。《桥·清明》中有一段小林谈到死的时候说"我想年青死了是长春，我们对了青草，永远是一个青年"②。这时候的小林似乎已经下决心要颠覆自己，走出了旧我的束缚，走入西方文学的殿堂一搏，抛弃过往，是死，也是生。接下来的《桥·路上》一章显然这个新生的我已经义无反顾地开始了新的征程，在这里废名用了一个不怎么高明的隐喻，众所周知，青蛙、蝉、蛇等能变形蜕皮的动物在中国文化中象征新生或永生。琴子和细竹在路上碰到了挡路的蛇，无疑，这个蛇是没有出场的小林的化身。面对另外两个"我"，小林和她们相遇的场景比较有趣，废名想表达什么呢？在对峙（琴子）和责难（细竹）中，琴子已先绕道而走，蛇钻入草中，"旧我"的外衣已顺势褪去。在《桥·桥》中，关于过桥时的小林的心理描写极其微妙。记忆中的桥狭长又没有扶手，他"畏缩的影子，

---

① 废名：《桥·杨柳》，《废名集》（第1卷），第487页。
② 废名：《桥·清明》，《废名集》（第1卷），第501页。

永远站在桥的这一边"。现在，桥坝上都是树，"很容易过得去，他相信。当然，只要再一开步。他逡巡着，望着对岸"①。他想象着自己已经过了桥，而这座桥就是自己要架设的中西文化之桥，过了桥，无异于迈到了另一方天地，是对自己写作突破的一个隐喻。他幻想着超度到对岸，所以身心分离，于是就有了过去灵魂渺不可寻的梦幻感，这个心理状态就是废名在写作风格转型期，在扎入莎士比亚的世界之后，对之前自己写作的诗意的点染。

在《桥·枫树》中，狗姐姐对他说了这样一番话，过了那山坡和竹林，"你还得走上去一点，那里有桥，从那里过来——"废名得到狗姐姐的"指点"，让他到上流去，遂灵魂"非常之自由"②。这是废名对继续坚定融合中西文化去写作的自白，过了《竹林》上了《桥》，定会有风景那边独好的惬意。《桥·梨花白》中，他提到细竹裁错了琴子的衣服，"损伤了好些材料"③。隐喻废名在尝试用西方的写法改造自我时，或许中国诗人和西方诗人有差异，不能用西方的眼光和模式来限制中国文化，这样会有败笔。这时，废名发现了中西文化和文学描写的差异，"庾信文章是成熟的溢露，沙翁剧本则是由发展而达到成熟了。即此一事已是中西文化根本不同之点。因为是发展，故靠故事。因为是溢露，故恃典故"④。"中国的女

---

① 废名：《桥·桥》，《废名集》（第1卷），第537页。
② 废名：《桥·枫树》，《废名集》（第1卷），第548页。
③ 废名：《桥·梨花白》，《废名集》（第1卷），第554页。
④ 废名：《莫须有先生传·民国庚辰元旦》，《废名集》（第2卷），第994页。

人只可以哭不可以笑"①,"中国文章里简直没有厌世派的文章,这是很可惜的事情"②。因为中西文化是那么不同,没有优劣之分,所以不能以西释中或使任何一方成为被"裁剪"的单向"损伤者"。将西方文化引为知己,这就是废名的胸怀。《桥·窗》里还有一个意象就是镜子,细竹的镜中映出的是姐妹俩的镜像,镜子成为废名思考中西文化的一个视角,自视的一扇窗户。小林一直努力地想平衡好与琴子和细竹的感情,废名想用中西共通的笔法写一部诗,细竹虽美,但也不能代替琴子,莎士比亚虽强,但是也有不如人意之处。"好比莎士比亚的 King Lear 这出戏,里面一个装疯的 Edgar,我很爱,出在他的口里竟有 pity 一字,我却读得不免扫兴。"③ "在《桥》中,小林因细竹对自己的话没做回应,他反问细竹,细竹说,天上飞翔的鹞鹰总也不叫唤,说什么呢? 小林提到了莎剧中关于动静关系的一句话'Silence bestows that virtue on it, madam. 我当时读了笑,莎士比亚的这句文章就不该做。但文章做得很好'。"④ 其实这句话是废名对自己写作技巧的一个透露,莎剧在这一点上就不如中国诗人处理得好,有点过于直白,是对意境的破坏,亚洲文化在这点上更有技巧。静中才能现动,就像日本的俳句"寂寞古池塘,青蛙扑通入水中"一样,就像"空山不见人,但闻人语响"一样。但是废

---

① 废名:《女子故事》,《废名集》(第 3 卷),第 1376 页。
② 废名:《中国文章》,《废名集》(第 3 卷),第 1370 页。
③ 废名:《桃园·审判》,《废名集》(第 1 卷),第 178 页。
④ 废名:《桥·桥》,《废名集》(第 1 卷),第 541 页。最初废名这句话是这样写的,"实在做得很好,翻译出来恐怕不大好。"

第五章 莎士比亚与个体艺术创造的思想之缘

名自得的是,有时候写静,还可以写无声,那就是"此处无声胜有声"。

所以废名更深刻地认识到了中西文化的差异,同是诗人,西方诗人更重用故事表现生活,中国诗人长于以辞藻典故表现意境。"……中国诗人与英国诗人不同,正如中国画与西洋画不同。我喜欢庾信是从喜欢莎士比亚来的,我觉得庾信诗赋的表现方法同莎士比亚戏剧的表现方法是一样。"① 因为有莎士比亚的对比,废名更深地体会到了要写出一部诗,还要到中国文化中发掘更深的辞藻典故意境。这时,废名似乎才真正认识到了中国传统文化的美,《桥》后半部分描写小林端详琴子的面容,"明眸淡月,发彩清扬"②,这是小林第一次这么认真地回头看琴子,他从琴子身上发现了以前他无视的美。在写作上废名就更注重从中国古诗中攫取典故和辞藻,形成洗练、幽远的意境。对莎士比亚的扬弃,使他在后期的写作理念上更偏向于中国古典美,也是废名在写作上最终形成自己风格的第二次蜕变。这次的蜕变也很艰难,因为深厚的古典文化修养的养成并不是一件易事。这次蜕变并不意味着他抛弃了莎士比亚,在莎剧中遨游之后,他还热爱着莎剧,在后来的写作中,对莎士比亚的借鉴多是诙谐的改编,他还经常冷不丁地冒出莎士比亚式的话语,直至后来又推崇莎士比亚,他从莎作中看出了其他人没有看出的东西,比如,他认为读莎剧"政治性是美的重要

---

① 废名:《莫须有先生坐飞机以后·莫须有先生教国语》,《废名集》(第2卷),第881页。
② 废名:《桥·水上》,《废名集》(第2卷),第583页。

属性"①,莎士比亚的悲剧美超过了希腊艺术②,莎士比亚是"反抗现实"③的莎士比亚。这些见解都不乏创见,尤其莎剧中政治审美就是一个莎学研究的薄弱点。

要理解废名,不但要从中西文化角度看他,也要结合他的诗作来看,废名的小说和诗是一个双生体,里边有许多共同的意象,如莲花、镜、石头、海、坟、墓、树、画等。废名的小说和诗完全是呼应、互文的。废名似乎是有意的,或许是无心,在诗里解答了他的小说《桥》中的种种用意。后来小林他们寄住的天禄山上又来了一对姐妹,姐姐大千如同月亮般素淡一流,与琴子暗合,对细竹格外喜欢,细竹也亲近大千,觉得"是灵魂的亲近,大千好像另外一个琴子似的,自己也正是另外一个妹妹"④。结尾处小林告诉琴子,他和琴子是"如花似叶长相见"⑤。远远望去,细竹和大千像两个大蚌壳。小林还是回归了琴子的怀抱,细竹和大千成为大海和月亮的化身,成为小林的一个向往。庾信有诗《舟中望月》"天汉看珠蚌,星桥视桂花",李商隐有诗"沧海月明珠有泪"。大千和细竹是中西文化的融合,要达到这个中西汇通的境界,做中西文化的桥梁,非得有病蚌含珠的艰辛和努力,天河里有蚌蛤,明月珠蚌合一,而废名要做的就是"佩着一个女郎之爱,慕嫦娥奔

---

① 废名:《美学讲义·美是客观存在》,《废名集》(第6卷),第3076页。
② 废名:《美学讲义·美学》,《废名集》(第6卷),第3080页。
③ 废名:《今日文学的动向》,《废名集》(第6卷),第3391页。
④ 废名:《桥·行路》,《废名集》(第2卷),第622页。
⑤ 废名:《桥·蚌壳》,《废名集》(第2卷),第656页。

第五章　莎士比亚与个体艺术创造的思想之缘

月"①,带着琴子的爱,像一个逐日的夸父一样,摘取月神的桂冠,"采不死灵药,佩之奔往人间"②。废名最终的理想在打通中西诗人的写作,让莎士比亚和庾信在一个故事中吟诗,这样的一个境界,是他秘而不宣的目标。在《桥·钥匙》一章,他瞥见细竹正在那里纤手捻红,他的诗立刻就成功了③。他拿到了自己命运的钥匙,开启了自己的写作大门。《桥》并不晦涩,并不诡异,他并不是要展示自己的佛禅思想,也不是要宣称自己是个文体家,正如废名自己所说,他疑心他把自己的心幕说得太清楚了!

莎士比亚是一面镜子,一个缩影。中国在历经巨大的思想文化变迁之际,莎士比亚作为外来文化与废名的"交往"并不是单纯影响或者接受那么简单,处在动荡的社会条件下,作为一介书生,废名希望以文学益世,而他对中西文学融合的实践也是以文学来探索具有新生的民族文化之路。废名的可贵就在于能超越集体想象的定势思维,想象性地建构了一个自己眼里的莎士比亚。这个莎士比亚是废名式的传统文化的中介,从莎士比亚这面镜子,我们看到了废名对中国传统的不断再认识和塑造、对传统诗学的突破,莎士比亚成为他自己谋求变革的一种参考性符号,而非真正的莎士比亚本身。莎士比亚对于他的写作风格的形成具有决定性的作用。莎士比亚是一座西方文化之桥,废名能迅速地吸纳和创

---

① 废名:《诗》《泪落》,《废名集》(第3卷),第1530页。
② 废名:《醉歌》,《废名集》(第3卷),第1545页。
③ 废名:《桥·钥匙》,《废名集》(第2卷),第595页。

新外来文化，他尤其倔强地学习西方文学，继承中国传统，不断推翻自己，对莎士比亚吸收极快，又善于杂糅，综合中西文化，他对莎士比亚的每一次反思都经历一次蜕变，而每一次颠覆都斩钉截铁，决然洗刷攒集的风格，他执拗地奔月，寻求真善美，哪怕要经历炼狱般的考验，只为要寻找使人类文化文学融汇的灵丹妙药。

第二节　"燃灯者之灯"① ——周辅成的莎士比亚观

随着学科专业的细分，其他学科一些为数不多的"非莎学专业人士"渐渐远离莎士比亚，术有专攻了。要说莎剧爱好者中真正达到与莎士比亚惺惺相惜的人，除宗白华、王元化等人外，要数中国现代伦理学家周辅成了。周辅成服膺莎士比亚，莎作是他的枕边书，是他的良师益友，是他心中的太阳。他不但自己喜好莎士比亚，还给周围人推荐莎作。据他的弟子赵越胜回忆，他初见周时，周就力荐莎作，认为莎士比亚比哲学家高明："一等的天才搞文学，把哲学也讲透了，像莎士比亚、歌德、席勒。二等的天才直接搞哲学，像康德、黑格尔，年轻时也作诗，做不成只得回到概念里。三等的天才只写小说了，像福楼拜。"②

周辅成认为莎士比亚的作品寓哲理与人生于其中，并且用

---

① "燃灯者"一词来源于赵越胜：《忆周辅成》，湖南文艺出版社，2011年。
② 赵越胜：《文汇读书周报》2011年12月23日，第13版。

第五章　莎士比亚与个体艺术创造的思想之缘

优美动人的形式表达出来，要比抽象的哲学高明，这种爱慕源于他在莎作中发现、参透或印证了自己修习的某些哲理。无论什么戏剧，一旦脱离了人生便没有生气了。① 由此，他对莎士比亚的博大精深极有体会，爱好莎士比亚的他也有关于莎氏的专论。周辅成的莎评主要集中在他的《论莎士比亚人格》一文中。不同于其他学术性论文，这篇莎评亲切、平实、自然，犹如海涅的《莎士比亚和他的女角》，字字渗透着作者对人生的理解，处处洋溢着对莎士比亚的赞叹，透露了作者对莎翁其人其作的熟稔和驾轻就熟。值得指出的是，论莎士比亚人格的文章在莎学史上尤为罕见。周辅成的莎士比亚观可以从人格、人性、自然三个方面解读。

一、 风格与人格的建成与展开

据说，莎士比亚在生活中并非良民，他放高利贷，性格孤傲，容不得别人的指责，私生活也极其放荡堕落……梁遇春说，中国在介绍外国文学时多半采用颂扬恭维的文学史笔法，"莎士比亚的偷鹿，文学史家总想法替他掩饰辩护"。② 但关于文人的八卦或美谈很受青睐，这样人们才会觉得作家不是不食人间烟火的，是活生生的作家，也往往以此作为对他人格的检验。人格一词在心理学层面上的意思与个性相近，在法律层面上指每个公民平等的人格，而日常的人格多指道德意义上的

---

① 范瑛：《现代戏剧家洪深博士演讲：戏剧与人生》，《振华季刊》1936年第2卷第3/4期。
② 梁遇春：《醉中梦话》《醉中梦话（二）》第一章第三节，第90页。

人格的高下。显然，周辅成所谓的莎士比亚人格含义在这三者之外。他说："人格乃是一种价值上的存在，不是一种实物的存在。因此，要了解一个人的人格，不一定要全部知道其人的生活。凡属作家的人格，都反映在他的成熟的作品和生活内，从每一角落，都可窥到全体。"①

只因"文如其人"，所以，近代对莎士比亚考据性的研究，尤其是针对莎士比亚身份的质疑在周辅成看来都偏离了重心，因为考证出来莎士比亚的琐碎的生活细节，即使属实，也不是他人格铸成的决定性因素②，只有作品是作者的代言人，尤其是作者成熟期的作品，完全可以窥一斑而见全豹。作者的作品必然要面对世界和读者，但是每个评论者都有自己的一把尺子。这样，就有了如下的推论，"人格，既是价值上的存在，那么，对它的理解与评价，就不能和对事物的事实判断与评价相同，一半要看评价者自身的主见。所以，人类的一切评价，最后都很难一致。无怪历来莎士比亚的批评者，根据各时、各地、各人的差异，结论或评价或解释都大不相同。这是不能勉强一致的，也不必勉强一致"③。对同一作家的同一作品，往往会仁者见仁，说法不一，当然对于莎士比亚也是一千个读者就有一千个莎士比亚。同样秉持"文如其人"理念的钱穆却和周辅成的莎士比亚观大异其趣，他认为，"文学即人生，人生即文学，此一境界，特藉此作家个人之生活与作品而

---

① 周辅成：《论莎士比亚的人格》，《周辅成文集》（第1卷），第294页，原刊于《理想与文化》，1942年第3、4期。
② 周辅成：《论莎士比亚的人格》，《周辅成文集》（第1卷），第296页。
③ 周辅成：《论莎士比亚的人格》，《周辅成文集》（第1卷），第294页。

第五章 莎士比亚与个体艺术创造的思想之缘

表现。故中国文学之成家，不仅在其文学之技巧与风格，而更重要者，在此作家个人之生活陶冶与心情感映。作家不因其作品而伟大，乃是作品因于此作家而崇高"①。从根本上讲，钱穆也是认同"风格即人格"的，他将作者的真实人生凌驾于作品之上，在钱穆眼里，作家没有亲切可感的生活轨迹，其文学也就等同于虚构，因此，不但要"文如其人"，更要"文如其人生"，好的作品必是对真实人生的摹写。相对于西方文学，中国文学更加重视人文合一，并且人在文之前。而对于莎士比亚这样一个身世渺茫的作家，钱穆是极其质疑他文学作品的合法性的，"西方人为学，非学为人。如牛顿治力学，可不问其人，莎士比亚治文学，亦可不问其人；其他皆类比"②。

究其原因，是钱穆对中国文化心怀眷恋以及面对西方文化入侵的痛惜，他极力反对以莎士比亚为代表的西方文学，甚至认为莎士比亚还不如中国的陶渊明和归有光③，他认为西方文学和人生截然分离，这种与中国文化对立的文化必然会毁灭中国文化。对此，周辅成认为，对作家人格的解释是多样的，因为"时代的偏见，个人的偏见，总是我们客观地了解人格的障碍。平常人，脱不掉个人偏见或地域偏见，常常是以他的最低的或较低的人格标准，来猜测较高的人格，亦即古人所谓'以小人之心，度君子之腹'；他不能超出自己，实际，也无法了

---

① 钱穆：《中国文学论丛》，《钱宾四先生全集》（第45册），第46页。
② 钱穆：《晚学盲言》（上），《钱宾四先生全集》（第48册），第271页。
③ 钱穆：《晚学盲言》（上），《钱宾四先生全集》（第48册），第682页。

解他人"①。这段话适用于所有莎氏的评论者,人人在评价的时候必然带有前见和个人视域,每个人都有自己的盲点,也要受时空的局限,没有人能真正客观地、不偏不倚地评价他人。歌德认为莎士比亚让他不再目盲,而托尔斯泰却认为莎士比亚一文不值,这些评价是真实的莎士比亚吗?远远不是,那么,对作家人格的判断唯一的标准就是"真",即所感的真实世界(the real world, not the actual world)②。周辅成认为莎士比亚人格的来源就在于他是一个真实的、自得的、为生活所滋养的平民。更重要的一点是莎士比亚的人格是逐渐发展的,这我们可以从他的作品中看出,作家每一作品,都是他的人格的表现。我们如果从作品上看人格,则可追究到人格成立的理由,属于意义方面。③

在叙述莎士比亚人格的发展时,周辅成将莎士比亚的创作历程娓娓道来,恰如一部莎翁的历史!阅历、生活、智慧成就了莎士比亚的作品,不断成熟的作品又参证着他人格的健全和发展。一反文学史按照年份切割莎士比亚创作的做法,周辅成认为莎士比亚的创作就像人一样,就像一个大自然的造物一样,如四季更迭,是自然生长的,和谐曼妙。周辅成将莎士比亚的人格和文学做了这样的描述,我们可以用一张表格来展现:

---

① 周辅成:《论莎士比亚的人格》,《周辅成文集》(第1卷),第294页。
② 周辅成:《论莎士比亚的人格》,《周辅成文集》(第1卷),第304页。
③ 周辅成:《论莎士比亚的人格》,《周辅成文集》(第1卷),第304页。

创作分期	季节	生长周期	创作阶段	人格进展	代表作品
第一期	春	出芽	模仿期	人格缺乏忍耐	《查理三世》《维洛那二绅士》《爱的徒劳》等喜剧和历史剧
第二期	夏	抽条叶	探究期	人格成型	《仲夏夜之梦》《威尼斯商人》《温莎的风流娘儿们》《无事生非》《第十二夜》等喜剧
第三期	秋	开花	训练期	人格精进高远	《尤利乌斯·凯撒》《哈姆雷特》《奥赛罗》《李尔王》《麦克白》等悲剧
第四期	冬	结实	静穆期	思想成熟、人格圆成	《泰尔亲王配力克里斯》《辛白林》《冬天的故事》《暴风雨》等

周辅成对莎翁的作品信手拈来，个中人物仿佛就是自己身边的熟人。第一期的人物如《维洛那二绅士》中 Valentine 的性格在剧中的转变有些突兀，这个处理也是早年莎士比亚对创作热情有加而缺乏周全考虑的表现，所以第一期的作品还不能展现最真实的人生或生活的本真。第二期的历史剧和喜剧使他的心灵走进了社会各阶层，周辅成分析了《威尼斯商人》中的安东尼奥，这个悲剧角色被认为是莎氏自己的化身，但是在剧中并非主角，就如同人生一般，总是圣洁和欢喜多于卑劣与忧郁。在创作的第二阶段，他收敛热情，在乐观中颇能自制，已经接触到了人生最真实的部分[①]。第三期的悲剧和第二期的喜剧是鲜明的比照，他把所有的欢喜转成悲哀，是对人生的一个

---

① 周辅成：《论莎士比亚的人格》，《周辅成文集》（第1卷），第314页。

沉淀，为未来的冬天做好了准备。在晚年宁静的收获期，由外而内，他的热情减少，理性自制力加强，所写的人物大都是抽象的。从莎士比亚创作和人格完成的轨迹我们不难发现，莎士比亚的人格在逐渐发展，始终有一股精神力量在贯注发展。看完他的作品，宛如随着莎士比亚走了一生，重新做了一回人。①

周辅成从莎作推论莎士比亚的人格发展，视角比较奇特，但自成一体，意趣盎然。说到底，他的逻辑源于一个观念，那就是对"真"的追求，他认为求真的作品，就是作者内心真实的表达，是作者真实的人生观和人格表现。周辅成的观点是不严密的，这个说法只适用于纯粹的记叙文学，其他文类都不能保证文学必然反映作者的感觉世界，而感觉也不能等同于人格，写作风格在某种程度上可以像人格一样日趋完善，但还是不能等同于周辅成所言的"真"。他所谓的人必真，感必真，文必真，才有真人格，而这种真，必然是幽默热情被宽容理性取代的一个过程，从作者对文学的驾驭中可以看出作者人格的发展，因为文学就是作者所感的真实世界。周辅成认为从文学可以看出人格，钱穆更强调真实世界的实存性，认为具备好人格才能导出好文学。在人格和文学的对应性上，他们又有共通处。从他们对人格与"真"的定义，我们就不难理解为什么周辅成认为培根的品德不良，影响他的知识，其作品只见口号与形容词，是赶时髦的东西。"他曾以哲学家自居，但在现代哲

---

① 周辅成：《论莎士比亚的人格》，《周辅成文集》（第1卷），第324页。

学上,有谁说他比康德、休谟聪明?"①

二、 人性的内蕴与生长

周辅成认为,"莎士比亚的作品,每被视为最能表现人性,或写得最真切"②。这是极有道理的,因为不光约翰逊认为莎作尽现人性,柯勒里奇、威尔逊等西方莎评家都持有此论调。这个看法在中国学界也很普遍,比如林毓生在1967年12月13日致殷海光的信中说,"伟大的文学作家如Shakespeare, Dostoevski(Dostoevsky), Tolstoi(Tolstoy)[莎士比亚、陀思妥耶夫斯基、托尔斯泰]之所以伟大,正是由于他们针对人的处境的意义与问题发言,透露了对于人性的深刻的理解"③。

周辅成在莎作的人性论观点上至少对以下三个方面有所补足。首先,他认为人性有别,民族性、时代性就是不可忽视的一点,如果单纯地说某一个作家的人物代表人性,就是以偏概全。比如,歌德和莎士比亚之不同,实际上也是德英两个民族性差异的反映,因为每个民族都有各自的气质。他很客观地评价,"现代,许多英国人夸耀说他们的莎士比亚,是代表'人类'的作家,德国人也夸说歌德的浮士德,是代表近代人类向无限追求的表现。其实,都是他们拿自己对'人'的概念,概

---

① 周辅成:《克鲁泡特金的人格》,《周辅成文集》(第2卷),第129页。
② 周辅成:《论莎士比亚的人格》,《周辅成文集》(第1卷),第306页。
③ 殷海光、林毓生:《殷海光·林毓生书信录》(重校增补本),吉林出版集团有限责任公司,2008年,第189页。

括一切人类"①。我们必须分清一般的人性概念和具体的人性概念,莎士比亚所描写的自然有人性中的共通部分,但其中的特定的时代、国别、民族、性别、气质都会造成人性描写的特例。在《论人和人的解放》一文中,他就认为西方历史上的人性论从古到今也是有变化的②。所以,哈姆雷特的彷徨和怀疑就是英国民族极端保守精神的写照。单个的文学作品是"种",多姿多彩的种种文学都是世界文苑这个"类"必不可少的独一个,谁也不能互相覆盖替代,人性的表现亦是如此。

其次,莎士比亚的作品也并非是对一成不变人性的描写,他对人性的认识也是不断深化的。在早期的作品中,他对自然充满幻想,对人并不宽容,在晚年"转变为人性的深刻认识,对人类缺点的哀怜"③。他一生的作品就是人性的发展深化最好的见证,犹如人的生命展开,年轻时的热情鲁莽到老年逐渐理性沉静,作品的气质也在不断变化,在对人性认识深刻的基础上,才能看到人的缺点,看到人类可悲的命运,这也是莎士比亚晚年从对外在的自然的关心,转为人性研究的原因,但是,即使他把人性的恶毫不掩饰地陈列在我们眼前,我们依然

---

① 周辅成:《论莎士比亚的人格》,《周辅成文集》(第1卷),第334页。
② 周辅成:《论人和人的解放》,《周辅成文集》(第2卷),第107页。"古希腊人的人性论,乃是神人同形同性的多神论所推演的人性论,重视人的自然属性,'健全的灵魂富于健全的身体';也重视公民生活;但抱着十分狭隘的城邦血族主义、贵族主义、几乎不承认奴隶和'蛮族'是'人'。中世纪的人性论,乃是超越上帝或神性主宰下的人性论。个人生下来就背着原罪的包袱,除了哀求上帝基督或教会拯救外,别无其他办法。至于近代资产阶级人性论,则是资本主义的产品,既不同于中世纪人性论,也不同于希腊的人性论。"
③ 周辅成:《论莎士比亚的人格》,《周辅成文集》(第1卷),第322页。

能从他的作品中感受到人的可爱。理解人性的丰富性，明白了人性的张力，也就理解了莎士比亚的作品。

再次，文学作品对人性的书写各有千秋，典型的如歌德与莎士比亚都是发挥人性到极致的人①，但是他们却殊途同归。莎士比亚的手法主要是去伪存真，保持真然的人生，而歌德却指向了一种无限的可能性人生。这两种态度的差异，也可以归结文学之人性的实现之不同途径。"一是从'人'的实然（Actuality）看到人性的全部，一是从'人'的'可能'（Potentiality）看到人性的极致。一个是向四周扩张，一个是向前推进。向四周扩张的，好似我们在海上漂荡，愈远，眼界愈大；看的事实愈多，所知的自然与人生也愈真确"②。如果说人性的坐标可以描绘，那么歌德对于人性的探索指向就是纵轴，具有无限的向上性，探索人性在某方面的极限，莎士比亚对于人性的探索与生活平行，力图无限深广，挖掘丰富人性的方方面面。

三、中西"人与自然"的甄别

在莎士比亚笔下，他"照着自然重造许多人物来使我们人类看实际的人生，了解人类本来的、自然的人生。……惟其他能依从自然，故能坦白"③。莎士比亚的作品就像镜子一样，我们可以从中看出人世的本来面目。他笔下的人物也是那么自

---

① 周辅成：《论莎士比亚的人格》，《周辅成文集》（第1卷），第333页。
② 周辅成：《论莎士比亚的人格》，《周辅成文集》（第1卷），第333页。
③ 周辅成：《论莎士比亚的人格》，《周辅成文集》（第1卷），第326页。

然，就像你，像我，像他。海涅说，莎士比亚的作品深入事物的底蕴，着眼点在真实和内容上，评论家看不到莎剧中最简单、最邻近的东西——自然。① 海涅意指莎士比亚的作品把人写活了，一切都具有发生的合理性。周辅成在歌德和莎士比亚的对比中突出了莎士比亚的作品不光内容自然，连人生也是一场自然的展开。歌德的人生中总有一个对手，所以，其潜能被无限激发，而莎士比亚总能深探出生活的种种限度，使人能清澈地了解自己②。这里，周辅成揭示了"自然"一词在莎士比亚这里的第一层意思，那就是"真"，因为这是对所感的真实世界的展现，所以莎作和现实几乎没有了界限。"自然"一词的第二层含义指真实世界，不光包括大自然，也包括他人、人以外的世界。

中西方都有崇尚自然的传统，然而处理人与自然的关系却有不同之处，周辅成在他的莎论结尾处提出了一个值得深入探讨的课题，中西方的自然观有什么差异？他用陶渊明和莎士比亚做平行比较，认为中国人看自然总是具有整体性，内中囊括了风雨晴阴，整体风格是调和的、平静的，有道家超脱的成分。这种与自然的关系，历史上以陶渊明为代表。莎士比亚将自然"人格化了，自然亦象征着人所有的感情变化，这是以人吸收自然，即其所谓'自然'，是同人一样自然之自然。而中国人或陶渊明所见之自然，则是将人，亦自然化之；人是'大自然'一样自然之'人'。此亦可谓以'自然'吸入'人'，

---

① 海涅：《莎士比亚的少妇和女人》，绿原译，上海文艺出版社，2007年，第33、42页。
② 周辅成：《论莎士比亚的人格》，《周辅成文集》（第1卷），第333页。

二者情调不同,当然境界亦不同。所以我们可见二者同是'崇尚自然','根据自然',但各人的人格不同,所指的意义,也不全同"①。

人在自然中生活,人依赖自然,人改变自然,中国人用自然的眼光看人,把人作为自然的一物,人融在自然中,天人合一,与自然一起律动,人也应像自然一样静若磐石和超脱。西方的自然观以人的眼光看自然,将自然作为一个客体,与自然对立,所以与自然的关系不是平静调和的。总之,中国人多以物观我,这样,自我在世界中总是很小;西方人以我观物,自我会无意中放大,如果用图来表示的话,中国的自然观人在自然中,大圆套小圆,西方的自然观应是人与自然对立而同处于一个圆中。当然,对中西自然观这样笼统的划分,有武断和粗糙之嫌,但是对莎士比亚作品中自然因素的敏锐是周辅成的过人之处,他认为莎士比亚作品中人与自然洋溢着莎士比亚式的平静、宁静,那是莎士比亚在实际生活中历练而成,虽有超脱,但还是与中国的自然观有差别。中西自然观各有其特色,没有优劣之分,他提出的这个话题也有待研究与拓展。

周辅成喜欢哲学,也喜欢文学,这和他们这一代人的成长经历有关。在20世纪30年代,他就在《晨报》副刊编辑瞿冰森的提携下发表文章,在上海中华书局出版的《新中华》上发表《论伦理学上的自然主义与理想主义》一文,后来又参与《重光》《群众》《理想与文化》杂志的创办,个人的趣味和学术与时代精神打成一片,而嗜好莎士比亚,又完全是个人化的

---

① 周辅成:《论莎士比亚的人格》,《周辅成文集》(第1卷),第336页。

爱好，是文学趣味使然。抗战期间，钱锺书写了小说《围城》，极尽诙谐讽刺之能事。周辅成评价道，"小说的作者，显然要我们在沉闷的生活中，大家同来笑一笑。笑那些金色鸟笼内的冒充雅人的俗人。这不仅因为他们双手戴满了金戒指，让人觉得可笑，而且也因为他们很像莎士比亚描写的胖子丑角Falstaff，被群众推翻在地，惹得众人大笑，而自己却还在地上同大伙一齐大笑"①。

莎剧中的人物成了周辅成的精神伴侣，在他人生遭遇阴霾时成为他这个"燃灯者"的精神支柱和灯塔。他对莎士比亚的理解平白而耐读，犹如七色光合成的日光一样，色淡而内蕴丰富，唯有把莎士比亚内化吸收之后，才能对莎士比亚的人格做出别出心裁的解读。他从人格的角度理解莎作，从作品中见人格，不仅带有中国传统的印记，也为中国莎评打开了一扇新窗，还克服了莎学专业学者只顾及"知识创造"的局限，于"社会关怀"和"人文关怀"方面为中国莎学带来亮色，他的莎士比亚研究对于当下学界知识分子专业化倾向颇有启示。

---

① 周辅成：《我所亲历的20世纪》，《周辅成文集》（第2卷），第394页。

结语

索绪尔认为,"语言的问题主要是符号学的问题,我们的全部论证都从这一重要的事实获得意义。要发现语言的真正本质,首先必须知道它跟其他一切同类的符号系统有什么共同点"①。"没有人会说他的作品够不上称为古典名著;他又有足够的现代性,足够的运用语言、意象、象征的非凡能力,使得最充满现代敏感的诗人也一一折服。他汲收,同时又充实、提高了世界文学:他既是最典型英国的,又在最广泛的基础上是世界的。"② 从根本上说,莎士比亚的名称、莎剧的舞台意象等能指让接受者感知到的并不是一个"实实在在"的伊丽莎白时代兼编、导、演于一身的莎士比亚,而是一个心理认知概念。

莎士比亚是西方文明的标志性符号和镜像,近代中国发现西方世界与发现莎士比亚几乎同步。瞿秋白指出:"蒋梦麟说

---

① [瑞]费尔迪南·德·索绪尔:《普通语言学教程》,高名凯译,商务印书馆,1980年,第39页。

② 王佐良:《莎士比亚在中国的时辰》,《外国文学》1991年第2期。

'问题符号满天飞',其实就因为问题符号只在飞,可见还不知道怎样设问,怎样摆这符号,何况答案!"① 莎士比亚就是中西对话中的一个"符号"或"符码",从某种意义上说,中国是西方文明积极的受话者,西方符码满天飞是中国人积极引进西学的乱象描绘,西学信息意义的不断更新不是来自说话者,而是中国不断探索的结果。作为影响源,莎士比亚是一个抽象而立体的能指,其含义随着时代不断更新,逐步撩开莎士比亚的面纱,国人对莎士比亚的触摸与解读也不可能一览尽知,更何况面对西学乱流湍入,中国作为接受者无所适从的择取,其中的迷乱与不迭不言而喻,导致很多西方文化的吸取最初只停留在皮毛,令人应接不暇的西学很多都成为概念式的符号,而之后漫长的时间,中国还处于对西来符号的消化过程中,直到今天,莎士比亚的丰富性还处在一个无止境的探索中。"所谓影响乃是在符号领域中发生……影响乃是符号的漫游。"② 以莎士比亚"符号的漫游为线索",可以通过莎士比亚的足迹看到近现代中国自我的诞生之细部,这个自我具有双重性,一方面是国之自我,一方面是人之自我。在对莎士比亚等西学的理解、否定、超越的建构中,中国也达到了对自我的建构与超越,而这种自我的确立也是中国文学更主动融入世界文学大潮的催化剂。同时,中国文学作为西方文学的接受者,也是阐释方,其诠释的主动性也是对世界莎士比亚符号意涵多

---

① 瞿秋白:《赤都心史》,《瞿秋白文集》(文学编第 1 卷),第 246 页。
② 范劲:《德语文学符码和现代中国作家的自我问题》,华东师范大学出版社,2008 年,第 16 页。

重性的丰富互动。中国人启蒙想象中的"西方"多带有正面色彩。① 莎剧被国人引介以革新中国文学面对现代转型的不足,这种主动亲近莎士比亚的热情掩盖了莎剧席卷世界背后的文化殖民内涵,无论是崇莎还是抑莎,半殖民地的中国学人们都体验着对莎士比亚的欢迎和对西方帝国主义的痛恨。从莎士比亚符号中,也可窥见半殖民文化政治的复杂性。作为令人瞩目的文学符号,莎士比亚永远处于未完成状态,在不同时代因为语境差异与接受倾向变化呈现出不同的符号面相,中国对莎士比亚的异质想象不断推进、丰富着莎士比亚符码。这个心理概念在莎士比亚初入中国的"故事家"形象中尤其明显,伴着中西文化交流的加深,莎士比亚的"戏剧家""思想家""艺术创造家"等符号意义渐次展开,这是一个逐渐解码的过程,也是中国制造的莎士比亚的编码过程。陈瘦竹对莎剧有很多技术上的深入分析,比如翻译、舞台演出以及莎士比亚如何处理主角的性格、创作出伟大悲剧的技巧等。他认为"莎士比亚并非象牙塔里的诗人,而是演员出身的剧作家,他并不模仿古典法则,而是为着求娱乐求刺激求知识的观众,以及被观众三面包围,虽有相当装置,但是仍极自由的舞台,写作以情节为主,性格为副的剧本,我们必须随时记住这件事实,然后才能很正确的欣赏他的戏剧艺术"②。陈瘦竹的观点并不过时,今天,我们仍然在学习莎士比亚的开放性与艺术性,学习莎士比亚意味着

---

① [美]史书美:《现代的诱惑:书写半殖民地中国的现代主义(1917—1937)》,何恬译,江苏人民出版社,2007年,第319页。
② 陈瘦竹:《莎士比亚及其"马克白"》,《文潮月刊》1946年第1卷第3期。

对西方现代性的学习，也是中国将"他者"不断内化为自我的一个精神更新过程。

客观地说，外国文学作为一种外来的文学、思想资源，是中国文学发展的参照物，对近代中国文学的转型和发展不可或缺。中国学人对外国文学的接受和研究程度代表着中国理解外国文学的深度，也是中国文学发声、参与、对话世界文学的方式之一。近代以来，中国一直在寻找中外文学文化关系的平衡点和中外文学文化的互补之处。从这个层面上说，近现代一些代表性学者对外国经典作家作品的研读及理解是近现代中西文化交汇复杂性的一面镜子，是我们体察中国文学发展的有效途径，也是洞悉文学与社会、思想互动的案例。变化的莎士比亚代表了中国人对西方文明的美好想象，莎士比亚的符号引导着国人以其为至高标准审视本国文学的不足。然而，真实的莎士比亚则永远是一个镜像。以上，我们将莎士比亚登陆中国至20世纪50年代期间与中国思想的互动做了一个基本的梳理。我们发现：第一，莎士比亚在中国虽然一直被奉为经典，但在中国的经典化历程并非一帆风顺，尤其在思想界的沉浮起落多变，这与中国对西方现代性影响的主动选择相关。中国言说莎士比亚的话语方式一直受本土社会语境的牵制，从"五四"代表人物陈独秀等张扬反传统的思想革命中能明确看到近现代中国对西方思想的渴求，企图借西方思想文化以寻找解决中国现实问题的思路。[①] 左翼文学以来倡导的唯物主义思想文化观，强调思想文化最终受制于生产力，将中国导向马克思主义的经济、

---

① 林毓生：《中国意识的危机》，贵州人民出版社，2000年，第3页。

阶级决定论。第二，中国的莎学之所以形成独特的马克思主义莎学特质，与中国的历史形势以及自20世纪20年代末以来的文学政治化倾向有很大关系。我们不能在民族尚未独立的时候一味要求文学批评具有独立的审美，在政治意识形态的号召下，文学极易成为政治思想的吹鼓手。事实上，政治意识和文化思想总是互相纠葛，莎士比亚在中国的形象变迁由西学东渐开启；鸦战、甲午失利，因政治溃败寻求新生思想资源的热情推动了莎士比亚在中国的落户；因为新文化运动的思想导向，莎士比亚显得格格不入，被判无用；一旦政治意识形态干预文学，莎学研究便千篇一律，难以出新。马克思主义莎评是中国莎评的一个标签，但是中国莎学研究对马克思主义的运用和认识还存在欠缺。20世纪70年代后中国的莎学意识形态色彩不断淡化，逐渐走向多元开放的新境地，当代思想视域下的莎士比亚研究也是一个重要的议题。

近现代中国"立国"与"立人"意识随着西方入侵而萌生，从本质上说，"立人"和"立国"应该互为基础和前提，两者互相支撑、发展。然而在现代中国民族国家的建构中，"国"一直凌驾于"人"之上，种种关于"人"的理念没能脱离民族国家的规约。今天中国作为独立的民族国家在经济、文化建设上都有飞跃性的发展，可以说，"立""强国"之梦大功告成，但"立人"之难也已验证。外国文学文化在中国民族国家的建立、民族文学的发展和受众的培育上都起了不可忽视的作用。卡西尔的《人论》开篇说"认识自我乃是哲学探究的最高目标"，其实，认识自我不仅是哲学，也是科学、文学的根本命题。在西方，从人类的童年时代——古希腊开始，认识自我就像谜一样悬绕着;中世纪,人生活在神的阴影与肉体的召唤下;文艺复兴时期,人性取代了神性,达·芬奇、莎士比亚等人文主义大家的作品代表着人对自我的极度张扬与认知。莎士比亚的人文主义不仅是希腊人性原欲的再现,又蕴含着希伯来文化审慎的理性与博爱,莎士比亚如同上帝之眼,洞察"人"这个造物。启蒙运动中,人打倒了神,失去了上帝,人类欲在理性、科学及人生中寻得人生的意义与价值,这种追寻的矛盾和悲剧,构成近代西方的精神特征。现代西方人的向外探求已至极限,自我的内心精神却无处安放。经过文艺复兴和启蒙运动两次"人"的发现,西方的人学思想已臻成熟。而"有勇气运用自己的理智"①式的自我启蒙在中国还远未展开,新文化运动时期,"人"的话语的启蒙者尚在铁屋子里处于醒后的迷茫和痛苦中。中国不必按照西方的模式完成自己的"立人"之路,也无需经历胡适等所预设的"文艺复兴"或"启蒙运动",因为我们不能无视中西文化历史的巨大差异和西方的神学传统,"立人"的本质是要建构新的人学话语,创建新的人学思想。

  首先,在对待人文学科的态度上,要打破学术研究与政治的黏附关系,将文学从经世致用、试图为社会问题开药的工具性中解放出来,真正关注"人"本身,关注文学超越时代的精神。莎士比亚对爱情自由、人性复杂和个性自由的利弊的展现都值得我们把莎学作为"人学"细细研究,莎剧中"没有一个

---

  ① [德]康德:《答复这个问题"什么是启蒙运动?"》,《历史理性批判文集》,何兆武译,商务印书馆,1990年,第22页。

本质上完全坏的人"①，因为他写了真正的"人"，在20世纪80年代的人道主义论争中，莎士比亚符码的人学意义受到重视。

其次，在研究者一方，应更注重个体的思想性，从"思想"上立人。众所周知，莎士比亚不是书斋的朽物，无论是戏剧影视演出、课堂教学还是文本研究，都得到了全世界无与伦比的膜拜，也给无数读者带来欢乐，涉足文学艺术哲学的大家几乎都对莎士比亚评头论足过。黑格尔在莎士比亚的妙笔中发现了戏剧体诗的美学；莎士比亚是马克思的挚友，为《资本论》提供思想源泉；弗洛伊德将莎士比亚文本当作精神分析的实验场。歌德、海涅、席勒、雨果、托尔斯泰等莎评机智、热情而不乏真知灼见，反观中国的莎评，局限在几类人——莎剧译介者如林纾、梁实秋等，莎剧演出相关者如余上沅、李健吾等，莎剧教学者或研究者（此类为现今大多学者），总之逃不出以莎士比亚为饭碗，应了中国的古话"读书乃为稻粱谋"。李鸿章、严复、梁启超等先辈敏锐的思想感知力和鲁迅、胡适等开阔的文化视野如今越发罕见。而莎学作为一门世界性的学问，其研究者严格地说应该涵盖了"知识角色"和"思想角色"两种类型的学者，莎士比亚对于中国也应不仅只是纯学术的贡献，更需要思想层面的互动。中国莎学研究多注重知识层面的创造，关于中国莎学研究"多数"也可以归于"知识角色"的研究，而少有"思想角色"的评论。"学与用"的关系是中国文学纠缠已久的话题，在转折性的现代中国尤其凸显，

---

① 辜鸿铭：《辜鸿铭文集》（上册），海南出版社，1996年，第548页。

学在求是？还是致用载道？章太炎和王国维都反对把学术和目的联系在一起，莎学研究自林纾到钱穆、胡适、鲁迅，都是与现实中国息息相关的"致用"之学，而从王国维到梁实秋、宗白华、王元化，我们又可以清晰地看到一条被判"无用"的情怀之线。而近现代中国的痛苦就在于面临政治、经济、文化多重夹击之下"变"与自身"拒变"的二分矛盾，莎士比亚符码作为中国思想资源的"大用"与"无用"也是中国莎学和西方莎学的差距所在，中国需要思想，更需要反思的勇气，正因为思想性的匮乏，我们将莎士比亚简单拿来，缺少批判，就如同我们对西方文化的盲目迷信一样，仰慕西方文化的发达而对其弊病还知之甚少，归根结底在于对西方和莎士比亚了解还不够。从某种程度上说，中西文化从交流日趋融汇，我们对西方的学习心有余勇，但在思想文化层面较之物质技术方面，显然还缺乏深度的领悟。莎士比亚的经典化也是一个本土化的过程，他真正入中国籍的道路还很长。

最后，在对待外国文化的态度上不能偏激。1950年6月胡风在杭州浙江大学中文系演讲中对莎士比亚做了极高的肯定，他说"把整个文学遗产拿过来，消化它，使之成为自己的血肉，自己的养料，培养自己的一切，这才是正确的接受文学遗产的态度"①。胡风对莎士比亚的评价局限于当时的社会形势，带有泛政治化的倾向。然而，他所倡导的对待全人类遗产的态度在今天看来并不过时，西方文学对中国文学的影响远远大于中国对西方的影响，如今已经过了"反抗西方"的阶段，

---

① 胡风：《从莎士比亚谈起》，《新文学史料》1988年第4期。

在一定的文化"逆差"下,我们也不必完全模仿西方,应力求在文化交流中对话,葆有传统的生命,吸取西方文化的优点,进行创造性转化,使之有益于中国的"立国"与"立人"。莎剧包罗自然的世界和人的世界,莎士比亚是"戏剧界巨子",只有荷马、但丁能与之齐名,然而但丁和荷马的著作范围有限,但"莎氏则包罗自然的世界和人的世界"。[①] 时至今日,莎士比亚在中国愈加受到更多研究者、爱好者的关注,中国的莎士比亚研究仍在路上,也必将被推向新的高度。

[①] 志廉:《文学:英国戏剧与莎士比亚》,《学林》1921年第1卷第1期。

后记

十多年前的一个小随笔，将我又带回读书时的日子："华东师范大学中北校区有一条美丽的丽娃河，穿过波光潋滟、小鸟啁啾的河畔，就会看到一座古旧的小红楼，在静谧的红楼一角，一块镌刻着'王元化研究中心'的木牌并不显眼。四周绿树环抱，兰蕊吐芳，在丝绸般的蓝色天幕下，一缕朝阳舒缓地照在牌匾上，温厚而安详。这里就是清园，走过浅浅的门廊，跨入清园的瞬间，落净了一身喧嚣……"

绿暗红酣，白昼声销，岁月奄忽，恍惚间，我仿佛又站在当时的王元化研究中心门口，望着"莘莘学子走进清园，苍松绿荫常青；各方大雅徜徉红楼，书生意气罔穷"的对句，感慨万千，我们的求知之路充满惊喜，我们所有的遇见都会以不期然的方式潜入我们的生命。

在读书期间，恰逢业师陆晓光先生倾尽心力建设王元化研究中心之时，我和其他同学都作为助管轮流在中心值班，近距离点点滴滴了解了王元化其人其作，对他的晚年反思"有学术的思想和有思想的学术"有了更深的领悟。一天，陆老师赠我

后记

一套新购入的《莎士比亚全集》(译林出版社),语重心长地对我说,筹建学馆的工作,从王先生在病榻上就已经开始,学馆谨遵王先生的遗愿,要办成一个研究基地,完成他未竟的课题,而《莎士比亚研究》曾经是王元化先生和张可先生合译编著的成果。陆老师鼓励我认真研读《莎士比亚研究》,从思想者的角度对莎剧的传播接着做些研究。我深知做这个论题力有不逮,面露难色,陆老师又详解王先生的往事和研究,隐隐中我感受到了一种"拔地苍松多远声"的感召,下定决心迎难而上。哪知真正着手后,才发现自己左支右绌,无法周全。如何避免与其他研究的雷同?如何克服思想史与莎剧的鸿沟?如何打捞隐没的史料?这些都成了困扰我的问题,所幸陆老师没有放弃我,一直鼓励我,指导我,给了我无穷的信心,为了补上思想史和近代文学及文学理论的课,我和同学们蹭了朱国华老师、杨扬老师、殷国明老师、朱志荣老师、范劲老师、刘擎老师、许纪霖老师、沈志华老师、陈嘉映老师、胡晓明老师等开设的课程以及学校活跃的各种讲座,视野顿时打开。在论文撰写过程中,学校又支持我在台湾辅仁大学跨文化研究所随彭镜禧老师研学,彭老师温柔敦厚,精研莎学,他带着我们品莎剧文本、观莎剧舞台、谈莎剧艺术,大大地提高了我对莎剧的理解,彭老师至今仍笔耕不辍,实乃我辈楷模。

这本小册子获得国家社科基金一般项目的资助并以良好等级结项,十分感谢社科基金的评审专家们高屋建瓴的建议,他们一针见血地指出问题,又为我指明研究方向,这对我来说是极大的勉励与敦促,鼓励着我在莎学研究上笨拙地前行,虽"踏着荆棘,不觉痛苦,有泪可挥,不觉悲凉"。尤其要感谢三联书店的成华老师，书稿中大量的异体字和出处，她不仅耐心地一一核实文句及注释，还针对整本书提出极具水平的见解，她付出的心血对这本小书至关重要，她的专业和敬业让我感佩，与她交往，让人如沐春风，从她身上我也感受到了三联的风范。感谢单位各位领导和同事的帮助，感谢科研处的各位老师；感谢马琼作为第一读者对我的鼓励；感谢亲爱的博士同学的相伴与督促；感谢刊发部分章节的编辑师长和刊物；感谢我的家人们，感谢右宝：因为有你们，我更懂了爱和珍惜，更有力量前行……要感谢的人和事还有很多，无法一一具名，我都永记心间。莎学在中国的研究已是显学，相关成果蔚为大观，对我这样的后来者有极大的滋养，永远感恩在心。道阻且长，行则将至，行而不辍，未来可期。这本小书定有很多不完美和遗憾之处，我权且把它作为这些年时光的见证，粗疏不足之处，恳请方家批评指正。

魏策策
2020 年 12 月 10 日